Angriff der Killer-Pfannkuchen

ECON **Krimi**

Im ECON Taschenbuch Verlag sind folgende Titel von Diane Mott Davidson lieferbar:

Müsli für den Mörder (TB 25047)
Hochzeitsschmaus mit Todesfall (TB 25093)
Angriff der Killer-Pfannkuchen (TB 25169)

Zum Buch:

Goldy Bear gelingt es, für ihren Partyservice einen Großauftrag an Land zu ziehen: Eine stadtbekannte Kosmetikfirma möchte für ihr großes Bankett ein ganz besonderes Büfett bestellt. Voller Begeisterung macht Goldy sich ans Werk und kreiert eigens für die Veranstaltung ein neues Pfannkuchenrezept, um die Gäste zu beeindrucken. Die Freude vergeht ihr jedoch schon bald, als sich ihr Rezept beinahe als Mordserfolg herausstellt. Als es fast zu spät ist, muß Goldy erkennen, daß es in der Welt der Kosmetik alles andere als schön und gepflegt zugeht. Die Begegnung mit einer Gruppe militanter Tierschützer, die auch vor Mord nicht zurückschreckt, verdirbt ihr die Freude – und den Gästen den Appetit – an ihrem Speiseplan gehörig.
Ein Krimi, bei dem einem das Wasser im Mund zusammenläuft.

Zur Autorin:

Diane Mott Davidson war mit ihrem ersten Krimi gleich für zwei Literaturpreise für den besten Erstlingsroman nominiert. 1992 erhielt sie den begehrten Antony Award für die beste Short Story. Sie lebt mit ihrem Mann und drei Söhnen in Evergreen, Colorado, und arbeitet am nächsten Goldy-Bear-Krimi.

Diane Mott Davidson

Angriff der Killer- Pfannkuchen

Ein Goldy-Bear-Krimi

Aus dem Amerikanischen
von Dietlind Kaiser

ECON Taschenbuch Verlag

Veröffentlicht im ECON Taschenbuch Verlag
2. Auflage 1997
© 1997 by ECON Verlag GmbH, Düsseldorf
© 1995 by Diane Mott Davidson
First published by Bantam Books
Titel des amerikanischen Originals: KILLER PANCAKE
Aus dem Amerikanischen übersetzt von Dietlind Kaiser
Umschlaggestaltung: Init GmbH, Bielefeld
Titelabbildung: Reiner Tintel
Lektorat: Susanne Ruhrort
Gesetzt aus der Baskerville
Satz: ECON Verlag
Druck und Bindearbeiten: Elsnerdruck, Berlin
Printed in Germany
ISBN 3-612-25169-4

Für meine Schwestern Lucy und Sally
und meinen Bruder Billy

Rambazamba, Bohnenstange!
Und vergeßt das Floß nicht,
wenn Ihr nach Allenhurst fahrt, Looie und Sal!

O vraiment marâtre Nature,
Puisqu'une telle fleure ne dure
Que du matin jusques au soir!

(Fürwahr, stiefmütterlich ist die Natur,
gönnt grausam solcher Blum'
die Tagesfrist zum Leben nur!)

aus »Ode à Cassandre« von
Pierre de Ronsard

Danksagung

Die Autorin möchte den folgenden Personen danken: Jim Davidson, Jeffrey Davidson, J. Z. Davidson und Joseph Davidson für ihre Liebe und Unterstützung, mit einem besonderen Dank an Joe, dem der Titel eingefallen ist; Sandra Dijkstra, der unübertrefflichen, begeisterungsfähigen Agentin; Kate Miciak, der phänomenalen, hart arbeitenden und hervorragenden Lektorin; Katherine Goodwin Saideman und Deidre Elliott, die das Manuskript gelesen und hilfreiche Vorschläge gemacht haben; Dr. Mark D. Witty, Dozent für Innere Medizin am St. Louis University Health Sciences Center, der sich viel Zeit gelassen hat, mich mit Informationen zu versorgen, und außerdem das Manuskript gelesen und kommentiert hat; Heather Kathleen Delzell, Visagistin, für die Einführung in die Kosmetikwelt und die Beantwortung vieler Fragen; Pete Moogk von The Ground Up Espresso Bar, Evergreen, Colorado, für seinen guten Kaffee; John W. Dudek, Leiter der Ladendiebstahlsabteilung bei Payless Shoes für genaue Informationen über sein Erfahrungsgebiet; Dr. Nancy Reichert, Mississippi State University für die dringend erforderlichen wissenschaftlichen Fakten;

Tom Schantz vom Rue Morgue Bookstore, Boulder, Colorado, für seine Hilfe auf dem Gebiet der Pflanzenzucht; Lee Karr und der Gruppe, die sich in ihrem Haus trifft, für hilfreiche Kommentare; Carol Devin Rusley für die großartigen wöchentlichen Gespräche; Karen Johnson und John Schenck von J. William's Catering, Bergen Park, Colorado, für die Einblicke in das Partyservicegeschäft; Dr. William Weston für Auskünfte über Dermatologie; und wie immer Ermittler Richard Millsapps vom Jefferson County Sheriff's Department für seine wertvolle Sachkenntnis, seine Hilfe, seine Ideen und Einsichten.

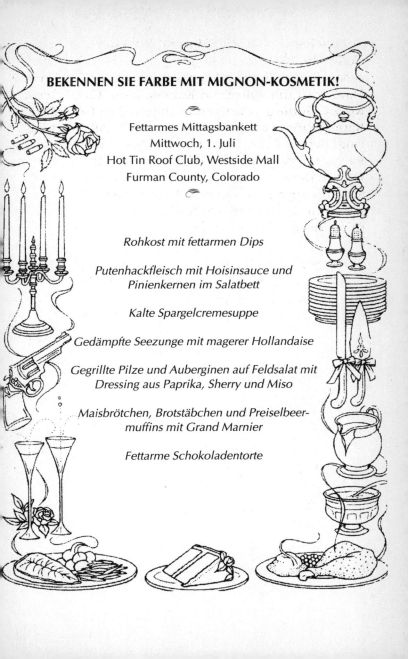

BEKENNEN SIE FARBE MIT MIGNON-KOSMETIK!

Fettarmes Mittagsbankett
Mittwoch, 1. Juli
Hot Tin Roof Club, Westside Mall
Furman County, Colorado

Rohkost mit fettarmen Dips

Putenhackfleisch mit Hoisinsauce und Pinienkernen im Salatbett

Kalte Spargelcremesuppe

Gedämpfte Seezunge mit magerer Hollandaise

Gegrillte Pilze und Auberginen auf Feldsalat mit Dressing aus Paprika, Sherry und Miso

Maisbrötchen, Brotstäbchen und Preiselbeermuffins mit Grand Marnier

Fettarme Schokoladentorte

**Ich war in der Hölle für Partylieferanten.** Ich ächzte und musterte die auf meinem Küchentresen ausgebreitete Rohkost. Wenn Blicke töten könnten, fragte ich mich, wäre mir das dann bei dieser Platte mit Blumenkohl gelungen? Eigentlich sahen die bißfesten Blumenkohlröschen, der zarte Brokkoli, die dünnen Spargelstangen, die rautenförmig geschnittenen Kürbisstücke, der Sellerie und die Karotten ganz appetitlich aus. Genau wie der knackige Rosenkohl, die knallroten Kirschtomaten und die kleinen, nach Moschus schmeckenden Pilze. Aber nirgends war ein Tropfen selbstgemachter Mayonnaise zu sehen, kein Tupfer Schlagsahne, keine kräftig riechende Käsescheibe. Ganz zu schweigen von Kügelchen aus Süßrahmbutter oder von üppigen Klecksen aus Sauerrahm. Hinter den Gemüsen standen eindrucksvolle Gläser mit kalorienarmen Dips in scheußlichen Farben wie Rosa (Himbeer) und Orange (Karotte). Ich tauchte einen Löffel in das Himbeerrosa, kostete und erschauerte. Ich hatte den Dip genau nach dem Rezept des Kunden gemacht, und er war zu

dünn und hatte den metallischen Geschmack von Saccharin. Ein ähnlicher Vorstoß in den Karottendip ergab einen pampigen Brei, wie ihn möglicherweise Kindergärtnerinnen bei einem Projekt zum Thema Vitamin A anrühren.

Mit anderen Worten: die Hölle.

Ich stählte mich, als ich mir die letzten Brokkolispuren von den Fingern wusch. Manchmal muß sich der Inhaber eines Partyservice Mut zusprechen. Zum Beispiel die Besitzerin von Goldilocks Partyservice – alles vom Feinsten! Ich war keine Ausnahme. Schönheit liegt im Auge des Betrachters, sagte ich mir, als ich mir an der Schürze die Hände abwischte. Ich hatte schon reichlich Kunden gesehen, denen beim Anblick einer sechsschichtigen Marzipantorte das Wasser im Mund zusammenlief, daß ich wußte: Das Auge ißt schon mit, ehe die Leute auch nur einen Happen in den Mund bekommen. Aber die Vorstellung, das Auge esse mit, verband ich mit Schokolade, Sahne und Kalorien. Vielleicht auch mit Blätterteig, Konfekt und allem, was dick macht. Entmutigt trat ich vom Spülbecken zurück und warf einen zweiten Blick auf den ersten Gang, der beim Bankett heute mittag serviert werden sollte.

»Es sieht großartig aus«, versicherte ich mir laut, »wenn man ein Kaninchen ist.«

Soviel zu aufmunternden Reden. Warum in aller Welt hatte ich mich darauf eingelassen, das Bankett zur Julipräsentation der Herbstkollektion von Mignon-Kosmetik zu liefern? Meine Gereiztheit wuchs sich zur Frustration aus, was häufig vorkam, wenn sich der Grund für die Annahme eines Auftrags in nichts auflöste. Das Wetter – Anfang Juni, als ich zugesagt hatte, das Bankett zu liefern, noch kühl – war jetzt, Anfang

Juli, unerträglich heiß. Auf der Ebene vor den Hügeln westlich von Denver war das Thermometer in den letzten drei Tagen auf über vierzig Grad geklettert. Obwohl die Quecksilbersäule in unserer Bergstadt Aspen Meadow es nur auf über fünfunddreißig Grad gebracht hatte, war das für die Jahreszeit immer noch zu warm. Entschieden zu heiß, hatte ich festgestellt, für ein Herumexperimentieren in der Küche mit Essen, das mit Buttermilch und fettarmem Sauerrahm zubereitet wurde.

Das war noch nicht alles. Ich hegte außerdem Zweifel, was die Leute von Mignon-Kosmetik anlangte, die Leute, die mir die Rezepte geliefert hatten. Ich meine, glaubten sie wirklich, die in Cowboys vernarrte Bevölkerung von Furman County, Colorado, wolle etwas von einem Lippenstift namens *Fondant Royal* wissen? Von einem Rouge namens *Lust*? Konnte man Menschen tatsächlich dazu verlocken, hundert Dollar für dreißig Gramm einer Hautcreme gegen das Altern auszugeben, angereichert mit Seetang und Plazenta? Mit wessen Plazenta? hätte ich die klapperdürre, hellhaarige Harriet Wells am liebsten gefragt, die Chefverkäuferin, die mich mit dem Bankett beauftragt hatte. Ich war mir mit Harriet darin einig, daß die weltläufigere, betuchte Kundschaft liebend gern das Kaufhaus eines umgestalteten Einkaufszentrums beehren würde, dessen Alterserscheinungen mit großer Sorgfalt getilgt worden waren. Aber Gebäude, erklärte ich Harriet, ließen sich renovieren. Bei Menschen sei das etwas anderes.

Andererseits irrte ich mich vielleicht. Frauen, sagte Harriet Wells zu mir, seien verrückt danach, *Fondant* auf den Lippen zu tragen. Und beim Wort Lust, fuhr sie fort, kämen sie wenigstens auf den Gedanken zu erröten.

15

Noch schlimmer war, daß mein dreizehnjähriger Sohn Arch vor kurzem eine Fernsehdokumentation über Werbung gesehen hatte. Zu meinem Verdruß hatte er mir pflichtschuldig die Äußerung eines Werbegurus berichtet: Wer eine Frau genügend verunsichert, kann ihr alles verkaufen.

Na gut. Ich mußte Harriet Wells und die Firma Mignon-Kosmetik ziemlich verunsichert haben, denn ich belieferte ihr Bankett zu einem Preis, der meine Kosten astronomisch überstieg. Meine reiche Entlohnung war der Ausgleich dafür gewesen, daß sie strikt auf fettarmer Kost bestanden, und für die Tatsache, daß sie meinem Widerspruch zum Trotz die Hälfte der Rezepte geliefert hatten, darunter auch die für die beiden scheußlichen Dips. Um ihren Wunsch nach einer ausgefallenen Vorspeise, diversen Brotsorten und einem Schokoladennachtisch zu erfüllen, hatte ich mir eigene Rezepte ausgedacht. Alles andere hatte ich mir jedoch verbeten: Linsenpüree, Margarine, Eierersatz. Zu meiner Freude waren die Vorspeise und das Muffinrezept, die ich ausgetüftelt hatte, recht köstlich ausgefallen, solange niemand erwähnte, daß sie fettarm waren. Aber der Nachtisch hatte erfordert, daß ich meine Maßstäbe beim Backen ernsthaft untergrub. Ich hatte beim Versuch, ein Rezept für eine Schokoladentorte ohne Butter zu erfinden, sieben Dutzend Eiweiße verbraucht.

Vielleicht war das Wort Hölle nicht stark genug.

»Goldy, es sieht wirklich großartig aus«, sagte Julian Teller, mein Assistent. Während ich in fettarmem Selbstmitleid schwelgte, hatte ich gar nicht gemerkt, daß er hereingekommen war. Julian marschierte flott zum Küchentresen, grub einen Spachtel in den knallrosa

Dip, beugte die breiten Schultern und den blonden, an den Seiten kahlrasierten Kopf nach unten und schnupperte. Das ekstatische »Mmm«-Geräusch, das tief aus seiner Kehle drang, war nicht überzeugend. Der neunzehnjährige Julian, kompakt und muskulös, weil er zur Schwimmannschaft seiner Schule gehört hatte, sah nicht aus wie jemand, der den Ehrgeiz hat, Party-lieferant für Vegetarier zu werden. Doch so war es. Zum Glück für Goldilocks Partyservice gehörte er nicht zu den Fanatikern, die jeden mit einem bösen Blick beden-ken, der nicht jedes Gericht mit geriebenen Karotten und Sojamehl zubereitet. Julian mochte Käse, Butter und Eier so gern wie jeder traditionelle Koch.

Ich stieß einen gequälten Seufzer aus.

»Es wird sagenhaft laufen«, versicherte mir Julian mit einem verschmitzten Blick und zog dabei begeistert die dunklen Augenbrauen hoch, die er nicht gebleicht hatte, so daß sie nicht zu seinem Kopfhaar paßten. Vor kurzem hatte er sich das helle Haar, das er früher in einem Irokesenschnitt getragen hatte, kugelförmig gestutzt. Jetzt sah er nicht mehr wie ein Albino unter Amerikas Ureinwohnern aus, sondern wie ein Werbe-plakat für Pagenkopftönungen. Julian, darauf vorbe-reitet, heute als Kellner zu fungieren, trug ein adrettes weißes Hemd ohne Kragen und ausgebeulte schwarze Hosen. Das Hemd hatte ich ihm geschenkt. Wer nicht wußte, daß Julian wie üblich im Secondhandladen von Aspen Meadow um die Hosen gefeilscht hatte, hätte sie für modisch halten können.

»Goldy«, erklärte er, »die Damen von Mignon werden dich lieben.« Er grinste. »Und was noch besser ist, sie werden mich lieben. Berichtigung: Eine von ihnen wird mich lieben.«

»Ja, ja, ja. Sautieren wir jetzt das Putenfleisch.«

Als Berge von Putenhackfleisch in breiten Bratpfannen zischten, erfüllte der Geruch nach Thanksgiving meine sommerliche Küche. Ich machte das erste Glas Hoisinsauce auf und roch gierig daran. Wie die meisten Menschen hatte ich die dunkle, scharfe Sauce in einem chinesischen Restaurant kennengelernt und mich in sie verliebt. Bei dem Rezept, das ich mir für die Vorspeise beim Bankett ausgedacht hatte, erfüllte Hoisin einen doppelten Zweck: Das pikante Aroma und die samtige Konsistenz sorgten ohne Fett für Üppigkeit. Ich reichte das Glas Julian, der die Sauce energisch in einer Rührschüssel mit dem Inhalt der anderen Saucengläser und einem Berg gekochtem Wildreis vermischte. Ich machte den Backofen auf und rüttelte das große Blech mit röstenden, goldenen Pinienkernen. Das war wenigstens etwas zu essen, dachte ich grimmig.

»Hey, Boß?« Julians blaue Augen funkelten. »Wenn diese Leute was Fettarmes wollen« – er zeigte auf die Dips –, »dann gib's ihnen doch! Claire sagt, der Diätfraß wird bestimmt ein Volltreffer. Und er sieht sagenhaft aus. Sei doch froh. Du wirst Geld verdienen! Kauf dir ein Faß Zartbitterschokolade. Kauf zehn Pfund Macadamianüsse! Kauf sechs Kilo –«

»Alles gelogen«, erwiderte ich. »*Du* hast behauptet, daß diese Verkäuferinnen sich von Koffein, Nikotin und Schokolade ernähren.« Was nicht allzu schlimm klang, wenn man das Nikotin wegläßt.

Julian zuckte theatralisch die Achseln, ließ das Putenfleisch abtropfen und rührte es dann geschickt in den Wildreis mit Hoisin. Obwohl er schon seit über einem Jahr bei Arch und mir wohnte, wurde ich es nie leid, Julian beim Kochen zuzuschauen. Er war aufmerksam,

PUTENFLEISCH HOISIN MIT GERÖSTETEN PINIENKERNEN IN SALATBLÄTTERN

100 g Pinienkerne
500 g Putenhackfleisch
1 Teelöffel Maisstärke
200 ml Hoisinsauce
500 g gekochter Wildreis
8 Blätter Eisbergsalat

Den Backofen auf 200 Grad vorheizen. Die Pinienkerne auf einem Backblech in 5 bis 10 Minuten goldbraun rösten. Das Putenhackfleisch in einer großen Bratpfanne bei mittlerer Hitze unter ständigem Rühren sautieren, bis es die Farbe verändert und durchgegart ist. Gut abtropfen lassen und in die Pfanne zurückgeben. Maisstärke und Hoisin unterrühren. Bei mittlerer Hitze erwärmen und durchrühren. Pinienkerne und den Reis hinzugeben und umrühren, bis alles gut erhitzt ist.
Ca. drei Eßlöffel der warmen Putenfleischmischung auf jedes Salatblatt geben.

Ergibt 8 Vorspeisenportionen

ohne sich aufzuspielen, und sein Eifer bei der Zubereitung von Essen war unerreicht.

»Okay, okay«, gab er beim Umrühren zu. Jetzt vermischte sich der strenge Geruch nach Hoisin appetitlich mit dem Duft nach sautiertem Putenfleisch und buttrigen, gerösteten Pinienkernen. »Nehmen wir also mal an, die Verkäuferinnen spülen heute die Schokoladentorte mit Kaffee hinunter und gehen dann raus, um eine Zigarette zu rauchen. Du wirst trotzdem bezahlt, oder? Sagst du nicht dauernd zu mir, daß es in diesem Geschäft vor allem darum geht?«

»Schokoladentorte? Schokoladen*torte*?« rief ich und zeigte auf den Nachtisch. »Wen willst du denn für dumm verkaufen? Ich würd' das eher neunundneunzig Prozent fettfreie Luft mit Schokoladenaroma nennen. Ich meine, was soll's? Ich pack' jetzt das gegrillte Gemüse ein. Hast du Lust, mit den Muffins anzufangen?«

Julians schwarze Turnschuhstiefel quietschten über das Vinyl, als er energiegeladen um den Tresen herumging und scheppernd im Kühlschrank nach den Preiselbeeren suchte, die wir am Vorabend gehackt hatten. Im Gegensatz zu mir war Julian allerbester Laune. Und das lag nicht daran, daß er – wiederum im Gegensatz zu mir – die Herausforderung genossen hätte, ein fettarmes Menü zuzubereiten. Es war völlig unwahrscheinlich, daß Julians gute Laune daher rührte, daß er mit Ballaststoffen und Ricotta arbeitete; fettarme Milchprodukte waren ihm so gut wie gar nicht vertraut. Als er die Preiselbeeren in den köstlichen Muffinteig mit Grand Marnier rührte, dachte ich daran, wie er im allgemeinen jedes Gericht, das er zubereitete, mit etwas Sahnigem anreicherte. Dieser angehende vegetarische Koch, der jetzt Teig mit Preiselbeeren

PREISELBEERMUFFINS MIT GRAND MARNIER

0,3 l Orangensaft
6 cl Grand Marnier
180 ml Keimöl
250 g gehackte Preiselbeeren
300 g Weizenmehl Type 405
100 g Vollweizenmehl
330 g Zucker
1/2 Teelöffel Salz
2 Eßlöffel Backpulver
1 1/2 Eßlöffel gehackte Orangenzesten
4 Eiweiße

Den Backofen auf 200 Grad vorheizen. Orangensaft mit dem Grand Marnier und dem Öl vermischen; während der Zubereitung des Teigs beiseite stellen. In einer großen Rührschüssel das Weizenmehl, das Vollweizenmehl, den Zucker, das Backpulver, das Salz und die Orangenzesten vermischen. In einer zweiten Rührschüssel die Eiweiße schaumig schlagen. Die Saftmischung in das geschlagene Eiweiß geben. Eiweiß, Saftmischung und Preiselbeeren zur Mehlmischung geben, umrühren, bis alles gut durchfeuchtet ist. Je 60 ml des Teigs in eines von 24 mit Papier ausgelegten Muffinförmchen geben. 25 Minuten lang backen, bis die Muffins goldbraun und aufgegangen sind.

Ergibt 24 Stück

in Muffinförmchen löffelte, wäre heute in Hochstimmung gewesen, wenn wir Tatar serviert hätten. Julian war verliebt.

Das augenblickliche Objekt von Julians Zuneigung, Claire Satterfield, eine Spitzenkraft unter den Verkäuferinnen von Mignon, konnte jetzt jeden Augenblick kommen. Julian hatte mir versichert, Claire werde mühelos von Denver aus zu unserem Haus in einer Nebenstraße der Main Street von Aspen Meadow finden. Claire sei intelligent, behauptete Julian, und verteidigte damit unnötigerweise diese Frau, die drei Jahre älter war als er und auf eine akademische Ausbildung verzichtet hatte, um für Mignon-Kosmetik zu arbeiten. Ich hoffte, ihre Intelligenz erstrecke sich auch auf Geographie. Claire war vor neun Monaten mit einem Visum und einer Arbeitserlaubnis aus Australien gekommen und wohnte seither in der Innenstadt von Denver. Die Wolkenkratzerstadt unterschied sich vermutlich nicht sehr von Sydney, wie das bei Großstädten eben so ist. Aber sobald man von der Interstate abbog und Richtung Aspen Meadow fuhr, wurden die Straßen kurvig und schwierig. Sie waren so unübersichtlich, daß der meistverkaufte Straßenatlas für unsere Gegend den ermutigenden Namen *Verfahren ausgeschlossen* trägt. Gab es in Australien Berge? Ich konnte mich nicht daran erinnern.

Gedämpft war zu hören, daß jemand gegen die Haustür hämmerte.

»Ich bin's, ich bin's! Hallo! Ich hab' hergefunden. Wo bin ich eigentlich, im Himalaya? Laßt mich rein, ich muß aufs Klo!«

Julian schob die Muffinbleche in den Ofen, schaltete sein Lächeln auf volle Wattstärke und ging zur Tür. Ich überließ ihm die Gastgeberrolle, verschloß den

Gemüsebehälter und wandte mich wieder den Diät-
leckereien zu. Es gibt einen Grund dafür, daß Koch-
bücher für Leute, die abnehmen wollen, nur Rezepte
enthalten, in denen alles von scharfem Senf trieft, mit
Tabasco übergossen, mit gehackten Peperoni oder Chi-
lischoten überzogen wird. Die Kochbuchautoren wollen einen davon überzeugen, daß man tatsächlich etwas
ißt. *Vergessen Sie Ihren Appetit, Sie werden schon merken,
daß Ihnen dabei das Feuer aus den Ohren kommt!* Selbstverständlich kann niemand viel von diesem derart
scharf gewürzten, fettarmen Zeug essen. Wer läßt sich
schon bereitwillig auf eine Elektroschocktherapie für
den Mund ein?

Wie auch immer, ich hatte eine eigene Machotheo-
rie über kalorienarmes Essen mit superscharfem Jala-
peño. Männer verabscheuen Diätkost aus tiefstem Herzen, sind aber immer dazu bereit, sich auf einen
Wettbewerb einzulassen, wer schärferes Essen verträgt.
Kein Wunder, daß Diätexperten scharf gewürztes Essen
empfehlen, wenn Frauen versuchen, ihren Männern das
geliebte Fleisch mit Kartoffeln abzugewöhnen. Andererseits interessierte sich niemand für meine Jala-
peñotheorie, und ich untergrub sie heute selbst, indem
ich den Leuten von Mignon klassische Küche servierte. Aber die Rezepte, die sie mir zur Verfügung gestellt
hatten, ließen viel zu wünschen übrig. Deshalb kamen
mir jetzt Zweifel. Ich ächzte wieder.

Ich beschloß, zwei Dutzend Pfirsiche im Teigmantel
und die entsprechende Anzahl von Plätzchen mit
Schokoladeraspeln in Reißverschlußbehälter unter die
Maisbrötchen zu packen, gebacken mit – verzeih mir,
Escoffier – fettarmem Sauerrahm. Nachdem sie mir
Anweisungen zu dem Bankett gegeben hatte, war die

knochige Harriet Wells mit dem Bauch wie ein Waschbrett so unverschämt gewesen, mir ihr fettarmes Muffinrezept zu geben. Ich hatte es nicht zur Kenntnis genommen, weil zu den Zutaten Okra gehörte. Der Notvorrat aus Schokoladeplätzchen und Pfirsichen im Teigmantel war eine Art Versicherungspolice, überlegte ich, falls heute jemand zu mir käme und richtiges, anständiges, tröstliches Essen verlangte.

»Das ist Goldy!« erklärte ein lächelnder Julian, als er Claire Satterfield, die zögernd in meine Küche kam, die Tür aufhielt.

Für eine Frau, die so heftig gegen die Tür gehämmert hatte, wirkte Claire plötzlich schüchtern und kam unsicher auf den Tresen zu. Obwohl ich schon viel über sie gehört hatte, war ich diesem Wunder noch nie begegnet. Deshalb war ich auf das, was ich zu sehen bekam, nicht vorbereitet. Claire Satterfield war zweifellos das wunderschönste Geschöpf auf dem Planeten. Zumindest war sie die schönste Frau, die ich je gesehen hatte. Die junge Frau, etwa zehn Zentimeter größer als Julian, war grazil, aber wohlgeformt; eine Figur, die an Marylin Monroe erinnerte. Das schwarze Haar war zu langen, schimmernden Locken frisiert, die ihre gebräunten Schultern streiften. Haarspangen umrahmten ein hinreißendes Gesicht mit atemberaubenden Wangenknochen. Mit der taufrischen Haut, dem unwiderstehlichen Gesicht und dem glänzenden Haar gemahnte diese Vision an eine gestrandete Meerjungfrau. Sie bedachte mich mit einem verängstigten Blick und machte tonlos den Mund auf.

»Und das ist Claire«, fügte Julian hinzu und wurde rot. Vor *Lust,* wie ich mir einbildete.

»Sehr erfreut«, sagte ich und meinte es auch so.

Claire war es gewesen, die mich den Leuten von Mignon als Bankettlieferantin empfohlen hatte. Obwohl die Vorbereitung des Essens für das Ereignis kein reines Vergnügen gewesen war, wünschte ich mir so sehr, daß Julian glücklich war. Mein junger Freund hatte etliche Fehlstarts im Beziehungsbereich hinter sich, darunter auch einen mit einer Mignon-Verkäuferin, die in unserer Straße wohnte. Aber jetzt hatte er sich für Claire entschieden. Das heißt, er hatte sich weniger für sie entschieden, sondern sich Hals über Kopf in sie verliebt, etwa so, wie ein Skiläufer in den Rocky Mountains sich in eine herunterkommende Lawine stürzt und versucht, sich von ihr tragen zu lassen. Und ich hatte es genossen, dieses Liebesdelirium mit anzusehen. Obwohl Julian plante, vom Herbst an am Cornell College zu studieren, hatte ich Phantasien darüber, daß ich nach seinem Abschluß zur Ausbilderin und Vermieterin des Bräutigams avancieren würde. Zu meiner Verblüffung sang ich seit neuestem das Loblied der Ehe. Vielleicht würde ich sogar den Hochzeitsempfang der beiden ausrichten.

»Ebenfalls sehr erfreut«, sagte Claire spröde. Der australische Akzent schwang stark in ihrer hohen Kinderstimme mit, einer Stimme, die nicht zu ihrer weltläufigen Erscheinung paßte.

Während Julian und Claire sich leise unterhielten, verquirlte ich den Sherry und die Misopaste für die Sauce zum gegrillten Gemüse. Manchmal kann man ausgefallene Zutaten miteinander kombinieren, und es klappt. Auf alle Fälle galt das für mich. Mit zweiunddreißig hatte ich vor erst zwei Monaten zum zweiten Mal geheiratet. Meine neue Beziehung war so gut, wie meine erste Ehe – geschlossen mit neunzehn, beendet mit siebenundzwanzig – schlecht gewesen war. Daraus hatte ich gefolgert, das erste Mal sei ein Irrtum gewesen. Die Ehe sei großartig, erklärte ich. Jeder müsse einfach heiraten; das sei, wie mit dem Rauchen aufzuhören. Dieser Vergleich hatte meinen neuen Mann Tom Schulz nicht besonders beeindruckt. Während er versuchte, meinen hoffnungslosen Garten neu zu gestalten, trug er sogar ein maßgeschneidertes T-Shirt mit der Aufschrift: *BESSER als eine Zigarette.*

Ich stellte die Salatsauce beiseite und lächelte. Jetzt, wo Tom und ich verheiratet waren und Julian und Claire es genossen, zusammen zu sein, war die Vorstellung, wie romantische Harmonie in unseren kleinen Haushalt einzog, äußerst reizvoll. Auf alle Fälle attraktiver als ein endlos langes Büfett mit Essen ohne Fett …

»Ich muß mit Ihnen über das Parken sprechen«, erklärte Claire laut und ohne Präliminarien. Ich brauchte eine Weile, bis ich begriff, daß sie mit mir redete.

»Das Parken?« echote ich. Ich hievte einen Kübel gekühlter Spargelsuppe aus dem begehbaren Kühlschrank. »Ich parke am Nachtclub.«

»Am Nachtclub?« Julian klang verwirrt. So gut er für solche Anlässe kochte, so genial er in der Schule war, die logistischen Einzelheiten beim Partyservice entgingen ihm häufig.

Ich sagte: »Das Bankett findet im Hot Tin Roof Club statt.« Julian runzelte die Stirn, begriff immer noch nicht. Ich erklärte: »Ein Nachtclub in einem Einkaufszentrum ist unüblich, aber es war das einzige Angebot, das die Eigentümer des Zentrums für den alten Zauberladen Xerxes bekommen haben. Wie auch immer, der Hot Tin Roof Club ist für Singles aus der Oberschicht gedacht. Weil noch nicht Nacht ist«, fuhr ich mit unerschütterlicher Logik fort, während ich mich Claire zuwandte, »sollte es keine Parkprobleme dort geben.«

»Entschuldigung.« Claires sich kräuselnde Lippen waren in einem bräunlichen Lila geschminkt. Ich fragte mich, wie die Leute von Mignon diese Farbe getauft haben mochten: Passionspflaume? Sonnenbräune? »Leider wird mit ein bißchen Ärger gerechnet.«

»Ein bißchen Ärger?« Mir wurde unbehaglich zumute, während ich das Gewicht des Suppenkübels verlagerte. »Parkprobleme? Oder andere Schwierigkeiten? Und wer genau rechnet damit?«

Claire schloß die Augen. Ihr Lidschatten war eine Puderwolke in Lila und Braun. Ich staunte. In einem Augenblick sah sie aus und klang wie ein kleines Mädchen, im nächsten war sie eine sinnliche Frau. »Gut. Sehen Sie diese Farbe?« Sie zeigte darauf.

»Ja.« Ich warf Julian einen Blick zu. Er rümpfte die Nase und schüttelte den Kopf. Der Zusammenhang zwischen Parkproblemen und Lidschatten war auch ihm entgangen.

Claire riß die Augen weit auf. Die Iris war von einem dunklen Veilchenblau. Ich fragte mich, wie viele Männer außer Julian schon in dieser hypnotisierenden Tiefe untergegangen sein mochten. »Gut. Laut der neuesten Ausgabe von *Tierische Themen* soll Mignon-Kosmetik beim Testen des Lidschattens *Mitternachtssinnlichkeit* Albinokaninchen blind gemacht haben.«

»*Tierische Themen*?« sagte ich schwach.

»Tierschutzbroschüre«, teilte Claire mir knapp mit. »Nach dem, was wir gehört haben, organisieren die Leute von *TT* einen Stoßtrupp. Sie wollen gegen Mignon demonstrieren.« Sie zuckte die Achseln. Ein Beben lief von ihren nackten Schultern durch ihr schwarzes

Minikleid, ein Kleid, wie man es üblicherweise bei Empfängen nicht zu sehen bekam, ein Kleid, für das mir seit meinem sechzehnten Lebensjahr die Figur fehlte. »Die Kaufhaussicherheit meint, sie könnten beim Bankett Ärger machen. Tut mir leid«, fügte sie mit einem Nicken auf das viele Gemüse hinzu.

»Ärger machen? Demonstranten? Wegen Albinokaninchen?« Ich versuchte immer noch, im Kosmetikuniversum Fuß zu fassen. »Diese Leute werden heute beim Bankett demonstrieren?«

»Ja, das glauben wir. Ihre Kampagne heißt: Verschont die Hasen.« Weil das wie ›Schont die Hosen‹ klang, brauchte ich einen Moment, das zu übersetzen. »Gestern«, fuhr sie fort, »standen die Tierschützer vor dem Kaufhaus. Haben demonstriert. Wissen Sie, Prince & Grogan hat den Exklusivvertrieb für Mignon in der Gegend von Denver. Also sind wir das Ziel. Die Demonstranten haben sogar eine Streikpostenkette gebildet. Wir haben gehört, daß sie heute vielleicht total verrückt spielen. Möglicherweise wedeln sie jedem, der hereinkommt, mit einem Kaninchenkadaver vor dem Gesicht herum –«

»Oh, das darf ja nicht wahr sein!« schrie ich. Ich knallte den Suppenkübel auf den Tresen. »Ich spende dem Sierra Club! Ich spende der National Wildlife Federation! Ich trag' nicht mal Lidschatten! Kann ich nicht so was Ähnliches wie freies Geleit bekommen?«

»Sie haben keine Ahnung, mit was für Leuten Sie es zu tun haben«, bemerkte Claire. Ihr schlanker Körper glitt auf den Dampfkochtopf zu. »Wenn die sehen, daß Sie Fisch hineintragen, dann sind Sie der Feind. Eine Fischmörderin. Die schmeißen Ihre Essensbehälter von hier bis zum Jüngsten Gericht. Und das alles wegen

Kaninchen.« Sie kicherte. »Kaninchen – die Geißel Australiens! Meine Leute könnten so was nicht fassen, das kann ich Ihnen sagen.«

»Sag uns einfach, wo wir parken sollen«, mischte sich Julian besänftigend ein, ehe ich wieder explodieren konnte. »Wir machen uns nicht viel aus Kadavern.«

»Okay.« Sie verzog die geschminkten Lippen. »Sie wissen, wo die Einfahrt zur Garage ist?« Wir nickten. »Zum Einkaufszentrum gehört ein Parkhaus«, erklärte Claire, »und der Eingang zum Hot Tin Roof Club ist im ersten Stock. Der Eingang hat eine Glastür, aber die sollen wir nicht benützen. Der Lieferanteneingang ist eine unbeschilderte Tür, neben Stephens Schuhgeschäft. Sie gehen durch das Schuhgeschäft und kommen dann in den Club.«

Ich hatte das entmutigende Gefühl, ich müsse mir das alles aufschreiben. *Tierische Themen.* Der Lieferanteneingang neben dem Schuhgeschäft. Eine Streikpostenkette. Kadaver.

»Der Sicherheitschef von Prince & Grogan«, sagte Claire, »hat allen Leuten von Mignon aufgetragen, daß sie wegen der Demonstranten nicht am Kaufhaus oder am Nachtclub parken sollen. Wir sollen unsere Autos verteilen, aber nicht auf dem Parkhausdach, weil dort die Lebensmittelausstellung vorbereitet wird. Sie wissen schon. Wie heißt die noch?«

»Aus Furman County frisch auf den Tisch«, erwiderte ich dumpf. Die Lebensmittelmesse sollte übermorgen eröffnet werden, und ich gehörte zu den Ausstellern. Ich betete, daß die Demonstranten übermorgen bei der Eröffnung nicht auf der Messe sein würden.

»Wir parken einfach und kommen durch den Lieferanteneingang neben dem Schuhgeschäft herein«, schloß Claire triumphierend. Die Manöver in dieser ganz besonderen Form des Krieges schienen ihr ungeheuer viel Spaß zu machen. »Der Sicherheitschef wird im Parkhaus sein. Heißt Nick. Er hat uns gesagt, daß sie die Polizei um Hilfe gebeten haben. Bloß für den Fall, daß die Sache ausufert.«

Dorthin wollte Tom also heute. Offiziell war er zwar Mordermittler, aber in Furman County geschahen nicht so viele Morde, daß mein neuer Mann rund um die Uhr beschäftigt gewesen wäre. Deshalb hatte er alle Hände voll zu tun mit Raubüberfällen und tätlichen Angriffen und mit Sondereinsätzen wie heute. Als ich ihn gefragt hatte, worin sein heutiger Einsatz bestehe, hatte er schelmisch geantwortet: »Einkaufen.« Und mehr wollte er nicht sagen. Er wollte nicht, daß ich mir Sorgen machte, und ich wollte nicht aufdringlich sein. In den beiden Monaten, in denen wir herauszufinden versucht hatten, was eine Ehe nach langen Phasen des Alleinlebens bedeutete, waren wir beide vorsichtig der Privatsphäre des anderen ausgewichen. Aber ehrlich gesagt, der Mann war unmöglich. Wir hätten auch ein spätes Mittagessen planen können. Außerdem ein richtiges Essen, mit Vichyssoisse und Pâté, vielleicht etwas Hasenpfeffer …

»Goldy?« erkundigte sich Julian. »Willst du die Seezunge hier oder dort dämpfen?«

»Ich fang' hier damit an und gare sie dort zu Ende«, sagte ich. »Das ist das letzte, was ich zu erledigen habe.« Der Dampfkochtopf war voll Wasser. Ich schaltete die Gasbrenner ein, stellte den Kübel Spargelsuppe in eine Kiste und packte die Rohkost ein. Kurz darauf stieg jede Menge Dampf auf, und ich legte die Seezungenfilets dicht nebeneinander auf einen Einsatz über dem sprudelnden Wasser. Als ich mich umdrehte, waren Julian und Claire verschwunden. »Was zum –«

Ich wußte, daß Julian nicht gehen konnte, nicht gehen würde, ohne mir dabei zu helfen, das Essen in den Lieferwagen zu packen. Ein Büfett für vierzig Personen war zuviel für einen einzigen Partylieferanten, mit der ganzen Schlepperei, dem Aufbauen und dem Servieren. Aber, wie ich mir ins Gedächtnis rief, als ich zur Hintertür stürzte, um nach dem Lieferwagen zu sehen, in den letzten Wochen war Julian aus lauter Liebe vergeßlich geworden. Erst hatte er es versäumt, zwei von drei Desserts zu einem Wohltätigkeitspicknick der Bürgerrechtsbewegung zu bringen. Daraufhin hatte ich mir endlose Witze über mangelnde Wahlfreiheit anhören müssen und der Bürgerrechtsbewegung bei der Endabrechnung einen hohen Rabatt eingeräumt. Julian, dem das peinlich war, hatte angeboten, den Verlust aus eigener Tasche zu bezahlen. Natürlich war ich nicht so herzlos gewesen, mich darauf einzulassen. Der Junge sparte Geld für das College. Aber ich versprach ihm, wenn er bei einem Essen für die Bürgerrechtsbewegung noch einmal versagte, würde ich ihn mit einem Barbecue für die Rechtsradikalen bestrafen.

Ich sah in meiner Doppelgarage nach. Julians Range Rover – geerbt von früheren Arbeitgebern – stand neben meinem Lieferwagen, aber weder Julian noch Claire waren zu sehen. Ich warf einen Blick auf die Rückseite der Garage und erinnerte mich an ein weiteres Beispiel von Julians Geistesabwesenheit in letzter Zeit. Erst letzte Woche war es ihm gelungen, sich in einen Autounfall mit einer neuen Kundin, Babs Braithwaite, zu verwickeln. Drei Tage, nachdem Babs mich damit beauftragt hatte, ihre Party am vierten Juli auszurichten, waren sie und Julian zusammengestoßen. Julian, normalerweise ein vorsichtiger Fahrer, hatte es geschafft, daß Babs in ihrem Mercedes 560 SEC von hinten gegen ihn geprallt war. Babs behauptete, er habe mitten auf einer Kreuzung angehalten. Julian behauptete, seiner Meinung nach sei sein Blinker eingeschaltet gewesen. Er gab jedoch zu, nicht so genau darauf geachtet zu haben, weil eine kichernde Claire kurz vor dem Zusammenstoß die wohlgeformten Beine zum Abkühlen aus dem Roverfenster gestreckt habe. Aber es war nicht lustig gewesen, als Julian für schuldig befunden worden war. Der Mercedes hatte einen Schaden in Höhe von mehreren tausend Dollar erlitten, und Julians Ersparnisse würden gewaltig schrumpfen, wenn er den Eigenanteil an der Versicherung bezahlen mußte. Es sah danach aus, daß er das Geld verlieren würde, obwohl ich versuchte, es für ihn zu retten.

Ich faßte an die eingedellte Stoßstange des Rover, verließ die Garage und trat auf einen neuen Fliesenweg, den Tom angelegt hatte. Selbst wenn die Finanzlage des stolzen, unabhängigen Julian etwas angespannt war, würde er es schaffen. Er war reich an Liebe, überlegte ich, als ich den Weg entlangging. Er führte durch einen üppigen Garten aus mehrjährigen Pflanzen, die Tom dem Boden meines einst unfruchtbaren Gartens entlockt hatte. Julian hatte Tom begeistert beim Kompostieren, Kultivieren und Anpflanzen geholfen. Und dank des heftigen Schneefalls im Frühling wuchs alles wie nur einmal in zehn Jahren. Der prächtige Anblick von gelber Akelei, winzigen weißen Arabisblüten und himmelblauen Glockenblumen war Toms ganzer Stolz. Aber im Moment war es eine Blumenausstellung, auf der Claire und Julian fehlten.

Ich stieß die Hintertür auf und lief nach oben. Julian hatte Claire doch bestimmt nicht mit in sein Zimmer genommen, oder? Ich klopfte leise und warf dann einen Blick in das Zimmer der Jungen. Leer. Wo in aller Welt konnten die beiden sein? Ich spürte Schweißperlen auf der Stirn. Julian war so vergeßlich geworden, daß ich daran dachte, mein Versprechen zurückzunehmen, er dürfe den Partyservice in den nächsten Tagen übernehmen, in denen ich mich auf die Lebensmittelmesse vorbereitete und den Stand dort betreute. Aber wenn Julian weiterhin bei den Bestellungen Mist baute, war der Partyservice erledigt. Und ich hatte zu hart um meine finanzielle Unabhängigkeit gekämpft, um zuzulassen, daß mein Geschäft in Gefahr geriet. Ganz gleich, wie glücklich wir als Frischverheiratete waren, ich hatte nicht vor, von Toms Gehalt abhängig zu werden. Ich stapfte die Treppe hinunter, nahm den Deckel des Dampfkochtopfs ab und schaltete die Gasbrenner aus. Die Seezunge hatte eben eine andere Farbe angenommen, war aber noch nicht gar. Ich ging den Vorderflur entlang.

Julian und Claire saßen umschlungen auf der Wohnzimmercouch. Sie waren vertieft in einen innigen, lautlosen Kuß. Claire, die größer und langbeiniger war als Julian, hielt ihn nicht eigentlich in den Armen, sondern drapierte sich um ihn. Es war mir peinlich, Augenzeugin solcher Leidenschaft zu werden, und ich zog mich hastig in die Küche zurück.

»Okay!« rief ich diplomatisch, als ich den Einsatz mit Seezungenfilets aus dem Dampfkochtopf genommen hatte. »Packen wir alles in den Lieferwagen und probieren, *Schont die Hosen* auszutricksen!«

Kurz darauf kam das liebeskranke Paar wieder zum

Vorschein, etwas verlegen. Mir fiel auf, daß Claires Make-up wie durch ein Wunder unversehrt war, obwohl Julian eine Spur zerzaust wirkte. Er reichte Claire eine zugedeckte Schüssel mit (fettarmer) Hollandaise und packte dann die erste Kiste mit der Suppe. Ich unterdrückte ein Grinsen und griff nach dem Behälter mit Hoisinputenfleisch. Zehn Minuten später waren wir alle drei auf dem Weg zur vierzigminütigen Fahrt zur prachtvollen, neu gestalteten Westside Mall, *geschmiegt*, wie es in der neuesten Reklame pausenlos hieß, *an die Vorberge der Rockies!*

Kinder spielten schon auf der Straße, fuhren auf Mountainbikes oder traten Fußbälle gegen die Straßenränder, als unsere Autos aus meiner Einfahrt tuckerten. Als wir auf die Main Street von Aspen Meadow kamen, schimmerte vom Wind aufgewirbelter Staub im Morgenlicht und bildete einen durchsichtigen Schleier zwischen der Stadt und den Gipfeln des Naturschutzgebiets von Aspen Meadow. Der Schnee auf den Bergen war zu schiefen grauen Mützen geschrumpft, die im Sommer nicht ganz schmelzen würden. Während Julian und ich Claires weißem Peugeot Richtung Interstate 70 folgten, kamen wir an Läden vorbei, deren Eingänge Sommertouristen verstopften, erpicht auf die Höhenlage von Aspen Meadow, die kühlere Temperatur und die Behauptung, die Stadt sei idyllisch. Unternehmenslustige Händler hatten den Streifen zwischen Gehweg und Straße mit wilden Nelken, Taglilien und tränenden Herzen ausgeschmückt. Unter den mit Absicht rustikal gestalteten Ladenschildern baumelten Körbe mit weißen Petunien, roten Geranien und zarten Spargeltrieben. Das nahe Vail hatte sich diese Gartendekoration im Stil von Disneyland zunutze gemacht, um Scharen von Touristen anzulocken, und unser Kaff tat es ihm nach. Die Handelskammer schien zu meinen, je weniger der Ort einer richtigen Stadt gleiche, desto weniger hätten Touristen das Gefühl, richtiges Geld auszugeben. Es war trotzdem mein Zuhause, und ich liebte es. Normalerweise macht es mir keinen Spaß, »bergab« zu fahren, wie die Einwohner von Aspen Meadow den körperlichen und geistigen Abstieg nach Denver und Umgebung nennen.

Als der Lieferwagen Claires kleinem Peugeot nach Osten folgte, donnerte ein Rettungshubschrauber nach Westen über uns hinweg, Richtung Aspen Meadow. Ich bremste mechanisch und bog vor einem Pritschenwagen in die rechte Spur ein. Der Fahrer mußte ausscheren, um mir auszuweichen. Julian und ich wechselten einen Blick. Mir, der paranoiden Glucke von einer Mutter, raste das Herz, als ich mir im Geiste Arch vorstellte. Mein Sohn hatte die Nacht im Haus eines Freundes verbracht. Heute morgen sollte er zurückkommen. Sobald wir ankamen, würde ich vom Hot Tin Roof aus anrufen und mich vergewissern, daß ihm nichts fehlte.

Ich zwang mich, den Hubschrauber und seine Rettungsmission zu verdrängen, gab wieder Gas und stellte mir die vielen hinreißenden Frauen vor, die am heutigen Bankett teilnehmen würden. Im Nachtclub würde es wimmeln von Blondinen, Brünetten und Rothaarigen. Allesamt unglaublich schlank, makellos geschminkt und modisch gekleidet, mit kürzeren Röcken, als ich sie in meiner Zeit als Arztfrau zum Tennisspielen getragen hatte. Beim Gedanken an meine Lieferantenuniform und mein sauber gewaschenes Gesicht überkam mich eine jäher Anfall, ich passe nicht dorthin. War das der wahre Grund, aus dem ich dieses Bankett so ungern belieferte – daß dort all diese umwerfenden Frauen sein würden, und dann *ich*?

Entmutigt sah ich in den Lieferwagenspiegel und munterte mich wieder auf. Der Hubschrauber war dröhnend weggeflogen und nicht mehr zu sehen. Der Lastwagenfahrer hatte die Spur gewechselt. Mein Gesicht sah aus wie immer, meine Servierkleidung war gleichermaßen trist, aber praktisch. Später entdeckte ich, daß es ein Fehler gewesen war, mein Spiegelbild nicht genauer zu mustern. Aber damals sagte ich mir: *Entspann dich. Auf die Partylieferantin achtet nie jemand.*

Noch ein Irrtum.

»**Sollen wir ihr also nachfahren** oder nicht?« fragte ich Julian, als Claires Auto eine tintenschwarze Abgaswolke ausstieß und an der silbergrauen Marmorfassade des Kaufhauses Prince & Grogan vorbeifuhr. Vor dem Eingang zu dem Nobelkaufhaus standen keine Demonstranten. Ich hoffte, das sei ein gutes Zeichen.

Der Peugeot verschwand im Parkhaus der Westside Mall. Julian verrenkte sich den Hals, um zu sehen, wohin Claire gefahren war. »Trennen wir uns, wie sie gesagt hat. Für den Fall, daß die Aktivisten an einem bestimmten Ort warten. Die Verkäuferinnen sollen die Kittel von Mignon-Kosmetik nicht tragen. Claire parkt in der Nähe der Crêperie, weil sie etliche Sachen hinbringen muß. Sie hat uns gesagt, wir sollen durch Stephens Schuhladen hineingehen. Sie bringt ihre Sachen hinein, während wir mit dem Ausladen anfangen.«

Ich steuerte den Lieferwagen vorbei an den majestätischen Schierlingstannen und den niedrigen, üppigen Espen, die zur teuren Neugestaltung des Ein-

37

kaufszentrums gehörten. Nach einem Moment der Verwirrung fuhr ich in der untersten Parkhausetage ganz nach hinten in der Hoffnung, wir seien zu den leeren Parkplätzen neben der Parkhauseinfahrt aus Chrom und Glas zum Einkaufszentrum neben Prince & Grogan unterwegs. Wo jetzt das Kaufhaus stand, ein so opulentes und einladendes Einkaufsparadies, wie man es sich nur wünschen konnte, war früher ein Kaufhaus der Kette Montgomery Ward gewesen. In den mageren Jahren nach meiner Scheidung hatte ich Montgomery Ward gut kennengelernt, aber die Umgestaltung und der Ausbau der Westside Mall waren mit soviel Ehrgeiz in Angriff genommen worden, daß mir im Augenblick die Spucke wegblieb.

Im Gegensatz zu Julian, der auf die Parkhauseinfahrt zur Einkaufspassage zeigte. Ich kniff die Augen zusammen, um einen Blick auf Streifenwagen oder Aktivisten zu erhaschen, die Transparente schwenkten, Kaninchen oder weiß der Himmel was. Ich sah nur Scharen von umwerfenden Frauen, vermutlich die Verkäuferinnen und die Spitzenkundinnen, die eingeladen worden waren. Sie schlängelten sich durch die Autoreihen, unterwegs zum Hot Tin Roof Club. Neben uns stolzierte eine hermaphroditische Blondine, in knalliges Zitronengelb gekleidet, an einem Porsche entlang, hinter dem ein Parkplatz frei war. Hinter dieser Autoreihe leuchtete das Neonschild von Stephens Schuhladen. Ich wartete, bis die Frau in Gelb weg war, dann fuhr ich den Lieferwagen schnell an Prince & Grogan vorbei, um die Schlange herum und auf den leeren Parkplatz. Ich sah auf die Uhr. Bis jetzt lief alles genau nach unserem Zeitplan.

Die verglaste, eindrucksvolle Einfahrt vom Einkaufszentrum bewachte ein älterer Mann, der damit beschäftigt war, zwei Muskelprotzen mit Haarpomade, in zueinanderpassenden anthrazitfarbenen Anzügen und mit schimmernden, spitz zulaufenden schwarzen Schuhen Anweisungen zu geben. Die Muskelprotze standen nervös da, mit gespreizten Beinen und auf dem Rücken verschlungenen Händen. Während der Ältere mit ihnen sprach, ließen sie die kräftigen Schultern spielen und legten mit übertriebener Aufmerksamkeit die Köpfe schief. Ich war mir ziemlich sicher, daß das keine Polizisten waren. Wenn Unruhen drohten, hätte das Büro des Sheriffs von Furman County außer Uniformierten bestimmt auch Polizisten in Zivil geschickt. Aber ganz gleich, was sie anhatten, Deputys vom Büro des Sheriffs verhielten sich nie so auffällig wie angeheuerte Schlägertypen.

Ich sah wieder auf die Uhr: halb elf. »Das Einkaufszentrum hat offen, stimmt's?«

Julians blonder Haarschopf flog zur Seite, als er den Kopf schieflegte und sich die Anzüge genauer ansah. »Ja, stimmt. Normalerweise macht es um zehn auf, aber ab übermorgen früher wegen der Lebensmittelmesse. In den meisten Läden ist erst am Nachmittag was los, sagt Claire. Diese Typen sehen aus, als ob sie von Mignon-Kosmetik oder von Prince & Grogan wären. Vielleicht kommen sie auch von einem privaten Wachdienst.«

»Sie sollen wohl einen knallharten Eindruck machen.« Ich schaltete den Motor aus und zog die Handbremse an. »Vielleicht bilden sie sich ein, daß sie abschreckend wirken, wenn sie so tun, als ob sie Schulterhalfter trügen. Das sollte die Leute von *Tierischen Themen* verjagen.« Ich konnte mich nicht daran erinnern,

39

was für Strafen in diesem waffenvernarrten Teil des County für das Tragen einer versteckten Waffe vorgesehen waren. In Colorado versteckten die Leute ihre Waffen nicht gern. Im Gegenteil, sie ergriffen jede Gelegenheit, sie geradezu exhibitionistisch vorzuzeigen.

Nach dem Aussteigen traf uns die stinkende, überhitzte Parkhausluft wie ein Schlag ins Gesicht. Wir mußten das Essen schnell an einen kühlen Ort bringen. In dieser Hitze würde alles welken oder Bakterien bilden. Ich machte die Türen des Lieferwagens auf, musterte die intakten Reihen von Kühlbehältern und fragte mich, ob sich die muskulösen Wachmänner in den zueinanderpassenden Anzügen auf die gerösteten Paprikaschoten stürzen würden, wenn ich ein paar Jalapeños darauf legte und alles mit Cayenne bestreute.

Als wir das Gemüse ausluden, waren Rufe in der Nähe der Parkhauseinfahrt vom Einkaufszentrum aus zu hören. Julian und ich wechselten einen besorgten Blick, hoben unsere Ladungen auf und gingen schnell auf Stephens Schuhgeschäft zu. Sechs Meter entfernt brüllten die Wachmänner mehrere Demonstranten an, die plötzlich aufgetaucht waren und große Transparente schwenkten. Weil ich mit Brokkoli beladen war, konnte ich nicht sehen, ob die Aktivisten sonst noch etwas bei sich hatten. Aus meiner Sicht waren Alter und Geschlecht der Aktivisten undefinierbar. Sie hatten allesamt lange, ungekämmte Haarzotteln über den bedruckten T-Shirts, trugen zerfetzte Bluejeans und Sandalen. Ich konnte nicht hören, was sie schrien, aber ich konnte erraten, daß es um die Rettung kleiner Nagetiere mit niedlichen Schwänzen ging.

»Bist du in Ordnung?« murmelte Julian, als er mit

dem Turnschuh die Lieferantentür aufstieß und für mich offenhielt.

»Ja«, sagte ich unsicher. Die Rufe hatten an Lautstärke zugenommen. »Vielleicht können die Wachmänner, oder was sie auch sein mögen uns Deckung geben, während wir das Essen hineinbringen.« Ich versuchte, zuversichtlicher zu klingen, als mir zumute war.

Julian ging zur Tür des Schuhgeschäfts und machte sie weit auf. Wir trugen unsere kulinarische Last schnell vorbei an Reihen aus Pumps in knalligen Farben und Sportschuhen mit Luftkissen. Neugierige Kunden und Verkäufer mit offenem Mund ließen Schachteln mit Sandalen und Segelschuhen fallen, als wir vorbeieilten. Sie verhielten sich, als hätten sie noch nie gesehen, wie zwei Partylieferanten achtzig Pfund Essen an ihnen vorbeischleppten.

Der Geschäftsführer, ein großer Mann mit rotblondem Haar, trat schnell neben uns und murmelte verschwörerisch: »Ich weiß über den Anlieferweg für das Bankett Bescheid.«

Ich fragte mich, ob er sich nach dem Kennwort für das Überqueren feindlicher Linien erkundigen werde. »Entschuldigung«, flüsterte ich hinter dem Brokkoli. »Es wird nur ein paar Minuten dauern.«

Als der Geschäftsführer über den Teppichboden des Ladens ging, um seine Kunden zu beruhigen, sagte Julian: »Ich weiß nicht, ob diese Sicherheitstypen in der Lage sind, uns beim Hin- und Herlaufen zu beschützen.« Er warf einen Blick zurück ins Parkhaus. »Sicherheitshalber sollten wir lieber immer gemeinsam gehen, statt uns abzuwechseln.« Er nickte wissend, um zu zeigen, wieviel er über den Partyservice gelernt hatte.

Ich erwiderte das Nicken nicht. Mir kam es vor, als

wären an dem Aufruhr draußen jetzt mehr Menschen beteiligt. Julian hatte jedenfalls recht. Wenn zwei Partylieferanten gemeinsam an einem Auftrag arbeiten, hütet normalerweise einer das schon hereingebrachte Essen, während der zweite die restlichen Gerichte holt. Falls man Platten irgendwo herumstehen läßt, bevor das Büfett eröffnet ist, sehen die Leute in der bloßen Anwesenheit von Eßbarem das Zeichen, es zu vertilgen, ganz gleich, wie gut das Essen verpackt ist. Vielleicht gab es im Nachtclub einen Tresen, unter dem wir die Gänge außer Sichtweite verstauen konnten.

Wir kamen aus dem Haupteingang des Schuhgeschäfts und betraten die erhabene Schönheit der renovierten Hauptarkade der Westside Mall. Als das Einkaufszentrum Ende der sechziger Jahre eröffnet worden war, war es ungeheuer erfolgreich gewesen. Aber die Westside Mall war pleite gegangen wie ein Held von F. Scott Fitzgerald: erst schleichend, dann abrupt. Die Zeitungen von Denver waren voll gewesen von Berichten über Läden, die in der ersten Phase der Ölrezession Bankrott gemacht hatten. Es dauerte nicht lange, bis das ganze Einkaufszentrum im katastrophalen Ruin der Savings-and-Loan-Banken unterging. Nachdem es mehrere Jahre lang leergestanden war, hatte sich die Geschäftsleitung von Prince & Grogan, einer Kaufhauskette mit Sitz in Albuquerque, einverstanden erklärt, den Grundstein für ein umgestaltetes Einkaufszentrum für den gehobenen Geschmack zu liefern. Ein totales Gesichtslifting des alten Einkaufszentrums und der Bau des vielstöckigen Parkhauses hatten das ehemalige Einkaufsparadies in eine Reihe aus schicken, modischen Läden und Boutiquen verwandelt.

Aber Arch hatte um den alten Zauberladen Xerxes

getrauert. Als ich über die Schwelle des Hot Tin Roof Club trat, stellte ich mir vor, wie sehr mein Sohn über die magische Verwandlung des alten Ladens gestaunt hätte, den er so sehr geliebt hatte. Die aufgereihten Masken waren verschwunden, die Regale mit Zylindern, die Glasvitrinen voller Zaubertricks. Die Wände des vergrößerten Raums waren silbern und schwarz gestrichen. Unter starken Punktstrahlern schimmerten Chromknöpfe und verchromte Tischkanten. Eine Reihe plüschiger Sessel war mit schwarzem Leder bezogen worden. Eine schlanke Frau mit kunstvoll frisiertem Haar und einem so winzigen Lendenschurz wie Claire nickte in unsere Richtung und winkte uns am Tresen der Empfangsdame vorbei.

Wir gingen unsicher vom Lieferanteneingang aus durch den neuen Vorraum. Trotz der Tatsache, daß es noch nicht einmal elf Uhr morgens war, füllte spürbare Erregung das Lokal. Aus den Lautsprechern an der Decke ertönte aufmunternde Musik. Etwa dreißig Frauen waren schon eingetroffen und wimmelten herum. Eine stellte einen Diaprojektor auf. Eine zweite entrollte eine Leinwand. Zwei weitere überprüften die Tonanlage und das Rednerpodium. Es ließ sich unmöglich sagen, ob die hohen Stimmen und die fieberhafte Aktivität das Ergebnis der Nervosität angesichts des bevorstehenden Ereignisses waren – der Vorstellung der Herbstkollektion – oder der Anwesenheit der Demonstranten vor dem Gebäude. Für einen Moment entdeckte ich Claire. Sie schien uns vergessen zu haben, während sie kicherte, kreischte und von einer schwatzenden Frauengruppe zur nächsten ging. Auf einem langen Tisch lagen drei Reihen knallbunter Blumengebinde zum Anstecken. Etliche Frauen trugen sie

43

schon. Andere waren damit beschäftigt, sich die Gebinde an die elegante Kleidung zu stecken. Ich vermutete, daß die Blumen etwas mit den Herbstfarben zu tun hatten, die wir zu sehen bekommen würden. Ich hätte auch nichts gegen ein Blumengebinde zum Anstecken gehabt, dachte ich geistesabwesend, als ich mit dem schweren Brokkolitablett zum Tresen ging. Andererseits: Gab es eine Orchidee in der Farbe von Zartbitterschokolade? Mit himbeerfarbenen Rosen zur Abrundung? Vermutlich nicht.

Ein jäher Knall und Rufe von draußen brachten die Schar schwatzender Frauen kurz zum Schweigen. Aus den Lautsprechern erschallte ein neues Lied und übertönte alle Störgeräusche. Ich fluchte lautlos, als ich an das viele Essen dachte, das Julian und ich noch hereinbringen mußten, vorbei an dem, was sich draußen tat, was auch immer das sein mochte.

Julian las meine Gedanken. »Bleib hier«, befahl er energisch. »Ich geh' noch mal.«

»Nein, laß mich das machen. Ich bin's gewöhnt, mit schweren Essensbehältern herumzulaufen.«

»Nein, nein, ich bin viel schneller als du«, erwiderte er, ohne sich dafür zu entschuldigen. »Wenn dich irgendein Demonstrant anschreit, läßt du dich auf einen Riesenstreit mit ihm ein, wie du das immer machst. Du willst, daß das Essen schnell hier ist? Dann laß mich es holen.«

»Schön«, sagte ich widerstrebend, »aber willst du nicht wenigstens versuchen, ob diese Wachmänner dir helfen?«

Aber Julian hatte sich schon in Bewegung gesetzt. »Falls die nicht alle Hände voll zu tun haben«, erwiderte er über die Schulter. Falls er meinen Ruf gehört hatte,

44

er solle vorsichtig sein, ließ er es sich jedenfalls nicht anmerken.

Vom Telefon auf dem Tresen aus rief ich Archs Freund Todd Druckman an. Todds Mutter sagte mir, die beiden säßen vor dem Fernseher und äßen Schaumküsse und Mohnkuchen. Ob ich Arch sprechen wolle? Ich lachte und sagte, nein danke, dann legte ich auf und wusch mir im Barspülbecken die Hände, dankbar dafür, daß meine Sorgen um meinen Sohn überflüssig gewesen waren.

Ich goß die Dips in die ausgehöhlten Kohlköpfe, dann musterte ich die Tabletts. Die aufgereihten Gemüse waren nur leicht verrutscht. Ich hob die Plastikfolie und griff darunter, um sie zurechtzurücken.

»Großer Gott, Harriet, die sind ja phantastisch!« rief eine tiefe, rauchige Stimme auf der anderen Seite des rechteckigen Granittresens. »Diamantohrringe? Die müssen Mignon ja ein kleines Vermögen gekostet haben!« Ich erkannte die Stimme. Als ich aufschaute, sah ich die üppige, vollmähnige, schwerreiche Babs Braithwaite, die neben Harriet Wells stand.

»Spitzenumsatz im Mai«, erklärte Harriet selbstgefällig.

»Moment mal«, kommandierte Babs und legte die Hand auf Harriets Unterarm. Dann steuerte sie Harriet in meine Richtung und sprach mich an. »Goldy? Dieses Bankett beliefern Sie auch? Sind Sie schon vorbereitet auf die Party, die Charles und ich geben?« Ohne eine Antwort abzuwarten, plapperte sie weiter. »Harriet, kennen Sie Goldy von Goldilocks Partyservice in Aspen Meadow? Ist der Name nicht entzückend? Sie war nicht immer Partylieferantin. Sie war mal mit einem *umwerfenden* Arzt verheiratet.«

Das war ja reizend. Ich starrte Babs Meredith Braithwaite an und überlegte mir, was ich dazu sagen sollte. Babs war um die Fünfzig, obwohl sie durch die dicke Schminke, die sie über der pockennarbigen Haut trug, älter aussah. Charles Braithwaite, ihr Mann, ein einsiedlerischer Mikrobiologe, war jünger als sie und dem Vernehmen nach ziemlich attraktiv, aber er hatte kein Familienunternehmen geerbt, das mit Butter ein Vermögen verdient hatte. Weil sie haufenweise Geld hatte, scheute Babs keine Kosten, sich aufzutakeln. Ihre groben Züge wurden unterstrichen durch maskenhafte Grundierung und Puder, dunkle, verschmierte Rougestreifen, schwarzen Lidstrich und lange, künstliche Wimpern. Ihr kunstvoll gespraytes Haar war wild toupiert, und ihr teuer aussehendes dunkles Seidenkleid zierte ein üppiges Blumengebinde aus rosa Rosen und Schleierkraut. Sie sah wie die Mutter einer Barbiepuppe aus. Wieder wurde ich mir meiner schlichten Schürze bewußt und meiner aus der Mode geratenen Lockenfrisur à la Shirley Temple.

»Wie hieß er gleich noch«, fuhr Babs fort und klopfte sich mit einem pummeligen Finger an die Oberlippe. »Oh, natürlich. Korman! *Doktor* Korman.«

»Nein«, sagte Harriet traurig. »Das hab' ich nicht gewußt.«

Es war wirklich unglaublich. Allem Anschein nach war irgend jemand immer darauf versessen, etwas auszuplaudern, was jetzt schon fünf Jahre her war. Damals hatte ich mich von John Richard Korman scheiden lassen, dem ich den überaus passenden Spitznamen der Kotzbrocken verpaßt hatte. Niemand begriff je, warum ich einen derart attraktiven und reichen Mann hatte laufen lassen. Die Leute wußten einfach nichts über seine Gewalttätigkeit. Mein Abstieg zur Partylieferantin wurde mit mitleidigem Hohn bedacht. Ich arbeitete schon für Harriets Firma. In drei Tagen würde ich Babs' Party ausrichten. Reichte das nicht? Was sollte das Geschwätz über die Vergangenheit? *Weil die Leute es einfach nicht lassen können, gehässig zu sein,* wie meine beste Freundin Marla Korman, die zweite Exfrau des umwerfenden Arztes, gern feststellte. Marla hatte Babs mein Unternehmen empfohlen, deshalb hielt ich den Mund und zwang mich zu einem schwachen Lächeln.

»Goldy hat sich wegen des Erfolgs ihres kleinen Geschäftes in Aspen Meadow einen guten Ruf erworben«, sagte Babs mit einem weit ausholenden Schlenker ihrer juwelengeschmückten Hand.

»Ja.« Harriets saccharinsüßer Ton war schwer zu deuten. Harriet, ebenfalls um die Fünfzig, war schlank, zierlich und wirkte so dezent, wie Babs aufgedonnert. Ihr Bienenkorb aus goldenem Haar, das makellose Make-up und die kurzen, schlanken Finger mit den manikürten Nägeln harmonierten perfekt mit ihren ausgestellten königsblauen Hosen im chinesischen Stil und dem dazu passenden ärmellosen Top. »Goldy und ich haben heftig über das fettarme Essen für unser Bankett diskutiert. Sie hat mich darauf hingewiesen, daß die Leute, wenn es Fisch als Hauptgang gibt, immer Schokolade zum Nachtisch wollen! Wir hatten Glück, daß sie bereit war, die weite Fahrt hierher zu machen.«

»Ich bin dauernd in Denver«, sagte ich und versuchte, nicht defensiv zu klingen. »Ich bin auch auf der Lebensmittelmesse vertreten.«

»Sie sind auch auf der Lebensmittelmesse vertreten? Das sollten Sie nicht tun«, tadelte mich Babs. »Sie könnten sich übernehmen.«

Sah ich aus, als bräuchte ich Ratschläge von Babs Braithwaite? Ich durchforschte den Raum nach Julian. Wenn ich beschäftigt wirkte, würden diese Frauen mich vielleicht in Ruhe lassen.

»Natürlich«, fuhr Babs fort, »werden alle wichtigen Leute aus der Essensbranche dort vertreten sein. Wir geben auf der Messe eine Benefizveranstaltung. Playhouse Southwest, kennen Sie die Gruppe? Früher waren wir als Wohltätigkeitslaientheater von Furman County bekannt. Eben haben wir *Der Widerspenstigen Zähmung* aufgeführt. Kommt Ihnen das Stück bekannt vor? Habe ich Ihnen nicht davon erzählt?«

Ich nickte vage. In Wahrheit hatte ich mich mit Babs am Telefon nur über den vierten Juli unterhalten. Wir hatten uns kurz gesehen, nachdem sie auf Julians Auto aufgefahren war. Ich biß mir auf die Unterlippe. Sag gar nichts, ermahnte ich mich. Jedenfalls nichts Bösartiges. *Der Widerspenstigen Zähmung. Kommt Ihnen das Stück bekannt vor?* Ehrlich gesagt, nein. Weil ich in letzter Zeit in fettarmen Zutaten waten mußte, bin ich über neue Stücke nicht auf dem laufenden. Andererseits war es möglich, daß ihre kleine Wohltätigkeitstruppe demnächst einen Partyservice brauchte. Wenn ich für die Rechtsradikalen Rindfleisch zubereiten konnte, dann schaffte ich auch ein Shakespeareschaschlik. Ich bedachte Babs mit einem einschmeichelnden Lächeln, wie ich hoffte.

»Ja. Moment mal. Dr. John Richard Korman«, sinnierte sie heiser, während sie ihr Saphirhalsband befingerte. »*Up and Coming in Denver* hat einen Artikel über unsere neueste Produktion gebracht. Sie haben die Ausgabe bestimmt gesehen, es war auch ein Artikel über Dr. John Richard Korman drin. Deshalb –«

»Entschuldigung, Babs«, unterbrach ich. Ich hätte alles getan, um das Thema Kotzbrocken zu beenden. »Was haben Sie mit Mignon-Kosmetik zu tun?«

»Ooh!« Sie gluckste und bedachte Harriet mit einem koketten Blick. »Ich bin eine so gute Kundin, deshalb haben sie mich eingeladen. Oh, da ist Tiffany Barnes …«

Und sie segelte davon. Mensch, ich konnte es nicht erwarten, Marla nach diesem Weibsstück auszufragen. Ich verdrängte Babs Braithwaite und machte mich daran, vorsichtig die Salatblätter auszuwickeln, in denen das Hoisinputenfleisch angerichtet werden wollte.

Claire kam zu mir herüber. Ihre hübsche Stirn warf frustrierte Falten. Aber ehe sie es mir erklären konnte, erregte irgend etwas auf der anderen Seite des Raums ihre Aufmerksamkeit. Ich folgte ihrem Blick und sah nur eine Gruppe bestens gepflegter, plaudernder Frauen, allesamt mit Blumengebinden zum Anstecken. »Großer Gott«, ächzte Claire.

»Was?«

»Nichts … Hören Sie Goldy, ich steck' in Schwierigkeiten«, verkündete sie. »Ich … hab' die verdammte Dekoration vergessen. Das sind Mignon-Tüten, die wir mit buntem Seidenpapier ausstopfen. Wir nennen sie bis zum Platzen pralle Tüten. Verstehen Sie? Ich muß zu meinem Auto und sie holen. Kommen Sie mit? Ich will nicht allein nach draußen.« Sie sah verzweifelt aus. Angesichts der anschwellenden Demonstrantengruppe empfand ich einen Stich des Mitgefühls für sie. Ich war auch nicht gerade darauf erpicht, dieser entrüsteten Gruppe allein gegenüberzutreten.

»Natürlich komme ich mit«, versicherte ich ihr. »Ich sollte sowieso die Seezunge holen und den Dampfkochtopf einschalten. Wir müssen uns jedoch beeilen«,

49

fügte ich hinzu. Ich hob das Gemüsetablett hoch und versteckte es auf einem Regalbrett unter dem Tresen. Ich hatte das Gefühl, wir würden beobachtet, deshalb griff ich nach einem Geschirrtuch, faltete es auf und legte es über das eingewickelte Essen, während Claire mit dem Fuß stampfte. Ich ignorierte ihre Ungeduld. Mich sollte der Teufel holen, wenn ich bei meiner Rückkehr geplünderte Tabletts vorfand.

Am Lieferanteneingang trafen wir Julian. Er war beladen mit fettarmen Schokoladentorten.

»Wo wollt ihr zwei denn hin?« erkundigte er sich, als wir näher kamen. »Da draußen geht es zu wie im Zoo. Ich hab' keinen von diesen Muskelprotzen finden können, der mir geholfen hätte –«

»Wir kommen bestens zurecht«, gurrte Claire, küßte ihren Zeigefinger und legte ihn an seine Nase. Sie fegte an ihm vorbei, ein Wirbel aus schwarzen Locken und schwarzem Minikleid. »Ich hol' bloß ein paar Tüten. Bin gleich wieder da.« Ich äffte ihren Nasenstüber nach und folgte ihr auf den Fersen.

Die Demonstranten waren zu einer brüllenden, Transparente schwenkenden Horde geworden. Ein paar uniformierte Beamten vom Büro des Sheriffs von Furman County versuchten, die Menge unter Kontrolle zu behalten. Tom sah ich nicht. Claire und ich beschlossen, unsere jeweilige Last zu holen und uns an der Säule zu treffen, die dem Eingang zum Einkaufszentrum am nächsten war. Ich ging zum Lieferwagen, fummelte an den Schlössern herum und stöberte im dunklen Innenraum, auf der Suche nach dem Dampfkochtopf. Schließlich fand ich ihn unter dem Behälter mit Grillgemüse. Wenn ich mich schwer bepackte, war das der letzte Gang zum Lieferwagen. Wieder brüllten die wütenden

Demonstranten. Ich musterte schnell das restliche Essen und beschloß, es sei der Plage wert. Ich balancierte eine Schüssel Gemüse auf dem Plastikbehälter mit Grünzeug, griff nach dem Dampfkochtopf und ging dann vorsichtig zur verabredeten Säule. Bei dem ganzen Aufruhr um mich herum gab ich mir verzweifelte Mühe, unverdächtig auszusehen. Jedenfalls so unverdächtig, wie das bei einer Frau möglich ist, die vierzig Pfund Fisch und Gemüse mit sich herumschleppt.

Über den Lärm der Demonstranten hinweg hörte ich das Aufheulen eines Motors. Es war mir näher als den Cops und der Menschenmenge und kam jeden Augenblick näher auf mich zu. Ich verrenkte mir den Hals. Kein Auto war zu sehen. Weder die Menge noch die Cops schienen Kenntnis von mir zu nehmen, deshalb schlängelte ich mich zwischen den geparkten Autos hindurch weiter zum Eingang, wobei meine Aufmerksamkeit ausschließlich dem Dreierstapel galt, den ich balancierte. Wieder ein Aufschrei der Demonstranten und hinter mir das Quietschen von Autoreifen.

Erst hörte ich den Schrei, dann einen grauenhaften, widerlichen Aufprall. Der Schrei hallte von den Betonwänden um mich herum wider. Dann heulte der Motor wieder auf, und die Reifen kreischten. Gegenüber am Eingang rannten zwei Cops los in die Richtung des Schreis. Ich zwang mich, wieder zu atmen, und sah mich nach Claire um. Wo war sie? Hatte sie gesehen, was passiert war? Mir prickelte die Haut. Nachdem sie kurz zum Schweigen gebracht worden waren, stimmten die Demonstranten wieder ihre »Hu-ha«-Rufe an, die unheilverkündend klangen, als machten sie sich gegenseitig Mut.

Als Claire nicht auftauchte, stellte ich den Dampfkochtopf, die Schüssel und das Gemüse auf der Kühlerhaube eines nahen Jeeps ab. Unbehindert ging ich schnell in den Bereich, in dem Claire meiner Meinung nach ihren Peugeot geparkt hatte.

Als erstes sah ich die Polizisten. Einer sprach in sein Funkgerät. Der zweite kniete auf dem Pflaster. Zu seinen Füßen lag eine Frau. War sie ohnmächtig geworden? Als ich näher kam, merkte ich, daß der Körper durch eine Ohnmacht nicht so verzerrt hingefallen sein konnte.

Der kniende Polizist schaute auf und sah mich. »Weg hier!« schrie er. »Wir müssen diesen Bereich räumen!«

Aber ich hörte nicht auf ihn. Neben dem leblosen Körper auf dem Beton ergoß sich Blut. Die Frau auf dem Pflaster war Claire.

Mir wird schlecht. Mein Mund ging auf, aber kein Laut kam heraus. Hinter mir fuhr langsam ein Auto vorbei. Aus einem seiner Fenster gafften Kinder die Polizisten an. Ich machte durch eine Schockwelle aus Autoabgasen einen Satz nach vorn. War Claire von einem Auto überfahren worden? Aber natürlich, das war die einzige Erklärung. *Ich muß irgendwie helfen können.* Wo war das Auto, dessen kreischende Reifen ich im Parkhaus gehört hatte? Was machten die beiden Cops? Warum kam sonst niemand? Ich wußte, daß ich es bereuen würde, wenn ich näher herankam, aber ich ging trotzdem weiter. Meine Schritte kratzten laut über den Beton. *Bitte gib, daß ihr nichts fehlt.*

»Weg hier«, sagte der Polizist wieder, dieses Mal in mein Gesicht. Seine breiten Schultern und sein von tiefen Falten zerfurchtes Gesicht ragten vor mir auf. Ich kannte ihn nicht. Ich murmelte Claires Namen und spürte, wie meine Knie nachgaben. Dann schien der Polizist es sich anders zu überlegen. »Warten Sie.« Seine starke Hand packte meinen Ellbogen. »Haben Sie gesehen, was passiert ist? Kennen Sie diese Frau? Waren Sie mit ihr zusammen?«

»Nein. Ich meine, ja.« Es kam als Krächzlaut heraus. »Ich hab' nur ...« Was? Mein Gesicht war naß. Tränen. Wann hatte ich angefangen zu weinen?

Die schroffe Stimme des Polizisten insistierte. »Die überfahrene Frau – kennen Sie sie oder nicht?« Claire war also überfahren worden. Natürlich. Der Blick des Polizisten bohrte sich in meinen. Er glaubte doch bestimmt nicht, daß ich es getan hatte? »Ihr Name?« wollte er wissen.

Mein Mund stammelte Claires Namen. Ihre Adresse kannte ich nicht. Julian kannte sie. O Gott, Julian.

Hinter uns bildete sich eine Menschenmenge. Der Polizist befahl den Leuten scharf zurückzubleiben, dann stellte er mir weiter knappe Fragen: Was genau hatte ich gesehen? Waren mir irgendwelche Autos aufgefallen, ehe ich den Schrei gehört hatte? Warum war Claire im Parkhaus gewesen? Nicht weit entfernt sprach der zweite uniformierte Cop weiter dringlich in sein Funkgerät. Der verrenkte Körper auf dem Pflaster rührte sich nicht.

Der Mann, der mich verhörte, wandte den wilden Blick von meinem Gesicht und sah über meine Schulter. »Oh, gut, Schulz«, murmelte er. Ich drehte mich um und sah, daß mein Mann schnell zwischen geparkten Autos auf uns zukam. Erleichterung durchströmte mich. Über der Zivilkleidung trug Tom eine Schutzjacke, einen grauen Anorak mit dem Logo des Sheriffbüros von Furham County auf der linken Tasche. Solche Jacken zogen Polizisten in Zivil an, wenn sie sich vom Rest der Bevölkerung unterscheiden mußten. Aber Tom Schulz vom Rest der Bevölkerung zu unterschei-

54

den, war weder jetzt schwierig, noch war es das je gewesen.

Erst sah er mich nicht. Ich wischte mir heftig die Wangen ab und sah, wie er auf den uniformierten Polizisten mit dem Funkgerät zuging, der jetzt auch auf dem Garagenboden kniete. Tom hatte seine zielstrebige Kommandomiene aufgesetzt, eine Miene, von der ich wußte, daß sie die Leute, die für ihn arbeiteten, gleichermaßen beruhigte wie einschüchterte. Es war außerdem ein Gesichtsausdruck, der das Gefasel eines Verdächtigen durchschnitt wie ein Hackbeil. Tom ging auf ein Knie, um mit dem Cop mit dem Funkgerät zu sprechen. Der Polizist zeigte in unsere Richtung. Tom sah her, schüttelte kurz verwirrt den Kopf, als er mich sah, dann wandte er sich wieder Claire zu.

Ich zitterte, räusperte mich wieder und verschränkte die Arme. Ich kam mir in der zweireihigen Kochjacke und mit der Schürze grotesk vor. In meinen Ohren pochte das Blut, während die Sorge um Claire und Julian meinen Kopf füllte. Tom nahm das Funkgerät und sprach hinein. Der Polizist neben mir schien zu spüren, daß es keinen Sinn hatte, mit dem Verhör fortzufahren. Tom würde gleich zu uns kommen und es übernehmen. Eine näher kommende Sirene heulte. Zu früh, dachte ich. Aber natürlich – das neue Krankenhaus stand auf der anderen Straßenseite, gegenüber vom Einkaufszentrum. Plötzlich raste der Notarztwagen in Rot, Weiß und Gold um eine Betonsäule herum, kam mit quietschenden Reifen zum Stehen und spuckte zwei Sanitäter aus. Sie rannten zu Claires grauenhaft leblosem Körper. Tom richtete sich auf und kam zu uns. Sein Gesicht war grimmig.

»Das ist …«, fing der Uniformierte an.

»Ja, okay, ich weiß, wer sie ist. Gehen Sie, helfen Sie Rick gegen die Demonstranten.«

Der Uniformierte trabte davon. Tom bedachte mich mit einem tiefen Blick aus seinen grünen Augen.

Zu meinem Verdruß fing ich wieder an zu weinen. »Das ist Julians Freundin …, du weißt schon … Claire. Ist sie am Leben? Kommt sie wieder in Ordnung?«

»Nein.« Er legte die Arme um mich. »Verdammt noch mal, Goldy, was hast du hier im Parkhaus verloren?« Als ich nicht antwortete, zog er mich fester an sich und murmelte: »Sie hat vermutlich nicht sehr gelitten. Es sieht danach aus, als wäre sie gleich beim Aufprall gestorben.« Er ließ mich los und kniff die Augen zusammen. Sein Blick war voller Ernst und Schmerz. »Goldy, versuch, dich einen Moment lang zusammenzureißen. Hast du es gesehen?«

Ich wischte mir die Tränen von den Wangen und holte zitternd Luft. »Nein.«

»Wo ist Julian?«

»In diesem Nachtclub. Hot Tin …, weißt du, wo sie das Bankett …, er hat mir beim Partyservice assistiert.« Ich versuchte zu denken. »Was sollen wir machen, es ihm sagen? Oder warten? Hat die Person, die sie überfahren hat, nicht angehalten?«

»Fahrerflucht. Darum kümmert sich die Streifenpolizei. Du weißt ja, die ist für den Verkehr zuständig. Und ja, du und ich sollten zu Julian gehen. Sag's aber sonst niemandem, wir wollen keine allgemeine Panik. Außerdem müssen wir uns an die Vorschriften halten, den nächsten Angehörigen ausfindig machen … Wie lange bist du hier gewesen? Du hast gesagt, du hast den Unfall nicht gesehen. Hast du irgendwas gehört?«

Stockend berichtete ich Tom, daß Claire und ich vor

etwa zehn Minuten herausgekommen waren, um Sachen aus unseren Autos zu holen. Ich hatte Claire nicht mehr gesehen, seit ich zum Lieferwagen gekommen war. Ich hatte mich beladen und wenige Augenblicke später das Heulen eines Motors gehört, ein Quietschen und den grausigen Aufprall, als Metall auf Fleisch traf. Ich zeigte auf den Lieferwagen, dann erinnerte ich mich daran, daß ich Fisch und Gemüse auf die Kühlerhaube eines Autos in der Nähe gestellt hatte. »Ich sollte wohl meine Sachen holen«, sagte ich lahm.

»Moment.« Er verzog die buschigen Augenbrauen zu einem V. »Das Auto, das du gehört hast, hat es gehupt? Das Quietschen, klang es nach Reifen oder nach der Bremse? Klang es nach einem Auto, das um die Kurve biegt?«

Ich kaute innen an meiner Wange herum, versuchte, Klarheit in meinen Kopf zu bekommen, der sich wie Watte anfühlte. »Keine Hupe. Es klang, als ob jemand um eine Kurve biegt. Nehm' ich jedenfalls an.«

Zwei hellbeige Streifenwagen des Staates Colorado hielten. Tom hob die Hand, damit sie warteten. Dann zeigte er auf den Eingang zum Schuhgeschäft. »Hol deine Sachen und triff dich im Nachtclub mit mir, ja?«

»Meine Sachen holen?« Ich konnte es nicht fassen. »Du meinst, ich soll dieses blöde Bankett durchziehen, obwohl eine Angestellte der Firma eben zu Tode gekommen ist?«

»Bitte. Goldy, wir dürfen ihren Arbeitgebern und ihren Kolleginnen noch nichts sagen. Wir müssen uns um Julian kümmern. Wenn du das Bankett nicht durchziehst, spricht sich das herum, und die Journalisten richten ein Chaos an –«

»Okay, okay.«

»Wir sprechen gemeinsam mit Julian. Geh den Demonstranten aus dem Weg.« Dann ging er zu dem Streifenpolizisten hinüber, während ich darum kämpfte, mich zu orientieren. Nach ein paar zittrigen Atemzügen drehte ich mich um, wollte zurück zum Jeep, dann schaute ich mich um. Tom und die beiden Streifenpolizisten waren auf dem Garagenboden in die Hocke gegangen. Hinter ihnen hatten die Sanitäter Claires Leiche mit ihrem elektronisch gesteuerten Kran hochgezurrt. Tom und die Streifenpolizisten zeigten auf irgend etwas auf dem Asphalt.

Ich musterte das Parkhaus und erbebte. War es wirklich möglich, daß Claire tot war? Ich hatte eben noch mit ihr gesprochen, war mit ihr zusammengewesen. Das war noch keine halbe Stunde her. Ich setzte mich in Bewegung, dann wurde mir plötzlich schwindlig, und ich griff nach einer Betonsäule. Wie sollte ich das Julian beibringen? Was hätte ich anders machen können? Was? *Reiß dich zusammen,* befahl ich mir. Ich trat auf etwas und sah auf den Asphalt hinunter. Unter meinem Fuß lag ein Rosenstengel. Erst glaubte ich, das fluoreszierende Licht im Parkhaus müsse mir einen Streich gespielt haben; vielleicht trübte auch der Streß, der aus dem rührte, was ich eben mit angesehen hatte, meine Sicht. Die Rose schien blau zu sein. Die geschlossenen Blütenblätter waren so blau wie ein Rotkehlchenei, so blau wie der Himmel von Colorado an den ersten Herbsttagen.

Ohne mir etwas dabei zu denken, griff ich nach der Blüte, die ich mit dem Absatz zerdrückt hatte. Sofort wurde ich mit einem Dorn im rechten Zeigefinger belohnt. Schön, Tom der Gärtner würde sich ohnehin für den Anblick interessieren, dachte ich absurderweise. Ich hielt mir die Blume vor die Augen, war immer noch nicht in der Lage, mir schlüssig darüber zu werden, wie diese einzigartige Farbe zustande gekommen war. Ich schaute mich nach Tom um. Er war ins Gespräch mit den Streifenpolizisten vertieft. Sechs Meter entfernt fuhr der Notarztwagen mit ausgeschalteter Sirene langsam aus dem Parkhaus.

Ich hielt die Rose am Stengel fest, bis ich meinen Dampfkochtopf und die Behälter auf der Kühlerhaube des Jeeps vor mir hatte. Ich legte die Rose auf das Grünzeug, hob das Essen hoch und ging auf Stephens Schuhgeschäft zu. Wo wollte Tom sich mit mir treffen? O ja, am Eingang. Schön, er mußte mich suchen. Das konnte er erstaunlich gut.

Als ich das Essen zum Schuhgeschäft schleppte, schrillte eine Stimme.

»Hey! Du! Du gehörst zu denen! Du bedienst Faschisten, die Tiere ermorden!«

Der Mann, der mir den Weg versperrte, war klein, mit einem schmalen Gesicht, gerahmt von einem dicht gelockten, zu einem Pferdeschwanz gebundenen schwarzen Haarschopf und einem borstigen Bart. Ein Ohr schmückte ein Goldring. Er stemmte die Hände in die Taille, schob eine Hüfte vor und funkelte mich böse an. Ich schätzte ihn auf Ende Zwanzig. Er war nicht nur zierlich, sondern auch recht attraktiv, aber beide Eigenschaften lösten sich in dem auf mich gerichteten Zorn so gut wie ganz auf. Er verschränkte die Arme und schrie: »Du bist für uns oder gegen uns, weißt du das?« Seine schwarzen Augen blitzten. »Ist es dir egal, ob unschuldige Albinokaninchen wegen Schminke gequält werden? Ist es dir egal? Glaubst du, du könntest noch was sehen, wenn man dir einen Draizetest verpaßt hätte?« Er schlang die Arme zusam-

59

men und schob seinen Körper nach vorn. Nach dem nächsten Schritt stieß er mit der Brust gegen den Dampfkochtopf und die Behälter, die ich trug. »Liegt dir was an Tieren oder nicht?« wollte er wissen.

Ich bekam vor Zorn eine heftige Gänsehaut. Nach allem, was ich heute erlebt hatte, war ich nicht in der Stimmung für so etwas.

»Liegt dir also was an Tieren oder nicht, du Miststück?« kreischte er.

Ich verkündete laut: »Ich schütte vierzig Pfund Gemüse über das Arschloch vor mir, wenn es nicht aus dem Weg geht.«

Der Mund des Demonstranten klaffte auf. Leider erholte er sich schnell. »Sie wissen also nicht Bescheid über die Sterberate bei den Kaninchen? Servieren Sie deshalb den Faschisten das Essen?«

Ich fing an: »Sie wissen nicht, was ich eben gesehen habe –«

»Hey, Lady! Glaubst du, mir liegt was dran –«

»Entschuldigung«, sagte eine vertraute Stimme hinter mir.

Der Adamsapfel des Demonstranten hüpfte, als er verstummte und Tom in Augenschein nahm. Sein Blick blieb am Logo auf Toms Jacke hängen. »Was soll denn das? Der Sturmtrupp beschützt die Kapitalisten?« Er richtete den bösen Blick wieder auf mich. »Du bist wohl an den Geschäften der Kapitalisten beteiligt? Glaubst du, Lidschatten verbessert dein Aussehen, du Fettsack? Lenkt ab von deiner blonden Afromähne?« Er rollte die Schultern auf muskulöse, betont männliche Weise. Dann attackierte er mich wieder und stieß mit der Brust gegen das Essen in meinen Händen. »Weißte was?« brüllte er. »Ich laß dich nicht dort rein!«

Ich wich zurück und rammte mein ganzes Gewicht, das Gemüse und den gedämpften Fisch gegen ihn. Tom begriff zu spät, was ich vorhatte, und warf sich auf uns. Toms breiten Händen gelang es, den Dampfkochtopf aufzufangen, ein schweres Rechteck aus Metall mit einem starren Kunststoffdeckel. Die zugedeckte Schüssel mit Rohkost rutschte über den Parkhausboden. Mit dem Gemüsebehälter hatte ich weniger Glück. Mein Angreifer mit dem Pferdeschwanz lag zu meinen Füßen, dekoriert mit gegrillter roter Paprika, dicken Pilzscheiben, Zwiebelringen und roten Klecksen aus gekochten Tomaten.

»Mensch, Lady, was haben Sie für ein Problem?« schrie er vom Boden aus. »Haben Sie das gesehen, Officer? War das etwa kein tätlicher Angriff? Ich werd' das Weib verklagen!«

Tom reichte mir den Dampfkochtopf. Sein Gesicht war ausdruckslos. »Laß das Ding ja nicht wieder los«, befahl er mit der für ihn typischen Stimme. »Stehen Sie auf«, wies er den Demonstranten an. »Gehen Sie nach drüben zu Ihren antifaschistischen Freunden. Aber an der Tür hier will ich Ihr Gesicht nicht mehr sehen. Verstanden?«

»Du Schwein!« brüllte der Demonstrant, als er mühsam auf die Beine kam und sich das Gemüse vom Leib streifte. Ich stellte befriedigt fest, daß die Tomaten lange rote Schmierstreifen auf seinem T-Shirt mit der Aufschrift *Verschont die Hasen* hinterlassen hatten. »Ich zeig' mein Gesicht an jeder Tür, vor der ich's zeigen will!«

Tom Schulz ragte vor ihm auf. »Du willst wohl in den Knast, Kerlchen? Dann probier's noch mal, öffentliche Eingänge zu versperren.«

»Wozu zum Teufel zahl' ich Steuern?« kläffte der Demonstrant über die Schulter nach hinten, als er zu seinen Kumpanen zurückeilte.

Tom Schulz hob die zugedeckte Schüssel mit Rohkost vom Parkhausboden auf und warf mir einen Blick zu. »Du kannst einfach nicht anders, nicht wahr?« fragte er. Er wartete die Antwort nicht ab. »Woher ist das?« Er sah die Rose an, die wie durch ein Wunder beim Hüpfen über den Asphalt auf der Schüssel mit Grünzeug liegengeblieben war.

»Vom Boden neben Claire« – ich gestikulierte –, »drüben bei dieser Säule. Vermutlich eingesprüht –«

»Welche Säule?«

Ich zeigte darauf.

»Du hast sie vier, fünf Meter von der Leiche entfernt gefunden? Und du hast sie aufgehoben?« sagte er im Versuch, Klarheit zu schaffen.

»Es tut mir leid. Sie ist … von irgendeinem Auto überfahren worden, und ich hab' die Blume auf dem Boden gesehen –«

»Okay, Moment mal. Ich steck' die Rose in eine Tüte für Beweisstücke.«

Er ging weg, die Blume behutsam am Stiel haltend. Als er wiederkam, sagte er: »Goldy – keine weiteren Zusammenstöße mit den Demonstranten, okay?«

»Hör mal, ich bin auf den Kerl nur mit dem Essen losgegangen, weil er mich bedroht hat und mir den Weg nicht freimachen wollte. Das ist doch mein gutes Recht, oder? Großer Gott.« Ich wich wankend zurück. Was ging mich irgendein Demonstrant an?

Tom packte mich an den Schultern, stützte mich und schüttelte den Kopf. »Goldy, ich weiß, du hast in deinem Leben jede Menge Scheißdreck einstecken müssen und läßt dich jetzt nicht mehr verscheißern. Gut für dich. Aber mach' mir nicht noch mehr Arbeit, als ich jetzt schon am Hals hab'. Greif den Kerl beim nächsten Mal mit einem Pfefferstreuer an, nicht mit einem ganzen Essen. Bitte! Wir stecken in Riesenproblemen, und wir müssen uns um Julian kümmern. Ich geh' voran zur Tür.«

Im Club hallte immer noch Rockmusik von den schwarzen Wänden wider. Menschen versammelten sich, warteten auf etwas zu essen. Nach dem, was wir eben erlebt hatten, war es mir nur schwer möglich, wie üblich weiterzumachen. Julian hatte die Rohkost und die Dips neben einem Stapel aus Glastellern aufgestellt und servierte Spargelsuppe aus Glastellern. Die Schlange am Büfett kam schnell voran; es sah danach aus, als wäre die Hälfte der vierzig Frauen schon versorgt und hätte Platz genommen. Julian gelang es, beim Servieren die Teller sauber zu füllen; er lächelte dabei und beantwortete Fragen. Die Frauen kicherten ihn kokett an, und ich konnte ihre getuschelten Fragen erraten: *Ist er nicht niedlich? Wie lange wird er das deiner Meinung nach noch machen?* Als wir hereinkamen, warf Julian uns einen schnellen Blick zu. Ich wußte, daß er nicht nach uns Ausschau hielt.

Tom nahm mir den Dampfkochtopf und die Schüssel aus den Händen. »Stellen wir erst mal das Essen ab. Sag ihm, er soll mit nach draußen kommen«, murmelte er. »Falls diese Leute mich sehen, könnten sie merken, daß was nicht stimmt. Ich hab' keine Lust, eine allgemeine Panik auszulösen und dann dagegen anzukämpfen.«

Ich ging zum Tresen. Julians Gesicht legte sich vor Schreck in Falten, als ich ihn bat, nach draußen zu

kommen. Als wir zur Tür gingen, schien den Frauen auf-
zufallen, daß wir aufbrachen.

Draußen wollte Julian sofort wissen: »Wo ist Claire?«

Einen Moment lang sagten weder Tom noch ich
etwas. Dann seufzte Tom. Er sagte unverblümt: »Es ist
zu einem Unfall mit Fahrerflucht gekommen. Claire ist
überfahren worden. Es tut mir leid, Julian, aber sie
ist …, sie ist tot.«

Julian packte Toms Jacke. Er rief: »Wie? Was? Was
willst du mir sagen? Ich kapier' das nicht. Du irrst dich.
Du mußt dich irren.« Ich spürte einen Kloß im Hals,
als ich die Arme um Julian legte. Seine Hände ließen
Toms Jacke los, sein muskulöser Körper erbebte. Mit
einer Hand hämmerte er gegen die Wand. »Wie?« rief
er. »Was?« Auf seiner bleichen Haut glitzerte Schweiß.
Sein Blick war wild. Kauflustige aus dem Zentrum blieben stehen und gafften.

»Oh, ein schlechtes Zeichen. Er bekommt einen
Schock«, erklärte Tom mir. »Er braucht sofort medi-
zinische Versorgung.« Als Tom in das Funkgerät blaff-
te, wir bräuchten einen zweiten Notarztwagen, tastete
ich nach Julians oberstem Hemdknopf, damit er
leichter atmen konnte. Ich hatte einen Kursus in
Erster Hilfe genommen und wußte bestens Bescheid
über Schocks.

In diesem Augenblick ging die Lieferantentür zum
Nachtclub auf, und die Frau in Gelb steckte den Kopf
heraus. Ihr blondes Haar sah im fluoreszierenden Licht
auf dem Gang ölig aus, und ihr dickes Make-up machte sie um Jahre älter. Ihre rabenschwarzen Augenbrauen
verliehen ihr ein bedrohliches Aussehen, wie Tallulah
Bankhead an einem schlechten Tag.

»Was zum Teufel ist hier los?« wollte sie in einem

kehligen Falsett wissen. Die Einkaufslustigen gafften jetzt sie an. »Wo sind die zum Platzen gefüllten Tüten? Wo ist Claire Satterfield?«

Tom Schulz ignorierte ihr Sperrfeuer aus Fragen. »Gehen Sie wieder hinein, bitte, Ma'am. Lassen Sie uns in Ruhe.«

»Großer Gott …, ist wohl besser so.« Mit einem Riesenseufzer und lautem Türenknallen verschwand sie. Julian sackte gegen die Wand.

»Gottes Tiergarten ist groß«, bemerkte Tom, als er ein Augenlid Julians hochzog, um festzustellen, wie weit er bei Bewußtsein war.

Dreißig Sekunden später ging die Tür wieder auf. Dieses Mal kam Harriet Wells heraus. Wir waren weit entfernt von unserem Gespräch über Muffins mit Okra und darüber, wieviel Mignon für das Bankett bezahlen würde. Harriet sah Julian mit echtem Erschrecken an.

»Kann ich helfen?« fragte sie uns. Ihre intelligenten blauen Augen waren voller Sorge. Sie sah von Tom zu mir, wollte sich schlüssig werden, wer das Kommando hatte. »Können Sie mir sagen, was los ist? Wird uns beim Bankett ein Kellner fehlen?«

Julian sackte nach vorn und fing an zu schluchzen. »Ich komme sofort und serviere das Essen«, fuhr ich Harriet an, während ich Julian umklammerte. Harriet Wells sah mich mit schiefgelegtem Kopf skeptisch an. Mein tränenüberströmtes Gesicht und meine fleckige Schürze wirkten eindeutig nicht vertraueneinflößend. Unerwartet wehte der Geruch bratender Hamburger aus einem Restaurant im Einkaufszentrum über uns hinweg. *Julian, Julian,* betete ich, *reiß dich zusammen. Bitte.*

»Können Sie mir sagen, was hier los ist?« fragte Harriet.

65

Panik verschlug mir die Stimme. Ich räusperte mich und fing an: »Wissen Sie, hier hat es –«

Tom steckte das Funkgerät ein und unterbrach mich. »Wir haben es mit einer Krise zu tun. Danke für Ihre Geduld. Ihre Partylieferantin kommt jeden Augenblick.«

»Das will ich aber auch hoffen«, lautete Harriet Wells' Abschiedskommentar, als sie leise die Tür zum Nachtclub zumachte.

Julians Gesicht war verzerrt, als hätte er etwas verschluckt und ersticke jetzt daran. Er löste sich von mir, rang keuchend nach Luft.

»Wo sollen wir ihn hinbringen?« fragte ich Tom. »Konntest du nicht mal dieser Frau sagen, was Claire zugestoßen ist?«

Unerwarteterweise taumelte Julian in Toms Richtung. Tom fing ihn auf, während die Gaffergruppe aufschrie.

»Leg ihn auf den Boden«, befahl Tom knapp. »Langsam, ganz langsam. Tu dir dabei nicht weh.«

Gemeinsam packten wir Julian und halfen ihm auf den Boden. Ehe wir ihn ganz ausgestreckt hatten, kam ein zottelhaariger Polizist angerannt und sagte Tom, ein zweiter Notarztwagen sei vom Krankenhaus gegenüber eingetroffen.

»Ich bin okay, ich bin okay«, röchelte ein immer noch bebender Julian. »Ich will aufstehen. Zwingt mich nicht, liegenzubleiben.«

Tom trug dem Cop auf, eine Bahre hereinbringen zu lassen. Zwei weitere Sanitäter tauchten auf und hoben den ächzenden Julian auf eine Bahre. Als sie gingen, kam ich mir plötzlich wie eine leidtragende Hinterbliebene vor.

»Wo fahren Sie hin?« rief ich den Sanitätern nach. »Wann erfahre ich, ob er in Ordnung ist?«

Tom folgte ihnen auf dem Fuß. »Sie bringen ihn ins Southwest Hospital auf der anderen Straßenseite. Sag niemand, was passiert ist. Ich ruf' dich später an.« Und er war fort.

Die nächsten beiden Stunden verstrichen wie in einem Nebel. Ich nahm die Frauen, die ich bediente, kaum zur Kenntnis. Ich stellte fest, daß ich die Ereignisse des Tages verdrängen konnte, wenn ich mich ständig auf das Essen konzentrierte, auf die gegenwärtige Arbeit.

Gnädigerweise war der Dampfkochtopf nicht aufgegangen, als ich ihn nach dem Demonstranten geschleudert hatte. Auch die Schüssel mit Rohkost war heil. Ohne das Grillgemüse zum Garnieren des Salats verdünnte ich den Karottendip mit Olivenöl und Balsamicoessig. Das Ergebnis war köstlich. Mir ging der groteske Gedanke durch den Kopf, ich hätte das Rezept aufschreiben sollen. Nach dem, was Claire zugestoßen war, kam es darauf weiß Gott nicht mehr an. Ich fragte mich, wer ihre Eltern in Australien benachrichtigen würde.

Ich wußte, daß Tom recht hatte, daß er Claires Tod ihren Kolleginnen bei Mignon nicht in aller Öffentlichkeit mitteilen konnte. Weil Julian Claires bester Freund in Amerika gewesen war, hatte Tom die Pflicht gehabt, es ihm zu sagen. Aber Tom mußte die Todesnachricht geheimhalten, in der Hoffnung, daß Claires Angehörige von den Behörden informiert würden, statt von einem Journalisten auf der Suche nach einer gepfefferten Story. Im Büro des Sheriffs gab es eine Hierarchie von Leuten, die bei einem plötzlichen Todesfall benachrichtigt werden mußten, und sie hielten sich an die Regeln. Nur die Medien waren in der Lage, sie zu brechen. Ein kleiner Freund von Arch hatte vom Tod seines Vaters bei einem Flugzeugabsturz aus dem Radio erfahren. Das arme Kind war sofort in einen Schockzustand verfallen.

Apropos, ich konnte die Erinnerung an Julians ungläubiges Gesicht und sein leiderfülltes *Was? Was?* nicht ertragen. Ich spürte sein Fehlen durch die zusätzliche Arbeit, die ich zu tun hatte: Geschirrspülen, Auffüllen von Platten, das Abwischen von Spritzern vom Granittresen. Manchmal heilt es das Herz, wenn man sich mit Arbeit überlastet. In diesem Fall war es nicht so.

 **Das Bankett dauerte eine Ewigkeit.** Als es fast zu Ende war, stand eine schlanke, elegante Frau mit langem rabenschwarzen Haar auf, das einen Kontrast bildete zu ihrem auf Figur geschnittenen beigefarbenen Kleid und ihrem Ansteckgebinde aus hellen Orchideen. Mit einem augenzwinkernden Lächeln in Richtung der Gäste kündigte sie atemlos an, Mignon werde jetzt Dias der neuen Kosmetikkollektion für den Herbst zeigen, dann gebe es Nachtisch. Die Punktstrahler wurden heruntergedreht, und bald sahen wir die strahlenden, vergrößerten Gesichter hinreißender Frauen. Dann sahen wir die gleichen wunderschönen Frauen, deren Finger über phantasievoll geformte Plastiktiegel strichen. Die Tiegel waren voller Zeug, das man sich ins Gesicht schmieren sollte: magische Porenschließcreme mit Mittelmeerseetang. Angereicherte alpine Feuchtigkeitsnachtcreme mit Ziegenplazenta. Extrasanfte Augencreme mit Schweizer Kräutern. Es klang wie ein Make-up für Heidi. Dann sahen wir die gleichen, theatralisch geschminkten Frauen, die Farben für Make-up, Rouge, Lippen-

69

stift, Lidschatten und Wimperntusche vorführten. Erd-
beerfarbenen Lippenstift. Rouge für heiße Verabre-
dungen. Lidschatten für das Vorspiel. Wimperntusche
mit Härchen zur Verlängerung. Die Models hatten die
Augen halb geschlossen und schürzten die Lippen, als
wollten sie die Luft küssen oder mindestens verführen.
Als die Lippenstifte an der Reihe waren, streckten die
Models die Zungen heraus, fuhren sich über die Lippen. Die Botschaft war mehr als unterschwellig: *Kaufen Sie diese Kosmetika, und Sie werden mit Sex belohnt.* Als
die Diavorführung vorüber war und die Lichter wieder
angingen, wurde so heftig geklatscht, als wäre eben der
Nobelpreis für Make-up verliehen worden.

Ich fragte mich, wie es Julian ging und in welcher
Ermittlungsphase die Polizei jetzt sein mochte. Tom
hatte gesagt, um Verkehrsunfälle einschließlich solchen mit Fahrerflucht kümmere sich die Streifenpolizei. Ob der Fahrer, der Claire überfahren hatte, sich
inzwischen gestellt hatte? Ich versuchte, mir vorzustellen, wo Tom war, was er gerade machte …

»Okay, meine Damen«, verkündete die Schwarzhaarige, die ihren Tisch verlassen hatte und vor der Leinwand stand, »das war für *Sie*!« Sie stemmte die Hände
in die Hüften und wiegte sie provozierend. Wieder
donnernder Applaus. Sie brachte die Gruppe mit einem
zurückhaltenden Winken à la Königin Elisabeth zum
Schweigen. »Wir haben die besten Produkte und die
schärfste Kollektion«, fuhr sie gebieterisch fort. »Alle
anderen werden uns kopieren – aber wir sind ihnen weit
voraus, weil wir die besten Verkäuferinnen und die
besten Kundinnen haben!« Wieder wurde wild applau-
diert. »Und Sie werden uns in die *Zukunft* führen!« Sie
zog eine Sonnenbrille aus der Tasche und setzte sie

auf. Das war eine Art Stichwort, denn ein halbes Dutzend weiterer Frauen an ihrem Tisch setzten ebenfalls rasch Sonnenbrillen auf. »Aufgepaßt!« rief sie. »Die Zukunft von Mignon-Kosmetik ist so strahlend, daß Sie eine Sonnenbrille brauchen werden!« Und dann klatschte das Publikum noch einmal heftig, als die schwarzhaarige Frau zu ihrem Platz zurückstolzierte. Wegen der Sonnenbrille hatte sie Schwierigkeiten, ihn zu finden, aber schließlich nahm jemand ihre Hand und führte sie zu ihrem Stuhl zurück.

Etwas Entlegenes. Tom sagte, danach suche er immer, nach etwas, was nicht ins Bild passe. Und genau das ereignete sich in jenem Augenblick: Eine Person, die nicht hierherpaßte, tauchte auf. Eine Frau, die normalerweise schlampig war. Eine Frau, die weder Lippenstift noch Rouge oder Puder trug – niemals. Eine Frau, die, soweit ich wußte, nichts besaß außer einem uralten, zu großen schwarzen Trenchcoat und einem Paar abgewetzter Turnschuhe, mit Klebeband geflickt.

»Frances?« fragte ich zögernd, während ich fettarme Schokoladentorte an die Frauen in der Schlange verteilte. »Frances Markasian?«

Sie lächelte mich breit an und zwinkerte, dann legte sie den Finger an die Lippen. Aber darauf ging ich nicht ein.

»Warum sind Sie hier?« wollte ich von Frances Markasian wissen, einer Reporterin von der kleinen Wochenzeitung von Aspen Meadow, dem *Mountain Journal*. Hatte das *Mountain Journal* jemals einen Artikel über Mode und Make-up gebracht? Der einzige Artikel, an den ich mich erinnerte, hatte von Jägern gehandelt, die sich Tarnfarbe ins Gesicht schmierten, wenn sie es auf Elche abgesehen hatten.

71

Frances Markasian musterte die überaus gepflegten Frauen um sie herum mit einer frisch gezupften hochgezogenen Augenbraue und grinste breit. Sie tätschelte ihr dunkles, zu Rastazöpfen geflochtenes Haar, das jetzt zu einem dicken, krausen Knoten zusammengesteckt war, und winkte dann den Frauen zu, die sie betrachteten. Ich hätte ihnen liebend gern erzählt, daß Frances Markasian in Slingpumps und einem mit Pailletten besetzten Strickkleid von St. John ein etwa so seltener Anblick war wie ein Rotfuchs beim Tee im Country Club. Aber ich hielt den Mund.

Als die Frauen mit fettarmer Schokoladentorte auf den Tellern zu ihren Tischen zurückwanderten, zischte ich: »Wie ist es möglich, daß Sie schon Bescheid darüber wissen?«

Frances sammelte Krümel von der Tortenplatte auf dem Tresen auf. »Bescheid worüber?«

Verdammt noch mal. Als sie schließlich den um Unschuld bemühten Blick zu mir hob, sagte ich ruhig: »Über die Demonstranten. Einer hat versucht, mir den Weg zu versperren, und ich hab' ihn attackiert.«

»Sie haben ihn attackiert? Womit? Mit einem Messer oder mit einer Tortenspringform?«

»Mit einem Behälter voller Gemüse.«

Die schlanke Schwarzhaarige hatte die Sonnenbrille abgenommen und hielt eine Schlußansprache. Das Mignon-Bankett löste sich allmählich auf. Ich versuchte, in einem versöhnlichen Ton mit Frances zu sprechen. »Warum sagen Sie mir nicht, warum Sie hier sind? Übrigens, wie wär's damit, mir beim Einpacken zu helfen, während Sie mir reinen Wein einschenken?«

»Haben Sie nichts *Richtiges* zu essen? Ich hab' immer noch Hunger.«

Ich seufzte. »Pfirsich im Teigmantel oder Schokoladenplätzchen?«

Ehe Frances antworten konnte, kam eine kleine, etwas mollige junge Frau mit rotblond gefärbtem, nach vorn gekämmtem Haarschopf an den Tresen. Im Gegensatz zu der Journalistin Frances Markasian war Dusty Routt bei diesem parfümierten, eleganten Bankett nicht fehl am Platz. Dusty wohnte in unserer Straße in einem Haus, das Aspen Meadows Zweig des Wohltätigkeitsvereins Habitat für die Menschheit gebaut hatte. Eine Zeitlang war sie mit Julian auf die High-School gegangen, war aber aus rätselhaften Gründen vor dem Abschluß relegiert worden. Sie und Julian hatten gemeinsam, daß sie für die Schule ein Stipendium bekamen, und vor Dustys Relegation waren die beiden miteinander ausgegangen. Aber vor einem Monat hatte Dusty den Fehler gemacht, Julian ihre Kollegin in ihrem neuen Job als Verkäuferin vorzustellen. Die Verkäuferin war Claire Satterfield gewesen. Jetzt sah Dustys normalerweise fröhliches Gesicht traurig aus, und ihre kornblumenblauen Augen blickten flehend.

»Hi, Goldy«, sagte sie mit ihrer Singsangstimme. »Wo ist Julian?«

»Hat zu tun. Dusty, kennen Sie Frances Markasian? Frances arbeitet in Aspen Meadow, beim *Journal*. Frances ist eine Freundin von mir.« Ich fügte nicht hinzu: *Eine Art Freundin. Keine Freundin, die ich je angerufen hätte, um ihr etwas Vertrauliches zu berichten.* Sie nickten sich zu.

»Sie arbeiten für Mignon, Dusty?« fragte Frances mit einer so unschuldigen Stimme, daß mir klar war, sie wisse schon genau, was Dusty beruflich machte.

»Sagen Sie gar nichts«, warnte ich Dusty, als ich die

Essensbehälter zudeckte. »Frances hält sich für die führende Enthüllungsreporterin in unserem Kaff.«

Durch das kurz gestutzte lutscherfarbene Haar sah Dusty jünger als achtzehn aus. Im Grund war ich von jeher der Meinung, sie ähnele einem molligen Peter Pan. »Wow! Ich meine, Sie sehen nicht wie eine Reporterin aus. Sie müssen erfolgreich sein. Ich habe dieses Kostüm von St. John bei Lord & Taylor gesehen. Es steht Ihnen großartig. Wirklich. *Großartig.*«

Frances warf mir einen gehässigen Blick zu und erklärte, sie wolle zwei Schokoladenplätzchen. Dusty sagte, ja bitte, sie hätte auch nichts gegen zwei. Ich verteilte das Gebäck, dann fragte ich, ob sie mir helfen könnten, meine Sachen in die Kisten zu packen. Zum Glück war das Nachtclubpersonal dafür zuständig, die Tische zu säubern und das Geschirr zu spülen. Die Kosmetikgruppe verlief sich allmählich. Nachdem sie blitzschnell die Schokoladenplätzchen verputzt hatten, zapfte Frances auf ihre übliche, ohne Erfolg zartfühlend wirken sollende Tour Dusty nach Informationen über Mignons Tierversuchsmethoden an, während die beiden mir beim Einpacken halfen. Dusty zuckte die Achseln. Frances dachte stirnrunzelnd nach, während sie den Dampfkochtopf ausspülte und einwickelte. Dann räusperte sie sich und erkundigte sich nach der Sicherheit bei Prince & Grogan. Dusty schloß die letzte Kiste, sagte, sie wisse nicht viel über die Sicherheit, und ging.

Frances hob enttäuscht eine Kiste hoch und wankte auf den Slingpumps. »Hat das Mädchen den Rhetorikkursus geschwänzt, oder was ist los? Reden Verkäuferinnen bloß über ihre Waren?« Jetzt war ich damit an der Reihe, Unwissenheit zu heucheln. Sie fuhr fort: »Eigentlich sollte ich Ihnen ja nicht helfen, Goldy, aber ich brauche eine Zigarette. Die Antiraucherpolizei im Einkaufszentrum legt mir Handschellen an, wenn ich mir eine anzünde, außer im Parkhaus. Durch Sie ist meine Tarnung geplatzt. Ich kann auf diesen verdammten Absätzen nicht laufen. Und ich ruinier' das sündhaft teure Kleid, wenn ich diese Kiste irgendwohin schleppe. Zwei Schokoladenplätzchen sind den Ärger nicht wert –«

»Das tut mir leid, Frances«, unterbrach ich sie. »Sie sind so ein Schatz. Nicht nur das, Sie sind außerdem der einzige Mensch, den ich kenne, der den Ausdruck ›geplatzte Tarnung‹ benützt. Und außerdem könnte ich drauf wetten, daß Sie die Zeitung dazu überredet haben, Ihre Klamotten und das Bankett zu bezahlen. Was haben Sie den Damen von Mignon erzählt – daß Sie von *Cosmopolitan* sind?«

»*Vogue.*«

»Toll.«

Wir hievten die Kisten hoch und gingen zum Parkhaus. Die Temperatur war gestiegen. Die Hitze schien das Pflaster zum Schimmern zu bringen. Seit dem Unfall waren drei Stunden vergangen, und alles wirkte wieder normal. Weder die Demonstranten noch Polizisten waren zu sehen. Frances versuchte wieder, sich nonchalant zu geben, und blickte verstohlen in alle Richtungen. Falls sie glaubte, ich werde ihr etwas über die tragischen Ereignisse des Tages erzählen, irrte sie sich gewaltig.

»Wie gefällt Ihnen das Eheleben?« fragte sie sanft, als sie ihre Kiste in den Lieferwagen geschoben hatte. Mir fiel auf, daß jemand ohne viel Sachverstand knallroten Lack auf ihre stummligen, abgekauten Fingernägel aufgetragen hatte. Zweifellos auch ein Teil ihrer Tarnung.

»Es ist einfach großartig«, sagte ich zu ihr.

Frances nickte ohne Interesse, zog ohne Umstände den Reißverschluß ihres Kleides vom Kragen bis zur Brust auf und holte ein zerquetschtes Päckchen Zigaretten aus ihrem BH. Sie lehnte sich gegen den Lieferwagen, zündete die Zigarette an und inhalierte gierig, dann grinste sie mich an, während sie Rauchringe ausstieß. Ich fragte: »Wie berichtet man denn über Demonstranten draußen, wenn man drin ist, bei einem Bankett? Und warum haben Sie nach der Sicherheit gefragt? Die Leute von der Sicherheit waren alle hier draußen.«

»Ach, waren sie das, ja?«

»Frances, nehmen Sie mich nicht auf den Arm.«

»Und Sie, Goldy, Sie sind der einzige Mensch, den ich kenne, der die Wendung 'nehmen Sie mich nicht auf den Arm' benützt.« Sie zog genüßlich an der Zigarette. »Das Kaufhaus hat jede Menge Probleme«, sagte sie mit hochgezogener Augenbraue. Sie atmete Rauch aus, steckte sich die Zigarette zwischen die Lippen und zog sich mit beiden Händen den Reißverschluß zu. »Oder haben Sie nichts davon gehört?« Als ich den Kopf schüttelte, zuckte sie die Achseln. »Ich habe Gerüchte gehört. Wissen Sie, ich muß jeder Spur nachgehen, alles überprüfen. Sagen wir mal, ich hab' gedacht, die Kostmetikabteilung ist ein guter Ort, damit anzufangen.«

Ich beschloß, schweigend darüber nachzudenken.

Als sie zu Ende geraucht hatte, gingen wir zum Nachtclub zurück, holten die letzten Kisten und brachten sie zum Lieferwagen. Wir unterhielten uns über die Hitze und daß wir nie im Leben das Geld ausgeben würden, das Mignon für die ganze Nachtcreme, Tagescreme und die Cremes für drinnen und draußen und für alle Zwecke verlangte. Als die Kisten gestapelt und gesichert waren, stieg ich hinter das Lenkrad, ließ den Motor an und bedankte mich noch einmal bei Frances für ihre Hilfe. Als ich anfuhr, beobachtete ich im Rückspiegel ihre merkwürdig elegante Silhouette. Sie gehe nur Gerüchten nach? Das konnte sie ihrer Großmutter erzählen. Ein neues Kleid, hochhackige Schuhe, Nagellack und zwei Stunden lang während des Banketts und der Präsentation keine Zigarette? Zu meinem Glück merkte ich es, wenn sie mich tatsächlich auf den Arm nahm.

Manchmal glaube ich, mein Lieferwagen findet den Rückweg nach Aspen Meadow von allein. Und das ist auch gut so, denn ich war nicht in der Verfassung, mich auf etwas zu konzentrieren, schon gar nicht auf das Fahren. Ich kurbelte die Fenster herunter und füllte meine Lungen mit heißer Luft. Es war keine große Erleichterung nach der stinkenden Wärme im Parkhaus. Hitze prallte gegen die Fenster und drückte auf das Dach des Lieferwagens. Ich verbrannte mir den Ellbogen, als ich ihn versehentlich auf das glühende Chrom legte. Als ich mit dem Partyservice angefangen hatte, war ich meistens in Aspen Meadow tätig gewesen. Deshalb hatte ich mir natürlich nicht die Mühe gemacht, mein Auto mit einer Klimaanlage versehen zu lassen. Gelegentlich, wie heute, bereute ich, daß ich daran gespart hatte.

Der Lieferwagen tuckerte Richtung Westen die Interstate 70 hinauf, und bald wurde der schwüle Wind, der das Auto umwehte, kühler. Eine halbe Stunde später hielt ich unter einem Pfeiler der von den Einwohnern

Aspen Meadows so genannten Ah-und-Oh-Brücke, ein Spitzname, der sich auf die spektakuläre Panorama-aussicht auf den Continental Divide bezieht, um ein paarmal tief Luft zu holen. Eine kleine Büffelherde graste auf einer Koppel neben der Brücke. Ich starrte die Büffel niedergeschlagen an und spürte eine neue Welle der Reue. Warum hatte ich Claire nicht zu ihrem Auto begleitet? Warum hatte ich nicht darauf bestanden, daß Julian mitging? Nein, das wäre keine gute Idee gewesen. In seiner liebestollen Geistesverfassung hätte Julian ebenfalls überfahren werden können. Aber ein Kontingent vom Büro des Sheriffs war ganz in der Nähe stationiert gewesen. Warum hatte ich nicht darauf bestanden, daß ein Polizist Claire begleitete? Warum?

Nachmittagswolken wie mutierter Blumenkohl bauschten sich über dem Horizont. Unter ihnen lagen die Berge in einem tiefen lila Schatten. Mir surrten die Ohren. *Tom würde anrufen.* Phlegmatisch aussehende Büffel beäugten mich, blinzelten und trotteten dann davon. Plötzlich erinnerte ich mich daran, wie Julian die Beherrschung verloren hatte und seine Augenlider sich bebend geschlossen hatten. *Julian hatte einen Schock.* Neben der Straße wiegten sich zarte Glockenblumen in der Bergbrise. *Claire, die wunderschöne Claire mit den Veilchenaugen, war tot.*

Ich fuhr nach Hause. Ich mußte jetzt in meiner eige-nen Umgebung sein, brauchte etwas Kaltes zu trinken, brauchte vor allem den Kontakt zu meinen Angehöri-gen und Freunden. Als ich durch die Hintertür kam, wirkte das Haus leer und ungewohnt stickig. Ärger kroch mir das Rückgrat entlang. Wegen des Sicher-heitssystems, das ich hatte installieren lassen müssen, um meinen phasenweise gewalttätigen Ehemann in

Schach zu halten, blieben die Fenster geschlossen und dadurch elektronisch gesichert, wenn ich fort war. Ich war versucht gewesen, das System abzuschalten, als ich erst einmal mit einem kräftigen, bewaffneten Polizisten verheiratet war. Aber Tom hatte sofort ein Veto gegen diesen Gedanken eingelegt. *Du weißt nie, wann er auftauchen könnte,* warnte er. *Ich kann nicht immer da sein.* Aber jetzt sei alles in Ordnung, hatte ich protestiert. Der Kotzbrocken würde es nicht wagen, mich zu belästigen, wenn ein Polizist im Haus wohnte. Obwohl es ihn mit absurder Eitelkeit erfüllte, daß er Arzt war, im Grunde war mein Exmann ein Feigling. *Du hast weniger Erfahrung mit eifersüchtigen Exmännern als ich,* erwiderte Tom kategorisch. *Glaub mir, das sind Erfahrungen, die du nicht machen möchtest,* hatte das unausgesprochene Ende dieser Warnung gelautet.

Wie auch immer, ich hatte es etwa zwei Wochen nach unserer Hochzeit in diesem Frühling aufgegeben, Tom dazu zu überreden, das System abzuschalten. Damals, in einem für Aspen Meadow typischen eisigen und verschneiten April, hatte ich nicht damit gerechnet, daß wir einen Sommer mit Hitzerekorden erleben würden. Aber jetzt war es Juli, und der Juni war der heißeste seit der Einführung der bundesstaatlichen Wetterstatistik Ende des neunzehnten Jahrhunderts gewesen. Als ich in das während unserer Abwesenheit dicht abgeschottete alte Haus kam, fühlte ich mich wie Gretel, die von der Hexe in den Ofen geschoben wird.

Ich machte die Fenster im Erdgeschoß auf, dann die im ersten Stock und ließ die Nachmittagsbrise vom achthundert Meter entfernten Aspen Meadow Lake hereinwehen. Vermischt mit den betörenden Klängen eines Jazzsaxophons ein paar Häuser weiter war die fri-

sche Luft himmlisch. Die Musik kam aus dem Haus
der Routts. Dustys Großvater spielte Saxophon, um
Dustys kleinen Bruder Colin friedlich zu stimmen, der
Anfang April als Frühgeburt auf die Welt gekommen
war, ehe das Habitat-Haus fertig gewesen war. Dustys
Mutter hatte nicht viel Glück mit Männern gehabt; ich
hatte gehört, sowohl Dustys Vater als auch der Vater des
Kleinkinds hätten sich aus dem Staub gemacht.

Hypnotisiert von der Musik ging ich zu den Fenstern
mit Blick auf die Straße und sah zum Haus der Routts
hinüber. Das hiesige Habitat für die Menschheit war
mit Spenden und freiwilligen Helfern aus unserer
Pfarrgemeinde errichtet worden, der Episkopalkirche
St. Luke. Es war ein schlichter zweistöckiger Bau mit bil-
liger Holzvertäfelung, einem winzigen Balkon und
einem Raum mit Jalousienfenstern auf der rechten
Seite. Kirchenhelfer hatten die Zufahrt im schlammi-
gen Frühling von Aspen Meadow wiederholt begradigt.
Den Garten bedeckte frisch ausgehobene Erde. Roter
Lehm über dem Abwassertank war roh wie eine Wunde.
Am Gehweg hatte ein Busch mit lila Weidenröschen die
Bauarbeiten überlebt. Im Gegensatz zu etlichen unserer Nachbarn hatte ich die Routts willkommen
geheißen, obwohl sie arm waren. Ich hatte es genossen,
das Gemeindemitglied zu sein, das den Auftrag hatte,
zwei Wochen nach dem Einzug und während des Aus-
packens die Essenslieferungen zu organisieren. Den
Großvater hatte ich zwar nie kennengelernt, aber Dusty
und ihre Mutter Sally waren ungeheuer dankbar gewesen. Ich mochte sie. Und im Augenblick beneidete ich
sie sogar: Die Saxophonmusik kam aus offenen Fenstern, was ich mir nur leisten konnte, wenn ich zu Hause
war.

Vielleicht war Tom damit einverstanden, die Fenster im ersten Stock gekippt zu lassen, wenigstens im Sommer. So sehr ich es auch bereute, daß ich den Kotzbrocken geheiratet hatte, durfte ich nicht wenigstens eine Sommerbrise genießen können? Mein Ex war ein eifersüchtiger Waschlappen, bei Wutanfällen ein Schläger, der mir mehr blaue Augen verpaßt hatte, als ich mich erinnern mochte. Aber einer Sache war ich mir sicher – John Richard Korman wäre nie eine Außenwand hochgeklettert, um in ein Fenster einzusteigen.

Unten war die Saxophonmusik lauter. Ich sank in einen Backensessel und lauschte der Musik, darauf bedacht, nicht zu der Couch zu schauen, auf der sich Julian und Claire vor ein paar Stunden noch umarmt hatten. Wo war Arch? Ich sah in der Küche nach, wo ein Zettel in seiner Handschrift am Computerschirm klebte: *Todd und ich sind zurückgekommen und batiken jetzt genau wie in den Sechzigern bei ihm zu Hause. Bin gegen fünf zurück. Viel Spaß heute, Mom.*

Arch, der ernsthafteste Dreizehnjährige auf dem Planeten, hoffte immer, daß ich mich amüsierte. Es war gut, daß er nicht da war. Ich wollte nicht, daß er mir fünfundvierzig Fragen nach Julian und Claire stellte, ehe ich etwas wußte. Außerdem war Arch mit seinen neuen Aktivitäten bestens ausgelastet. In seinem Alter begeisterte sich mein Sohn im Zweijahresrhythmus für bestimmte Dinge, und ich hatte gelernt, mit der neuesten Welle zu schwimmen. Das war nicht immer so gewesen. Als er vor zwei Jahren für Rollenspiele geschwärmt hatte, war ich überzeugt davon gewesen, einer von uns würde in einer Anstalt enden. Als er schließlich damit aufhörte, Verliese aus Pappe und Drachen zu basteln, waren er und sein Freund Todd Druckman zu komplizierten Ratespielen über Fakten übergegangen. Monate lang quollen Guinnessbücher der Rekorde aus allen verfügbaren Regalbrettern. Obwohl Archs Gabe, interessante Fakten zu speichern, sich nicht positiv auf seine schulischen Leistungen ausgewirkt hatte, war die Besessenheit davon schließlich reizlos geworden, als Todd sich weigerte, eine weitere Frage nach Evel Knievel zu beantworten. Dann war Archs Interesse am Zaubern wieder aufgelebt. Im ganzen letzten Sommer hatte er sich ungeheuer ernsthaft für Zauberei interessiert. Aber der Zauberphase war schnell eine C.-S.-Lewis-Phase gefolgt, samt einem selbstgebauten Modell der *Dawn Treader*.

Jetzt war Arch fasziniert von den sechziger Jahren. Plakate von Eugene McCarthy und Malcolm X schmückten sein Zimmer. Die Wände hallten wider vom Klang der Beatles und der Rolling Stones. Im allgemeinen bestand meine Einstellung zu diesen leidenschaftlichen Hobbys darin, sie zu tolerieren, solange sie weder übertrieben teuer noch körperlich gefährlich waren. Wenigstens gehörte er keiner Jugendbande an.

Trotzdem seufzte ich. Plötzlich fehlte er mir ungeheuer, und Tom und Julian fehlten mir auch. Und die Einsamkeit machte mir nicht einmal soviel aus wie der Mangel an Informationen. Warum rief niemand an und sagte mir, wie es Julian ging? Ich holte tief Luft, um mich zu beruhigen.

Wenn ich allein war, mußte ich oft an meinen Exmann denken. Ich erinnerte mich an die vielen Nächte, in denen ich auf ihn gewartet hatte. Meistens war er statt im Kreißsaal bei einer werdenden Mutter, bei einer Kellnerin, einer Krankenschwester oder einer anderen Frau gewesen, die er eben erst kennengelernt hatte … Marla, die sechs Jahre weniger als ich mit John Richard Korman verheiratet gewesen war, hatte mir erzählt, sie habe die Heimfahrt vom Krankenhaus auf achtunddreißig Minuten berechnet. Wenn es länger dauerte, wußte sie, daß sie ruhig zu Bett gehen konnte.

Apropos Marla, sie konnte jeden Augenblick kommen. Ich füllte die Espressomaschine mit Kaffee und Wasser. Weil Marla einen Draht zu jeder Klatschclique in Furman County hatte, erfuhr sie Neuigkeiten mit Schallgeschwindigkeit. Wenn es eine schlechte Nachricht war, erfuhr Marla sie mit Lichtgeschwindigkeit. Was Claire zugestoßen war, das war jedoch eine ganz besonders schlechte Nachricht. So unglaublich es war, meine Haustürklingel und mein Telefon schwiegen beharrlich. Ich goß den dunklen Espresso auf Eiswürfel und Milch, dann wählte ich Marlas Nummer. Niemand meldete sich.

Ich stürzte den Eiskaffee hinunter und sagte mir, ich hätte jede Menge zu tun; ich konnte sie später anrufen. Nachdem ich eine Stunde lang Essen und schmutzige Töpfe ins Haus geschleppt hatte, rief ich im Krankenhaus an, um mich nach Julian zu erkundigen. Wer ich sei, wollte die Telefonistin wissen, eine Angehörige, die Ehefrau, wer? Ein Vormund? sagte ich hoffnungsvoll. Ein gesetzlicher Vormund? fragte sie. Nein, das nicht. Dann dürfe sie mir keinerlei Informationen geben. Tausend Dank.

Ich rief Julians Adoptiveltern in Utah an, schilderte ihnen kurz, was passiert war, und versprach, sie auf dem laufenden zu halten. Ob Julian wieder in Ordnung komme? wollten sie wissen. Ja, versicherte ich ihnen. Ich erklärte ihnen, das Southwest Hospital habe sich geweigert, mir irgendwelche Informationen über seinen Zustand zu geben, und es sei besser, wenn sie sich direkt beim Krankenhaus erkundigten. Ob es ihm mit dieser jungen Frau ernst gewesen sei? wollte seine Mutter wissen. Meine Stimme brach, als ich antwortete, dem Anschein nach sei es ihm mit Claire sehr ernst gewesen. Als nächstes rief ich Tom im Büro an und bekam seinen Anrufbeantworter. Ich versuchte es wieder bei Marla. Nichts.

Koch, sagte meine innere Stimme. *Kümmere dich um deine Aufträge.* Ich sah in meinem Terminkalender nach. O ja, die verdammte Lebensmittelmesse. Im Moment wollte ich das Einkaufszentrum nie im Leben wiedersehen. Aber Arbeit war Arbeit. *Aus Furman County frisch auf den Tisch* gehörte zu einem großen Fest am vierten Juli, das von den Inhabern des Einkaufszentrums geplant war, damit sie die Leute am langen Wochenende in die Läden locken konnten, statt daß sie herkömmlicheren Vergnügungen wie Baseball und Picknicks nachgingen. Die Einnahmen von Playhouse Southwest, bei vierzig Dollar pro Nase, versprachen gewaltig zu werden. Die Messe würde auf dem Dach des Parkhauses stattfinden. Ich hatte mich bereit erklärt, mich den Vorschriften des Gesundheitsamts zu fügen, nach denen Essen nur außerhalb der eigenen Geschäftsräume serviert werden durfte, was ich ohnehin immer tat. Jetzt mußte ich nur noch das viele Essen vorkochen.

Ich sah auf die Uhr: Mittwoch, 1. Juli, kurz vor vier Uhr nachmittags. Über Claires Tod würde bestimmt in den regionalen Abendnachrichten und morgen in den Zeitungen berichtet werden. Und apropos Journalismus, nichts auf der Welt hätte mich davon überzeugen können, daß Frances Markasian ihrer Gesundheit zulie be beim Bankett von Mignon-Kosmetik gewesen war. Oder ihrer Schönheit wegen, was diesen Punkt anlangte. Wonach hatte sie also Ausschau gehalten? Ich beschloß, erst einmal mit dem Kochen anzufangen. Dann würde ich wieder versuchen, Tom im Büro anzurufen. Ich musterte das Menü, das ich für den Eröffnungstag der Messe geplant hatte: Rippchen mit selbstgemachter Barbecuesauce, gedämpfte Zuckererbsen in frischer Erdbeervinaigrette, selbstgebackenes Brot und Schokoladentörtchen mit Vanilleguß. Die Barbecuesauce brauchte vier Stunden, ehe sie über die Rippchen gegossen werden konnte. Die Menschen können Rippchen einfach nicht widerstehen, überlegte ich, während dünne, stark riechende Zwiebelscheiben sich von meinem Messer lösten. Rippchen rochen beim Grillen phantastisch, und wie bei Kartoffelchips war eins nie genug. Als ich die Zwiebeln zu dem köchelnden Essig, den Tomaten und der Zitrone an der Sauce gab, erfüllte ein köstlicher Duft meine Küche, und ich entspannte mich. Ich brauche wohl kaum zu erwähnen, daß ein klingelndes Telefon meinen wiedergefundenen Frieden durchbrach.

»Nie erzählen Sie mir irgend etwas, verdammt noch mal«, kläffte Frances Markasian in den Hörer. »Ich weiß nicht, warum Sie uns für Freundinnen halten. *Vor allem* kann ich nicht verstehen, warum ich Ihnen beim Schleppen dieser verflucht schweren Kisten geholfen habe! Auch Frauen können sich einen Leistenbruch holen, wissen Sie.« Ich hörte, wie im Hintergrund ein Streichholz angestrichen wurde, dann ein lautstarkes Inhalieren. »Sie haben gewußt, was heute morgen im Einkaufszentrum gelaufen ist. Und ich mußte warten, bis ich es von der Pressestelle im Büro des Sheriffs erfahren habe! Zum Teufel mit Ihnen!« Ich konnte mir vorstellen, wie Frances auf dem Rand ihres mit abgewetztem Segeltuch überzogenen Drehstuhls vor ihrem mit Papier übersäten Schreibtisch hockte, Powercola in sich hineinschüttete und das zweite Päckchen ihrer täglichen Ration von drei Zigarettenschachteln niedermachte. Frances glaubte, wenn sie sich wie eine Spitzenjournalistin verhalte, werde sie vielleicht eine werden.

»Zum Teufel mit mir? Sie rufen mich an, um mir das zu sagen? Dauernd behaupten Sie«, sagte ich, während ich die aromatische Sauce umrührte, »Sie seien die Journalistin und ich die Köchin. Was wollten Sie denn eigentlich von mir hören?«

»Fangen wir mal mit dem an, was Sie über Claire Satterfield wissen. Waren Sie im Parkhaus, als sie überfahren wurde?«

Ich klemmte mir den Hörer zwischen Hals und Schulter und schob die schweren, fleischigen Schweinsrippchen in den Herd. »Mal halblang, Frances. Ich bin schon mit einem Cop verheiratet. Es hat mir gerade noch gefehlt, daß Sie auch so tun, als wären Sie bei der Polizei.«

Sie zog an der Zigarette und atmete in die Sprechmuschel aus. »Hm. Und haben Sie gewußt, daß Ihr Assistent und Untermieter Julian Teller nur der neueste Eintrag auf Ms. Satterfields Liste männlicher Eroberungen war?«

»Nein, das hab' ich nicht gewußt.« Und ich hoffte zuversichtlich, Julian habe es auch nicht gewußt. An einem normalen Tag hätte ich einen Sparringskampf mit Frances genossen. Manchmal war sie eine so gute Informationsquelle wie Marla. Aber heute war kein normaler Tag, und ich empfand ihre Fragen und Unterstellungen als äußerst ärgerlich. »Wer hat Ihnen erzählt, daß Claire andere männliche Eroberungen gemacht hatte?«

»Kann ich bitte Julian sprechen?« erkundigte sich Frances zuckersüß.

»Er ist im Krankenhaus. Er hat einen Schock erlitten, als er das mit Claire gehört hat. Manche Menschen«, fügte ich schroff hinzu, »reagieren *normal* auf den Tod.«

»Oh, verdammt noch mal!« rief sie. »Ich werd' meinen Schreibtisch abwischen müssen, weil's ganz danach aussieht, als hätt' ich mein Herzblut darüber ergossen. Und was sagt Ermittler Schulz über –«, sie räusperte sich, »über den Unfall? Irgendwas, was ich zitieren könnte?«

»Warum rufen Sie nicht im Büro des Sheriffs an und kriegen das raus? Dann könnten Sie Ermittler Schulz auch erzählen, warum Sie heute beim Mignon-Bankett waren. Inkognito. Total in Schale. Was für Gerüchte haben Sie über das Kaufhaus gehört?«

»Lassen Sie den Stuß, Partylieferantin. Ich hab' einen Auftrag, was Sie längst gemerkt haben müßten, obwohl es lange her ist, daß Sie Ihren Abschluß in Psychologie gemacht haben. Glauben Sie, es ist mir leicht gefallen, mich in so ein Kleid zu zwängen? Und das sogenannte Bankett war wie eine Strafe. Diätessen bringt mich zum Würgen. Ich muß zuviel davon essen, und dann fühl' ich mich wie ein Bär, der sich für den Winterschlaf den Bauch vollschlägt. Wie viele Tomaten kann ein einziger Mensch denn verspeisen? Aber die Schokoladenplätzchen waren phantastisch.« Sie gluckste. Als wären wir die besten Freundinnen. Als hätte sie mir alles erzählt, was sie wußte, und erwartete jetzt, daß ich es ihr nachtat. Ich holte tief Luft. »Wissen Sie, Frances, *Sie* haben mich gefragt, ob ich etwas über die Schwierigkeiten des Kaufhauses wisse. Weil ich davon ausgehe, daß Sie Prince & Grogan gemeint haben, und weil ich heute für die dortige Mignon-Abteilung gearbeitet habe, wüßte ich gern, was für Schwierigkeiten Sie dazu bewogen haben könnten, die weite Fahrt von Aspen Meadow aus zu unternehmen. Das ist alles.«

»Mhm. Die Dame vom Partyservice ist neugierig. Eine Verkäuferin von Prince & Grogan liegt zermatscht auf dem Parkhausboden, und Sie fragen mich, in was für Schwierigkeiten das Kaufhaus steckt.«

»Reden Sie nicht so über Claire. Das ist widerlich.«

»Oho! Jetzt heißt sie also schon Claire. Sie haben sie gekannt. Sie waren sogar im Parkhaus, als jemand sie überfahren hat. Raus mit der Sprache, Goldy.«

»Sagen Sie mir, warum Sie verkleidet beim Bankett waren. Was für Schwierigkeiten hat das Kaufhaus?«

Frances nahm noch einen Zug und schien nachzudenken. »Moment mal, ich hol' meinen Stift.«

»Nein, Frances, tun wir nicht so, als ob wir Informationen austauschen könnten, lieber Gott im Himmel«, sagte ich in die leere Luft. Falls irgend etwas darüber in die Zeitung kam, würde sich Tom ganz schön aufregen.

Frances kam ans Telefon zurück und raschelte in ihren Papieren. »Sie haben die Tote gekannt«, soufflierte sie mir.

»Sie wissen doch schon, daß sie Julian Tellers Freundin war«, erwiderte ich ungeduldig. »Und außerdem wissen Sie, daß ich nicht mit Ihnen reden kann, bis Tom –«

»Aha. ›Ehefrau des Mordermittlers erkundigt sich bei der Zeitung nach Kaufhausskandalen. Will sich nicht dazu äußern, daß sie Augenzeugin des Mordes an einer Kaufhausangestellten war.‹ Ihr Mann, der Ermittler, wird begeistert sein.«

»Was meinen Sie mit *Mord*? So helfen Sie mir doch –«

»Wissen Sie etwas über die Demonstranten?« wollte sie wissen.

»Natürlich nicht«, erwiderte ich und kämpfte darum, ruhig zu klingen. Frances verfügte über die aufreizende Eigenschaft, daß ich mir ständig vorkam, als wäre ich im Begriff, das Gleichgewicht zu verlieren.

»Haben sie dem Partyservice den Weg versperrt? Waren sie in der Nähe des Bereichs, in dem die junge Frau überfahren worden ist? Oder dürfen Sie darüber auch nicht reden?«

»Wie kommen Sie auf die Idee, daß –« Ich wedelte mit der Hand in der leeren Küche herum, nicht in der Lage, den Gedanken auch nur auszusprechen.

»Was mich auf die Idee bringt, daß Claire mit Absicht überfahren worden ist?« erkundigte sie sich.

»Ja.«

»Ich hab' so was gehört.«

»Lieber Himmel, Frances, noch mehr Gerüchte? Vielleicht sollte ich Tom zu Ihnen schicken, damit er mit Ihnen redet.«

»Großartige Idee. Wir könnten zu Mittag essen und uns über die Grundrechte unterhalten. Sie könnten kochen. Das heißt, falls Sie nicht vorher mit Gemüse um sich schmeißen.«

»Frances, lassen Sie das.«

»Nach dem, was ich gehört hab', war der Kerl, den Sie mit rotem Paprika überschüttet haben, ein Aktivist namens Shaman Krill.«

»Was, hat er mit Ihnen gesprochen? Mich hat er nur angebrüllt.«

»Dieser Name, Shaman Krill«, sagte sie nachdenklich. »Meinen Sie, das könnte eine Abkürzung sein? Vielleicht ist es ein Deckname. Wir sprechen über einen kleinen Kerl? Dunkles, lockiges Haar, zu einem Pferdeschwanz gebunden? Goldener Ohrring? Eine Art Kreuzung zwischen einem Liliputaner und einem Terroristen? Glauben Sie, daß er einer von Claires Freunden war? Wie lange war die Satterfield mit diesem Julian zusammen?«

»Woher wollen Sie wissen, daß Claire Beziehungen zu anderen Männern hatte?« konterte ich. »Warum haben Sie gesagt, Julian sei ihre neueste Eroberung auf einer langen Liste gewesen?«

»Erst sagen Sie mir mal was, Goldy. Kriegen Sie denn je was umsonst? Hören Sie – ich besuch' Sie auf der Lebensmittelmesse. Vielleicht sind Sie dann bereit zu einem *richtigen* Gespräch.« Ehe ich etwas erwidern konnte, legte sie auf. Sie hatte nicht vor, mich in etwas, was sie wußte, einzuweihen, solange ich sie nicht mit Informationen versorgte. Und falls ich das getan hätte, konnte ich mir den Zorn von Ermittler Tom Schulz lebhaft vorstellen. Trotzdem interessierte es ihn vielleicht, etwas über den randalierenden Aktivisten Shaman Krill zu erfahren, falls er nicht schon über ihn Bescheid wußte. Vielleicht brauchte man einen seltsamen Namen, um in die Gruppe »Verschont die Hasen« aufgenommen zu werden. Ich fuhr langsam mit dem Rührlöffel durch den Topf mit dunkler Barbecuesauce. Zwei Dinge hatte Frances aus mir herausholen wollen: Hatte ich Bescheid über Claires Beziehungen zu anderen Männer gewußt? Und wer war Shaman Krill? Ich fragte mich, ob es einen Zusammenhang zwischen den beiden Fragen gab.

Aber das war Spekulation. Ich wandte mich wieder meinen kulinarischen Pflichten zu, hackte, kochte und rührte, bis meine Frustration wich. Ich stellte Kakaopulver, Mehl, Zucker und Eiweiße bereit und holte das Rezept für die Schokoladentörtchen. Die dunklen, köstlichen Minitörtchen waren eine meiner großartigen Erfindungen auf der Suche nach einer fettarmen Schokoladentorte gewesen. Die zweite war ein fettarmes Schokoladensoufflé, das nicht im Backofen, sondern auf der Herdplatte zubereitet wurde. Ich siebte Kakao, Mehl, Backpulver und verrührte die Eiweiße mit Öl, Zucker und Vanille. Als ich alle Zutaten vermischt hatte, stellte ich den Teig kühl. Ich hatte eben die Zutaten für den Guß geholt, als es an der Haustür klingelte. Oh, gut, dachte ich: Marla. Endlich.

Ich sah durch den Türspion, darauf gefaßt, daß meine üppige, großherzige Freundin triumphierend die Tüten mit Gourmetleckerbissen hochhielt, die sie immer brachte, um Spannung zu lindern oder schwierige Situationen zu erleichtern. Aber die Vorfreude schlug schnell in Furcht um. Durch den runden Türspion grinste mich die verzerrte Visage des Kotzbrockens an.

»Laß mich rein, Goldy«, kläffte er. »Ich muß mit dir reden!«

Die Angst riß ein Loch in meinen Magen. In den Jahren seit unserer Scheidung hatte mein Exmann selten verlangt, mit mir zu reden. Auf der Suche nach Arch war er – in der Zeit vor der Sicherheitsanlage – wütend hereingestürmt oder hatte schmollend auf der Treppe auf unseren Sohn gewartet. Aber heute nachmittag batikte Arch mit Todd. Ich sah hinaus auf John Richard, versuchte mir schlüssig zu werden, was ich tun sollte. Er wich theatralisch von der Tür zurück und streckte

SCHOKOLADENTÖRTCHEN MIT VANILLEGUß

100 g Weizenmehl Type 405
50 Gramm ungesüßtes Kakaopulver
1 Teelöffel Backpulver
1/4 Teelöffel Salz
60 ml Keimöl
200 g Zucker
1 1/2 Teelöffel Vanilleextrakt
4 Eiweiße, ungeschlagen
200 g Puderzucker
Etwa 2–3 Eßlöffel Magermilch
Zusätzlich ungesüßtes Kakaopulver

Den Backofen auf 180 Grad vorheizen. Ein großes Teflonbackblech für Törtchen mit Pflanzenöl einfetten.
Mehl, Kakao, Backpulver und Salz sieben; beiseite stellen. Öl, Zucker, 1 Teelöffel Vanilleextrakt und die Eiweiße gut verrühren. Die Mehlmischung unterheben. Eine Stunde lang kühl stellen. Den Teig auf das Backblech löffeln, jeweils einen halben Eßlöffel; zwischen den Törtchen fünf Zentimeter Platz lassen. 8 bis 10 Minuten backen, bis die Törtchen aufgegangen und gut durchgebacken sind.

Nicht zu lange im Ofen lassen.
Die Törtchen auf ein Gitter geben
und völlig abkühlen lassen.
Puderzucker, Magermilch und den
restlichen Vanilleextrakt zu einer Paste
verrühren. Falls nötig, Magermilch zugeben. Jedes Törtchen mit einer
kleinen Menge Vanilleguß überziehen.
Die Törtchen wieder auf das Gitter
geben, leicht mit Kakaopulver überstäuben und den Guß trocknen lassen.

Ergibt 4 Dutzend Minitörtchen

die Arme aus. Er trug Bermudashorts, ein Polohemd, Halbschuhe ohne Socken – das Inbild eines reichen Mannes.

»Ich hab' Neuigkeiten«, rief er und drückte das Gesicht wieder gegen den Spion. »Schlechte Nachrichten! Willst du sie hören?« Er fügte abfällig hinzu: »Sie betreffen jemanden, an dem dir sehr viel liegt!«

Ich wollte wirklich nicht mit ihm sprechen. Der Tag war scheußlich genug gewesen. Und trotzdem war er hier, täuschte einen typischen Kraftakt vor, reizte mich mit der Möglichkeit, er habe schlechte Nachrichten. Ich zögerte. Das Sicherheitssystem war ausgeschaltet. Ich konnte auf die Veranda hinausgehen und mit ihm reden. Ich mußte nur den Riegel aufziehen und zur Tür hinausgehen. Aber als ich nach dem Riegel griff, klingelte in der Küche das Telefon. Mir war sowieso alles schnurzegal. Ich stürzte in die Küche.

»Goldilocks Partyservice –« fing ich atemlos an. Der Kotzbrocken hämmerte gegen die Haustür. Holz prallte gegen Metall. Ich hörte den Kotzbrocken laut fluchen. »Goldilocks Partyservice«, wiederholte ich, »alles vom –«

»Ich bin's«, unterbrach mich Tom. »Ich bin im Krankenhaus.«

»Buh!« sagte John Richard Korman, als er hinter mich trat. Sein Atem roch nach Whiskey. Ich schrie und ließ den Hörer fallen.

»Wer ist da?« fragte Tom. Seine Stimme aus dem Hörer klang weit weg, aber eindeutig erschrocken. »Goldy? Bist du da?«

Ich starrte meinen Exmann wütend an, der meinen Blick mit aufgerissenen Augen und höhnisch erwiderte. Unwillkürlich sah ich mich nach meinem Messerblock um. John Richard folgte meinem Blick und wedelte mit dem Finger in meine Richtung. Er ging auf den Messerblock zu, nahm ihn und die herausragenden schwarzen Griffe unter den Arm und betrat das Eßzimmer. Ich bekam auf den Armen eine Gänsehaut. Als John Richard mit leeren Händen in die Küche zurückkam, hatte ich es geschafft, den baumelnden Hörer wieder in den Griff zu bekommen. »Es ist … John Richard, und Arch ist nicht zu Hause, aber John Richard sagt, er hat schlechte –«

»Zum Kuckuck noch mal, was hat er dort verloren, Goldy?« brüllte Tom. »Schmeiß ihn raus! Sofort!«

Ich schloß die Augen, damit ich die wütende Miene des Kotzbrockens nicht sehen mußte. »Sag mir, wie es Julian geht«, sagte ich energisch in die Muschel. »Dann schmeiß ich ihn raus.«

»Ich ruf' nicht wegen Julian an –«, fing Tom an.

»Hey, Gol-dy-y!« sagte der Kotzbrocken ruhig. Gehässig.

»Er ruft nicht wegen Juli-a-n an. Er ist im Krankenhaus und ruft wegen jemand *anderem* an.«

»Es ist eine schlechte Nachricht –«, setzte Tom wieder an.

John Richard riß mir den Hörer aus der Hand und knallte ihn auf die Gabel. Ich ballte die Fäuste und funkelte den Kotzbrocken zornig an.

»Hör mir doch zu, gottverflucht noch mal!« brüllte Dr. John Richard Korman mir ins Gesicht. »Marla hatte einen Herzinfarkt!«

»**Einen was?**«

»Bist du taub?« Er senkte die Stimme, setzte sich an den Küchentisch und schaltete seinen allwissenden Ton ein. Der Stimmungsumschwung war gleichermaßen vorhersehbar wie furchterregend. »Sie wollte mit ihrem Fettarsch um den See herumjoggen. Als sie nach Haus kam, war ihr nicht gut, also hat sie ihren Hausarzt angerufen, der sie natürlich seit fünf Jahren nicht mehr zu sehen bekommen hat. Sie hat ihm die Symptome geschildert, und er hat Sanitäter zu ihr geschickt, die dann den Rettungshubschrauber gerufen haben.« Das Telefon auf dem Tresen klingelte wieder. John Richards Gesichtsmuskeln verkrampften sich vor Zorn. Ich kannte den Ausdruck. Jetzt war er eine Zeitbombe. Er blieb am Küchentisch sitzen und sagte zu ruhig: »Ich möchte gern ungestört mir dir reden.«

Die alte Angst schnürte mir die Kehle zu. Meine Handflächen juckten, weil ich mich am hartnäckig klingelnden Telefon melden wollte. Aber ich war so klug, den Kotzbrocken nicht zu reizen. Während das Telefon weiterklingelte, machte John Richard keinerlei

Anstalten, den Hörer abzunehmen. Er schlug die Beine übereinander. Stets aalglatt, stets weltläufig. Aber ich war auf der Hut. Er sagte: »Ohne mich kannst du sie nicht besuchen.«

»Das ist nicht wahr«, sagte ich und bemühte mich, unerschüttert zu klingen. »Hör mal, du hast getrunken.« Es war nicht viel Alkohol nötig, damit John Richard durchdrehte. Ein doppelter Scotch reichte, ihn mindestens vier Stunden lang unter Strom zu setzen. »Warum läßt du mich nicht einfach –«

»Liegt dir was an Marla oder nicht?« Seine Augen flammten, und er ließ die kräftigen Armmuskeln spielen. »Ich meine, ich hab' geglaubt, sie ist deine beste Freundin.«

Das Telefon klingelte immer noch. Ich ließ John Richard nicht aus den Augen. »Hast du sie besucht?«

»Nein, nein, ich hab' drauf gewartet, *dich* hinzubringen«, sagte er mit unechter Liebenswürdigkeit. John Richard beugte sich vor. »Ob's dir paßt oder nicht, du Pißnelke, als Exmann bin ich ein Angehöriger.« Das Telefon schrillte. Tränen traten mir in die Augen. Es war ein scheußliches Gefühl, so von Angst gelähmt zu sein. *Marla. Fünfundvierzig. Ein Herzinfarkt.* Der Kotzbrocken sprach rücksichtslos weiter. »Du, die Freundin, die ihr den ganzen cholesterinhaltigen Scheiß gefüttert hat, mit dem ihre Arterien verstopft sind, bist *keine* Angehörige. Freundinnen ist es möglicherweise nicht erlaubt, die Intensivstation zu betreten, wann immer es ihnen beliebt. Angehörigen schon. Hast du das soweit kapiert? Wenn du also Marla im Krankenhaus besuchen willst, muß ich dich hinbringen. Hab' ich mich verständlich ausgedrückt?«

Es konnte nicht mehr lange dauern, dachte ich. Es

konnte nicht mehr lange dauern, bis dieser Mann, der sich so fanatisch fit hielt wie ein Olympiateilnehmer, mich am Handgelenk packte und es mit solcher Wucht gegen die Tischplatte schmetterte, daß ich ein Jahr lang keinen Brotteig mehr kneten konnte. Ich ließ sein vom Wahnsinn verzerrtes Gesicht nicht aus den Augen und nahm den Hörer ab. »Ich bin okay«, sagte ich ohne meine übliche Begrüßungsfloskel. Am anderen Ende der Leitung stieß Tom lautstark die Luft aus, ein Geräusch, halb Seufzer, halb Stöhnen. »Danke, daß du zurückgerufen hast, Tom. Er will eben gehen.«

»Eben gehen?« schrie Tom. »Soll das heißen, er ist immer noch da? Ich bleibe am Apparat, bis er draußen und die Tür verschlossen und verriegelt ist. Schalt das Sicherheitssystem wieder ein. Falls das nicht geht, hau ab. Verstanden? Goldy? Hörst du mir zu? Ich kann den Notruf bei deinen Nachbarn anrufen lassen. In zehn Minuten kann ein Streifenwagen dort sein.«

Ich wandte mich meinem Exmann zu. »Bitte geh«, sagte ich energisch. »Sofort. Er schickt die Polizei her. Sie ist in zehn Minuten hier.«

Dr. John Richard Korman sprang auf, packte die Kakaoschachtel, die ich zum Plätzchenbacken benützt hatte, und schleuderte sie gegen die Wand. Ich schrie, als überall braunes Pulver verstreut wurde. John Richard klopfte sich die Hände ab und bedachte mich mit einem Blick, der besagte: *Mußte das unbedingt sein?*

»Raus«, sagte ich ruhig. »Geh. Neuneinhalb Minuten, und du kriegst jede Menge Ärger.« Er hatte mit der Schachtel um sich geschmissen, weil ich ihm einen Strich durch die Rechnung gemacht hatte. Ich wollte nicht mit ihm ins Krankenhaus fahren, und dafür hatte ich bezahlt.

Der Kotzbrocken gab sich nonchalant und zuckte die Achseln. Dann, ohne ein weiteres Wort, zog er sich aus der Küche zurück und stolzierte in den Bermudashorts durch die Haustür. Ich folgte ihm, stieß den Riegel zu und schaltete das System ein, dann rannte ich zum Telefon zurück.

»Miss G.?« Als ich Toms alten Kosenamen für mich hörte, brach mir vor Erleichterung der Schweiß aus. »Würdest du bitte mit mir reden?«

»Er ist fort«, sagte ich atemlos. »Kannst du mir sagen, wo, ich meine, wie lange ist es her, daß sie …, wie geht es ihr?« Ich erinnerte mich nur zu lebhaft an Marlas traurige Geschichte, daran, daß ihr Vater an einem Herzinfarkt starb, als sie noch klein war.

»Sie ist okay. Auf der Intensivstation im Southwest Hospital. Sie hatte heute morgen vor oder nach dem Joggen um den Aspen Meadow Lake einen leichten Herzinfarkt. Seit wann joggt sie denn?«

»Sie hat noch nie gejoggt«, erwiderte ich wütend, »und sie hat sich auf eine verrückte Diät mit Zitronen und Reis gesetzt –«

»Damit ist es jetzt vorbei. Kommst du her? Ich kann vermutlich nicht hierbleiben. Die Ermittlung wegen des Todesfalls im Parkhaus kommt in die Gänge.«

Ich erwiderte, ich sei schon unterwegs, und er solle nicht auf mich warten. Ich kritzelte für Arch auf einen Zettel: *Bin zum Abendessen zurück.* Wie sollte ich Arch erklären, was Julian und Marla zugestoßen war? Er liebte beide. Ich verließ das Haus durch die Hintertür und sah mich um, um mich zu vergewissern, daß der Kotzbrocken nicht im Gebüsch lauerte. Das wäre typisch für ihn gewesen. Ich sah auch hinten im Lieferwagen nach. Er war leer. Ich schloß die Türen, ließ den Motor an und

99

brachte den Tacho auf hundertzwanzig, als ich nach Denver zurückraste. Ich wünschte mir, weniger genau über die Statistik Bescheid zu wissen, was die Vererblichkeitsrate von Herzinfarkten anlangte.

Marla war meine beste Freundin geworden, weil wir nach der Scheidung von demselben Scheusal beide verbittert gewesen waren. Ich schüttelte den Kopf und dachte an die dunkle Wolke aus Kakaopulver, die aufgewirbelt war, als die Schachtel gegen die Wand prallte. Damit wir über John Richards seelische Grausamkeit hinwegkamen, hatten Marla und ich ihn abwechselnd geschmäht und uns über ihn lustig gemacht. Aber im Lauf der Jahre war die Beziehung zwischen Marla und mir über die gemeinsame Krise hinweg immer enger geworden. Wir hatten eine Gesprächsgruppe namens Amour Anonym gegründet, für Frauen, die liebessüchtig waren. Ich raste an der Westside Mall vorbei und fuhr auf den Parkplatz des Southwest Hospital zu.

Unsere Amour-Anonym-Treffen waren teils herzergreifend, teils ausgelassen gewesen. Und als die Gruppe sich auflöste, wie das bei solchen Gruppen oft der Fall ist, waren Marla und ich einander treu geblieben, hatten täglich miteinander telefoniert und beim Essen lange Gespräche geführt. Dazu kam noch, daß Marlas großzügiger Umgang mit ihrem beträchtlichen Vermögen nicht nur hieß, daß sie eine meiner besten Kundinnen war, sondern auch, daß sie mich all ihren reichen Freunden empfahl. Die Leute in Marlas Adreßbuch hatten für einen nicht abreißenden Strom von Aufträgen für Goldilocks Partyservice gesorgt, darunter auch für den von Babs Braithwaite für die Party am bevorstehenden Unabhängigkeitstag.

Meine Hände umklammerten das Lenkrad. Falls der

Kotzbrocken recht hatte und sie mich nicht in die Intensivstation ließen, mußte ich mir etwas ausdenken. Beim bloßen Gedanken an John Richard überlief mich eine Gänsehaut. Wie konnte er es wagen, in mein Haus einzubrechen und meiner Küche die Schuld daran zu geben, was Marla zugestoßen war? Natürlich war dieses Verhalten nichts Neues. John Richard Korman, dessen Mutter eine schwere Alkoholikerin gewesen war, trank häufig soviel Whiskey, daß der Teufel ausbrach, den er im Leib hatte.

Aber an dem, was er gesagt hatte, war auch etwas Wahres. Marla war tatsächlich eine üppige Frau. Sie aß mit Genuß und fastete dann reuig, nie besonders lange oder mit viel Wirkung. Mit der Zeit verfiel sie immer wieder ihrer Leidenschaft für Schokoladenplätzchen und Sahnetorten. Aber mehr Sorgen als ihre schwankenden Eßgewohnheiten machte mir ihre Phobie gegen Ärzte und Krankenhäuser. Es hatte mich nicht überrascht, als ich erfuhr, daß sie jahrelang nicht bei ihrem Hausarzt gewesen war.

Ich fuhr den Lieferwagen auf den Krankenhausparkplatz. Das Southwest Hospital gehörte zu einer Kette medizinischer Einrichtungen in Denver. Während die West Mall umgestaltet wurde, fingen die Spendensammlungen und die Bauarbeiten für das neue Krankenhaus an. Eine weitere Ironie: Trotz ihrer Abneigung gegen Ärzte hatte Marla zu den großzügigsten Spendern für das Southwest Hospital gehört.

Im Krankenhaus folgte ich in Gelb und dann Blau gemalten Fußspuren, bis ich zu der automatischen Tür vor dem Eingang zur Intensivstation im dritten Stock kam. Eine rothaarige Stationsschwester sah mich stirnrunzelnd an.

»Name des Patienten?«

Ich versuchte, gleichzeitig harmlos und tief erschüttert auszusehen. »Marla Korman«, erwiderte ich.

»Sie darf pro Stunde nur zehn Minuten lang Besuch empfangen, und die zehn Minuten sind gerade um. Sie müssen eine Stunde warten.«

Ich sagte schnell: »Sie ist meine Schwester. Ich darf doch bestimmt zu ihr?«

»Und Sie sind …«

»Goldy Korman.«

Sie musterte ein Klemmbrett und bedachte mich dann mit einem selbstgefälligen Lächeln. »Ach ja? Als wir sie nach ihren nächsten Angehörigen gefragt haben, hat sie uns Ihren Namen nicht genannt.«

»Sie hatte eben einen Herzinfarkt«, sagte ich mit einer ungeheuren Anstrengung, *leidgeprüft* und erschüttert zu wirken. »Was erwarten Sie da von ihr? Ich muß unbedingt zu ihr. Ich mach' mir solche Sorgen.«

»Sie müssen sich ausweisen.«

Denk nach. Ich wühlte in meiner Handtasche und brachte meine kläglich aussehende Kunstlederbrieftasche mit den Bündeln von Kreditkartenquittungen und abgelaufenen Lebensmittelgutscheinen zum Vorschein.

»Ausweis?« wiederholte die Stationsschwester gelassen.

Ich zerbrach mir heftig den Kopf darüber, wie ich mich aus der Sache herausmogeln könne. Dann hatte ich eine Inspiration. Natürlich. Meine Finger zogen flink eine eselsohrige Karte heraus. Der gute alte Onkel Sam! Ich reichte der Stationsschwester meine alte Sozialversicherungskarte.

»Goldy Korman«, las sie ab und warf mir dann einen mißtrauischen Blick zu. »Haben Sie keinen Führerschein oder einen anderen Ausweis?«

Ich wurde wütend. »Falls meine Schwester stirbt, während Sie sich hier aufführen wie ein Nazi, werden Sie in diesem Staat nie wieder in einem Krankenhaus arbeiten.«

Die Stationsschwester legte die Sozialversicherungskarte mit meinem alten Ehenamen auf ihr Klemmbrett und sagte, ich solle warten, sie sei gleich wieder da. Na ja, tut mir leid, nachdem ich die Bundesbehörden über meine Namensänderung informiert hatte, damit der neue Name auf meine Sozialversicherungsnummer eingetragen wurde, hatte ich versucht, eine neue Karte zu bekommen. Nach meiner Scheidung hatte ich unzählige Male bei der Sozialversicherungsbehörde angerufen, als ich meinen Mädchennamen wieder angenommen hatte. Die Leitung war ständig besetzt. Dann hatte ich sie im Frühling dieses Jahres weitere dreißigmal angerufen, fünf Jahre nach der Scheidung, als ich wieder geheiratet und den Nachnamen Schulz angenommen hatte. Wieder hatte ich die Behörde angerufen, um ihr die Namensänderung mitzuteilen. Ich wollte nur eine neue Karte. Die Leitung war immer noch besetzt. Falls Menschen starben, während sie dem bürokratischen Besetztzeichen lauschten, bekamen ihre Angehörigen dann trotzdem einen Rentenanteil?

Die rothaarige Stationsschwester kam raschelnd wieder zum Vorschein. Offenbar hatte mein alter Ausweis die Probe bestanden, denn sie führte mich wortlos durch die Flügeltür zur Intensivstation. Mit Vorhängen zugezogene Nischen säumten zwei Wände, und in der Mitte stand ein Schwesterntisch. Ich versuchte verzweifelt, innere Kraft aufzubringen. Ich wurde einer Schwester übergeben, die mich weiterwinkte.

In einem Bett am Ende der Nischenreihe schien

Marla zu schlafen. Alle Extremitäten waren dem Anschein nach an Drähte und Schläuche angeschlossen. Sie war umgeben von Monitoren.

»Zehn Minuten«, sagte die Schwester energisch. »Regen Sie sie nicht auf.«

Ich nahm Marlas Hand, versuchte, den daran angeschlossenen Tropf nicht zu streifen. Sie rührte sich nicht. Ihr Teint war wie immer wie Pfirsich mit Sahne, aber ihr braunes Kraushaar, normalerweise mit goldenen und silbernen Spangen gebändigt, lag verfilzt auf dem Kissen unter ihrem Kopf. Ich rieb ihr sanft die Hand.

Ihre Augen öffneten sich zu Schlitzen. Sie brauchte einen Moment, bis sie klar sah. Dann stöhnte sie leise. Zu meiner Freude drückte ihre mollige Hand die meine ganz leicht.

»Streng dich nicht an«, flüsterte ich. »Alles kommt wieder in Ordnung.«

Sie stöhnte wieder und flüsterte dann zornig: »Mit mir wär' alles in Ordnung, wenn ich das diesen Idioten nur beibringen könnte.«

Ich ignorierte das. »Du kommst wieder in Ordnung. Übrigens, falls jemand fragen sollte, ich bin deine Schwester.«

Sie wirkte verwirrt und sagte dann: »Ich versuch' dir zu sagen, daß es ein Irrtum war. Ich hatte *Verdauungsstörungen*. Das ist *alles*.« Weil ich wußte, daß Opfer von Herzinfarkten ihre Krankheit gern abstreiten, sagte ich nichts. »Goldy«, rief sie, »glaubst du mir nicht? Das Ganze ist ein Mißverständnis. Ich hab' mich beim Aufwachen ein bißchen mies gefühlt, und du weißt doch, wie verdammt heiß es gewesen ist.« Sie wand sich im Bett, versuchte, es sich bequem zu machen. »Deshalb

104

bin ich um den See herumgejoggt. Ich hab' mich gleich viel besser gefühlt. Es war angenehm kühl. Natürlich bin ich nicht besonders schnell gelaufen. Ich hab' sogar daran gedacht, du und ich könnten gemeinsam zum Mittagessen gehen, falls du nichts zu tun hast. Und dann ist mir wieder eingefallen, daß du dieses Mittagessen für die Kosmetikfirma ausrichtest. Ich wollte da nicht hin, weil ich mir so dick vorkam.«

»Es ist okay«, sagte ich beruhigend. »Bitte reg dich nicht auf.«

»Tu nicht so, als ob ich im *Sterben* läge, okay?« Ihr hübsches Gesicht verzerrte sich vor Wut. Sie versuchte wieder, sich aufzusetzen, überlegte es sich aber anders und sackte wieder auf das Kissen. »Das hilft mir gar nichts. Weißt du, wovor ich am meisten Angst hatte, als ich bei der Ankunft dieser verdammten Sanitäter die Sirene gehört habe? Davor, daß sie meinen Führerschein überprüfen. Daß sie rauskriegen, daß ich darin ein falsches Gewicht angegeben habe. Seit vielen Jahren denke ich immer daran, wenn ich eine Sirene höre. Ich konnte mir genau vorstellen, wie ein Cop brüllt: ›Steigen Sie aus, und stellen Sie sich auf die Waage! Marla Korman, Sie sind festgenommen!‹«

»Marla –«

»Laß mich jetzt zu Ende erzählen. Was war, bevor die Sanitäter gekommen sind. Ich bin ganz langsam vom See nach Hause zurückgefahren. Aber zu Hause ging's mir wieder mies – kalter Schweiß, weißt du, wie bei einer Grippe. Also hab' ich jede Menge Aspirin und Mylanta geschluckt und dann geduscht.« Ihre Stimme brach in einem Seufzer. »Schließlich hab' ich Dr. Hodges angerufen, und der hätte fast einen hysterischen Anfall gekriegt, vermutlich, weil ich mich seit einer

Ewigkeit nicht mehr bei ihm gemeldet hatte. Der Mann ist ein Fanatiker. Er hat sich eingebildet, daß mir was Ernstes fehlt. Die Sanitäter kamen sofort angerast, und ehe ich wußte, wie mir geschieht, war ich in diesem verdammten Hubschrauber!« Tränen rollten ihr über die Wangen. »Ich hab' dauernd versucht, denen zu sagen, ich bin bloß *benommen*. Ich meine, wie würdest du dich fühlen, wenn dir beim Gedröhn von Rotorflügeln fast das Trommelfell platzt?« Die Anstrengung des Sprechens schien sie zu erschöpfen, aber sie fuhr mühsam fort. »Und beim Anblick von Sanitätern, die auf dich hinunterstarren? ›Entschuldigung, Ma'am, *dröhn, dröhn*, Sie hatten, *dröhn, dröhn*, einen Herzinfarkt.‹ Ich hab' gesagt: ›Ach ja? Und was ist das, was ich da schlagen höre?‹«

»Marla. Bitte.«

Sie wedelte mit einem Finger, an dem die üblichen glitzernden Ringe fehlten. »Wenn die mich nicht hier rauslassen, haben die zum letzten Mal eine Spende von mir gesehen, das kann ich dir sagen. Das hab' ich dem Notarzt gesagt, als ich hier eingeliefert worden bin. Er hat mich *total* ignoriert. ›Schlagen Sie mich auf Ihrer Wohltäterliste nach!‹ hab' ich ihn angeschrien. Der Kerl hat sich taub gestellt! Ich hab' gesagt: ›Fragen Sie lieber Ihre Vorgesetzten, wieviel Marla Korman diesem Krankenhaus letztes Jahr gespendet hat! Sie wollen bestimmt nicht daran schuld sein, wenn diese Spendenquelle versiegt!‹«

»Zum Kuckuck noch mal, Marla. Sie müssen doch feststellen können, ob du einen Herzinfarkt gehabt hast. Zum Beispiel dein EKG —«

Ihre Augen gingen zu. »Es ist ein Irrtum, Goldy. Die Mediziner verpfuschen doch alles. Ich krieg' höchstens einen Herzinfarkt, wenn ich daran denke, wieviel Knete ich diesem Krankenhaus gespendet habe.«

»Aber du weißt doch, Vorsicht ist immer besser –«, wollte ich protestieren, aber sie wollte nichts davon hören und schüttelte den Kopf. Die Schwester auf der Intensivstation signalisierte mir, meine zehn Minuten seien um. Widerstrebend ließ ich Marlas Hand los und sah auf ihr Krankenblatt. Dr. Lyle Gordon, Kardiologe, und ich würde mich mit ihm unterhalten. Ich gab Marla einen schnellen Kuß auf die mollige Wange und verließ die Nische.

Als ich zum Tresen der Stationsschwester zurückkam und mich erkundigte, wo ich Dr. Gordon finden könne, funkelte mich die Rothaarige böse an und zuckte dann die Achseln. Ganz ruhig sagte ich zu ihr, ich wolle, daß Dr. Gordon ausgerufen werde. *Sofort,* bitte. Zwanzig Minuten später kam ein untersetzter Typ mit einer dicken Brille und einem weißen Kittel aus der Wartezimmertür der Intensivstation. Lyle Gordon hatte einen vorzeitig ergrauten Haarschopf, der eine kahle Stelle nicht ganz verdeckte.

»Kenne ich Sie nicht?« fragte er und sah mich mit zusammengekniffenen Augen an. »Sind Sie nicht …, waren Sie nicht … verheiratet mit –?«

Ich versuchte, ein entsetztes Gesicht zu machen. Dr. Gordon musterte mich mißtrauisch. »Ich bin Marla Kormans Schwester«, sagte ich zu ihm. »Könnten wir miteinander reden?«

Er ging voraus, und wir setzten uns auf eine Eckgruppe aus unbequemen beigefarbenen Sofas.

»Okay, weiß Ihre Mutter schon darüber Bescheid?« fing er an.

Ich hatte schnell ein Bild vor Augen, nicht von Marlas Mutter, sondern von meiner, Mildred Hollingwood Bear. Vielleicht war sie bei einem Mittagessen des Frauenkreises der Episkopalkirche oder bei einem Brunch des Gartenclubs von New Jersey, wenn sie erfuhr, daß ihre Tochter, die geschiedene, aber wieder verheiratete Partylieferantin, festgenommen worden war, weil sie sich als Schwester der zweiten Exfrau ihres Exmannes ausgegeben hatte …

»Nein –«

»Ihre Schwester hat gesagt, Ihre Mutter sei in Europa und schwer ausfindig zu machen«, sagte Dr. Gordon höflich und schob sich mit dem Zeigefinger die Brille hoch. »Der Vater ist im Alter von achtundvierzig an einem Herzinfarkt verstorben. Können Sie Ihre Mutter ausfindig machen?«

»Äh, vermutlich.« *Möglicherweise, vielleicht, hoffentlich,* fügte ich im Geiste hinzu. Ich stellte mir vor, wie die Nadel eines Lügendetektors Berge und Täler aus Wahrheit und Verstellung aufzeichnete.

»Weitere Herzkrankheiten in der Familie?«

»Nicht daß ich wüßte.«

Dr. Gordon rückte sich wieder die Brille zurecht und hinterließ Fingerabdrücke auf den dicken Gläsern. »Ihre Schwester hatte einen leichten Herzinfarkt. Sie ist erst fünfundvierzig. Und leider ist sie –«

»Sie scheint zu glauben, daß es *kein* Herzinfarkt war.«

»Entschuldigen Sie. Ihr erstes EKG hat gezeigt, daß sie Extrasystolen hatte, eines der Warnsignale. Wir haben außerdem gesehen, daß ihre ST-Strecken viel zu lang waren –«

»ST-Strecken?«

Er seufzte. »Ein Teil des Elektrokardiogramms, das zeigt, ob die Erholungszeit des Herzens zwischen den

Kontraktionen anomal ist. Wenn die ST-Strecke zu lang ist, dann handelt es sich um einen Herzinfarkt, okay? Die Sanitäter haben den Hubschrauber gerufen, sie mit Sauerstoff versorgt und ihr Nitroglyzerin unter die Zunge geschoben. Das erweitert die Blutgefäße.«

»Ja ... Ich weiß Bescheid über Nitroglyzerin.« Ich wußte außerdem, daß ein Herzschaden verhindert, manchmal sogar ein Infarkt unterbunden werden konnte, wenn es möglich war, die Blutgefäße gleich am Anfang des Infarkts zu erweitern. Ich sagte zögernd: »Vielleicht–«

»Wir glauben, daß das Nitroglyzerin einem schwereren Infarkt vorgebeugt hat. Die Blutwerte aus dem Labor liegen uns vor, die Enzyme sind erhöht, deshalb hatte sie einen Herzinfarkt, ganz gleich, was sie jetzt sagt. Glauben Sie mir?«

Das Blut pulsierte mir in den Ohren. Ich spürte, wie Verzweiflung mich einkreiste und daß mich Schwäche überkam. »Ja, sicher. Nur ... könnten Sie mir sagen, ob sie wieder in Ordnung kommt? Was ist der nächste Schritt?«

»Morgen früh steht als erstes ein Angiogramm auf dem Programm. Alles hängt davon ab, was wir daraus über die Blockierung erfahren. Falls eine Arterie stark verstopft ist, müssen wir am Nachmittag vermutlich eine Angioplastie machen. Wissen Sie, was das ist?«

Ich sagte dumpf: »Ein Katheter durch die Arterien.« Aber nicht bei Marla. Bitte, nicht bei meiner besten Freundin. Ich versuchte, nicht an Katheter zu denken.

Gordon zog die grauen Augenbrauen zusammen und fuhr dann fort: »War sie unter ärztlicher Aufsicht? Sie hat den Namen eines Allgemeinmediziners in Aspen Meadow angegeben. Wir haben ihn angerufen. Er hat gesagt, sie sei seit fünf Jahren nicht mehr bei ihm gewesen. Deshalb war ihr Anruf bei ihm ein solches Warnsignal.«

»Marla haßt Ärzte.«

»Sie sagt, sie habe für das Krankenhaus gespendet.«

»Meine Schwester ist abergläubisch, Dr. Gordon. Sie glaubt, wenn sie einem Krankenhaus eine Menge Geld spendet, muß sie nie in eines eingeliefert werden.«

»Und sie ist nicht verheiratet.«

Das war eine Art Fangfrage. Wenn eine unbekannte Schwester auftaucht, könnte als nächstes ein Ehemann dastehen. »Nicht verheiratet«, sagte ich knapp.

»Gut, dann muß ich Ihnen folgendes sagen. Wie schon erwähnt, zeigen ihre Blutwerte, daß sie dem Anschein nach einen sehr leichten Herzinfarkt hatte. Falls morgen alles gut verläuft und keine Komplikationen eintreten, können wir sie, glaube ich, in drei bis vier Tagen entlassen. Wenn der Infarkt schlimmer gewesen wäre, müßten wir sie mindestens eine Woche lang im Krankenhaus behalten. Aber wenn sie nach Hause kommt, muß sie auf sich aufpassen.«

»Keine Sorge. Meine Schwester hat jede Menge –äh –, wir haben jede Menge Geld. Ich sorge für eine Privatpflegerin. Sagen Sie mir nur, wie die Prognose für sie aussieht.«

»Sie muß ihre Lebensweise ändern. Ihr Cholesterinwert war bei 340. Das *muß* reduziert werden. Dann hat sie gute Chancen. Wir haben Ernährungsexperten, die ihr helfen können. Wir haben hier ein Reha-Programm für Herzkranke, an dem sie sich beteiligen kann. Das heißt, wenn ihr danach zumute ist. Und ihr wäre besser danach zumute, falls ihr etwas an ihrem Leben liegt.« Sein Ton war grimmig.

»Okay. Danke. Darf ich jetzt noch einmal zu ihr?«

»Nicht lange. Gibt es andere Angehörige, über die ich etwas wissen sollte?«

Ohne mit der Wimper zu zucken, erwiderte ich: »Vielleicht ist unser Neffe hier. Er heißt Julian Teller.«

»Ist das Ihr Sohn?«

»Nein, der Sohn einer …, einer anderen Schwester. Julian ist neunzehn. Ich glaube, er ist hier im Krankenhaus.«

»Will er seine Tante besuchen?«

»Nein, er wird behandelt. Könnten Sie das für mich überprüfen? Bitte? Für einen Arzt ist es so viel leichter als für den Rest der Bevölkerung, an Informationen heranzukommen.«

Dr. Gordon verschwand kurz, dann setzte er sich schwerfällig auf die beigefarbenen Kissen. »Julian Teller ist aufgrund eines Schocks behandelt und vor etwa einer Stunde entlassen worden. Stand er unter Schock, weil er das über seine Tante Marla erfahren hat?«

»Nein, aus einem anderen Grund. Eine weitere Familientragödie.«

Der Arzt bedachte mich mit einem angestrengten, mitfühlenden Lächeln. »Ihre Familie hat einen ziemlich schweren Tag hinter sich, Miss Korman.« Er verlagerte ungeduldig das Gewicht im Sessel. Seine Bewegung drückte aus: *Andere Patienten warten.* »Es wäre gut für Ihre Schwester, wenn Sie sie so oft wie möglich besuchen könnten. Eine positive Ausstrahlung, zärtliche Berührungen, das alles hilft.«

»Keine Bange. Ich komme jeden Tag her.« Ich schrieb meine Telefonnummer auf einen Zettel. »Bitte, rufen Sie mich an, falls etwas Unvorhergesehenes eintritt. Sehen Sie jeden Tag nach ihr?«

Er legte das Gesicht ungläubig in Falten. »Selbstverständlich.« Er sah mich unverwandt durch die Brillengläser an, so dick, daß sie mich an den Boden alter Colaflaschen erinnerten. »Vielleicht bekommt sie Depressionen. Eine übliche Reaktion auf Herzinfarkte. Auch wenn wir sie wieder gesund machen können, sie wird Sie brauchen, damit Sie ihr Mut machen und sie unterstützen. Trauen Sie sich das zu?«

Jetzt war ich damit an der Reihe, ihn mit einem ungläubigen Blick zu bedenken. Ich preßte die Lippen zusammen und nickte.

**Als ich Marla** an jenem Nachmittag zum zweiten Mal zu sehen bekam, schlief sie in den ganzen zehn Minuten meines Besuchs. Unter dem tristen blauen Krankenhaushemd hob und senkte sich ihre Brust schwach; eine Aufmachung, die nicht zu vergleichen war mit ihrer üblichen knalligen Kleidung. Ich legte meine Hand leicht um die ihre, um Marla nicht zu stören. Ihre Lippen, sonst leuchtend vom Lippenstift, waren trocken und rissig, und ihr Atem kam mir unregelmäßig vor. An jenem Morgen hatte ich eine tote junge Frau gesehen. Jetzt wünschte ich mir nichts so sehr, als mich an dieser Freundin festzuklammern, die mir näher war, als es je eine Schwester hätte sein können.

Ich beschloß, unsere Kirche anzurufen, sobald ich nach Hause kam. Marla war gleichermaßen beliebt und aktiv in St. Luke. Sie leitete die jährliche Schmucktombola des Frauenkreises und belebte die monatlichen Treffen des Kirchengemeinderats mit ihrer unwiderstehlichen Frechheit und ihrem Witz. Wenn ich die Kirchengemeinde nicht über das Geschehene informiert hätte, wären mir etliche, äußerst unchristliche Anrufe zu Ohren gekommen. Außerdem mußte ich für eine Privatpflegerin sorgen, die ins Haus kam, sobald Marla aus dem Krankenhaus entlassen wurde.

Ich versuchte, noch mehr auf einer geistigen Liste abzuhaken, aber dann fuhr ich wie in Trance nach Hause. Als die Reifen über die gekieste Zufahrt knirschten, sah ich voller Dankbarkeit, daß Tom seinen Chrysler neben Julians Range Rover in unsere Doppelgarage gequetscht hatte. Arch rannte mir entgegen, sobald ich das Sicherheitssystem passiert hatte. Er war herausgeputzt mit dem Ergebnis seines mit Batik verbrachten Nachmittags: einem T-Shirt, groß genug für einen Quarterback, und Bermudashorts, gestreift mit leuchtenden Streifen in Orange und Lila. Mir war gleich, wie er aussah. Ich riß ihn in die Arme und wirbelte ihn im Kreis herum. Als ich ihn atemlos losließ, trat er verblüfft einen Schritt zurück.

»Hey, Mom! Komm zu dir! Was läuft denn so? Ich meine, was ist hier los?« Er schob sich die Brille die Nase hoch und musterte mich. Aus seiner verwirrten, aber glücklichen Reaktion schloß ich, daß Tom ihm noch nichts von den Ereignissen des Vormittags erzählt hatte. »Wo bist du gewesen?« fuhr er mißtrauisch fort. »Tom hat Julian nach Hause gebracht, aber er liegt im Bett. Hier sind alle von der Rolle. Aber schau mal.« Er trat theatralisch zurück und streckte die dünnen Arme aus. »Ich bin cool angezogen, was?« In Archs sommersprossigem Gesicht machte sich ein stolzes Lächeln breit, als er auf mein Urteil wartete. Ich hatte nicht die Absicht, diesem eben erst dreizehn gewordenen Jungen mitzuteilen, daß die fleckigen, zu großen Klamotten von seinen knochigen Schultern und seinem kleinen Torso herunterhingen wie Kleidungsstücke, die von der Wäscheleine eines Hünen geklaut worden waren.

»Cool«, stimmte ich begeistert zu. »Wirklich. Du siehst absolut und in jeder Hinsicht umwerfend aus.«

Er zog die Mundwinkel übertrieben nach unten. »Mom? Du bist doch nicht etwa bekifft, oder?«

»Weißt du, was bekifft bedeutet?«

Arch kratzte sich unter dem Shirt am Bauch. »Vergeßlich? Das haben sie doch früher immer gesagt: ›Ich kann mich an nix erinnern, Mann, ich war total bekifft –‹«

»Hör mal, mir geht's bestens. Ich bin erst über dreißig, weißt du noch, und in der Zeit, über die du redest, war ich noch ein Kind. Wo ist Tom?«

»Er kocht. Ich hab' ihm gesagt, er soll was echt Starkes aus den sechziger Jahren machen, und er hat gesagt, das einzige echt starke Essen, das er kennt, ist Hasch in Schokoladenplätzchen. Das ist ja eklig! Was soll denn Cornedbeefhaschee in Schokoladenplätzchen?«

Das konnte ja ein sehr anstrengendes Hobby werden. Als ich in die Küche kam, war Tom so in ein Rezept vertieft, daß ich mir die Begrüßung verkniff. Das vom Kotzbrocken geschleuderte Kakaopulver war von den Wänden entfernt worden, und auf der Arbeitsplatte glitzerte einladend neben einer großen grünen Weißweinflasche ein Haufen Crabmeat. Neben einer breiten Sauteuse, in der Butter für eine Sauce langsam schmolz, wartete gewürzter Crêpeteig. Tom genoß das Kochen noch mehr als die Gartenarbeit. Ich überließ ihm beides mit Freuden. Ich hätte jeden Tag mit Crabmeat gefüllte Crêpes in Weißweinsauce essen können. Vor allem, wenn jemand anders sie zubereitete.

Während ich ihm zuschaute, beugte sich Tom über das Crabmeat und befreite es methodisch von Panzerstückchen und Knorpeln. Mich überflutete eine Welle des Wohlgefühls. Es lag nicht nur daran, daß ich jetzt in einem Haushalt lebte, in dem alle beim Kochen wetteiferten. Es lag auch nicht daran, daß ich nach den Ereignissen des Tages plötzlich das Leben zu schätzen wußte. Diese beunruhigende Freude kam an die Oberfläche, weil ich immer noch nicht wußte, warum ich mich so lange dagegen gesträubt hatte, den Mann zu heiraten, der jetzt dort stand, wo früher mein Reich gewesen und neuerdings *unsere* Küche war.

Ich beobachtete, wie die Butter sich in eine goldene Pfütze auflöste. Natürlich rührte mein Zögern aus den schlechten Erfahrungen meiner ersten Ehe her. Als ich den Kotzbrocken verlassen hatte, war ich allmählich auf den Geschmack gekommen, die Jahre der Einsamkeit und als alleinerziehende Mutter zu genießen. Bis auf die sexuelle Enthaltsamkeit, von der ich mir ständig einredete, ich werde mich daran gewöhnen, war das Alleinleben die perfekte Lebensform für mich, hatte ich gemeint. Bis Tom kam.

Trotzdem war der Übergang von meinem heftig verteidigten Alleinleben zu täglicher Gemeinsamkeit nicht ganz reibungslos verlaufen. Finanzielle Fragen waren aufgetaucht. Vor Jahren hatte die Scheidungsabfindung, die Dr. John Richard Korman mir zahlte, das Kapital für den teuren Umbau meiner Küche gebildet, damit ich als kommerzielle Köchin arbeiten konnte, und ich konnte die Küche nicht aufgeben und trotzdem mein Geschäft weiterbetreiben. Deshalb war Tom zu Arch, Julian und mir gezogen und hatte einen Mieter für sein Blockhaus in den Bergen gefunden. Er bestand darauf, die Miete auf ein Urlaubskonto für uns vier einzuzahlen. Als Freiberuflerin mit dem einzigen Partyservice in der Stadt hatte ich natürlich vergessen, was das Wort *Urlaub* bedeutete.

Diese und andere materiellen Angelegenheiten hatten wir ganz gut lösen können. Unser größtes Problem war die Angst. Tom machte sich Sorgen um mich, und mir ging es genauso, was ihn anlangte. Tom hatte etliches von dem Schaden gesehen, den John Richard Korman mir vor unserer Trennung angetan hatte. Er wußte, daß ich den linken Daumen nicht mehr richtig biegen konnte, weil John Richard ihn an drei Stellen mit einem Hammer gebrochen hatte. Tom hatte das Glas im Gartenschuppen untersucht, das ich, nachdem John Richard in einem seiner Wutanfälle die Fenster eingeschlagen hatte, nie mehr ersetzen ließ, und das auf Dauer demolierte Büfett, gegen das der Kotzbrocken wiederholt getreten hatte, während ich mich dahinter versteckte. Als Tom einzog, gehörte zu seinen ersten Aktivitäten, die Fenster im Gartenschuppen wieder einzusetzen und das arg mitgenommene Büfett abzuschleifen und neu zu lackieren.

Meine Ängste wegen der Gefahren seines Berufes waren Legion. Sobald ich im Radio etwas von einer Schießerei hörte, sobald ein Anruf um Mitternacht ihn aus unserem warmen Bett holte, sobald dieser mitternächtliche Anruf bedeutete, daß er den Klettverschluß über der weißen, kugelsicheren Weste zuklebte, ehe er aufbrach, tat mir vor Furcht das Herz weh. Meine Angst hatte sich nicht gelegt, seit ein Mörder im Frühling dieses Jahres Tom vier Tage lang entführt hatte, als wir eben heiraten wollten. Er hatte dieses Ereignis herunterspielen wollen und gesagt, das sei ein

117

grotesker Zwischenfall gewesen. Er hatte es nicht einmal selbst geglaubt.

Tom und ich wußten auch nicht recht, wie wir über unsere Arbeit miteinander reden sollten. Tom behauptete, er spreche gern über Ermittlungen mit mir, solange ich mich nicht aufregte. Oder, was schlimmer gewesen wäre, irgend jemand erzählte, was er oder ich herausbekommen hatten. Auf mich wirkte Tom immer beherrscht: wenn ihn sein Ermittlungsteam umgab, oder wenn er mir gegenüber in entspannter guter Laune war und mir von Blutflecken oder Versuchsballons erzählte. Ich dagegen genoß es nicht, die Mühen des Kochens, Servierens und Saubermachens für die Reichen und Schamlosen noch einmal aufzuwärmen. Gelegentlich ergötzte ich ihn mit Geschichten, zum Beispiel über den thailändischen Gast bei einem Empfang für zweihundert Leute, der darauf bestand, mir sein Rezept für am Stück gebackenen Fisch zu geben – auf Thai –, oder über den betrunkenen Poloclub-Gastgeber, der vom Pferd gefallen war, ehe er auch nur einen Bissen vom vegetarischen Schischkebab gekostet hatte.

Während ich über das alles nachdachte, entging mir, daß Tom mit dem Kochen fertig war und den Schrank über dem Küchentresen anstarrte, das Gesicht schmerzverzerrt.

»Tom! Was hast du denn?«

Erschrocken ließ er die Panzerstückchen fallen, die er in der Hand hielt. Ich entschuldigte mich und half ihm, sie vom Boden aufzukehren. Als er sich aufrichtete, hatte er wieder seine entspannte Feierabendmiene aufgesetzt. Trotzdem war ich entsetzt. In den beiden Monaten, seit denen wir verheiratet waren, hatte ich ihn noch nie mit so gequältem Gesichtsausdruck gesehen.

Obwohl er das Gegenteil behauptete, forderte der Beruf schließlich doch seinen Tribut. Er zwang sich zu einem breiten Grinsen. »Hallo, Miss G.«

»Was ist los?«

»Nur das Übliche.« Er spülte sich die Hände und trocknete sie an einem Geschirrtuch ab. »Julian ist in Ordnung, er braucht nur Ruhe. Ich glaube, er schläft. Hast du Marla besuchen können?«

Ich schloß ihn kurz in die Arme und murmelte, das sei mir gelungen. Dabei fiel mir etwas ein. Ich rief den Anrufbeantworter von St. Luke an und hinterließ eine kurze Nachricht über Marlas Verfassung, dann hinterließ ich eine weitere Nachricht für eine Frau aus der Kirchengemeinde, die einmal eine Privatpflegerin beschäftigt hatte. Ob sie die Pflegerin empfehlen könne? fragte ich per Band. Dann wusch ich mir die Hände und warf einen Blick auf das Rezept, ehe ich frischen Knoblauch holte. Leider hatte der Kotzbrocken meine Messer irgendwohin verschleppt.

»Marla war sehr wütend. Hat behauptet, es sei kein Herzinfarkt gewesen«, bemerkte ich über die Schulter, während ich im Eßzimmer nach meinem Messerblock suchte. Der selten benützte Raum war ein Denkmal meines früheren Lebens als Arztfrau. Er sah aus wie ein Möbelladen. Gleich nach meiner ersten Heirat hatte ich das Büfett aus massivem Kirschbaumholz, das Sideboard und die Eßgruppe gekauft. Dann hatte ich fieberhaft eine riesige Tischdecke gehäkelt und mich an die lästige Aufgabe gemacht, Nadelstickereibezüge für die Stühle anzufertigen. Ich hätte Karate lernen sollen. Noch besser wäre Schießunterricht gewesen. Ich hievte den Messerblock vom Tisch und brachte ihn in die Küche zurück.

»Vermutlich kommt Marla Anfang nächster Woche nach Hause«, erzählte ich Tom, während ich an einer Knoblauchzehe roch. Der Knoblauch war frisch und saftig; sein scharfer Geruch erfüllte die Luft. Ich berichtete Tom, was der Kardiologe mir über Marlas Verfassung und das bevorstehende Angiogramm und die Angioplastie gesagt hatte. »Ich werde sie jeden Tag besuchen«, fügte ich trotzig hinzu, während ich Knoblauch hackte. Aber selbstverständlich würde Tom nicht eifersüchtig sein, wenn ich täglich eine Freundin besuchte. Ich schüttelte den Kopf und griff nach einer weiteren Knoblauchzehe. Alte Reaktionen waren langlebiger, als ich geglaubt hatte.

Tom wandte sich wieder seiner Rezeptkarte zu und wechselte unvermittelt das Thema. »Wie ist Korman durch das Sicherheitssystem hereingekommen?«

»Hör mal, da hat er einfach Schwein gehabt ... Ich wollte eben den Riegel aufsperren, und das Telefon hat geklingelt, und er hat gebrüllt, er habe schlechte Nachrichten ..., und ehe ich was gemerkt hab', stand er neben mir ... Ich war einfach unvorsichtig.«

»Fehlt dir auch nichts?« Er sah von der Rezeptkarte auf, den Mund zu einer dünnen Linie verzogen.

Als ich sagte, mir fehle nichts, runzelte er ungläubig die Stirn.

»Tut mir leid«, besserte ich nach, »soll nicht wieder vorkommen.« Und aus war es mit meiner Sommerbrise durch die ungesicherten Fenster im ersten Stock, dachte ich. »Was haben sie im Krankenhaus über Julian gesagt? Gibt es irgendeine Spezialbehandlung?«

Er warf die Zutaten in die geschmolzene Butter. Aus der Pfanne stieg der köstliche Geruch nach Crabmeat und Knoblauch auf. »Er braucht nur Ruhe. Vermutlich sollten wir in seinem Beisein nicht über den Unfall reden. Jedenfalls jetzt noch nicht, obwohl wir es irgendwann tun müssen.« Er griff nach einem Rührlöffel aus Holz und gab Mehl für einen Roux dazu.

»Warum sollen wir nicht mit ihm darüber reden? Und warum werden wir es schließlich tun müssen?«

Tom atmete tief aus. »Goldy, als er aus dem Krankenhaus nach Hause gekommen ist, hat er hundsmiserabel ausgesehen. Ich will ihn einfach nicht noch mehr durcheinanderbringen. Auf dem ganzen Heimweg auf der Interstate hat er immer wieder geweint. Ich glaub' nicht, daß ich den Jungen je in Tränen aufgelöst gesehen hab'.«

»Vielleicht fühlt er sich besser, wenn er darüber spricht.«

Tom hielt im Umrühren inne und bedachte mich mit einem halben Lächeln. »Schön, Miss Psychologin, ich weiß, daß das stimmt. Aber im Moment haben wir es mit vielen unbekannten Größen zu tun, und ich bin mir nicht sicher, daß Julian schon jetzt etwas darüber erfahren sollte.«

»Unbekannte Größen?«

Er rührte Brühe in die Sauce, stellte sie zum Köcheln auf und schlenderte dann hinüber zum begehbaren Kühlschrank. Gleich darauf kam er mit zwei Flaschen Apfelsaft mit Kohlensäure zurück, einem Lieblingsgetränk von Arch. Er machte eine Flasche auf und goß uns beiden ein Glas voller sprudelnder, goldener Bläschen ein. Nach der Hitze des Tages war das eiskalte Getränk himmlisch.

Tom sagte: »Diese üble Sache mit Claire Satterfield macht einen miesen Eindruck. In absehbarer Zeit werde ich vollauf damit beschäftigt sein.«

»Aber ich hab' gedacht, um Verkehrsunfälle kümmert sich die Streifenpolizei –«

»Es war kein Unfall«, sagte er knapp. Er leerte sein Glas. Seine dunkelgrünen Augen musterten mich grimmig. »Der Streifenpolizist und ich haben *Beschleunigungs*spuren auf dem Parkhausboden gesehen. Die unterscheiden sich gewaltig von *Brems*spuren. Die kriegt man zu sehen, wenn jemand anhalten will.«

»Du meinst, ihr könnt – Moment mal. Beschleunigung? Jemand hat sie gesehen? Jemand hat sie gesehen und dann … Gas gegeben? Gütiger Gott!«

Er nickte. »Und unser einziger Augenzeuge«, sagte er, »vielmehr der Mann, der sich für einen Augenzeugen hält, hat beobachtet, wie ein dunkelgrüner Lieferwagen schleudernd aus dem Parkhaus gekommen ist.« Er stand auf, um nach seiner Sauce zu sehen. »Wir haben einen Lieferwagen von Ford, Baujahr achtundsiebzig, gefunden, der auf der Zufahrt zu Prince & Grogan parkte. Gestohlen. Eingedellt am Kühler, wo er möglicherweise jemanden überfahren hat. Die Gerichtsmedizin wird das mit den Aufprallspuren des Opfers vergleichen.«

Ich sagte schwach: »Aufprallspuren? Du meinst, Blutergüsse? Und auf dem Kühler war überhaupt kein Blut?«

»Für Blutergüsse hatte die Leiche keine Zeit.« Ich schloß die Augen. »Manchmal ist Blut an dem Fahrzeug, manchmal nicht«, fuhr er fort. »Dieses Mal war kein Blut an dem Fahrzeug. Das einzige Blut war auf dem Parkhausboden, wo ihr Kopf auf dem Pflaster aufschlug. Leider weist der Lieferwagen kein einziges identifizierbares Haar oder einen Fingerabdruck auf. Zumindest bis jetzt nicht. Unsere Leute arbeiten daran. Wir suchen nach jedem Strohhalm.« Er machte eine Pause. »Aber wir haben einen Anhaltspunkt. Du warst die dem Tatort nächste Person. Relativ nah bei der Leiche hast du diese Blume gefunden.«

»Du glaubst doch nicht –«

»Ich hab' keine Ahnung, vermutlich ist gar nichts daran. Aber hin und wieder kriegt man so eine Art von Ahnung. Wenn eine derart frische Blume an einem Tatort gefunden wird, von dem wir jetzt meinen, er sei der Schauplatz eines Mordes gewesen, müssen wir sie untersuchen lassen. Ich hab' also ein Foto gemacht und es an den amerikanischen Rosenzüchterverband geschickt.«

»Liebe Zeit, das ist ja tatsächlich eine Suche nach dem letzten Strohhalm. Was soll das heißen, daß deine Leute den Lieferwagen unter die Lupe nehmen?«

Er goß Weißwein in den Meßbecher und rührte ihn in die Sauce. »Wie schon gesagt, wir halten den Tod von Miss Satterfield jetzt für Mord. Die Streifenpolizei hat nichts mehr damit zu tun, jetzt sind wir verantwortlich.« Sein kräftiger Körper erbebte. »So. Jetzt müssen wir also nur noch rauskriegen, wer sie umbringen wollte. Deshalb muß ich mit Julian sprechen, sobald es ihm etwas bessergeht. Das Team beschäftigt sich ebenfalls mit der Beweislage. Wir müssen rauskriegen, wer sie so zugerichtet hat und dann abgehauen ist. Ohne gesehen zu werden. Wir glauben, daß der Täter entweder ein Fluchtfahrzeug gleich dort stehen hatte oder direkt in das Einkaufszentrum zurückgegangen ist.«

»Ich halte es nicht für möglich, daß jemand das geschafft haben soll, ohne gesehen zu werden.«

»Halt es für möglich. Meistens haben die Leute nur die eigenen Angelegenheiten im Kopf.« Er rieb Parmesan in die Sauce. »Armer Julian.«

»Was ist mit diesen Demonstranten? Meinst du, sie hätten so etwas anrichten können, um Mignon-Kosmetik eins auszuwischen? Weil Claire für die Firma gearbeitet hat?«

»Im Augenblick können wir gar nichts ausschließen. Wir besorgen uns die Namen und die Adressen der Demonstranten. Die übliche Routine.«

Mein Glas war schon lange leer. Ich mußte meine Hände mit etwas anderem beschäftigen. Deshalb machte ich mich daran, Zutaten für einen Obstsalat zusammenzusuchen – saftige, reife Honigmelonen, Erdbeeren, Trauben, Bananen. Ich hackte, schnitt Scheiben und ordnete das Obst in konzentrischen Kreisen an, im Versuch, in dieses Chaos aus Neuigkeiten Ordnung zu bringen.

Schließlich goß ich mir noch ein Glas Apfelsaft ein und fragte: »Erinnerst du dich an den Kerl, den ich mit Gemüse überschüttet habe?«

Toms Lächeln war überwältigend: Er war wieder ganz der alte. »Einer deiner besten Einfälle, Miss G. Was ist mit ihm?«

»Und erinnerst du dich an Frances Markasian?«

»Goldy, wie könnte ich je eine Frau vergessen, die aussieht wie ein weißer Bob Marley und sich anzieht, als hätte sie das Zeug aus der Mülltonne gezogen?«

Ich berichtete Tom, Frances habe offenbar den Aktivisten aufgespürt und interviewt, und er heiße Shaman Krill. Frances habe nicht nur irgendwie rausgekriegt, daß Julian Claires neueste Eroberung in einer langen Reihe von Freunden gewesen sei, sondern daß sie wie Tom und die Polizei glaube, Claires Tod sei kein Unfall gewesen. Tom schaltete den Herd ab, hob eine Hand und zückte sein zuverlässiges Notizbuch mit Spiralheftung.

»Andere Freunde. Glaubt, Claire sei überfahren worden. Wie ist sie zu diesen Schlußfolgerungen gekommen, hat sie das gesagt? Vielleicht sollte ich sie anrufen.«

»Klar, und dann quasselt sie dir die Ohren damit voll, daß sie nach dem ersten Zusatzartikel der Verfassung das Recht hat, ihre Informanten zu schützen. Und danach erzählt sie mir überhaupt nichts mehr. Du hättest sie sehen sollen; ich hätte sie heute mittag fast nicht erkannt, ganz feingemacht in einem teuren neuen Kleid und mit gebändigtem Haar.«

Er schnaubte angewidert. »Warum war sie bei dem Mignon-Bankett? Seit wann ist der Südosten von Furman County das Revier einer Reporterin aus Aspen Meadow?«

Ich zuckte die Achseln und trank einen Schluck Apfelsaft. »Sie hat gesagt, sie habe Gerüchte darüber gehört, daß es bei Prince & Grogan Probleme gebe. Was das damit zu tun hat, daß sie am Bankett einer Kosmetikfirma teilnimmt, weiß ich nicht. Und bitte, frag mich nicht, was für Gerüchte, denn das hab' ich sie schon gefragt, und sie wollte es mir nicht sagen. Aber übermorgen fahre ich zur Lebensmittelmesse dorthin, und morgen muß ich mir meinen Scheck von Mignon abholen –«

»Oh, Goldy, nein –«

»Ich will doch bloß fragen –«

»Okay, dann frag.« Er streckte die Hände aus und nahm die meinen in seine.

»Du weißt doch, ich halte viel von deinem Verstand, wenn es um solche Ermittlungen geht. Deshalb spreche ich so gern mit dir darüber. Ich *brauche* deine Ideen.«

»Sicher.«

Er küßte mich auf die Wange. »Wirklich, verdammt noch mal. Du redest gern mit Leuten, und sie reden liebend gern mit dir. Großartig. Du bekommst Einblicke. Auch großartig. Ich will bloß nicht, daß du dich in Gefahr bringst.«

»Du tust ja, als wollte ich dich um deinen Job bringen.«

Er lachte. »Machst du das?« Dann beantwortete er die Frage selbst. »Natürlich machst du das nicht. Nehmen wir den Partyservice als Beispiel. Ich helf' dir beim Hacken, stimmt's? Manchmal gibst du mir sogar einen Meßlöffel für Plätzchenteig. Kleine Aufgaben. Aufgaben, die dir helfen. Denn mehr vertraust du mir nicht an, stimmt's? Ich sag' dir nicht, was du wem servieren sollst. Verbessere mich, falls ich mich da irre. Weil du die Partylieferantin bist und ich der Cop.«

»Bitte, Tom. Laß mich Julian helfen, indem ich herumfrage. Er hat Claire so sehr geliebt.«

Er runzelte die Stirn und hob dann warnend den Zeigefinger. »Okay. Unter zwei Bedingungen. Du bringst dich nicht in Situationen, von denen du weißt, daß sie gefährlich werden können. Und zweitens, wenn ich dir sage, du sollst dich raushalten, dann tust du es.«

»Mir war so, als hättest du gesagt, deine Arbeit sei nicht gefährlich –«

»Das ist sie auch nicht, wenn ich sie mache. Für dich könnte es gefährlich werden.«

Ich deckte den Tisch mit Gabeln, Messern und Tellern, ehe ich antwortete. Dann sagte ich ruhig: »Okay. Aber eins sage ich dir, Tom, ich werde Julian helfen. Denk dran, daß Frances Markasian und ich befreundet sind. Wenigstens tun wir manchmal so. Ich habe eine Ahnung, woher sie das alles wissen könnte.« Ich berichtete ihm, daß ich mich auf dem Bankett mit Dusty Routt, der Mignon-Verkäuferin, unterhalten hatte. Ich hätte sie Frances sogar vorgestellt. Nachdem sie von Claires Tod erfahren habe, habe Frances bestimmt keine Skrupel gehabt, aus Dusty Informationen herauszuholen.

»Routt, Routt, der Name kommt mir bekannt vor. R-o-u-t-t? Anfang der fünfziger Jahre hat ein Kerl namens Routt hier in Colorado einen großen Banküberfall verübt. Wie alt ist diese Dusty?«

»In Julians Alter. Sie wohnt ein paar Häuser weiter bei ihrer Mutter, mit ihrem kleinen Bruder und mit ihrem Großvater. Vielleicht ist der Großvater ein Bankräuber, aber in unserer Kleinstadt erzählen die Leute so was liebend gern herum, und ich habe überhaupt nichts gehört. Und nicht nur das, außerdem hat unsere Kirche zum Bau des Hauses beigetragen, in dem sie wohnen. Es kommt mir unwahrscheinlich vor, daß sie ausgerechnet einen Bankräuber in ein Haus einziehen lassen, das mit Spendengeldern gebaut worden ist. Aber ... weißt du nicht mehr, daß ich dir erzählt habe, Julian sei ein paarmal mit Dusty ausgegangen? Dann ist sie von der Elk-Park-Schule relegiert worden, und sie haben sich getrennt. Auf einer Party am Memorial Day hat sie ihn mit Claire bekannt gemacht.«

»Das will ich ganz genau wissen.« Tom machte sich Notizen. »Diese Dusty ... Routt arbeitet für die Kosmetikfirma und ist früher mit Julian ausgegangen? Als Julian Claire kennengelernt hat, hatte er Dusty da schon sitzengelassen? Warum ist Dusty relegiert worden, weißt du das?«

Ich schürzte die Lippen. »Keine Ahnung. Julian war es immer zu peinlich, sie danach zu fragen. Du weißt ja, wie diese Schule ist, das ist alles ganz diskret abgelaufen.«

»Noch eine Tatsache, die dem Ortsklatsch entgangen zu sein scheint«, bemerkte er. »Und Frances hat von Claire Satterfield, früheren Freunden und dem Typ gesprochen, den du im Parkhaus mit Grillgemüse überschüttet hast, alles in einem Atem? Als ob sie meint, da gäbe es eine Verbindung?« Er sah in sein Notizbuch und überlegte. »Klingt danach, als ob da jemand jede Menge Spekulationen anstellt.«

Ich ignorierte das. »Ich will nur sagen, den Gerüchten nach hat es offenbar ehemalige Freunde gegeben. Hätte Shaman Krill genug Zeit gehabt, in das Parkhaus und zu seinen hochgeschätzten Demonstranten zurückzugehen, wenn er den Lieferwagen gefahren hätte, der Claire überfahren hat?«

Tom stand auf und löffelte Crêpeteig in die heiße Pfanne. Es zischte köstlich. »Weiß ich noch nicht. Das müssen wir rauskriegen, die Zeit ausrechnen. Rufst du Arch zum Essen, oder soll ich das machen? Meinst du, er sollte hören, wie wir über die Ermittlung reden? Meinst du, das langweilt ihn? Daß er sich dabei übergangen vorkommt?«

»Beim Reden über die Ermittlung? Langweilig? Du kennst Arch nicht.« Ich konnte mir gut vorstellen, daß ein Funkgerät mit der Frequenz der Polizei der nächste Fimmel wurde. Als ich ins Fernsehzimmer rief, das Abendessen sei fertig, bettelte Arch laut, er sehe eben eine Wiederholung von Antonionis *Blow Up*, und ob wir nicht einen Teller für ihn aufheben könnten?

»Es ist ein echt komplizierter Film«, rief er.

Ehe ich etwas sagen konnte, rief Tom, das gehe in Ordnung. Ich murmelte, die Crêpes könnten beim Aufwärmen in der Mikrowelle hart werden, aber Tom tat meine Bedenken achselzuckend ab.

»Was ist mit Julian?« fragte ich.

»Was ist mit mir?« fragte Julian von der Schwelle aus. Er sank auf einen Küchenstuhl. Er trug immer noch die Servierkleidung, und sein Gesicht war grau vor Erschöpfung. Ich hatte seine vertrauten Schritte auf der Treppe nicht gehört. »Das sieht gut aus«, sagte er mit müder Stimme, als er das Obsttablett musterte. »Und ehe du danach fragst, ich bin okay.«

Ich mischte den Salat, während Tom die Crêpes füllte und in den Backofen schob. Während ich Apfelsaft einschenkte, sagte Tom: »Julian? Wieviel von unserem Gespräch hast du gehört?«

Julians Gesicht lief rot an. »Oh, vermutlich das meiste.«

»Dann brauche ich deine Hilfe«, sagte Tom sachlich. »Wenn du das Schlimmste schon weißt und nicht gleich in Ohnmacht fällst, dann könntest du vielleicht ein paar Fragen beantworten.«

»Das Schlimmste weiß ich noch nicht«, gab Julian wütend zurück. Er sah Tom böse an. »Am schlimmsten ist, daß ich weiß, sie ist tot, und wir wissen nicht, wer's war, okay? Das ist bis jetzt das Schlimmste. Was denn sonst noch?«

Tom fuhr ruhig fort: »Weißt du, ob Claire andere Freunde hatte?«

»Ja, etliche. Ich weiß nicht, wer sie waren. Aber sie war mit einem Jahresvisum hier. Glaubst du da etwa, sie hat den ganzen Tag hinter dem Mignon-Tresen verbracht und ist dann in ihre Wohnung gefahren und hat dort herumgesessen?«

»Julian, bitte.« Ich stellte ihm ein Glas Apfelsaft hin. Er ignorierte es.

»Was ist, glaubt ihr, ich hab' Bescheid über alles

gewußt, was sie gemacht hat? Ich meine, macht mal halblang!«

»Weißt du was über ehemalige Freunde, die eifersüchtig auf eure Beziehung waren?« fragte Tom.

»Nein.«

»Weißt du was über irgend jemanden, der Claire für eine Feindin hätte halten können?«

Julian rieb sich so heftig die Stirn, daß ich befürchtete, er könne sich die Haut abscheuern. »Hört mal«, sagte er schließlich, »ich weiß nur, daß sie im Kaufhaus wegen Ladendiebstahl ermittelt haben.«

»Hat sie irgendwelche Ladendiebe angezeigt?« fragte Tom. Er schrieb nicht mit.

»Nein«, sagte Julian mit einem Seufzer. »Ich glaube nicht.«

»Was ist mit diesen anderen Männern? Weißt du was über irgendeinen fiesen Typen?«

»Claire hat mir nur erzählt, daß sie mit anderen Männern Kontakt gehabt hat. Aber außerdem hat sie gesagt, daß sie Bewunderer hatte. Männliche Bewunderer«, fügte er niedergeschlagen hinzu.

»Wer waren die?«

»Oh, Tom, ich weiß es nicht.«

Julian gestikulierte hilflos. Sein gebleichtes Haar fing das Licht ein, und er sah plötzlich kindlich aus. »Sie hat immer gelacht, wenn sie mir erzählt hat, daß die Männer dauernd hinter ihr her sind. Sie hat gesagt, wie froh sie ist, daß zwischen ihr und ihnen eine Glastheke ist. Einmal hat sie im Spaß zu mir gesagt, sie ist den Kerl losgeworden, der ihr am meisten nachgestellt hat. Aber sie war so hübsch, da muß man wohl damit rechnen …« Er beendete den Gedanken nicht. »Und was Belästigungen anlangt, na ja, manchmal hat sie geglaubt, jemand spielt ihr am Verkaufsstand üble Streiche ...«

»Was zum Beispiel?«

»Wühlt zum Beispiel in ihren Sachen herum, ich weiß es nicht ... Sie hat nur gesagt, sie vermißt was von ihren Sachen, das ist alles.«

»Hat sie gesagt, ob sie jemanden verdächtigt?«

»Nein!« fuhr Julian Tom an, und Tom ließ ihn in Ruhe.

Die Zeituhr des Backofens klingelte, und ich nahm die Crêpes heraus. Ich bat darum, das Gespräch über die Ermittlung abzubrechen. Endloses Gerede über Verbrechen kann ein Dämpfer für den Appetit sein. Und das mit Marla hatten wir Julian noch gar nicht erzählt.

Das Crabmeat in Weinsauce in den dünnen, zarten Pfannkuchen war saftig. Aber Julian, der gelegentlich als Teil seiner nicht ganz strikten vegetarischen Ernährung Schalen- und Krustentiere aß, rührte so gut wie nichts an. Er war nicht mehr wütend, sondern verdrossen. Beim Essen brachte ich ihm das mit Marla bei. Ich versuchte, es so harmlos wie möglich klingen zu lassen, mit einer guten Prognose und einer schnellen Genesung.

Julians Stimmung schlug wieder in Wut um. »Was können wir tun? Braucht sie unsere Hilfe, wenn sie entlassen wird? Ich hab' gedacht, nur *alte* Leute kriegen Herzinfarkte.«

Mich überspülte eine Welle der Erleichterung, weil er weder einen Verzweiflungsausbruch bekam noch wieder unter Schock geriet. »Ja, wir alle müssen ihr helfen. Vor allem du, Julian, du weißt doch, wie gern sie dich hat. Und sie ist nicht alt.«

Ich wechselte das Thema und kam aufs Geschäft zu sprechen. Während Tom sich eine zweite Portion Crêpes auflud, schoben Julian und ich die Teller weg und schlossen die Planung für den Partyservice in den nächsten drei Tagen ab. Trotz der ganzen Krisen rundum oder vielleicht gerade ihretwegen wirkte Julian erpicht darauf, sich mit dem Servieren von Essen zu beschäftigen. Vielleicht war es eine Methode, sich wieder in den Griff zu bekommen. Übermorgen sollte er einen Brunch für die Handelskammer übernehmen, und wir unterhielten uns über die Zubereitung von Lamm mit Nektarinenchutney und Avocadosalat. Er fragte sogar im Ernst, ob er sich Notizen machen solle. Ich sagte nein; das Menü, die nötigen Zutaten, die Koch- und Servierzeiten seien allesamt im Computer gespeichert. Ich hätte ihn in seinem Leid am liebsten umarmt. Aber ich hatte von Arch gelernt, daß es ein heikles Unterfangen ist, Jungen unter zwanzig zu umarmen.

Als wir zu Ende gegessen hatten, bereitete Julian eine Kanne Espresso mit Eis zu, ein Getränk, das wir in der ungewöhnlichen Hitze nach dem Abendessen alle gern zu uns nahmen. Weil ich gleich, als ich nach dem Bankett nach Hause gekommen war, schon Eiskaffee getrunken hatte, würde mich weiteres Koffein bestimmt die ganze Nacht lang kribblig machen. Aber die Sorge um Marla und die Ereignisse des Tages würden ohnehin für Schlaflosigkeit sorgen, überlegte ich. Ich stellte einen zugedeckten Teller für Arch beiseite und brachte die Schokoladenplätzchen und die Pfirsiche im Teigmantel, die ich für das Bankett eingepackt hatte, auf die Veranda.

Ich liebte unsere Veranda, obwohl wir sie in Colorado nur im Sommer und im Frühherbst benützen konnten. Gnädigerweise hatte sich die Abendluft abgekühlt. Leckerer Barbecuerauch durchwehte die Nachbarschaft. Sobald Tom und ich uns in die alten Redwoodstühle gesetzt hatten, die aus seinem Blockhaus stammten, heulte der kleine Colin Routt ein paar Häuser weiter wieder los.

»Das arme Kind«, kommentierte Tom. »Ich hab' eben einen Artikel über Frühgeburten gelesen. Die haben ein schweres Leben, vom Anfang bis zum Ende.«

»Vor allem dann, wenn sie bei der Geburt nur ein Pfund wiegen und der Vater sich aus dem Staub macht«, sagte ich.

Dusty Routt tauchte im winzigen, mit Erde bedeckten Garten auf und trug ihren kleinen Bruder, genauer gesagt, ihren Halbbruder, auf der Schulter. Sie schaukelte das Kleinkind auf und ab, aber es ließ sich damit nicht trösten. Dann ertönte wieder der weiche Klang eines Jazzsaxophons von der eingezäunten Veranda des Hauses, und das winzige Baby war sofort still.

»Musiktherapie«, sagten Tom und ich unisono und lachten dann. Als Julian Kristallgläser mit Espresso und Eis brachte, bedankten wir uns bei ihm, saßen da und lauschten dem Jazz, der durch die dämmrige Luft wehte. Ich trank den kalten, starken Kaffee und wartete darauf, daß einer der beiden etwas sagte.

Julian steckte sich ein Schokoladenplätzchen in den Mund und stieß sich auf der Verandaschaukel ab. Nach einer Weile wandte er sich an Tom und mich.

»Sie stand ziemlich unter Druck.«

»Welcher Art?« fragte Tom sofort, als hätten wir das Gespräch über Claire nicht vor zwanzig Minuten unterbrochen. Er war so klug, nicht nach dem Notizbuch zu greifen.

Julian zuckte die Achseln. »Verkaufsdruck. Das war die Hauptsache. Wißt ihr, Prince & Grogan hat die Exklusivrechte an Mignon in Colorado. Nicht nur das, aber die Mignon-Abteilung ist die einzige Parfümerie im Staat, die Waren im Wert von einer Million Dollar am Lager hat. Wenn die Verkäuferinnen dort wenig verkaufen, fliegen sie raus.« Er zog eine Grimasse.

»Verkaufsdruck«, wiederholte Tom.

Julian seufzte. »Sie leben von der Provision. Sie *hat* davon gelebt.«

»Julian«, sagte ich, »bitte –«

Er tat das händewedelnd ab. »Dazu kam noch, was ich schon erzählt habe. Ihr wißt schon – der Druck, Ladendiebe im Auge zu behalten.« Sein Ton klang resigniert. »Dort ist jede Menge geklaut worden. Es war ein Riesenproblem im Kaufhaus. Kreditkartenbetrug, Angestelltendiebstahl. Ladendiebstahl, was man sich nur vorstellen kann. Claire hat mich mit dem Typ, der für die Sicherheit zuständig war, bekannt gemacht, Nick Gentileschi. Ich glaube, der war ganz okay. Sie hat ihm bei irgendwas geholfen.«

»Bei was?« fragte Tom, zu scharf, wie ich meinte. »Bei was hat sie dem Sicherheitschef geholfen? Bei der Ermittlung von Ladendiebstählen?«

»Ich weiß es nicht!« rief Julian. »Ich weiß ja nicht mal den Namen von dem Bewunderer, der sie nicht mehr belästigt hat, woher soll ich dann wissen, was sie mit der Sicherheit zu tun gehabt hat?«

Arch tauchte plötzlich auf, wie das für ihn typisch war, vermutlich angelockt von lauter werdenden Stimmen.

»Hey, Leute! Was ist denn los? *Blow Up* war zu verrückt und zu kompliziert, hat mir nicht gefallen. Sind das

Pfannkuchen auf meinem Teller in der Küche? Toll. Ich hab sie in die Mikrowelle gestellt.«

Ich nickte und hob einen Finger: Ich komme gleich, hieß das.

»Sie hatte Angst«, sagte Julian tonlos, als spräche er von einem fernen Stern.

»Wer –«, fing Arch an.

Ich bedachte ihn mit einem warnenden Blick und schüttelte den Kopf: *Sag nichts.* Arch verschränkte die Arme und wartete auf eine Erklärung, die ausblieb.

»Angst wovor?« fragte Tom Julian sanft.

»Erst gestern hat sie mir erzählt, daß sie glaubt, jemand verfolgt sie«, erwiderte Julian müde. »Aber sie hat gesagt, sie ist sich nicht sicher. Oh, Goldy, warum hab' ich dir das nicht gesagt? Ich hab' mir einfach gedacht, es wär irgendwas Blödes, wie das mit den Sachen an der Theke, die sie sich nicht erklären konnte.«

»Moment«, sagte ich. »Moment.« Ich dachte an den chaotischen Tag zurück. Claire, ihr Peugeot, der Hubschrauber. Als ich mit dem Lieferwagen auf die rechte Spur ausscherte, hätte ich fast einen anderen Lieferwagen gerammt. Und als ich mich umschaute, war der andere Lieferwagen mehrere Autolängen hinter uns zurückgefallen. »Vielleicht ist uns heute morgen auf der I-70 jemand gefolgt. In einem Lieferwagen«, sagte ich kläglich.

»Fabrikat?« fragte Tom milde. »Farbe? Konntest du den Fahrer sehen?«

»Nein«, sagte ich hilflos. »Nein …, ich kann mich an nichts erinnern. Vielleicht bin ich bloß paranoid.«

Julian hielt sich den Kopf.

»Big J.«, sagte Tom, »laß uns doch ins Haus gehen –«

Julians Kopf ruckte hoch. »Irgendwo ist man immer

einsam«, brach es aus ihm heraus. »Die Menschen haben immer Geheimnisse, und das weiß man auch, aber vielleicht wollen sie einem nichts davon erzählen, weil sie Angst vor der Reaktion haben, oder vielleicht wollen sie einem nichts davon erzählen, weil sie einen nicht belasten wollen. Claire hat mich nicht belasten wollen. Und ich hab' nicht gewollt, daß ihr euch Sorgen macht.«

Tom und ich wechselten einen Blick. Im Haus klingelte der Summer der Mikrowelle. Mein Instinkt sagte mir, daß Arch und ich Tom und Julian allein lassen sollten. Ohne weitere Zuhörer fiel es Julian vielleicht leichter, mit Tom zu reden.

»Gehen wir«, sagte ich zu Arch.

»Warum darf ich nicht hier draußen essen?« fragte Arch verwirrt. Aber er gehorchte.

»Mom?« fragte er, als wir in der Küche waren. Er balancierte seinen Teller. »Soll ich jetzt essen oder nicht?«

»Natürlich, Schätzchen, die beiden müssen bloß eine Weile allein sein.«

Er aß einen Mundvoll Crêpe und sagte: »Und was ist mit Julian los? Wer hatte Angst und was ist das große Geheimnis?«

Ich sagte ihm, Julians Freundin Claire sei bei einem Unfall mit Fahrerflucht ums Leben gekommen. Er riß die Augen hinter den Brillengläsern weit auf. »Weiß die Polizei, wer sie überfahren hat?«

Ich sagte ihm, die Polizei wisse es nicht, aber Tom arbeite daran. »Arch, noch was. Schätzchen, Marla hat heute beim Joggen um den Aspen Meadow Lake herum einen leichten Herzinfarkt gehabt. Sie liegt im Southwest Hospital, sollte aber bald –«

Ehe ich aussprechen konnte, stieß Arch seinen Stuhl zurück und rannte weg vom Tisch.

»Arch, warte doch! Sie kommt wieder in Ordnung!«

Ich lief hinter ihm her die Treppe hinauf. Als ich in sein und Julians Zimmer kam, lag Arch mit dem Gesicht nach unten auf dem oberen Etagenbett. Ich legte meine Hand auf das scheußlich gebatikte T-Shirt, aber er schüttelte mich ab.

»Geh weg, Mom!«

»Ein leichter Herzinfarkt kann behandelt werden –«

»Ich reg' mich nicht wegen Marla auf. Ich meine, das mit Marla regt mich auch auf. Natürlich regt es mich auf. Es ist nur, weil … Hör mal, geh einfach weg, okay?«

Ich rührte mich nicht. »Es ist also wegen Claire? Du hast sie doch kaum gekannt, aber ich weiß, daß du dir Sorgen um Julian machst –«

Er schoß ruckartig hoch, mit zerzaustem braunen Haar, das Gesicht bleich vor Wut. »Warum bist du so *neugierig*? Warum mußt du *alles* wissen?«

»Tut mir leid, Schätzchen«, sagte ich und meinte es auch so. Als er auf die Matratze zurücksank, ohne noch etwas zu sagen, fragte ich: »Soll ich die Vorhänge zuziehen?« Er antwortete nicht, und ich zog mich zur Tür zurück.

»Moment.« Das Kissen dämpfte seine Stimme. Er setzte sich langsam auf, sah die Wand mit seinen Wildblumenzeichnungen aus der fünften Klasse an, entstanden während einer äußerst einsamen Phase, in der schmerzlichen Zeit, ehe Tom in unser Leben getreten und lange, bevor Julian zu Archs Helden geworden war.

»Könntest du die Tür zumachen, Mom?«

Das tat ich. Arch bedachte mich mit einem wilden, schuldbewußten Blick.

»Ich wollte, daß Claire weggeht«, sagte er rauh. »Ich hab' sie gehaßt.«

»Warum? Du hast sie doch nur einmal gesehen –«

»Na und? Julian war immer *bei* ihr, hat an sie *gedacht* oder mit ihr *telefoniert*. Wir hatten überhaupt keinen Spaß mehr miteinander. Ich wollte, daß sie zurück nach Australien geht.« Er sah wieder die Zeichnungen an. »Und jetzt werd' ich dafür bestraft, daß ich mir gewünscht hab', sie verschwindet.«

Es ist scheußlich für mich, wenn ich mich so hilflos fühle. »Vielleicht weiß ich nicht viel, Arch, aber das klingt nicht nach einer Strafe.« Er schüttelte den Kopf und weigerte sich, mich anzuschauen. Ich fuhr fort. »Claires Tod war nicht einfach ein schrecklicher Unfall. Jemand hat sie mit Absicht überfahren.«

Er schwieg, den Blick auf die Zeichnungen gerichtet, mit ausdrucksloser Miene. Dann murmelte er: »Ich fühl' mich immer noch mies.«

»Dann hilf Julian über die nächsten Tage weg, vor allem, wenn ich auf der Lebensmittelmesse bin. Er wird dich jetzt mehr denn je brauchen.«

Er zögerte und sagte dann mit resignierter Stimme: »Ja, okay.« Nach einem Moment fragte er: »Glaubst du, daß Julian wieder eine Freundin findet? Ich meine, so wie du Tom gefunden hast, nachdem es mit Dad danebengegangen war?«

Es war so verlockend, ihm eine einfache Antwort zu geben. Ich sagte leise: »Arch, ich weiß es nicht.«

Er schüttelte trauervoll den Kopf. »Okay, Mom«, sagte mein Sohn schließlich, »es hilft mir nicht, mit dir zu reden. Könntest du bitte jetzt gehen?«

**In jener Nacht** jagten Gewitter über die Berge. Der Donner grollte, hallte im Cottonwood Creek wider und schien die Mauern unseres Hauses zu erschüttern. Ich wachte auf und sah flackernde Blitze in unserem Schlafzimmer. Sie kamen so konstant, daß schwer festzustellen war, wann der eine aufhörte und der nächste anfing. Regen trommelte auf das Dach und ergoß sich lautstark ins Abflußrohr. Ich schlüpfte aus dem Bett, um die Vorhänge zuzuziehen, und stellte fest, daß mich das Gewitter hypnotisierte. Fluten aus schlammigem Wasser umtosten die auf unserer Straße geparkten Fahrzeuge, darunter auch einen Lieferwagen, der unsere Zufahrt blockierte.

Als ein Blitz schwächer wurde, zögerte ich. War in dem Lieferwagen ein Licht angegangen und dann schnell wieder verloschen? Ich kniff die Augen zusammen. Das Gewitter ließ Regen gegen das Fenster prasseln. Es war ein Lieferwagen, den ich nicht kannte; er gehörte keinem unserer Nachbarn. Aber die Leute hatten ständig Sommergäste, vor allem in Colorado, wo wir meistens von der Hitze verschont bleiben, die den Rest des Landes heimsucht. Mitten im tosenden Gewitter stand der Lieferwagen dunkel und still da. Ich sah durch die Regenschlieren und schloß, ich hätte mir das Licht eingebildet.

Eine Wasserwelle spülte über den Rinnstein und flutete auf die Main Street von Aspen Meadow. Dieses Sommerunwetter würde tonnenweise Schlamm und Schotter auf den gepflasterten Straßen von Aspen Meadow hinterlassen. In seinem Kielwasser würden Deltas aus Stein und ein Flußbett aus verkrustetem Dreck zurückbleiben. Nach einem solchen Guß ist das Autofahren immer tückisch, und man kommt nur langsam voran. Ich seufzte und fragte mich, ob Alicia, meine Lieferantin, es am Morgen schaffen würde, mit ihrem Lieferwagen den Berg heraufzufahren und in der Nähe des Hauses zu parken. Vor allem, falls der Lieferwagen immer noch die Zufahrt versperrte.

Als das Gewitter nachzulassen schien, schaute ich auf die Digitaluhr. Aber die Leuchtziffern waren dunkel. Vermutlich war durch das Gewitter der Strom ausgefallen. Ich fiel neben Toms warmem und einladendem Körper ins Bett. Unglaublicherweise hatte er die ganze Zeit fest geschlafen. Aber als ich ihn versehentlich weckte, weil ich seinen Fuß berührte, hatten wir eine köstliche, stürmische halbe Stunde für uns.

Ohne Strom fehlten die üblichen, künstlich erzeugten Morgengeräusche – klingelnde Wecker, das Aroma frisch aufgebrühten Kaffees. Zum Glück schien Tom eine innere Uhr zu haben. Ich bekam seinen Aufbruch verschwommem mit, als wäßrige Morgensonne durch die Schlafzimmerfenster hereinfiel. Während einer Mordermittlung verläßt er immer bei Sonnenaufgang

140

das Haus zu den Einsatzbesprechungen des Ermitt-
lungsteams und kommt spät zurück. Ein paar Stunden
später, während ich mich dem Ende meiner üblichen
Jogaübungen näherte, rief er an. Er wollte sich vergewissern, daß mit mir alles in Ordnung war, und ob ich
gemerkt hatte, daß der Strom ausgefallen war. Ja, er
habe es geschafft, rückwärts aus der Einfahrt zu fahren,
sagte er, als ich nach dem Lieferwagen fragte, aber ich
solle mich vor dem Schlamm auf der Main Street in acht
nehmen. Ich erhaschte mein untersetztes, zerzaustes,
vor Glück verblödetes Spiegelbild, als ich auflegte. Das
Zusammenleben mit jemandem, der versuchte, sich
um *mich* zu kümmern, bescherte mir immer noch uner-
wartete Freuden.

Donnerstag, der 2. Juli, entnahm ich meinem
Küchenkalender, war der Vorbereitungstag für die
bevorstehenden Ereignisse – die Lebensmittelmesse,
den Brunch der Handelskammer am Freitag, die Party
der Braithwaites am Samstag. Beim Gedanken an die
Braithwaites ächzte ich. Babs war beim Mignon-Bankett
so hochnäsig gewesen wie nach dem Auffahrunfall auf
Julians Range Rover mit ihrem Mercedes, als sie behauptet hatte, es sei seine Schuld gewesen. Aber ihre Persönlichkeit würde mich nicht davon abhalten, einen
stattlichen Gewinn bei dem gesetzten Abendessen ein-
zustreichen, das sie und ihr Mann am 4. Juli gaben. Die
beiden veranstalteten diese berühmte jährliche Party
auf ihrem zwei Hektar großen, gepflegten Anwesen auf
dem Aspen Knoll, dem höchsten Punkt des Gebiets, das
zum Aspen Meadow Country Club gehörte. Angeblich
hatte man vom Knoll aus den besten Blick auf das Feuerwerk über dem Aspen Meadow Lake. Falls die Gäste
das Curry schnell vertilgten, bekam ich vielleicht einen

Teil des Spektakels zu sehen. Andererseits war es möglich, weil Julians Mithilfe jetzt ungewiß war, daß ich bis zum Morgengrauen aufräumen mußte.

Ich sah auf die Uhr: zwanzig vor neun. Alicia sollte gegen neun mit Fisch, Fleisch und anderen Zutaten kommen. Der Strom war wieder da, als ich darüber nachdachte, wann der beste Zeitpunkt für einen Besuch bei Marla war. Weil als erstes das Angiogramm auf dem Programm stand, konnte ich vielleicht am frühen Nachmittag zu ihr ..., danach zu Prince & Grogan, um die zweite Rate meines Schecks abzuholen, die Restzahlung für das Bankett ..., das hieß, falls Tom nichts dagegen hatte, daß ich dort hinging...

Das Telefon klingelte. Es war wieder Tom. »Hör mal, Goldy, das mit gestern tut mir leid –«

»Wieso? Gegen vier Uhr morgens wurde es doch noch ganz nett. Natürlich konnte ich nicht sehen, wie spät es war ...«

»Ich habe eben darüber nachgedacht.« Er machte eine Pause. »Hör mal, Goldy«, sagte er ernst, »du *weißt,* ich möchte, daß du ... über diesen Fall nachdenkst. Es hilft mir immer, wenn du mir Informationen lieferst.«

»Daß ich über den Fall nachdenke«, wiederholte ich.

»Du weißt, daß ich deinen Intellekt respektiere.«

»Hhm. Meinen Intellekt. Meine charmante Persönlichkeit. Und meine Küche, vergiß das nicht.«

»Im Ernst. Sagenhafte Küche, charmante Persönlichkeit und ein *blendender* Intellekt.«

»Na, so was, Tom. Wenn du bloß einer meiner Professoren gewesen wärst. *Blendender* Intellekt. Daß ich nicht lache.«

»Spaß beiseite – ich will nur nicht, daß du dich einmischst, daß du in eine gefährliche Lage gerätst. Ob du's glaubst oder nicht, Miss G., da gibt es Unterschiede. Zum Beispiel solltest du einen Demonstranten ignorieren, statt ihn mit Gemüse zu überschütten.«

Ich warf einen Blick in den begehbaren Kühlschrank, hielt Ausschau nach Zutaten, die ein sensationelles Brot für die Lebensmittelmesse ergeben konnten. »Okay, ich werf' nicht mehr mit Gemüse. Versprochen. Wie ist deine Besprechung gelaufen? Und apropos ›Verschont die Hasen‹, habt ihr was rausgekriegt? Hat sich Shaman Krill über mich beschwert?«

»Die Einsatzbesprechung hat zwei Stunden gedauert. Und wie soll ich was über Demonstranten rauskriegen, wenn ich Versöhnungsanrufe bei meiner Frau machen muß?«

»Beantworte die Frage, Cop.«

»Der Kerl hat sich nicht offiziell beschwert. Und niemand vom Einkaufszentrum ist übertrieben hilfsbereit. Manchmal ist der Hauptverdächtige ständig in der Nähe, überschlägt sich, um einem Ratschläge anzudienen. Dann muß man damit rechnen, daß einem was vorgelogen wird.« Er stieß einen mürrischen Laut aus. Ich konnte mir vorstellen, wie er die Tasse mit bitterem Kaffee im Büro des Sheriffs musterte. »Zwischen dir und mir ist also alles in Ordnung?«

»Natürlich.«

Er ächzte. »Ist Julian schon auf?«

»Ich wollte eben nach ihm sehen. Erzählst du mir nicht immer, daß die ersten vierundzwanzig Stunden bei einer Mordermittlung die ergiebigsten sind? Ich will Brot backen. Zwischen uns steht es bestens. Tom, bitte, ich kann's nicht ertragen, daß ich nicht weiß, warum jemand Claire Satterfield so etwas angetan hat. Mach dich an die Ermittlung.«

Als ich auf Zehenspitzen die Treppe hinaufging, hallten seine Worte mir in den Ohren wider. *Ich habe eben darüber nachgedacht ... Es tut mir leid ... Ich will nicht, daß du dich einmischst.* Es dauerte eine Weile, die vielen, vielen Falten auszubügeln, die das Alleinleben und verschiedene Verständigungsmethoden hinterlassen hatten. Jeder Aspekt unserer Gemeinsamkeit wurde mit der Lupe gemustert. Es war sogar eine Herausforderung, wie wir über unseren Besitz sprachen, dachte ich, als ich in einem der alten, aber nicht antiken Spiegel, die Tom im Lauf der Jahre gesammelt hatte, mein Bild einfing. Er hatte sie erst letzte Woche an die Wand neben der Treppe gehängt. *Toms* Bilder, *meine* Treppe. *Sein* Herd, *mein* Kühlschrank, *seine* Verandamöbel, *mein* Bett, *sein* Auto, *mein* Haus. Jetzt lernte ich, *unser, unser, unser* zu sagen. Ich ging um Scout, den Kater, herum, der sich auf einer Stufe zu einer Fellkugel zusammengerollt hatte, und sah in einen Spiegel. Eine kleine, leicht mollige, zweiunddreißigjähre Frau mit blonden Locken und braunen Augen sah mich an. *Unsere Spiegel. Unser Leben.* Du meine Güte, sogar *unsere* Katze.

Ich öffnete leise die Tür zum Zimmer der Jungen. Archs langsamer, regelmäßiger Atem aus dem oberen Etagenbett deutete darauf hin, daß er noch schlief. Aus Julians Bett kam kein Geräusch. Normalerweise ragten morgens seine muskulösen Glieder unter der Decke auf dem Unterbett hervor. Aber im Augenblick verhüllte der marineblaue Bettüberwurf seine leblose Form von Kopf bis Fuß. Ich hoffte, er schlafe. Trotzdem hatte ich meine Zweifel daran.

Ich ging auf Zehenspitzen in die Küche zurück und musterte die Eigelbe, die ich im Kühlschrank angesammelt hatte. Sie waren Überbleibsel vom Zubereiten der fettarmen Speisen, die allesamt Eiweiß vorschrieben. Wenn ich die Plätzchen mit Vanilleguß buk, fielen noch mehr übrig gebliebene Eigelbe an. Die Eigelbe, was konnte ich mit den Eigelben machen? Ich kostete im Geiste einen Kuchen oder Brötchen, angereichert mit Eigelben, dann kam ich auf die Idee, daß die Eigelbe die Hauptzutat für ein leichtes, süßes Brot à la Sally Lunn für die Lebensmittelmesse abgeben konnten. Ich summte vor mich hin, als ich einen Vorteig machte, frische Pekannüsse hackte und getrocknete Preiselbeeren abmaß. Als ein großes Stück Butter sich in einem Topf mit Milch in goldene Klümpchen auflöste, riß ich dünne, aromatische Zesten von saftigen Orangen und löffelte dann Mehl aus einem Kupferkanister, den Tom aus seinem Blockhaus mitgebracht hatte.

Ich hatte viel über Tom erfahren, überlegte ich, während mein Mixer sich langsam durch die flüssigen Zutaten arbeitete. Zum Beispiel hatte ich entdeckt, daß er lieber Geld sparte als ausgab, außer wenn er horrende Summen für Antiquitäten verschwendete. Ich begriff nicht, was das mit den Antiquitäten sollte – warum sollte man mehr für etwas Gebrauchtes, Altes bezahlen? Er hatte mir stolz seine Kirschbaumanrichte gezeigt und erklärt: »Hepplewhite, 1800 bis 1850.« Ich war fast in Ohnmacht gefallen, als ich erfuhr, was er für dieses Stück Holz bezahlt hatte. Er hatte es jedoch vor unserer Heirat gekauft und geschworen, keine »guten Stücke«, wie er sie nannte, mehr zu erwerben, bis wir eine Lösung für den Haufen Mobiliar gefunden hatten, den wir jetzt in ein Haus zu stopfen versuchten.

Was Geld anlangte, machte es Tom neuerdings eine Riesenfreude, für Arch und Julian zu sparen, die er die Kinder, die Burschen, die Jungen nannte. *Unsere* Jun-

EIGELBVERWERTUNGSBROT

1 Briefchen Trockenhefe
50 g Zucker
1/8 l warmes Wasser
20 ml Magermilch
50 g Butter, geschmolzen
1/8 l Keimöl
1 Eßlöffel gehackte Orangenzesten
1 Teelöffel Salz
4 Eigelbe, leicht geschlagen
440–500 g Mehl Typ 405
100 g sonnengetrocknete Preiselbeeren
(falls nicht erhältlich, abgetropfte, abgetrocknete
Preiselbeeren aus dem Glas verwenden)
120 g gehackte Pekannüsse

Eine 25-cm-Brotbackform mit Butter einfetten; beiseite stellen. In einer großen Rührschüssel die Hefe, einen Teelöffel Zucker und warmes Wasser vermischen. 10 Minuten lang beiseite stellen. Milch, Butter, Öl, Zesten und den restlichen Zucker und das Salz vermischen und in die Hefemischung rühren. Die Eigelbe hinzugeben, gut umrühren. Das Mehl löffelweise hinzugeben, jedesmal gründlich durchrühren, damit das Mehl gut aufgenommen wird. 5 bis 10 Minuten kneten, bis der Teig glatt, elastisch und seidig ist. Die Preiselbeeren und die Pekannüsse einkneten. Den Teig in die Rührschüssel

zurückgeben, die Schüssel zudecken und den Teig bei Zimmertemperatur bis zur doppelten Höhe gehen lassen.

Den aufgegangenen Teig mit einem Holzlöffel etwa eine Minute lang nach unten drücken.

Den Teig in die mit Butter eingefettete Backform geben und bei Zimmertemperatur bis zur doppelten Höhe gehen lassen.

Den Backofen auf 190 Grad vorheizen. Das Brot 45 bis 50 Minuten backen, bis es goldbraun ist und beim Dagegenklopfen hohl klingt. Zum Kühlen auf ein Gitter legen oder warm servieren. Nach dem Abkühlen eignet sich das Brot auch bestens zum Toasten.

Ergibt einen großen Laib

gen. Und er wolle keine weiteren Kinder, hatte er gesagt, als ich ihn danach gefragt hatte. Zwei reichten. Was von mir aus in Ordnung ging. Aber jetzt hatten *unsere* beiden Jungen Geld für das College, Sparbücher, einen Etat für Weihnachtsgeschenke. Dank Toms Großzügigkeit, der am Schenken eine kindliche Freude hatte.

Ich stellte frische Eiweiße für die Vanilleplätzchen beiseite, dann rührte ich Butter, Milch und Eigelbe in den Vorteig. Ich gab Mehl in die gehaltvolle, flachsfarbene Mischung, bis sie dick wurde. Als ich damit anfing, den Teig zu kneten, dachte ich zurück an Toms zweiten Anruf von heute morgen. Er wollte mich an der Ermittlung beteiligen, wollte es aber andererseits auch wieder nicht. Er wollte, daß ich darüber nachdachte. Er wollte, daß ich bereit war, mich zurückzuziehen, sobald ich meinen *blendenden Intellekt* eingesetzt hatte. Ich hatte ihm früher auch schon geholfen, als wegen eines Vergiftungsversuchs mein Partyservice Geschäftsverbot bekommen hatte, dann wieder, als Julians Mutter sich in groteske Verbrechen verstrickt hatte, und wieder, als die Schule von Arch und Julian der Tatort von Morden geworden war. Als Tom in diesem Frühling entführt wurde und unsere Pfarrgemeinde wegen des Verbrechens Kopf stand, steckte ich jeden Funken meiner Willenskraft in die Ermittlung. Manchmal begrüßte das Büro des Sheriffs meine Mitarbeit; gelegentlich hatte es etwas gegen sie. Wenigstens fragte mich Tom nach meiner Meinung, respektierte sie sogar, dachte ich mit einem ironischen Lächeln. Er hatte in mir immer eine Hilfe gesehen. Aber er wußte nicht, was für ein heikles Thema es für mich war, meine Gedanken auszusprechen.

Die Empfindlichkeit rührte von Erfahrungen mit

Ehemann Nummer eins her. Dr. John Richard Korman hörte sich meine Meinung zu medizinischen Fragen nicht nur ungern an, er ärgerte sich auch über meine gelegentlichen Schlußfolgerungen. In einem Fall war der Schuß, als ich meine Gedanken äußerte, so abscheulich nach hinten losgegangen, daß ich es nie wieder wagte, ein Wort zu seiner Arbeit zu sagen.

Ich drückte den Brotteig auseinander, faltete ihn zusammen, drückte ihn wieder auseinander und erinnerte mich an das sommersprossige Gesicht und rote Kraushaar der in Nashville geborenen Heather Maclanahan O'Leary. Sie und ihr Mann waren vor etlichen Jahren nach Aspen Meadow gezogen und Mitglieder der Episkopalkirche St. Luke geworden. Heather war fast sofort nach ihrer Ankunft in Colorado mit ihrem ersten Kind schwanger geworden. Aber im ersten Drittel der Schwangerschaft legten eine Anämie und das Heimweh nach Tennessee sie so lahm, daß die Pfarrgemeinde ihr das Essen ins Haus schickte, unter meiner täglichen Anleitung.

John Richard war Heathers Frauenarzt. Er machte sich laut Sorgen über die Tatsache, daß sich ihre roten Blutkörperchen trotz der Standarddosis Eisen nicht vermehrten. Ich brachte den O'Learys das erste Abendessen – kaltes Roastbeef und Spinatsalat in Dijonvinaigrette, was ich insgeheim für meine Spezialität bei Eisenmangel hielt. Heather war bei meinem Anblick so glücklich gewesen, so dankbar für eine neue Freundin, daß sie darauf bestanden hatte, daß ich zum Tee blieb. Als die Teetassen leer waren, zeigte sie mir das Kinderzimmer, das ihr Mann strich, dann wies sie stolz auf die gerahmten Familienfotos der Maclanahans und der O'Learys hin. Sie wolle diese Bilder um die Kinderwiege herum aufhängen, damit der jüngste O'Leary in einem Bewußtsein aufwachse, das Heather »Ahnenwertschätzung« nannte. Ich gab mich interessierter, als ich es tatsächlich war, bis ein Foto meine Aufmerksamkeit erregte.

»Wer ist das?« Ich deutete auf ein altes, förmlich gestelltes Foto eines Paares. Ein sehr bleicher Mann – ein Ire? – stand hinter einer dunkelhaarigen Frau mit dunklem Teint.

»Oh«, sagte Heather mit einem leisen Lachen, »das ist Großvater Maclanahan mit Großmutter Margaretta. Er war Importeur und mußte oft nach Italien reisen. In Rimini hat er Margaretta kennengelernt und sich wegen ihrer phantastischen Tortellini della panna in sie verliebt. Wer hat je gehört, daß sich ein Ire wegen Pasta in eine Frau verknallt?«

Ich sah das Foto mit einem prickelnden Gefühl an. Damals, ehe ich mit dem Partyservice alle Hände voll zu tun hatte, verbrachte ich Stunden mit der Lektüre von Zeitschriften. Freunde sagten, ich sei ein wandelnder *Reader's Digest,* vor allem, wenn es um Essen und Medizin gehe. Als Heather mir von ihrer Großmutter Margaretta Sanese Maclanahan erzählte, erinnerte ich mich vage an einen Artikel über genetisch bedingte Krankheiten, die einer Sichelzellenanämie ähnelten. Ich fragte Heather aus dem hohlen Bauch heraus, ob sie je auf Thalassemia untersucht worden sei, eine in den Mittelmeerländern weit verbreitete Bluterkrankung. Sie machte ein verwirrtes Gesicht und sagte nein. An jenem Abend erwähnte ich John Richard gegenüber die Möglichkeit, Heather könne Trägerin dieser genetisch bedingten Bluterkrankung sein. Als Trägerin, nicht als tatsächlich Erkrankte, könne Heather die

damit verbundenen Symptome erst in der Schwangerschaft entwickelt haben. Angesichts einer solchen genetisch bedingten Abweichung sollten sowohl Heather als
auch ihr Mann untersucht werden, sagte ich, für den
Fall, daß das Kind eine ausgeprägte Thalassemia bekomme.

John Richard johlte. Er verhöhnte mich. Er lachte,
bis ihm Tränen über die hübschen Wangen liefen. *Wo
hast du denn Medizin studiert?* wollte er wissen. Dann rief
er sogar einen seiner Kumpel an und spottete: *Hör dir
nur die Diagnose des süßen kleinen Frauchens an.*

Was dabei herauskam, war nicht schön. John Richard
lehnte Heathers Bitte ab, auf Thalassemia untersucht
zu werden. Sie ging zu einem Gynäkologen in Denver,
der den Bluttest machte – einen ganz einfachen, wie
sich herausstellte – und die Diagnose bestätigte. *Meine*
Diagnose. Heathers Mann wurde untersucht – er war
kein Träger des Gens. Der neue Arzt verabreichte Heather viel mehr Eisen, als sie vorher bekommen hatte,
langsam fühlte sie sich besser, und sie brachte ein normales Mädchen zur Welt.

Ich wurde mit einem blauen Auge belohnt.

Ich stellte den Teig zum Ruhen beiseite. Hier war ich,
Jahre später, verständlicherweise ambivalent, was das
Weitergeben meiner Gedanken anlangte. Leider gehörte zu meiner Persönlichkeit, daß ich mich, sobald mir
jemand ein Problem vortrug, verpflichtet fühlte, ein-
zuspringen und bei der Lösung zu helfen. Natürlich
wehrte sich Arch heftig dagegen, und ich hatte auf
schmerzhafte Weise gelernt, ihn sich selbst um selbst-
verschuldete Krisen kümmern zu lassen. Ich war mir
nicht sicher, ob Julian auch so empfand.

Ich knetete die Preiselbeeren und die Nüsse in den

seidigen Teig, hob das Ganze hoch und packte es in eine mit Butter ausgestrichene Schüssel. Höchste Zeit, einen Espresso zu trinken und die Vergangenheit ruhen zu lassen.

Als die Kaffeemaschine heiß wurde, tauchte Arch mit Scout über der Schulter in der Küche auf. Sobald sich dunkle Flüssigkeit in feuerfeste Gläser ergoß, sprang Scout auf den Küchenboden.

»Mensch, Mom! Du hast ihn erschreckt!«

Ich rückte die Gläser unter dem Doppelauslauf der Maschine zurecht. »Als ob er diese Maschine nicht schon tausendmal gehört hätte.«

Arch beobachtete den Zehnsekundenvorgang schweigend. Ich stellte das Wasser ab und goß den Espresso in ein Täßchen.

»O je!« rief Arch. »Soviel Krach, und mehr hast du nicht davon?«

Ich trank schluckweise den starken Kaffee und ließ Arch das durchgehen. »Ist Julian schon auf?«

Arch kniete sich auf den Küchenboden und versuchte, den Kater anzulocken. Scout wollte jedoch eine frische Tüte Katzenfutter. Das demonstrierte er, indem er sich entschlossen neben seinen Napf stellte, der nur unappetitliches, vier Stunden altes Futter enthielt. Weil im Freßbereich keinerlei Reaktion erfolgte, schlenderte Scout über den Boden und wälzte sich auf den Rücken. Arch rieb ihm begeistert den Bauch.

»Julian weint«, erklärte Arch, ohne mich anzusehen.

»Hat er mir dir gesprochen? Ist er noch im Bett?«

»Noch im Bett. Unter der Decke. Hat nicht gewollt, daß ich bei ihm bleib'.« Scout rollte die Pfoten zusammen und streckte sich so lang wie möglich aus, damit ihm Archs Zuwendung erhalten blieb. »Er hat gesagt, ich soll dir ausrichten, daß du ihm nichts zu essen bringen sollst. Er will heute in Ruhe gelassen werden, und die ganze Kocherei für den Brunch der Handelskammer erledigt er morgen früh.«

Einfach phantastisch. Aber nicht unerwartet. »Was ist mit dir, mein Spatz? Möchtest du was frühstücken?«

Er sah sich in der Küche um, entdeckte aber nichts Verlockendes. »Nein, danke. Für wen kochst du?«

»Für die Lebensmittelmesse und die Braithwaites.« Arch zog ein langes Gesicht. »Dieses Weib ist zum Kotzen. So eine Kuh.«

»Das sind mir ja schöne Reden über eine reiche Kundin, Arch.«

»Bei der Fahrerei von diesem Weib hast du Glück, daß ich noch am Leben bin.«

Arch hatte auf dem Rücksitz gesessen, als der Unfall passierte, und er ließ nicht zu, daß irgend jemand das vergaß. Er behauptete bis heute, Julian habe den Abbiegblinker eingeschaltet und korrekt abgebremst, obwohl Claire gekichert und auf dem Vordersitz herumgetollt hatte und Julian sich an nichts mehr erinnern konnte. Aber Arch hielt daran fest, Mrs. Braithwaite sei die schlechte Fahrerin gewesen. Mein Sohn bestand darauf, er habe ein Schleudertrauma erlitten, und wir sollten Mrs. Braithwaite wegen ihrer miesen Autofahrerei verklagen. Leider hatte die Polizei die Partei von Mrs. B. ergriffen.

»Na ja«, sagte Arch in einem resignierten Ton, »ich geh' mal davon aus, daß Julian und ich heute nicht in die Tierklinik von Aspen Meadow fahren. Er hat's mir versprochen, aber vermutlich hat er's vergessen. Dort darf man Ratten in die Hand nehmen«, fügte er strahlend hinzu. »Große schwarze und weiße Ratten.«

»Tut mir leid, Arch. Ich würd' dich ja hinfahren, aber ich muß tonnenweise Essen kochen, und ich muß unbedingt Marla besuchen.«

Arch nahm das Küchentuch von dem aufgehenden Brot, sah in die Schüssel und stocherte mit dem Finger im Teig herum. »Wie geht's ihr?«

»Weiß ich noch nicht.«

Er seufzte. »Vielleicht könnte uns Todds Dad in die Tierklinik fahren. Die Ratten dort beißen nicht, die sind dressiert –«

»Arch, bitte.«

»Ich hab' doch gar nicht gesagt, daß ich eine Ratte haben will, ich will bloß eine in die Hand nehmen.«

»Gönn Julian eine kleine Ruhepause, Schätzchen. Und mir auch, wenn du schon mal dabei bist.«

»Mach' ich, mach' ich doch, aber können wir nicht noch ein Haustier haben? Wenn du Ratten nicht magst, wie wär's dann mit Frettchen? Tom mag sie«, sagte er mit einem hoffnungsvollen Lächeln.

Ich drückte den Brotteig nach unten, teilte ihn und formte Laibe in den Backformen. »Wir haben eine Katze. Laß Tom bitte da raus.«

Arch runzelte die Stirn und überdachte seine Taktik. »Ist wohl besser, wenn ich mal nach Julian sehe. Soll ich ihm Kaffee bringen? Eigentlich ist das doch nichts zu essen, oder?«

»Sicher, bring ihm Kaffee. Wenn er ihn nicht will, komm wieder.« Ich machte einen Eiskaffee zurecht, wie Julian ihn mochte, mit viel Sahne und Zucker. Arch verschwand, als Alicia eben an meine Tür klopfte. Während sie kistenweise Portobellopilze und frische Kräuter hereinschleppte, rief ich auf der Intensivstation im Southwest Hospital an. Jemand von der Schwesternstation teilte mir forsch mit, Marla Korman sei noch nicht zum Angiogramm abgeholt worden, und die Patientin könne nicht ans Telefon kommen. Wunderbar. Als Alicia mit dem Ausladen fertig war, kehrte Arch zurück, für den Tag gekleidet in sein gebatiktes Shirt und zerfetzte Jeans.

»Julian trinkt den Kaffee und bedankt sich. Ich gehe zu Todd. Hier gibt's für mich nichts zu tun.«

»Will Julian –«

Arch verzog den Mund und schob sich die Brille die Nase hoch. »Er sagt, er kommt runter, wenn er unter Menschen will.« Als er mein enttäuschtes Gesicht sah, tätschelte Arch mir die Schulter. »Er kommt schon wieder in Ordnung. Du kennst doch Julian. Er hat ein schweres Leben hinter sich, aber er hat es immer geschafft, auf die Beine zu kommen. Schon gut, ich geh' jetzt. Das ist Sache, Mom.« Und damit war er zur Tür hinaus, umklammerte eine Tüte mit Audiokassetten.

Ich kam mir hilflos vor und fing mit den Vanilleplätzchen an. Während ich dunkelbraunes Kakaopulver über einen Berg aus weißem Mehl siebte, ließ ich die letzten vierundzwanzig Stunden immer wieder Revue passieren. Hätte ich bloß den Auftrag für das Bankett nicht angenommen. Wäre dann nichts passiert? Warum hatte Claire mich überhaupt ihren Arbeitgebern empfohlen? Ich schlug Eiweiße mit Keimöl und gab aromatische mexikanische Vanille in den Teig. *Julian hat ein schweres Leben hinter sich.* Wie wahr. Seine Adoptiveltern waren weit weg, und jetzt war die junge Frau tot, in die er sich Hals über Kopf verliebt hatte.

Die Brotlaibe kamen goldbraun aus dem Backofen, gespickt mit Preiselbeeren und Nüssen, und erfüllten die Küche mit ihrem starken Duft. Ich legte die Laibe zum Abkühlen auf Gitter und rief wieder im Krankenhaus an. Marla war noch immer nicht zum Angiogramm abgeholt worden und konnte nicht ans Telefon kommen. Ich knallte den Hörer auf und fragte mich, wie viele Menschen Herzinfarkte bekamen, während sie in Krankenhäusern auf die Behandlung warteten.

Ich löffelte gleichmäßige Halbkreise des Plätzchenteigs auf Bleche und schob sie in den Ofen. Zehn Minuten später kamen die Plätzchen heraus, perfekte dunkelbraune Halbmonde, die himmlisch rochen. Ich atmete den belebenden Duft von Schokolade ein und schob die Plätzchen schnell auf Gitter. Während sie abkühlten, fing ich damit an, schmutzige Schüsseln und Töpfe abzuwaschen. Als Arch zurückkam, hegte ich finstere Gedanken über das Southwest Hospital.

Ich sagte: »Was ist denn jetzt schon wieder los?« und bereute es sofort. Arch machte einen niedergeschlagenen Eindruck.

»Ich war einfach … nicht aufgelegt, mit Todd zu spielen. Ich glaub', ich sollte mit dir ins Krankenhaus fahren und Marla besuchen.«

Ich umarmte ihn, was er, weil er dreizehn war, nicht erwiderte. »Es ist okay, Schätzchen. Ich weiß nicht, was mit Marla los ist, und ich weiß nicht, wen sie zu ihr lassen. Es wäre am besten, wenn du hier bei Julian bleibst. Bring ihm doch ein paar warme Plätzchen und kalte Milch.«

»Er ist kein Fünfjähriger, Mom. Und er hat gesagt, er will nichts essen.«

»Na schön, dann bring ihm noch eine Tasse Kaffee.« Kein Fünfjähriger. Richtig. Deshalb goß ich im letzten Augenblick einen Schuß von Toms VSOP-Cognac in Julians zweiten Eiskaffee. Julian war neunzehn, aber heute

156

würde er nicht mehr Auto fahren, und es war mein – *unser* – Haus, und ich glaubte, der Junge könne etwas Alkoholisches vertragen.

Arch nahm die Tasse, roch daran, sagte: »Geil« und verließ die Küche. Fünf Minuten später war er wieder da, als ich eben für einen Vanilleguß für die Plätzchen Magermilch in Puderzucker rührte. »Okay. Julian hat den Kaffee genommen und ist aufgestanden. Er starrt bloß aus dem Fenster und sagt dauernd: ›Sie war so schön, sie war so vollkommen‹, lauter so bekifftes Zeug.« Er zuckte die Achseln. »Er hat aber nicht gewollt, daß ich bei ihm bleib'.«

»Möchtest du mir beim Backen helfen?«

»Klar.« Er wusch sich die Hände, sah mir zu und fing dann damit an, gewissenhaft dünnen weißen Guß auf die dunklen Plätzchen zu streichen. Als ich mich neben ihn setzte und meine Hälfte der Plätzchen mit Guß verzierte, war ich so schlau, ihn nicht nach seinen Gedanken zu fragen und danach, warum er beschlossen hatte, von Todd zurückzukommen.

»Meinst du also«, fragte Arch schließlich, »daß Julian Claire so sehr gemocht hat, weil sie schön war oder weil sie, du weißt schon, ein guter Mensch gewesen ist?«

Ich musterte den Guß auf einem Plätzchen. »Ich habe keine Ahnung. Vermutlich aus beiden Gründen.«

»Ich glaub' nicht, daß mich je jemand wegen meines Aussehens lieben wird.«

Ich überzog mein letztes Plätzchen mit Guß und legte den Spachtel weg. »Arch, du siehst gut aus.«

Er verdrehte die Augen, dann schob er sich mit dem Handgelenk die Brille die Nase hoch, damit er den Spachtel nicht weglegen mußte.

»Du bist meine Mom. Du mußt das ja sagen.«

Ohne ihn anzuschauen, fing ich damit an, die erste Reihe der Plätzchen mit Guß mit Kakaopulver zu bestreuen. Die dunklen Schokoladenplätzchen mit dem hellen Guß und dem Kakaopulver darauf sahen wunderschön aus. Mein Sohn, für mich der kostbarste Mensch auf der Welt, hielt sich für häßlich. *Was stimmte denn hier nicht?*

»Arch, es ist mir ganz gleich, was irgend jemand sagt, du bist attraktiv.«

»Hm. Erinnerst du dich an den Valentinsball in der Elk-Park-Schule, zu dem ich dieses Jahr gegangen bin? Mein erster und letzter Ball in dieser Schule?«

»Aber ich hab' dir doch gesagt, du sollst es noch mal versuchen, wenn du älter bist –«

Er wedelte mit dem Spachtel, damit ich den Mund hielt. »Da war ein Zeichner dabei. Die Schule hat ihn engagiert, einfach zum Spaß. Ein Zeichner, der Leute so aussehen läßt, als wären sie aus einem Comic, weißt du? Wie nennt man so einen?«

Ich seufzte. »Einen Karikaturisten?«

»Ja. Er hat Karikaturen von allen Kindern gezeichnet. Statt zu tanzen, sind wir um ihn herumgestanden und haben ihm bei der Arbeit zugeschaut. Er hat alle … Karikaturen mit einem Titel versehen, Titel wie Klassenheld, Klassenprimus, Klassenschönheit. Er hat alle Züge von jedem Kind übertrieben, damit sie geschmeichelt sind, weißt du?«

Ich nickte, war mir nicht ganz sicher, wohin das Gespräch führte.

»Dann hat er mich gezeichnet. Er hat meine dicken Brillengläser übertrieben dargestellt, meine dunklen Sommersprossen, wie mein Kinn sich nach innen wölbt und wie mir das Haar vom Kopf steht. Er hat in großen

Buchstaben Klassenschwachkopf darunter geschrieben. Alle haben gelacht. Erzähl mir also bitte nicht, daß ich gut aussehe, wenn du und ich und alle anderen wissen, daß das nicht stimmt.«

»Ach, du lieber Gott, manchmal krieg' ich eine Gänsehaut, wenn ich an die Leute in der Schule denke –«

»Keine Sorge, Mom, der Typ, der Künstler, hat sich bei mir entschuldigt, als der Ball zu Ende war. Inzwischen waren alle fort, aber er hat gesagt, es tut ihm leid. Der Ball wäre auch ohne das scheußlich gewesen.« Er wedelte abschließend mit dem Spachtel. »Sieht danach aus, als ob alle Plätzchen fertig wären.«

Ich nahm seinen Spachtel und meinen und steckte beide ins Spülbecken. Arch, dem die Offenbarung peinlich war, stand auf und wollte gehen.

»Moment mal, Schätzchen. Setz dich. Ich will dir noch was sagen.«

Draußen heizte sich die Luft auf, und durch die ganze Backerei war es in der Küche noch heißer. Arch sank auf einen Küchenstuhl, während ich uns Limonade eingoß.

»Du weißt doch, daß ich in meiner Jugend die meiste Zeit in New Jersey gelebt habe.«

»Na und, Mom? Was hat das mit dem allen zu tun?«

»Hast du je den berühmten Umzug für die Miss America gesehen? Er findet in New Jersey statt. In Atlantic City. Als ich älter wurde, haben wir ihn uns immer im Fernsehen angesehen. Die Kinder aus der Nachbarschaft, meine ich. Es war immer so, als wäre es unser Umzug, nur weil er in unserem Staat stattfand.«

Arch trank einen Schluck Limonade. »Ich halt' diesen Umzug für blöd. Todd und ich schalten immer auf einen Horrorfilm um, wenn er gezeigt wird.«

»Hör mir zu. Mit vierzehn war ich das älteste Mädchen in unserer Nachbarschaft. Ich weiß noch, wie wir in jenem Jahr alle den Umzug anschauten und Zitroneneis lutschten. Irgendwann sagte der Kommentator alles mögliche über die Wettbewerberinnen, was sie tun müßten, um teilzunehmen, bla, bla, und daß junge Frauen achtzehn sein müßten. Also hat ein kleines Mädchen aus unserer Gruppe sich zu Wort gemeldet: ›Himmel, Goldy, du hast noch vier Jahre Zeit vor dir!‹«

Arch runzelte die Stirn. »Und deshalb soll ich mich besser fühlen, weil ich als Schwachkopf bezeichnet worden bin? Weil deine Freundinnen gewollt haben, daß du am Wettbewerb um die Miss America teilnimmst?«

Ich griff nach seiner Hand, aber er zog sie weg. »Du verstehst mich nicht. Alle Blicke meiner Freundinnen waren auf mich gerichtet. Ich war weder langbeinig noch knochig, und das war auch nicht von mir zu erwarten. Aber da liegt das Problem. Wer hat je behauptet, daß junge Mädchen in Schönheitswettbewerben auftreten sollten? Warum sollte irgend jemand das erwarten? Und genau das will ich ausdrücken. Die haben dich einen Schwachkopf genannt. Du hast es vielleicht nicht geglaubt, aber du hast es hingenommen. Ich habe mit vierzehn begriffen, daß alle Welt von mir erwartet, ich wünsche mir, an einem Schönheitswettbewerb teilzunehmen. Aber ich hatte nie, nie die Absicht, mich je an einem solchen Wettbewerb zu beteiligen.« Ich holte tief Luft. »Das Problem besteht darin, egal ob du eine Frau oder ein Mann bist, solange du ein Teenager bist, sieht das ganze Leben nach einer Reihe von lauter blöden Schönheitswettbewerben aus, und ich rede nicht bloß über Miss America. Ich rede darüber, wie die Leute dich einschätzen, wenn du die

Straße entlanggehst. Oder ein Klassenzimmer betrittst. Oder die Turnhalle. Und die einzige Lösung besteht darin zu sagen: ›Dabei spiel' ich nicht mit! Ich steig' aus aus dem Schönheitswettbewerb! Jetzt und für immer!‹«

Arch wartete ab, um herauszukriegen, ob ich alles gesagt hatte, was ich hatte loswerden wollen. Er trank nachdenklich einen Schluck Limonade. Dann sagte er: »Darf ich jetzt nach Julian sehen?«

Ich atmete aus, plötzlich erschöpft. »Klar. Ich fahr' zu Marla.«

»Okay. Ich sag' dir Bescheid, wenn Julian das Zimmer verläßt.« Er machte eine Pause und sagte dann: »Ich glaub' nicht, daß er weint, weil Claire so schön war. Ich glaub', er fühlt sich einfach ganz leer.«

»Ja, Arch. Ich bin mir sicher, daß du recht hast.«

Nach meiner Schmährede fühlte ich mich desorientiert und müde. Ich sammelte meine Handtasche und die Schlüssel ein. Und dann sorgte Arch für eine Überraschung. Er kam herüber und nahm mich in die Arme.

Im Krankenhaus verwies mich eine neue Stationsschwester an den Empfang der Schwestern auf der Intensivstation.

»Wir wissen nicht, wann Ihre Schwester zurückkommt, Miss Korman«, teilte eine Schwester mir mit. »Sie ist eben erst ins Labor gerollt worden.«

»Wird das Angiogramm länger als eine Stunde dauern?« fragte ich.

»Eigentlich nicht, aber das kann man nie wissen.«

Der Gedanke daran, eine unbestimmte Zeit in diesem Krankenhaus zu verbringen, wirkte unerträglich. Ich sah auf die Uhr: halb vier. *Nur Mut*, redete ich mir gut zu. *Sie ist deine beste Freundin, du wirst für sie da sein.*

»Danke. In einer Stunde komme ich zurück.«

Ich mußte immer noch meinen Scheck bei Prince & Grogan abholen, deshalb fuhr ich hinüber zum Einkaufszentrum. Vor dem Eingang zum Kaufhaus hatte sich eine größere Demonstrantengruppe als am Vortag versammelt. Wegen des Unfalls bezweifelte ich, daß die Polizei ihnen gestatten würde, wieder ins Parkhaus einzudringen, mit Transparenten wedelnd. Aus Furcht, Shaman Krill könne mich ins Blickfeld bekommen, parkte ich den Lieferwagen auf dem Bankparkplatz in der Nähe. Sobald ich ausstieg, hörte ich das Gebrüll und die Rufe der Aktivisten. Die meisten trugen weiße Sweatsuits. Als ich näher kam, sah ich, daß die brüllende, in Weiß gekleidete Gruppe Augenbinden trug.

Hip, hop! Ich kann nichts mehr sehen!
Hip, hop! Was ist nur mit mir geschehen?

Jede Menge Plakate, die gegen die Tierversuche von Mignon-Kosmetik protestierten, wurden über der Menge geschwenkt. Ich sah mich hilflos nach einem Weg ins Kaufhaus um, der nicht von Barrieren gegen den Massenandrang blockiert war. Ein dünner Strom von Kunden war auf dem Weg zu einem nahen Pastalokal. Ich folgte ihm.

Als ich erst einmal im Einkaufszentrum war, lief ich eine Treppe aus Chrom und poliertem Granit hinauf und betrat Prince & Grogan auf der zweiten Etage. Helle Lichter und schmalzige Klaviermusik – nicht aus Lautsprechern, sondern von einem echten Klavierspieler mitten im Kaufhaus – brachten mich aus dem Gleichgewicht. Nachdem ich einen Augenblick lang versucht hatte, mich zu orientieren, sah ich weit entfernt ein Neonschild. BÜROS. Voraussichtlich hatte irgend jemand dort meinen Scheck.

Ich durchquerte ein Labyrinth aus glitzerndem Kristall und Porzellanauslagen, dröhnendem Stereozubehör, surrenden Kleingeräten und großen, blanken Spiegeln. Sie waren nicht wie Toms alte, wenn auch nicht antike Spiegel mit dem bezaubernden, gewellten Glas. Sie waren übergroß, grelle Kaufhausspiegel, von der Art, an die der Werbeguru zweifellos gedacht hatte, als er äußerte: *Wer eine Frau genügend verunsichert, kann ihr alles verkaufen.* Ich schloß die Augen. Ich wollte mich nicht in einem Denimrock, einem weißen T-Shirt und in Turnschuhen sehen; ich wollte nur das Kaufhausbüro finden.

Schließlich hatte ich Erfolg. Die Personalabteilung von Prince & Grogan, die Sicherheit, die Hauptkasse, die Kreditabteilung und der Kundenservice lagen in einem Bereich im ersten Stock, der immer noch renoviert wurde, allesamt nebeneinander. Nachdem ich mich mehrmals verlaufen hatte, saß ich schließlich in einem winzigen Büro einer Frau namens Lisa mit glattem Haar gegenüber, die behauptete, sie sei für Auszahlungen zuständig. Lisa kramte ohne Glück in Papieren und Akten herum und ging maulend weg, um jemanden von der Sicherheit aufzutreiben.

Als sie fort war, sah ich mich in ihrem Büro um, das den bevorstehenden Neuanstrich dringend nötig hatte. Die Innenwände des alten Montgomery Ward waren in einer schwindelerregenden Aquamarinfarbe gestrichen gewesen. An der Wand gegenüber ließen blassere Stellen darauf schließen, daß dort einmal gerahmte Auszeichnungen, vielleicht sogar Familienbilder gehangen hatten. Daneben, ebenfalls aquamarinfarben gestrichen, hing etwas, das nach einem Arzneischränkchen oder einem Schlüsselkasten aussah. Auf

163

dem Boden lagen sauber gestapelt Computerausdrucke, einen halben Meter hoch. Und an der Wand neben mir standen eine Reihe grauer Aktenschränke. Es juckte mir in den Fingern, sie zu öffnen und die Akte von Satterfield, Claire, nachzuschlagen. Aber bei meinem Pech würde der Aktenschrank nicht nur abgeschlossen sein, sondern Lisa würde wahrscheinlich hereinstolzieren, während ich die Hand noch am Griff hatte.

Lisa kam tatsächlich wieder hereinstolziert, und zu meinem Glück lagen meine Hände unschuldig in meinem Schoß.

»Der Sicherheitschef hat Ihren Scheck, und sein Büro ist abgeschlossen. Nick kümmert sich heute um ein paar Versicherungsermittler und hat sich gefragt, ob Sie morgen wiederkommen könnten.«

Ich hätte gern etwas Mißbilligendes ausgestoßen, zum Beispiel: *Warum schickt ihn mir der Schwachkopf nicht einfach per Post?*, aber am nächsten Morgen kam ich wegen der Lebensmittelmesse ohnehin wieder ins Einkaufszentrum. Davon abgesehen, nachdem ich ein paar Jahre lang mein kleines Geschäft geleitet hatte, wurde ich allmählich etwas zynisch. Versprechungen, der Scheck komme per Post, hatten nur allzuoft zu bedeuten: *Vielleicht schicken wir ihn ab, wenn wir Zeit dazu haben. Aber vielleicht kommen wir nicht dazu.*

Ich sah wieder auf die Uhr: Viertel vor vier. Der Gedanke, zum Warten ins Krankenhaus zurückzugehen, widerte mich immer noch an, deshalb traf ich die spontane Entscheidung, zur Mignon-Verkaufstheke hinunterzufahren. Nur kurz, um herauszubekommen, ob Dusty und Harriet und vielleicht sogar Tom dort waren. Bei mir zu Hause trauerte Julian. Wenn ich zurückkam und ich etwas zu erzählen hatte, dann würde er vielleicht …

Ehe ich es mich versah, stand ich auf der Rolltreppe nach unten. Im Hinunterfahren sah ich Harriet und Dusty. Harriet sprach mit einer buckligen Frau, deren weißes Haar kunstvoll auf dem Kopf aufgetürmt war. Harriet hielt ein Fläschchen in der Hand und klopfte mit der zweiten gegen den glänzenden, goldenen Deckel des Fläschchens.

»Und wie heißt das hier?« hörte ich die ältere Frau fragen, als ich näher kam.

»Mandarinenflut«, erklärte Harriet selbstgefällig. »Eine Mischung aus Himbeerdünen und Aprikosensonnenuntergang ...«

Ich stellte mir einen Strand voller Obst vor.

»... und es ist genau der Farbton, den die Designer als Modefarbe für den Spätsommer gewählt haben. Wir verkaufen soviel davon, daß wir dauernd nachbestellen müssen!«

»Ja, wenn das so ist!« sagte die weißhaarige Frau entschieden. »Dann nehm' ich was davon!«

Dusty schlug die schweren Seiten eines Ordners um, der nach einem Hauptbuch aussah. Ein attraktiver Kunde mit schütterem Haar hatte sich der Theke genähert, er griff ein Fläschchen nach dem anderen und musterte jedes. Dusty, die über den Seiten den Kopf schüttelte, schien ihn nicht zu sehen. Sie erhaschte jedoch einen Blick auf mich und huschte zu mir. Ihr waldgrüner Kittel spannte über dem molligen Bauch. Ihr orangegoldenes Haar war etwas zerzauster als üblich, und ihre Augen waren blutunterlaufen.

»Goldy, haben Sie das mit Claire gehört?« Ihre Stimme klang rauh. Ich nahm an, sie habe lange geweint.

»Ja. Es tut mir leid. Ihr müßt ja alle am Boden zerstört sein.«

Sie holte bebend Luft. »Stimmt. Wie geht es Julian?«

»Nicht gut. Ich will ihn dazu überreden, daß er sich eine Zeitlang freinimmt.«

Sie sagte: »*Wir* müssen arbeiten. Können Sie das fassen? Hören Sie, die Kameras beobachten uns. Interessieren Sie sich für etwas? Was für Hautprobleme haben Sie mit Ihrem Gesicht?« fragte sie munter.

»Was für Kameras? Kann ich mich umsehen? Zeigen Sie sie mir?«

»Das geht jetzt nicht«, erwiderte sie leise. Sie holte eine schmale weiße Tube mit Goldverschluß. »Das ist gegen Hautalterung.« Sie sah mich aus zusammengekniffenen Augen an. »Wirkt Wunder gegen die dunklen Ringe unter Ihren Augen. Wie wär's mit einer kostenlosen Behandlung?«

»Äh, danke, aber jetzt nicht. Ich hab' geglaubt, *Schlaf* könnte Wunder gegen die dunklen Ringe wirken.«

»Gut«, sagte Dusty und musterte mein Gesicht, »wie wär's mit Nachtcreme gegen Hautalterung, während Sie sich ausschlafen? Was für ein Pflegemittel benützen Sie für Ihr Gesicht?«

»Kein Pflegemittel.« Ich zeigte auf die glitzernden Fläschchen auf der Glastheke. »Wirklich, gar keins. Ich will nichts kaufen, Dusty. Ich wollte nur nach Ihnen sehen. Wegen Claire.«

Sie schüttelte den Kopf. »Wir haben eine neue Produktlinie –« fing sie an.

Der Mann am Verkaufsstand räusperte sich laut. Dusty warf ihm einen nervösen Blick zu.

»Gehen Sie zu ihm«, flehte ich. »Ich schau mich wirklich nur um.«

»Okay«, sagte Dusty mit einem hastigen Blick auf das Hauptbuch. »Aber ich bezweifle, daß *er* etwas kauft.«

Ich wandte mich von den Rougedöschen ab und ließ den Blick über eine Pyramide aus pflegenden Lippenstiften schweifen. Kirschblütensahne. Schokoladensoufflé. Hagebuttenmark. Die Person, die den Lippenstiften von Mignon einen Namen gab, mußte vernarrt in Süßigkeiten sein.

Dusty begrüßte den Kunden mit dem schütteren Haar und nickte wissend. Sie lebte auf oder tat so, als er zu reden anfing. Er war groß, Mitte Vierzig, sah gut aus und war der Typ, den ich beim Beliefern von Partys in der besseren Gesellschaft ständig zu sehen bekam. Er hob immer noch Fläschchen hoch und prüfte sie, als wäre die Form des Behälters wichtiger als der Inhalt, während er Dusty ständig ausfragte. Dann stellte er ein Fläschchen ab, beugte sich zu Dusty hinüber und sagte etwas. Sie wich zurück und antwortete. Ihr Gespräch schien in einen Streit auszuarten.

»Tun Sie nicht, als hätten Sie keine Ahnung, Reggie«, sagte Dusty laut zu ihrem Kunden. »Wir haben Sie gesehen. Sie werden jede Menge Ärger kriegen!«

Ich fuhr über die Lippenstifthülsen. Ärger? Was für Ärger? Wer hatte ihn gesehen? Hatte ihn bei was gesehen? Ich warf einen Blick auf einen Ständer mit Rouge neben Reggie und ging darauf zu, als wäre ich mir doch noch schlüssig geworden, was ich wollte.

Reggie, wer er auch sein mochte, tat Dustys Sorge händewedelnd ab und zeigte auf eine große weiße Flasche. »Wie sieht Ihre Verkaufsprognose für die neue Feuchtigkeitscreme aus?« fragte er. Am anderen Ende der Theke bedachte Harriet Wells Dusty und ihren neugierigen Kunden mit einem mißbilligenden Blick.

Ich griff nach mehreren Rouges – Sinnlichkeit, Valentinskuß, Lüsternheit. Nein danke. Ich warf einen Blick zur Seite: Dusty und Reggie standen zwischen einem Ständer mit Wimperntusche. Ich konnte mir vorstellen, wie ich Tom gegenüber später zugab: *Ja, ich hab' gelauscht.* Ich wollte hören, was Dusty Reggie zu sagen hatte, dem Mann, der Ärger bekommen würde.

»Mir ist aufgefallen, daß die Puderdosenverpackung verändert worden ist«, bemerkte Reggie.

»Yuppies mögen kein Weiß«, teilte Dusty ihm hochmütig mit. »Weiß erinnert sie an alte Frauen. Deshalb hat Mignon sich für Marineblau mit Gold entschieden, und sie gehen weg wie warme Semmeln.«

»Erzählen Sie mir nichts von warmen Semmeln, Dusty, das ist mir zu ungenau. Und ich kann mir nicht vorstellen, daß *Sie* jede Menge davon verkauft haben. Sie haben doch gesagt, daß Sie in den letzten beiden Monaten hinter dem Soll zurückgeblieben sind.«

»Seien Sie kein Arschloch, Reggie, sonst erzähl' ich aller Welt die Wahrheit.«

»Das tun Sie bestimmt nicht. Hören Sie mal«, fuhr er fort, »sagen Sie mir bloß, ob eine Mindestverkaufszahl für die neue Kollektion festgesetzt worden ist, die sie gestern vorgestellt haben, bis hier der Teufel los war.«

»Ja, natürlich, Sie wissen doch, daß immer Mindestverkaufszahlen festgesetzt werden. Zweitausenddreihundert pro Woche für die Vollzeitkräfte.«

Reggie dachte darüber nach. »Was für Werbematerial haben sie Ihnen geschickt?« Harriet war mit der weißhaarigen Frau fertig und kam an die Mitte der Theke zurück. Zum ersten Mal fiel mir auf, daß sie zwar klein war, sich aber bewegte wie ein ehemaliges Mannequin oder eine Tänzerin. Statt zu mir zu kommen, ging Harriet jedoch direkt auf Dusty und ihren Kunden zu, den Störenfried Reggie.

»Mr. Hotchkiss«, sagte Harriet mit einem winzigen, bösartigen Lächeln, »wollen Sie heute tatsächlich etwas kaufen?«

»Zischen Sie ab, Harriet«, sagte Reggie Hotchkiss laut. »Sehen Sie.« Er gestikulierte in meine Richtung. »Sie haben eine Kundin. Sie können Ihre saftigen Verkaufszahlen nicht aufrechterhalten, wenn Sie eine Kundin ignorieren, oder?«

Harriet reckte das Kinn und ging an ihm vorbei zu mir. Ihr Gesicht war wie das von Dusty schlaff vor Müdigkeit, aber sie sah nicht ganz so aufgelöst aus. »Ah, Goldy. Die Partylieferantin. Ich nehme an, Sie haben es gehört …?«

Ich nickte.

»Wie tragisch. Diese junge Frau hatte eine Zukunft in der Kosmetikbranche, sie war ein Naturtalent. Sie wird uns allen –« Ihre Stimme brach, und sie hielt inne, um die Beherrschung zurückzugewinnen. Ihre großen blauen Augen sahen mich flehend an. »Wie geht es Ihrem Jungen? Es muß ein schrecklicher Schock für ihn gewesen sein.«

Auf meiner Uhr war es 16.05. »Ja, danke. Julian ist mein Assistent, und es geht ihm gut. Aber eine Freundin von mir liegt im Krankenhaus und ist schwerkrank. Ich … komm', morgen wieder.«

»Warum sind Sie dann –«

Aber ich winkte und eilte aus dem Kaufhaus, vorbei an den Demonstranten, zwischen den vielen Autos hindurch zu meinem Lieferwagen. Als ich zum Krankenhaus hinüberfuhr, zermarterte ich mir das Gehirn, wer Reggie war und warum er Ärger bekommen würde, weil er gesehen worden war. Reggie Hotchkiss, Reggie Hotchkiss.

O ja, wie hatte ich es vergessen können? Er wohnte sogar in Aspen Meadow. Seiner Familie gehörte eine gutgehende Firma mit Sitz in Denver: Hotchkiss, Haut- und Haarpflege.

**Als die Pfleger Marla** schließlich nach dem Angiogramm zurückrollten, sah sie völlig verwandelt aus. Ihr Teint war fahl, und ihre übliche Munterkeit hatte sich in Benommenheit aufgelöst. Ich wartete, während die Schwester sie wieder an die Monitore anschloß. Als ich in die Nische kam, wirkte Marla, eine üppige Frau mit derbem Witz, von der ich immer geglaubt hatte, sie stehe in voller Blüte, als wäre die ganze Luft aus ihr gewichen.

Sie sah mich und ächzte. »Ich fühl' mich fett. Ich seh' fett aus. Mein Rücken bringt mich um. Du mußt mich hier rausholen, Goldy.«

»Ich versuch's ja, glaub mir –«

Dr. Lyle Gordon kam herein und überprüfte Marlas Tropf. Er trug einen weißen Kittel über der OP-Kleidung. Sein grauer Haarschopf stand von seinem Kopf ab. »Ah, die Schwester der Patientin. Hat sie es Ihnen gesagt?«

»Mir was gesagt?«

Seine Augenbrauen zogen sich zusammen. »Wir hatten heute morgen eine Notoperation und mußten ihre

Untersuchung verschieben. Das Angiogramm Ihrer Schwester hat eine Verengung der Herzkranzarterie gezeigt. Folglich machen wir eine Angioplastie.« Er wandte sich Marla zu. »Aber heute ist es leider zu spät. Wir müssen bis morgen warten.«

»Großer Gott«, ächzte Marla. Sie beäugte ihren Kardiologen mit so viel Zorn, wie sie aufbringen konnte. »Sie meinen, ich muß die ganze Nacht mit diesem …, diesem Ding verbringen, das mir in der Lende steckt –«

»Das ist ein Katheter«, sagte Lyle Gordon geduldig und tätschelte das Laken. »Ms. Korman. Wir müssen durch diesen –«

»Ach ja?« unterbrach ihn Marla. »Wer ist ›wir‹, Sie Weißkittel?«

»Ms. Korman –«

Marla fuhr ihn an: »Halten Sie die Klappe!«

Dr. Lyle Gordon biß die Zähne zusammen und rückte die Schultern gerade. Dann wandte er sich an mich, betonte jedes Wort: »Ich brauche einen Chirurgen. Abrufbereit. Morgen. Ich kann erst morgen einen abrufbereiten Chirurgen bekommen. Und wir brauchen den Chirurgen, falls irgend etwas danebengeht. Im schlimmsten Fall brauchen wir einen einsatzbereiten OP, falls der Katheter ihr Herz perforiert oder sie einen weiteren Herzinfarkt bekommt –«

»Gott ist mein Zeuge«, grollte Marla im Bett, »ich werde diesem Krankenhaus nie wieder –«

»Unterstützen Sie mich, bitte?« flehte Dr. Lyle Gordon mich an.

Ich sagte: »Selbstverständlich«, und er verließ unvermittelt die Nische. »Marla, hör mal«, sagte ich leichthin und zeigte auf eine eingetopfte Begonie auf ihrem Nachttisch, »jemand hat dir Blumen geschickt.«

Sie warf einen schrägen Blick auf die farbenfrohen Blüten und wandte sich dann ab. »Das ist mir egal.«

Ich nahm die Karte aus dem Umschlag und konnte mein Erstaunen nicht verhehlen. »Sie sind vom General. ›Mit der Hoffnung auf rasche Genesung.‹ Ich hab' gedacht, dein Schwager sitzt wegen Sprengstoffbesitzes im Gefängnis.«

»Er sitzt im Gefängnis, aber Bo hat überall Freunde.« Marla schloß die Augen.

Ich legte ihr die Hand auf die Schulter. »Die schmeißen mich jeden Augenblick raus. Bitte, sag mir, was ich für dich tun kann.«

»Ich geb' dir hunderttausend Dollar, wenn du mir zur Flucht verhilfst.«

»Marla –«

»Du müßtest drei Jahre lang Picknicks für Vogelbeobachter ausrichten, um soviel Knete zu verdienen.«

»Und die Alternative ist –«

Sie stieß einen so tiefen, deprimierten Seufzer aus, daß ich kurz daran dachte, ihr doch zum Ausbruch zu verhelfen. »Okay, Goldy.« Sie wirkte plötzlich müde, als hätte sie aufgegeben. »Laß mir Wäsche und meine Post bringen. Ein paar Leute haben mich besucht, und ich nehm' an, daß Tony morgen kommt.« Tony war von Zeit zu Zeit ihr Freund. »Ich weiß nicht, was zum Teufel das Krankenhaus mit meinen Sachen gemacht hat. Der Ersatzschlüssel zum Haus liegt in einem Schlüsselkasten unter dem Wäschetrocknerventil.«

»Okay. Sonst noch was?«

»Mein Leben ist zu Ende. Ich werde nie wieder ein Eclair essen. Die werden mich in einen Rollstuhl setzen, wenn ich um den Aspen Meadow Lake herum will …«

»Dein Leben, Schwester, fängt eben erst an. Kopf hoch, ich lerne fettarm kochen, und wir gehen gemeinsam um den See –«

Ehe wir diese gesunde Vision fortsetzen konnten, dämmerte Marla weg. Ich ließ meine Hand auf ihrer Schulter liegen, bis die zehn Minuten um waren.

Dann schlüpfte ich hinaus zu einem Münztelefon, rief Tom an und erreichte seinen Anrufbeantworter. Ich berichtete ihm von Reggie Hotchkiss, dem Besitzer einer Firma, die möglicherweise eine Konkurrenz für Mignon war, und von Reggies Gespräch mit Dusty Routt. Ich sagte Tom, er fehle mir, und ich hoffte, daß wir ihn heute abend zu sehen bekamen.

Zu Hause bereitete ich auf Archs Wunsch für ihn und mich gegrillte Käsesandwiches zu. Als er nach Marla fragte, legte ich mein klebriges Sandwich weg und beschloß, es nicht aufzuessen. Ich brachte einen Salat und einen Teller Suppe nach oben, aber Julian sagte durch die Tür, er wolle nichts, danke. Schließlich setzten Arch und ich uns in den Garten hinter dem Haus und sahen welligen rosa Wolken zu, die langsam die Farbe wechselten, als die Sonne zu den Bergen wanderte.

»Hast du mit Tom telefoniert, Mom? Hat er schon was rausgekriegt?«

»Hab' nicht mit ihm gesprochen. Er kommt bestimmt spät nach Hause.«

»Sieht so aus, als müßte er immer arbeiten, wenn du am dringendsten mit ihm reden mußt«, bemerkte Arch. »Während einer Ermittlung, meine ich.«

»Ich weiß.« Genau das hatte ich auch schon gedacht.

Eine sanfte Brise bog die Stengel der Akeleiblüten in der Nähe. Einer unserer Nachbarn grillte Steaks. Der üppige Geruch erfüllte die Luft und erinnerte mich daran, daß ich morgen früh zur Lebensmittelmesse mußte.

»Todd und ich machen uns morgen nachmittag auf die Suche nach 33er Schallplatten«, erklärte Arch. »Falls Julian mich nicht braucht. Meinst du, er braucht mich?«

»Schwer zu sagen.«

Es klingelte an der Haustür. Es war Todd, der wissen wollte, ob Arch mit ihm in eine Eisdiele dürfe. Ich erlaubte es zwar, aber Arch zögerte. »Bist du in Ordnung, Mom? Du siehst so … traurig aus. Ist es wegen Marla?« Als ich nickte, sagte er: »Ich weiß, daß sie deine beste Freundin ist.«

»Danke, daß du dich nach ihr erkundigt hast. Sobald sie aus dem Krankenhaus entlassen ist, werd' ich mich viel besserfühlen.«

»Soll ich dir Schokoladeneis mit Pfefferminzguß mitbringen?«

»Lieb von dir, aber nein. Ich will nur in der Küche arbeiten, mich ablenken.«

Und ich arbeitete tatsächlich in der Küche. Der zweite Haufen Rippchen mußte vorgegart und kühlgestellt werden, ehe ich ihn morgen auf der Messe aufwärmte. Ich legte die dicken, fleischigen Stücke auf Gitter in den Backofen. Bald wehte der starke Geruch nach gegrilltem Schweinefleisch durch das Haus, und ich ging nach oben und öffnete die Fenster zum Lüften. Der arme kleine Colin Routt fing zu heulen an, als ein Motorrad vorbeidröhnte. Doch gleich darauf spielte wieder jemand das Jazzsaxophon, und das Baby war still. Ich wünschte mir, es gäbe für unser aller strapaziertes Nervenkostüm ein so einfaches Beruhigungsmittel.

Ich sah die Straße entlang, hielt Ausschau nach dem

Lieferwagen, der am Vorabend unsere Einfahrt versperrt hatte. Die Lieferwagen am Straßenrand ähnelten sich allesamt. Ich stellte das auch dann fest, wenn sie auf dem Highway an mir vorbeirasten. In Colorado bestand der einzige Unterschied zwischen Lieferwagen, der mir auffiel, darin, wie viele Hunde im Fond versuchten, das Gleichgewicht zu wahren.

Arch kam um neun nach Hause getrottet und ging sofort ins Bett. Um ein Uhr morgens stellte ich den Wecker auf sechs und sank zwischen die Laken. Armer Tom, dachte ich, als ich wegdämmerte. So ein langer Arbeitstag. Jäher Lärm brachte mich voll zu Bewußtsein. Ich sprang aus dem Bett und sah irrationalerweise im Schrank nach. Toms kugelsichere Weste war immer noch da. Ich ging zum Fenster. Ein Blitz und ein Donnergrollen kündigten ein weiteres nächtliches Gewitter an. Das erklärte den Lärm. Ich fiel wieder ins Bett und fragte mich, wie lange es wohl dauern würde, bis ich mich daran gewöhnt hatte, mit einem Polizisten verheiratet zu sein.

Ich lauschte dem Trommeln des Regens gegen das Dach und wünschte mir, einschlafen zu können. Später kam Tom und schmiegte sich gemütlich neben mich. Die Nächte sind zu kurz, dachte ich verschwommen, als mich endlich der Schlaf überkam. Und die Tage sind zu lang.

Ich wachte jäh auf, schweißgebadet. Licht überflutete das Schlafzimmer. Der Wecker hatte nicht geklingelt, weil der verdammte Strom wieder ausgefallen war. Dieses Mal war Tom gegangen, ohne daß ich es gemerkt hatte. Auf seinem knapp gehaltenen Zettel am Spiegel stand: *Nichts Neues bei der Ermittlung. Wir überprüfen Hotchkiss. Hab' im SW Hospital angerufen. Freut mich, daß es*

176

Marla bessergeht. T. Ich fragte mich, ob er einen netten Plausch mit Dr. Lyle Gordon gehabt habe.

Ich knöpfte mir die Kochjacke zu, schloß den Reißverschluß eines schwarzen Rockes und sah nach dem noch schlafenden Arch. Nach einer verzweifelten Suche fand ich meine Uhr und begriff dumpf, daß ich nicht einmal mehr vierzig Minuten Zeit hatte, die Rippchen und die anderen Köstlichkeiten für die Lebensmittelmesse fertig zu machen. Falls ich nicht um halb zehn auf der Messe auftauchte, verpaßte ich den Besuch des Lebensmittelinspektors an meinem Stand und ging das Risiko ein, von der ganzen Veranstaltung ausgeschlossen zu werden. Und was sollte ich dann mit dreihundert Einzelportionen Rippchen, Salat, Brot und Plätzchen anfangen? Daran dachte ich nur ungern.

Mit so wenig Schlaf war die Vorstellung, derart hastig Vorbereitungen zu treffen, ohne Kaffee kochen zu können, wahrlich die Strafe der Verdammten. Als ich in die Küche eilte, hackte Julian eifrig Gemüse für den Brunch der Handelskammer. Saubere Stapel aus Rosinen, gemahlenem Ingwer und dicken Mandarinenscheiben deuteten darauf hin, daß er mit dem Chutney anfing. Sein Haar war naß vom Duschen, und er trug makellose schwarze Hosen, ein weißes Hemd und eine frisch gestärkte und gebügelte Schürze. Aber seine glückliche Miene von vor zwei Tagen war verschwunden. Trauer nahm verschiedene Formen an, und ich verließ mich darauf, daß Julian es uns sagte, wenn er Hilfe brauchte. Andererseits konnte der Junge so stur wie eine Bergziege sein.

»Ich weiß nicht, wie ich ohne Strom kochen soll«, erklärte er wütend, während er den Gewürzschrank aufriß. »Ich hab' beim E-Werk angerufen, und die haben gesagt, es dauert mindestens eine Stunde, bis der Strom wieder da ist. Was ist bloß mit diesen Leuten los?«

Sein Zorn löste meinen Entschluß, nicht in seinen Gefühlen herumzustochern, in Nichts auf. »Sag mir, wie's dir geht«, sagte ich.

Er sah mich an, umklammerte zwei Gewürzgläser. Seine Haut war grau, seine Augen waren blutunterlaufen. Er hatte sich beim Rasieren geschnitten, und ein Zipfel Mull klebte an seinem Wangenknochen. »Wie soll's mir deiner Meinung nach denn gehen?«

Ich sagte nichts.

Er wandte sich ab. »Entschuldigung. Ich weiß, du nimmst Anteil. Ich will bloß … nicht über das reden, was vorgestern passiert ist.« Er maß Zimt ab und fügte leise hinzu: »Ich bin noch nicht soweit.«

»Hör mal, Julian. Ich weiß nicht, ob es eine so gute Idee ist, daß du heute diesen Brunch belieferst. Laß mich doch jemanden anrufen, der dir hilft. Vielleicht könnte einer deiner Klassenkameraden aus der Elk-Park-Schule herkommen. Es ist keine große Affäre, einen Aushilfskellner zu kriegen.«

»Nein, nein«, sagte er zornig, während er Nelkenpulver abmaß. »Ich habe den ganzen Tag geplant. Ich brauch' bloß den beschissenen Strom.«

»Der ist wieder da, sobald ich das Haus verlasse«, sagte ich zu ihm, als ich den Kühlschrank aufmachte. »Das nennt man Murphys Gesetz des Kochens.«

»Häh?«

»Ach, gar nichts.« Ich holte die zugedeckten Behälter mit Rippchen, Salat, Brot und Plätzchen heraus. Der begehbare Kühlschrank würde mehrere Stunden lang kalt bleiben, wenn die Tür nicht allzuoft aufgemacht wurde. Zu meinem Glück stellten die Veranstalter der

Messe Butanbrenner und Grillgeräte zum Aufwärmen des Essens zur Verfügung. Ich konnte mir nicht vorstellen, um zehn Uhr morgens kalte Grillrippchen zu servieren, ganz davon zu schweigen, sie zu essen.

Julian stellte die Gewürze beiseite und fing damit an, die Zwiebeln zu würfeln. »Die Besuchszeiten auf der Intensivstation sind jeweils die ersten zehn Minuten jeder Stunde«, fuhr er in einem knappen, beherrschten Ton fort. »Ich fahr' hin, sobald ich mit dem Buhei für die Kammer fertig bin. Werd' ich mit dem Krankenhauspersonal Ärger kriegen? Soll ich denen sagen, daß sie meine Tante Marla ist? Klingt irgendwie komisch, ich hab' sie noch nie so genannt. Ich meine, wirklich, ich bin ziemlich lang ganz allein gewesen.«

»Solange du in den ersten zehn Minuten kommst, geht alles glatt. Ich war gestern dort, und die Stationsschwester, die vor der Tür zur Intensivstation Wache hält, hat sich benommen wie ein weiblicher Dobermann. Aber Marlas Arzt ist sehr nett, obwohl sie ihn mies behandelt.« Julian schüttelte verdrossen den Kopf. Ich fuhr fort: »Der Arzt möchte, daß sie von Besuchern soviel emotionale Unterstützung wie möglich bekommt. Komm doch zum Einkaufszentrum und hol mich ab. Bis dahin bin ich auf der Lebensmittelmesse fertig, und wir können sie gemeinsam besuchen.«

Er stellte die Zwiebeln beiseite und wusch sich die Hände. »Okay. Ich erledige den Brunch für die Kammer, räum' dann auf, dann hol' ich dich auf der Lebensmittelmesse ab und besuch' Marla. Klingt das okay? Ich wollte Arch mitnehmen, aber er hat gesagt, er hat Todd versprochen, heute nachmittag nach Schallplatten zum Tauschen zu suchen. Der Donner hat uns letzte Nacht geweckt, deshalb haben wir über seine Pläne gesprochen.« Seine Worte kamen immer noch schnell heraus, viel schneller als üblich. »Arch wollte mir heute helfen. Aber ich hab' nein gesagt. Ich hab' ihn gefragt, ob ich ihm dabei helfen kann, Albums aus den Sechzigern aufzutreiben.« Julian holte Luft und schüttete Zucker in einen Meßbecher. Der Zucker ergoß sich über den Rand, und Julian fluchte leise. »Ich meine, ich hab' ihm den ganzen Sommer lang versprochen, ihm bei seinem neuen Hobby zu helfen, und hab' nichts dergleichen getan. Außerdem wollte ich ihn gestern nachmittag in eine Tierklinik fahren.« Er griff nach dem Apfelessig und maß ihn sorgfältig ab. »Jetzt hab' ich jede Menge Zeit. Ich weiß aber nicht viel über die Musik der Sechziger, zum Beispiel über Jimi Hendrix –« Er brach ab, knallte die Essigflasche auf den Tresen und schlang die Arme um seinen bebenden Körper.

»Julian, bitte –« Ich legte die Arme um ihn. Ich konnte es nicht ertragen, daß ein so junger Mensch solchen Schmerz empfand. Ich murmelte ihm zu, wie traurig ich sei, die ganze Situation sei scheußlich, er solle weinen, solange er wolle, er solle den verdammten Brunch für die Kammer vergessen. Ich könne alles beim Chinesen bestellen.

»Wenn ich bloß wüßte, warum«, schluchzte er in meine Schulter. »Wenn ich bloß wüßte, wer so etwas tut! Gott! Was ist nur los mit der Welt?«

»Ich weiß. Sie ist versaut.«

»Ich fühl' mich, als –« Er würgte an seinen Worten und sagte dann: »Das Leben ist so dumm. Es ist einfach blöd, das ist alles. Wenn so etwas passieren kann und die Leute einfach weitermachen … Oh, was hat das für einen Sinn?«

Wieder antwortete ich, ich wisse es nicht. Das Herz

war mir so schwer, daß es weh tat. Ob er sich nicht bitte einen Tag freinehmen könne, bettelte ich. Aber Julian schüttelte lediglich den Kopf und sagte, er übernehme den Brunch. Ob ich nicht einfach damit aufhören könne, fragte er. Er sah sich untröstlich in der Küche um und legte dann tiefgefrorene Brötchen zum Auftauen auf ein Gitter.

Das Telefon klingelte. Eine Frau aus der Kirchengemeinde erbot sich, Kontakt mit einer hervorragenden Privatpflegerin für Marla aufzunehmen. Ich bedankte mich bei ihr und sagte, das sei wunderbar. Sie erkundigte sich, ob ich am Sonntag zum Frühgottesdienst kommen würde, um der Kirchengemeinde zu berichten, wie es Marla gehe. Ich sagte ja.

Als ich auflegte, faßte ich Julian am Arm. »Rufst du Tom heute an und meldest dich gelegentlich bei ihm? Bitte? Ich komm' nicht an ein Telefon heran, und ich bin ein Wrack, wenn ich mir Sorgen um dich machen muß –«

»Sicher, selbstverständlich.« Ihm gelang ein unfrohes Lächeln. »Als wir uns während des Gewitters unterhalten haben, hat Arch mir erzählt – ganz im Ernst, du weißt ja, wie er ist –, daß er den ganzen Morgen wie Harz an mir kleben wird, während ich koch'. Er hat geschworen, daß er einen Notarztwagen ruft, falls ich einen Schock bekomme.« Julian gluckste makaber. Ich seufzte. »Also hab' ich ihm gesagt, er soll sich auf die Mothers of Invention konzentrieren, während ich mich um die Väter von der Handelskammer kümmere. Ich will dir mal was sagen, Goldy. Ich hab' nicht erwähnen wollen, daß er, selbst wenn er ein paar alte LPs auftreibt, niemals an eine Anlage herankommt, auf der er sie abspielen kann.«

»Wer streitet sich da?« wollte ein schläfriger Arch wissen. Er stand auf der Küchenschwelle. »Ich hab' euch Leute gehört.«

»Niemand«, versicherte ich ihm. Heute morgen trug mein Sohn ein übergroßes T-Shirt mit der Aufschrift GO PANTHERS! Auf der Suche nach Andenken aus der Bürgerrechtsbewegung war Arch überglücklich gewesen, als er das zerlumpte Stück im Secondhandladen von Aspen Meadow aufgetrieben hatte. Ich brachte es nicht über das Herz, ihm zu sagen, daß es ein Trikot des Footballteams der Idaho Springs High-School war. Er schob sich die Brille die Nase hoch. Sein strohbraunes Haar stand ihm in alle Richtungen vom Kopf ab, wie ein Mikadospiel. »Mußt du nicht weg, Mom?«

»Ja, ja.« Aber ich rührte mich nicht.

Arch wandte sich Julian zu und runzelte die Stirn. »Okay, hier bin ich. Kann ich dir nicht irgendwas für den Brunch hacken, den du belieferst?«

Julian sagte: »Setz dich erst mal und iß dein Frühstück, dann kannst du mir helfen.«

Arch sackte auf einen Küchenstuhl, fing meinen Blick auf und bedachte mich mit einem düsteren Nicken. *Hier geht alles in Ordnung,* sagte seine Miene. Manchmal wirkte unser Clan wie eine Löwenfamilie: Jeder wollte jeden beschützen. Ich griff nach der ersten Schüssel und ging hinaus.

Trotz der angerichteten Schäden hatten die Gewitter wenigstens einen willkommenen Wetterumschwung bewirkt. Eine Brise bauschte meine Kochjacke auf. Ich eilte an Toms Garten vorbei. Kohlweißlinge und schillernde Kolibris schwirrten zwischen roten Nelken und lila korsischen Päonien hin und her. Espenlaub, das noch vor zwei Tagen träg an den bleichen Ästen gehangen hatte, zitterte jetzt, wie in Vorfreude auf die nächste Jahreszeit. In Aspen Meadow fängt der Herbst normalerweise Mitte August an, also erst in sechs Wochen. In der Ferne brachte heller Sonnenschein das von der Brise gewellte Wasser des Aspen Meadow Lake zum Funkeln.

Als ich wieder ins Haus kam, aß Arch eins der Muffins mit Preiselbeeren und Orangen, die Julian am Mittwoch gebacken hatte. Ich packte den zweiten Behälter in den Lieferwagen. Julian bestand darauf, das Trockeneis und das Wägelchen herauszuschleppen, auf dem der Salat kalt bleiben würde. Im letzten Augenblick fiel mir das Desinfektionsmittel ein. Ein Eimer mit Desinfektionsmittel ist aus Hygienegründen unbedingt erforderlich, wenn kein fließendes Wasser vorhanden ist. Ich packte den verschlossenen, nach Chlor riechenden Eimer als letztes ein. Während ich vom Koffeinmangel Kopfschmerzen bekam, hoffte ich inbrünstig, ein Stand auf der Messe werde Espresso anbieten, und zwar reichlich.

Der Lieferwagen würgte, stotterte und keuchte, ehe er unfroh aus der Einfahrt bog. Ein über zwei Zentimeter dicker Belag aus Steinen und Schotter überzog unsere Straße und die Main Street. Als ich von der Interstate 70 abbog und in den dichten, sommerlichen Verkehrsstrom in den Vororten einscherte, kletterte das Autothermometer unheilverkündend nach oben. Die erste Welle der heißen Luft von Denver erfüllte den Lieferwagen, und ich dachte an Julian, seit einem Jahr bei uns, Teil der Familie. Nach seinem Ausbruch in der Küche hatte er mich schroff ermahnt, ich müsse etwas essen, bevor ich mit der Arbeit anfinge. Er hatte gesagt: Du willst in dieser Hitze doch nicht in Ohnmacht fallen. Ich biß ein Stück von einem der Muffins ab, die er auf dem Beifahrersitz auf eine Serviette gelegt hatte. Die herben Preiselbeeren und der Grand Marnier ergaben einen aromatischen Geschmack. Ich dachte daran, wie dynamisch Julian vor Claires Ankunft das Blech in den Ofen geschoben hatte. Und dann hallten mir seine gequälten Fragen von heute morgen in meinen Ohren wider: *Wer tut so etwas? Warum ...*

Ich schaltete das Abbieglicht ein, um nach Aspen Meadow zurückzufahren. Schaltete es aus. Schaltete es wieder ein. *Laß ihn in Ruhe,* warnte meine innere Stimme. *Wenn du den Brunch für die Handelskammer übernimmst, drückst du damit nur aus, daß du ihn für inkompetent hältst.* Ich schaltete das Abbiegsignal wieder aus und beschloß, mich an den Plan für den Tag zu halten. Schließlich öffneten alle Läden im Einkaufszentrum um acht mit Sonderangeboten, und die Leute würden nach dem Einkaufen ausgehungert zur Lebensmittelmesse kommen. Jedenfalls hoffte ich das.

»Hey, Lady! Werden Sie sich schlüssig! Die Ampel springt gleich um!« rief jemand aus einem Kabrio hinter mir.

Als die Ampel grün wurde, knirschte ich mit den Zähnen und gab Gas. Ich entschied mich dafür, mich auf den vor mir liegenden Tag zu konzentrieren. Aber ich war noch nie auf einer Messe vertreten gewesen, und der Gedanke erfüllte mich mit einem unguten Gefühl.

Die Stände auf der Messe »Aus Furman County frisch auf den Tisch« waren sehr begehrt, obwohl schwer zu sagen war, warum. Eine großartige Werbung, vermutete ich. Der große Nutznießer des Ereignisses war Playhouse Southwest. Für die Hunderte von Essensportionen, die wir Aussteller auf Geheiß der Wohltätigkeitstruppe täglich liefern mußten, wurde keiner von uns bezahlt. Messebesucher blechten jedoch vierzig Dollar pro Nase für die Armbänder, die ihnen den Zutritt zu dem mit einem Zelt überspannten Parkhausdach gestatteten. Die frische Luft war zur Kühlung nötig, und das Dach bot eine Aussicht auf die Vororte von Denver im Osten und die Rockies im Westen. Wenn die Besucher erst einmal im mit Seilen abgetrennten Bereich waren, wurde ihnen der schrecklichste der Schrecken versprochen, *essen Sie, soviel Sie können,* was für uns aus der Branche hieß: *Bis nichts mehr da ist.* Die Nachfrage nach Ständen war unter Restaurantbesitzern, Köchen und Partylieferanten, die ihre Produkte vorstellen wollten, so groß gewesen, daß die Organisatoren die Servierzeiten sogar in zwei Schichten aufgeteilt hatten. Ich wußte nicht, wie wahrscheinlich es war, daß potentielle Kunden während meiner täglichen Servierspanne von zehn bis zwölf einkaufen oder essen würden. Auf alle Fälle hoffte ich, daß sie an meinem Stand stehenblieben, gebannt und begeistert, und ihre Terminkalender – und Scheckhefte – zückten, um mich für alle möglichen gewinnträchtigen Aufträge zu buchen. Sonst würde ich mich furchtbar aufregen. Ganz zu schweigen von Zutaten im Wert von tausend Dollar.

Mein Lieferwagen stotterte und wurde hinter einer Verkehrsschlange in Richtung der Einfahrt zum Parkhaus langsamer. Kurz darauf sah ich, was wieder für den Stau verantwortlich war. Neben dem Parkhaus, gleich an der eleganten Marmorfassade von Prince & Grogan, schwenkte eine Menge aus Tierschützern Transparente, auf denen stand: MIGNON-KOSMETIK FÜHRT ZUM TOD – TOD FÜR MIGNON-KOSMETIK! Shaman Krill führte mit ausgestreckten Armen und zerzaustem

Haar die Menge an, intonierte etwas, was ich nicht ganz verstand. Die Autoschlange hielt. Ich langte hinüber und ließ vorsichtig das Beifahrerfenster herunter.

»Tod auf Ihren Händen! Tod in Ihrem Gesicht!«

Ein uniformierter Polizist dirigierte den Verkehr. Der Lieferwagen kam im Kriechgang voran. Als ich mich den brüllenden Demonstranten näherte, wurden meine Hände am Lenkrad feucht. Drei geparkte Fahrzeuge vom Büro des Sheriffs deuteten darauf hin, daß die Polizei nicht die Absicht hatte, Autos die Rampe hinauf zu lenken.

»Der Tod ist nicht schön! Der Tod ist häßlich!«

Vielleicht waren andere Cops da, die ich nicht sehen konnte, die die Aktivisten im Auge hatten. Vielleicht waren die Polizisten auch nur da, um die Ermittlung wegen Claires Ermordung fortzusetzen. Aus der kleinen Menschenmenge, die sich in die nahe Tür von Foleys Kaufhaus schob, ließ sich schließen, daß die Käufer den Demonstranten auswichen. Zweifellos war das genau die Abschreckung, die von den Aktivisten bezweckt wurde, weil Prince & Grogan die Exklusivlizenz für Mignon hatte.

»Lebensmittelmesse oder einkaufen?« fragte der Polizist, als mein Lieferwagen schließlich der erste in der Schlange war.

»Lebensmittelmesse.«

Er zeigte auf die rechte Seite der Rampe, wo ein Lebensmittellastwagen mühsam zur obersten Ebene fuhr. Als ich langsam beschleunigte, weg von dem Cop, hörte ich einen Aufprall gegen eine Seite des Lieferwagens, dann noch einen. Ich forschte verzweifelt im Spiegel, glaubte, ich müsse von einem Auto hinter mir gerammt worden sein, als das höhnisch grinsende

Gesicht von Shaman Krill im halb offenen Beifahrerfenster auftauchte.

»Hey! Partylieferantin! Wollen Sie heute wieder mit Essen um sich schmeißen? Was servieren Sie, niedergemetzelte Kühe?«

Ich drückte mit einer Hand auf die Hupe und ließ mit der zweiten das Fenster auf der Fahrerseite herunter.

»Hilfe!« schrie ich. »Hilfe, Hilfe!«

Der Polizist kam angerannt. Bevor ich ihm gemeldet hatte, einer der Demonstranten habe mich belästigt, war Shaman Krill verschwunden. Auch als ich den Lieferwagen anhielt und heraussprang, um mich danach umzusehen, wohin er gegangen war, konnte ich den dunklen, hüpfenden Kopf des Aktivisten in der Menschenmenge nicht entdecken. Der Polizist fragte, ob ich Anzeige erstatten wolle. Ich sagte nein. Ich berichtete ihm kurz, Ermittler Tom Schulz sei mein Mann, und ich würde ihm alles darüber erzählen, aber im Augenblick sei ich spät dran mit dem Aufbauen für die Lebensmittelmesse. Der Polizist ließ mich widerstrebend durch, mit der Ermahnung, ich solle vorsichtig sein.

Ich stieg wieder auf den Fahrersitz und gab energisch Gas. Der Lieferwagen raste die Parkhausrampe hoch. Gelbe Polizeibänder an der Stelle, an der Claire gestorben war, kamen in Sicht. Ich wandte den Blick ab.

Ich hielt auf einem Parkplatz, steckte mir den offiziellen Ausstellerausweis an und sah auf die Uhr. Halb neun. Mir blieb noch etwas mehr als eine Stunde Zeit, alles auf dem Dach aufzubauen, bis der Inspektor mit seinem zuverlässigen kleinen Thermometer auftauchte, um festzustellen, ob mein warmes Essen warm genug und ob das kalte Essen ausreichend gekühlt war. Der Wegweiser zu den Ständen auf der Lebensmittelmesse zeigte mir, daß mein Stand neben der Treppe zum Eingang von Prince & Grogan im ersten Stock lag. Ein Strom aus schwer bepackten Fußgängern hinderte mich daran, die erste Kiste zum Aufzug zu schleppen, aber schließlich schaffte ich es. Innerhalb einer halben Stunde hatte ich meine ganzen Sachen an Ort und Stelle gebracht. Ich stellte mein Werbeplakat auf, versehen mit Bildern von üppigen Menüs und Preislisten, zündete den Butanbrenner an und wartete darauf, daß der Grill heiß wurde. Und dann, oh, dann dankte ich den Schutzheiligen des Cappuccino dafür, daß direkt gegenüber dem für Goldilocks Partyservice eingeräumten Platz ein Stand war mit dem Schild PETE'S ESPRESSO BAR.

Ich warf den ersten Haufen Rippchen auf den Grill und stürzte über den behelfsmäßigen Gang auf den köstlichen, appetitlichen Geruch zu. Mit mehr Erfolg, als ich es für möglich gehalten hätte, leitete Pete seit der Umgestaltung der Westside Mall ein Café. Er hatte eine wunderbare Werbekampagne selbst in die Hand genommen, zu der auch gehörte, daß er mitten in der Nacht Bestellungen für heißen Kaffee von den umliegenden Geschäften entgegennahm. Er nannte das *Federal Espresso*. Heute trug Pete, ein dunkelhaariger Mann in den Dreißigern, dem es gelungen war, eine riesige, mit Dampf betriebene Rancilio-Maschine hierher zu transportieren und außerdem eine Stromquelle für sie zu finden, ein T-Shirt mit der Aufschrift: WOLLEN SIE KAFFEE INS HAUS GELIEFERT BEKOMMEN? DANN IST ESPRESSO-DIENST IHR ANSPRECHPARTNER. Er erkannte sofort die Symptome von Koffeinmangel und machte mir einen großen Eiskaffee mit drei Espressodosen zurecht. Ich trank ihn dankbar, während ich vom Parkhausdach nach Osten schaute.

Eine wunderschöne alte Gegend namens Aqua Bella war keine achthundert Meter weit entfernt, und die Dächer der großen, alten Häuser waren zu sehen – die Türmchen im blassen viktorianischen Stil, die Kamine des edwardianischen Zeitalters. Es war nicht so gut wie der Ausblick auf die Berge und den See beim Morgenkaffee, aber es war okay.

»Zauberhaft, nicht wahr?« sagte eine träumerische Stimme. »Möchten Sie nicht auch liebend gern dort wohnen?« Dusty Routt seufzte heftig. »Eines Tages. Wenn ich aus diesem Laden raus bin«, fügte sie bitter hinzu.

»Eigentlich gefällt es mir in Aspen Meadow«, erwiderte ich. Dusty sah besser aus als gestern – ruhiger, beherrschter. Wofür ich dankbar war. »Denver ist zu überfüllt«, fügte ich hinzu. »Wie geht es Ihnen? Besser?«

»Na ja, ich ... Wie geht's Julian?«

»Nicht so toll.«

Sie seufzte wieder. »Ich nehm' an, mir geht's besser. Ich will vor der Arbeit bloß etwas Kaffee trinken«, sagte sie entschuldigend und wandte sich Pete zu. Sie schüttelte das Armband für die Lebensmittelmesse aus der Manschette ihres dunkelgrünen Mignon-Kittels, um es ihm zu zeigen. »Ich nehm' zum Eiskaffee zwei Schokoladenbiscotti.« Sie griff nach einer der Broschüren, die Pete ausgelegt hatte. *Kaffee in Geschichte und Wissenschaft.* »Geben Sie mir lieber drei Biscotti«, sagte sie. Sie rümpfte die Nase und reichte mir die Broschüre, während Pete ihr das Getränk und den Stapel Plätzchen brachte. Als Pete versuchte, ihr eine Sumatramischung zu verkaufen, las ich, daß Kaffee dem Volksglauben nach für mentale Wachsamkeit sorgte, Katarrh kurierte, ein Gegengift gegen Schierling war und die

Symptome der Narkolepsie linderte. Letzte Nacht wäre mir eine Narkolepsie gelegen gekommen. Ich warf die Broschüre in einen Abfallkorb. Dusty lehnte Petes Angebot, die Sumatramischung mit Rabatt zu bekommen, höflich ab, griff nach ihrem Frühstück und sagte in einem vertraulichen Ton: »Wissen Sie, Goldy, eigentlich sollte ich die Lebensmittelmesse gar nicht besuchen. Ich meine, vierzig Dollar, und die Leute im Einkaufszentrum kriegen nicht einmal Rabatt! Aber das Armband gilt den ganzen Tag lang …, vielleicht nehm' ich in der Mittagspause was Nahrhaftes zu mir. Ich brauch' einfach ein bißchen Zucker in den Kreislauf, ehe ich dort runter gehe und verkaufe wie am Fließband.«

Ich trank Petes wunderbaren Eiskaffee und warf einen Blick auf die Rippchen. Sie stießen jetzt aromatische Rauchwolken aus. »Das ist okay. Julian hat mir schon erzählt, was Leute in der Kosmetikbranche essen.«

Eine sorgenvolle Miene ging über Dustys hübsches Grübchengesicht. »Aber … ist er mit Ihnen hergekommen? Ist er okay? Gestern haben sie alle Vertreter zusammengerufen, damit sie uns über die Polizeiermittlung unterrichten …« Sie stockte. Heute morgen war Dustys kurzes, orangeblondes Haar zu steifen Wellen frisiert, die ihr Puttengesicht einrahmten. Obwohl ich wußte, daß sie erst achtzehn war, machten die dicke Schminke, die dunkel umrandeten Augen, das zu rosige Rouge und der auffällige blaue Lidschatten sie viel älter. Schlafmangel und Sorgenfalten verschlimmerten alles noch. Ganz zu schweigen von der Nachricht, daß eine ihrer Kolleginnen ermordet worden war.

»Was hat die Polizei den Vertretern gesagt?« fragte ich.

»Ich muß zurück«, sagte sie unvermittelt. »Kommen Sie mit? Ich möchte gern mit Ihnen reden, weil wir gestern keine Gelegenheit dazu hatten. Und es sieht so aus, als hätten wir nie eine Chance dazu, wenn wir zu Hause sind. Sie kochen dauernd oder sind unterwegs, und ich muß mich um Colin kümmern, weil Mom sich nie besonders gut fühlt …«

Ich warf wieder einen Blick auf meine Uhr: zwanzig nach neun. Der Lebensmittelinspektor mit dem Ziegenbart ließ sich noch nicht blicken, und ich wollte die zweite Hälfte meines Lohns für das Mignon-Bankett abholen, ehe es zuviel zu tun gab … Ich nickte Dusty zu, nahm schnell die saftigen Rippchen vom Grill und beauftragte einen freiwilligen Helfer damit, zwanzig Minuten lang auf meinen Stand aufzupassen. Dann holte ich meinen Kaffee und ging mit Dusty zu Prince & Grogan.

»Wie geht es Ihrer Mutter, Dusty? Ich habe sie eine Weile lang nicht gesehen.«

Dusty schnaubte. »Untröstlich.«

»Untröstlich?« wiederholte ich. »Weshalb?«

»Na ja«, sagte Dusty, während sie das erste Biscotti aufaß. »Erst hat sie sich in meinen Dad verliebt, hat mich bekommen, und dann ist er abgehauen. Sie haben nie geheiratet, und natürlich habe ich ihn nicht gekannt. Also hat die liebe alte Mom schwer als Sekretärin gearbeitet, um mich durchzubringen, und dann, vor nicht allzu langer Zeit, hat sie endlich die Chance gekriegt, ein Haus zu bekommen, durch Habitat für die Menschheit. Und was hat sie gemacht? Sich in den Klempner verliebt. Den Klempner, der im Habitat-Haus gearbeitet hat! Sie war achtunddreißig, er fünfundzwanzig, aber das war ihr egal! Diese Frau, meine liebe Mutter, ist zauberhaft, sie ist leidenschaftlich, sie hat keine Ahnung von Empfängnisverhütung. Also hat sie der Klempner mit Colin geschwängert, und aus ist es mit der Klempnerarbeit in Aspen Meadow! Ich hab' gehört, er ist mit seinem kleinen Lieferwagen voller Rohre zum West Slope gefahren, wo er ganz neu anfangen kann, im Dienst der Wohltätigkeit.« Durch einen Bissen Biscotti murmelte sie: »Gegen Rabatt.«

»Tut mir leid.« Eigentlich kannte ich von Marla schon die Einzelheiten der ganzen Geschichte. Die Augenweide Sally Routt, Dustys Mutter, eine alleinerziehende Mutter mit einem alternden Vater und einer Teenagertochter, hatte sich mit dem jungen, unattraktiven Klempner von Aspen Meadow eingelassen. Hatte Sally gehofft, er werde sie heiraten, als sie schwanger wurde? Wer wußte das schon? Ich bekam Sally Routt während ihrer Schwangerschaft nie zu sehen, weil sie sich völlig zurückzog und dann dem Vernehmen nach eine schwierige Frühgeburt erlitt. Der Klempner mit seinem traurigen runden Gesicht und runden Augen hinter einer in Glas gefaßten Brille war bei Nacht aus Aspen Meadow weggefahren, hatte offenstehende Rechnungen für seine Arbeit und eine unbezahlte emotionale Schuld hinterlassen.

»Sagen Sie das aber nicht den Leuten in Ihrer Kirche, okay?« flehte Dusty, die plötzlich ein schlechtes Gewissen bekam. »So untröstlich sie ist, Mom hat Angst davor, daß sie aus, na ja, aus moralischen Gründen das Haus verliert.«

Ich mußte mich beherrschen, um nicht zu lachen.Daß Dusty glaubte, die traurige Geschichte ihrer Mutter habe sich nicht mit der Geschwindigkeit eines Wasserrohrbruchs in unserer Gemeinde verbreitet, war so naiv, daß es weh tat. Andererseits schien niemand zu wissen, warum Dusty von der Elk-Park-Schule relegiert worden war; vielleicht war es also doch möglich, in Aspen Meadow ein paar Geheimnisse zu wahren. Zumindest gelang es den Routts, einen Teil der schlechten Nachrichten über ihre Familie unter der Decke zu halten. »Und«, sagte ich, »haben Sie sich von der Nachricht von Claires Tod erholt? Wie haben Sie übrigens eigentlich davon erfahren?«

»Erholt? Wie kann man sich von so etwas erholen? Nick Gentileschi, der Sicherheitschef, hat am Mittwoch abend alle angerufen und uns die schlechte Nachricht überbracht.« Sie erschauderte, biß dann geziert in das nächste Plätzchen. »Vielleicht haben Sie Nick vorgestern gesehen? Er war mit den Leuten von Mignon vor dem Parkhaus, hat nach diesen blöden Demonstranten Ausschau gehalten. Er hat am Telefon geheult und so«, fuhr sie fort. »Nick hat viel von Claire gehalten. Eigentlich ging das allen so. Man konnte mit ihr reden, und sie war so begeistert von den Produkten … Jedenfalls hat er gesagt, es war ein tödlicher Unfall mit Fahrerflucht, und sie hätten vor, die Sicherheitsstreifen im Parkhaus zu verstärken, auf der Suche nach leichtsinnigen Fahrern. Ich meine, dafür ist es ein bißchen spät, Sie wissen schon.«

Ich dachte daran, wie Julian in meinen Armen geschluchzt hatte. Vielleicht konnten Nick Gentileschi und ich einen kleinen Plausch halten. Natürlich erst, wenn ich meinen Scheck hatte.

»Dusty?« sagte ich unvermittelt. »Wollen Sie mit mir zu Mittag essen?«

Zu meinem Verdruß wurde sie verlegen. Wir standen linkisch vor dem Eingang zu Prince & Grogan herum.

»Sie wollen mit *mir* zu Mittag essen? Warum? Meinen Sie, auf der Lebensmittelmesse?«

»Sicher. Eine Freundin von mir liegt im Krankenhaus gegenüber –« Das klang nicht richtig. *Und ich muß mir vor der Besuchszeit die Zeit vertreiben? Und ich will wissen, was sich am Kosmetikstand tatsächlich abspielt? Was es im Kaufhaus für Probleme gibt?* Nein, das waren keine plausiblen Erklärungen. »Eine Freundin von mir liegt im Krankenhaus gegenüber, und sie liebt fettes Essen, aber das ist ihr verboten worden.« Ich machte eine Pause, um nachzudenken. Wieviel Bargeld hatte ich bei mir? Weil ich mir ständig Geldsorgen machte, hatte ich wenig dabei, außer einer Kreditkarte und einem Hundertdollarschein für Notfälle. Dusty sah mich mit hochgezogenen, perfekt gezupften Augenbrauen an. Heute morgen glitzerte ihr Lidschatten wie die Kolibris in Toms Garten.

»Sie wollen *für* Ihre Freundin essen?« fragte sie. »Das ist Freundschaft, so was von Mitgefühl hab' ich noch nie gehört, das haut mich ja *total* um –«

»Nein, ganz so ist es nicht.« Wir gingen hinein. »Ich hab' mir folgendes gedacht«, sagte ich. »Sie könnten mir etwas verkaufen, was ich meiner Freundin mitbringen kann. Handcreme, Lippenstift, Make-up, das ist mir gleich. Dann können wir einen Bummel machen und die Lebensmittelmesse genießen. Viertel nach zwölf? Ich hole Sie ab.«

»Ehrlich«, sagte sie mit einer leisen, zögernden Stimme, »nein, das geht nicht. Ich bin seit zwei Monaten mit meinen Verkaufszahlen im Rückstand, deshalb hab' ich drum gebeten, über Mittag arbeiten zu dürfen. Dann kaufen die meisten Frauen ein. Sie wissen schon, in der Mittagspause. Oder Geschäftsleute kommen zu uns, weil ihre Frauen Geburtstag haben und sie Parfüm oder sonst was kaufen wollen … Kommen Sie doch vorbei und holen sich Ihr Mitbringsel, wenn Sie auf der Messe fertig sind.« Sie schluckte den letzten Biscottibissen und bemühte sich um ein fröhliches Lächeln. »Aber jetzt muß ich gehen.«

Wir waren am langen, strahlend erhellten Verkaufsstand von Mignon angekommen. Er lag dem Eingang gegenüber, eine erstklassige Verkaufsfläche, die sich Mignon voll zunutze machte, mit glitzernden Spiegeln, vergoldetem Dekor und mehreren Videoschirmen. Ich versprach Dusty, später vorbeizukommen, dann blieb ich gebannt vor den Videoschirmen stehen. In meiner Eile hatte ich mir gestern nicht die Zeit genommen, mir die kurzen Filme anzusehen. Der erste zeigte unglaublich dünne zwanzigjährige Frauen, die um einen Brunnen herumtollten. Sie wurden begafft von Männern, die aussahen wie gutgebaute italienische Filmstars und als Bauarbeiter posierten. Ein weiteres Video zeigte begeistert klatschende Menschen, während knochige Models über den Laufsteg stolzierten, in Kleidern, die mit langen Perlenfransen bestückt waren. Nicht die Art von Garderobe, die ich beim Einkaufen im Lebensmittelgeschäft tragen konnte. Aber der dritte Film brachte mich dazu, laut aufzustöhnen. Eine bildschöne junge Frau kniete neben dem platten Reifen ihres Autos, als ein unglaublich attraktiver Typ in einem weißen Kabrio angefahren kam. Innerhalb von fünf Sekunden fuhr sie mit dem Mann im Kabrio weg. *Mit Make-up von Mignon,* unterstellte das Video, *können Sie sich sogar die Abschleppkosten sparen!*

Harriet Wells tauchte auf und bedachte mich mit einem überschwenglichen Lächeln. Die Abteilungs-

leiterin trug ihren grünen Kittel und die Diamantohrringe, und ihr Haar, das gesponnenem Gold ähnelte,
war wie üblich makellos hochgesteckt. »Da ist ja wieder
die Partylieferantin!« rief sie. »Nick Gentileschi hat
nach Ihnen gefragt, es ging um Ihren Scheck. Soll ich
mich erkundigen, ob er in seinem Büro ist?«

Ich nickte. »Das wäre großartig, danke. «

Sie zog ein in Folie gewickeltes Päckchen unter der
Theke hervor. »Meine Gewürzmuffins. Versuchen Sie
doch eins und sagen mir, was Ihrer Meinung nach drin
ist?« Sie erfreute mich mit einem weiteren strahlenden Lächeln. »Sie bekommen eine kostenlose Parfümprobe, wenn Sie richtig raten. Ich bin gleich wieder da.« Und damit machte sie auf den hohen Hacken
kehrt und ging zum Telefon neben der Kasse.

Die Folie knisterte in meiner Hand. Parfümproben
waren mir völlig gleichgültig, aber einer Wette, was
meine Fähigkeiten, Dinge herauszuschmecken, anlangte, konnte ich nicht widerstehen. Die Muffins waren winzig und golden, mit etwas Braunem gesprenkelt. Ich
nahm einen Bissen und dann noch einen: knusprig, mit
Zucchini und Zimt. Köstlich. Während ich überlegte,
was ich brauchte, um sie nachzubacken – Honig zum
Süßen, große, reife, besonders saftige Zucchini, fein
gehackte Haselnüsse –, hatte ich das unbehagliche
Gefühl, beobachtet zu werden.

Ich sah mich Richtung Schuhabteilung um. Ein
großer Mann mit einer wilden blonden Mähne hatte
sich Espadrilles im Sonderangebot angesehen. Jetzt
starrte er mich mit offenem Mund an. Vielleicht ver-
stieß es gegen die Vorschriften, im Kaufhaus Muffins
zu essen. Ich schluckte den letzten Bissen herunter,
richtete mich auf und tat, als musterte ich Gesichts-

creme, die knallig angepriesen wurde: *Sie haben sich einen jugendlichen Teint verdient!* Ein Stückchen weiter stand ein schräger Spiegel auf der Theke. Ich schlich mich an ihn heran und gab vor, mich in mein Spiegelbild zu vertiefen.

Harriets Lächeln war eisig, als sie zu mir zurückkam. »Der Sicherheitschef ist beschäftigt und kann sich im Augenblick nicht um Ihren Scheck kümmern. Er wollte wissen, ob Sie später zurückkommen könnten?«

Womit beschäftigt? fragte ich mich. Harriet regte sich eindeutig ebenfalls darüber auf, daß der Sicherheitschef nicht erreichbar war.

Ich sagte, das mache nichts, bedankte mich bei Harriet und sagte ihr, ihr Muffin sei mit Zucchini, Haselnüssen und Zimt zubereitet worden. Sie lachte ihr hohes, glockenhelles Lachen und belohnte mich mit zwei Parfümproben. Eines hieß Vorspiel, das zweite Betörung. Ich hatte die Proben nicht gewollt, nur das Muffin. Na schön.

Auf der Lebensmittelmesse ließ ich die Proben in den Abfallkorb fallen, in den ich auch Petes Broschüre geworfen hatte. Der freiwillige Helfer freute sich darüber, daß er abgelöst wurde. Ich legte die erste Portion Rippchen auf den Grill, bereitete die zweite Portion vor und zündete die Gasbrenner für die Warmhalteschüsseln an. Wie versprochen brachte ein weiterer freiwilliger Helfer heißes Wasser für die Warmhalteschüssel. Deshalb konnte ich die erste Portion Rippchen, sobald sie gar waren, in die heiße Sauce legen. Und keinen Augenblick zu früh, denn der Lebensmittelinspektor tauchte nur wenig später als geplant auf. Er musterte das Angebot gelassen, steckte sein zuverlässiges Thermometer erst in die gegarten Rippchen und dann in den auf dem Wägelchen mit Eis kühl gehaltenen Salat. Er wischte das Thermometer jedesmal gewissenhaft ab und nickte knapp. Er wollte das Desinfektionsmittel sehen. Dann nickte er anerkennend, lehnte ein Plätzchen ab und ging zum nächsten Stand.

Nach wenigen Augenblicken tauchten die ersten Besucher in unserem Gang auf und schüttelten die Armbänder für die Lebensmittelmesse. Die Gruppe von Einkaufsbummlern, die sich kichernd um Petes Kaffeemaschine gebildet hatte, stürzte sich auf meinen Stand, als hätten sie seit einem Monat nichts mehr gegessen. Die Rippchen blubberten einladend in der Barbecuesauce, und ich legte jeweils zwei aus der Warmhalteschüssel auf kleine Pappteller neben die Schälchen mit Salat aus Erdbeeren und Zuckererbsen, Scheiben vom Preiselbeerbrot und Stapel aus Schokoladenplätzchen mit Vanilleguß. Ausrufe wie: »O nein, ich will mir doch heute einen neuen Badeanzug kaufen!« dämpften den Appetit nicht im geringsten. Gott sei Dank. Hunger ergibt die beste Sauce, hatte meine zweieinhalb Zentner schwere Lehrerin in der vierten Klasse einmal gesagt, und offenbar hatte sie recht.

In den nächsten zwei Stunden war ich so damit beschäftigt, Teller zu füllen, Rippchen zu garen und mit Kunden darüber zu plaudern, wie Goldilocks Partyservice ihre nächste Einladung in ein *Ereignis* verwandeln könne, daß ich außerhalb meines Stands kaum etwas mitbekam. Fünf vor zwölf tauchten jedoch die beiden Besitzer von Upcountry Barbecue auf, nahmen meinen Stand für sich in Anspruch, und ich war gezwungen, ihn zu räumen.

»Ach, nein, Roger«, rief der eine, »sie hat auch Barbecue im Angebot! Das wird uns ruinieren!«

»Ich seh' aber keine Rocky-Mountains-Austern«, erwiderte Roger mit einem dreckigen Grinsen. »Ihr kleinen Frauchen habt beim Kochen einfach nicht den Mumm, echtes Westernessen aufzutischen. Hab' ich nicht recht?«

Ich lächelte Roger und seinen Partner an. »Ich weiß, daß die Frauen, die Stammkundinnen in diesem Einkaufszentrum sind, begeistert von Büffelhoden sein werden. Vor allem, wenn ihr sie grillt, sie auf Croissants legt und den kleinen Frauchen genau erzählt, was ihr serviert. Hab' ich nicht recht, Jungs?«

Roger und sein Partner wechselten einen reumütigen Blick. Sie hatten die verdammten Croissants vergessen.

Mein Essen war weg. Hundertfünfzig Portionen in zwei Morgenstunden, das war nicht schlecht, überlegte ich, und ich hatte über hundert Speisekarten und Preislisten verteilt. Der Grill und das Kühlwägelchen würden vom Messepersonal gereinigt werden und an Ort und Stelle bleiben, deshalb hatte ich nur noch eine Kiste mit Zubehör, die ich zum Lieferwagen tragen mußte. Als ich die Kiste verstaut hatte, lehnte ich mich gegen die abgeschlossenen Lieferwagentüren. Die jähe Untätigkeit machte mir bewußt, wie erhitzt und erschöpft ich war. Ich würde meinen Scheck holen, mich mit Dusty unterhalten, mich mit Julian treffen, Marla besuchen, dann nach Hause fahren und zusammenbrechen. Wenigstens plante ich das, als ich mich zusammenriß und nach unten zum Eingang von Prince & Grogan ging. Aber ehe ich dort ankam, blieb ich stehen und erschauerte.

Vielleicht habe ich eine zu lebhafte Phantasie. Vielleicht sehe ich mir mit Arch zu viele Filmwiederholungen an. Aber wenn ich Menschen – oder sogar die Jungen in der Verfilmung von *Herr der Fliegen* – mit Kriegsbemalung sah, drang schlicht und einfach Angst in meinen Blutkreislauf ein. Menschen können ihre niedrigsten Instinkte hinter einer Tünche aus kräftigen schwarzen und weißen Streifen verbergen. Nach der Verwandlung können sie behaupten, für ihre Taten nicht verantwortlich zu sein. Ich wußte nicht, ob ich bereit war, zum Opfer verantwortungsloser Aggression zu werden, während ich jetzt mindestens sechzig kriegsbemalten Demonstranten gegenüberstand, die sich gegenseitig anfeuerten und ihre Transparente hinter der Polizeiabsperrung vor dem Eingang zu Prince & Grogan schwenkten.

»Für jeden Kauf gehn Kaninchen drauf!« schrien sie die wenigen Kunden an, die so tapfer waren, an der Polizeiabsperrung vorbei ins Kaufhaus zu huschen.

Noch schlimmer: kein Polizist war zu sehen. Aber dann ging eine Frau selbstbewußt zum Kaufhauseingang. Gütiger Gott. Die Frau, die dreißig Schritte vor mir durch die auf Hochglanz polierte Tür ging, war Frances Markasian.

Sie hatte mir am Telefon erzählt, sie werde mich auf der Lebensmittelmesse besuchen. Sie war nicht aufgetaucht. Und doch war sie hier, betrat Prince & Grogan.

Mein Scheck konnte warten. Ich schluckte schwer und beschloß, Frances zu folgen. Als ich zur Absperrung kam, drängten sich die Demonstranten vor und kreischten.

»Wollen Sie für Wimperntusche sterben?«

»Ist es Ihnen egal, daß unschuldige Tiere für Ihr Make-up gequält werden?«

Einer schwenkte mir ein Plakat direkt vor das Gesicht.

Für Schönheit sterben! stand darauf, mit einem Foto von einem Stapel toter Kaninchen. Ich spürte, wie mein Gesicht rot anlief, aber ich konzentrierte mich darauf, auf der Spur der Enthüllungsreporterin vom *Mountain Journal* durch die Tür zu kommen.

Ein Ellbogen stieß gegen mich, und die gebrüllten Beleidigungen hallten mir in den Ohren wider, aber gleich darauf war ich drin, in Sicherheit. Frances Markasian hatte einen Umweg zur Abteilung für Accessoires gemacht und befingerte die verschiedenen Ledersorten teurer Handtaschen. Wieder war sie, wie meine Eltern gesagt hätten, adrett herausgeputzt. Dieses Mal trug sie ein scharlachrotes Kleid mit ausgestelltem Rock, scharlachrote Pumps und einen scharlachroten Schal, der auf verblüffende Weise in ihre schwarze Mähne eingeflochten war. Ich ging schnell in Gleichschritt mit ihr über, als sie an einem Tisch mit Brieftaschen vorbei zum äußersten Ende des Mignon-Standes ging. Ich wich in die Schuhabteilung aus, die dieser Seite der Kosmetikabteilung gegenüberlag. Frances hatte mir so oft nachspioniert, daß ich keinerlei Gewissensbisse empfand, weil ich sehen wollte, was sie dieses Mal im Sinn hatte. Das war sogar ein Spiel zwischen uns geworden. Was für ein Spielchen das von heute auch immer sein mochte, die Tatsache, daß zwei Verkleidungen innerhalb von drei Tagen dazu gehörten, machte es äußerst interessant.

»Ich bin hier, weil ich Hilfe für mein Gesicht brauche«, hörte ich Frances zu Harriet Wells sagen. Dusty bediente einen Mann, den ich vage wiedererkannte – der große Blonde, den ich heute morgen in der Schuhabteilung gesehen hatte. Vielleicht war er ein verdeckter Ermittler.

Harriet sah Frances an und runzelte die Stirn. »Was ist Ihrer Meinung nach die Problemzone in Ihrem Gesicht?« fragte sie höflich.

Im Gang zwischen dem Kosmetikstand und der Schuhabteilung war ein Schaukasten mit fünf Ebenen plaziert, gefüllt mit in Marineblau und Gold verpackten Lippenstiften, Seifen, Tönungen und Cremes. Ein Versteck. Ich ging dahinter in Deckung.

Innerhalb von Augenblicken hob sich Harriets Stimme leicht. Sie versuchte, Frances Abdeckcreme zu verkaufen, und Frances erwiderte darauf mit so untypischer Begeisterung, daß ich mich um den Plastikkasten mit Schokoladenmousse-Lippenstift und Nektarinenrouge herumschob, um besser sehen zu können. Von hier aus hatte ich Harriet im Auge, ohne daß sie mich bemerkte, weil ihre ganze Aufmerksamkeit Frances galt, die jaulte: »Aber ich will einfach nur *jünger* aussehen.« Mhm.

»Das hier ist die Verjüngungscreme, das neueste Produkt aus den europäischen Laboren von Mignon.« Harriet griff behutsam nach einem hellen, gerippten, zylindrischen Fläschchen. »Sie enthält Biochrome, und sehen Sie mal, was die für meine Haut für Wunder gewirkt haben.« Sie wedelte mit der freien Hand wie mit einem Fächer vor ihrem perfekt geschminkten Gesicht herum. »Ich bin zweiundsechzig«, erklärte sie mit einem sonnigen Lächeln. »Die Verjüngungscreme wird zwei Jahrzehnte aus Ihrem Gesicht wegwischen.«

»Zweiundsechzig?« echote Frances lautstark und ungläubig, während sie unbehaglich auf den hochhackigen roten Schuhen das Gewicht verlagerte. »Ich hätte geschworen, daß Sie keinen Tag älter sind als fünfundfünfzig!«

Zwischen Harriets Augenbrauen tauchte ein winziges Stirnrunzeln auf und verschwand dann schnell wieder. Ich hätte Harriet nicht für über fünfzig gehalten.

»Die Biochrome durchdringen die tiefsten Hautschichten. Sie halten den Alterungsprozeß tatsächlich auf«, erklärte Harriet stolz.

»Stimmt das? Was kostet eine große Flasche davon?« fragte Frances munter.

»Na ja«, sinnierte Harriet, »Sie brauchen alle Präparate, damit es richtig wirkt. Es ist wie mit den vier wichtigsten Bausteinen für die Ernährung ...« An diesem Punkt sah sie Frances stirnrunzelnd an und schüttelte den Kopf. »Hier, halten Sie mal die Verjüngungscreme, während ich nach dem richtigen Reinigungsmittel für Ihre Haut suche.« Sie reichte das Fläschchen Frances, die es umdrehte, auf Armeslänge vor sich hinhielt und das Gesicht verzog. Harriet wühlte unter der Theke herum. Als sie wieder auftauchte, bedachte sie Frances' Gesicht mit einem schnellen, abschätzigen Blick. »Es sieht wirklich danach aus, als wäre Ihre Haut ein bißchen geschädigt. Hat Ihr Dermatologe Sie geschickt?« Als Frances den Kopf schüttelte, versicherte Harriet ihr: »Unsere Reinigungsmilch zur Verjüngung würde Ihnen bestimmt guttun ...« Und dann äußerte sie Ermahnungen und Erklärungen und stapelte Cremes und Kosmetika auf der Theke auf, bis Frances' Rechnung sich nach meiner Schätzung auf weit über vierhundert Dollar belief.

Ich beugte mich näher zu Harriet und Frances heran, war aber verblüfft, als mich ein untersetzter Kerl beim Lauschen unterbrach, der sich neben mich schob und fragte: »Was sagen die da?« Er lächelte mich an, als wäre das ein Witz, den nur wir beide verstünden. Er hatte dunkelbraunes Haar und kurze Stummelfinger, die gegen seine Knie trommelten, als er neben mir in die Hocke ging.

»Ich weiß nicht, worüber Sie reden«, erwiderte ich gekränkt und richtete mich auf.

»Ist das Ihr Freund?« fragte er, als hätte er meine Antwort nicht gehört. Er hatte einen tonlosen Akzent aus dem Mittleren Westen. Seine Arme wirkten zu kurz für seinen Körper, als er wissend in die Richtung des großen Blonden mit Dusty zeigte.

»Er ist *nicht* mein Freund. Würden Sie bitte gehen?«

Er riß die Augen weit auf, als hätte ich mich geweigert, über seinen Scherz zu lachen. Dann faßte er das Schild auf meiner weißen Jacke an. »Sind Sie wirklich Köchin? Ich meine, Sie tragen so eine Jacke. Ist Ihr Restaurant hier im Einkaufszentrum?«

»Ja, tatsächlich. Zwei meiner Mitarbeiter sind ganz in der Nähe.« Vielleicht konnte ich diesen Kerl einfach durch die Drohung der Zahlenstärke abschütteln.

»Wirklich?« Er sah sich um. »Die haben doch sicher nichts dagegen, sich kurz mit ihrer Chefin zu unterhalten, oder? Wie lange sind Sie schon hier?«

»Hören Sie, Mister, bitte, bitte, gehen Sie weg –«

Aber der Typ zog eine dichte braune Augenbraue hoch und rührte sich nicht vom Fleck. Weil mich meine Fähigkeit, im Krankenhaus auf überzeugende Weise zu schwindeln, kühn gemacht hatte, improvisierte ich drauflos. »Ehrlich gesagt, ich arbeite für das Kaufhaus. Vielleicht haben Sie etwas über den Unfall gelesen, der sich vorgestern hier im Parkhaus abgespielt hat?« Er schürzte die Lippen und lächelte mitfühlend. »Der Blonde da drüben ist ein verdeckter Ermittler, der eine Verdächtige verhört, und ich soll aufpassen …, könnten Sie also bitte gehen, damit ich meine Arbeit tun kann?«

Er fuhr mit der Hand über die vor uns aufgestapelten Plastikfläschchen. »Das ist alles viel interessanter, als ein Geburtstagsgeschenk für meine Nichte zu besorgen.«

»Hören Sie mir überhaupt zu? Im Augenblick bin ich mit einer äußerst wichtigen und geheimen Sache befaßt«, sagte ich verzweifelt. Als er eine skeptische Miene zog, zischte ich: »Hören Sie mal, Freundchen, ich versuch' doch nur, Ihnen zu sagen, daß ich – daß ich – daß ich – für die Kaufhaussicherheit arbeite.«

»Im Ernst?«

»Im Ernst.«

Er faßte mich behutsam am Arm und sagte: »Wir müssen miteinander reden.«

»Pfoten weg«, sagte ich wütend, nicht bereit, mein Versteck ohne Protest zu verlassen. »Lassen Sie mich los, sonst brülle ich das ganze Kaufhaus zusammen! Und während ich schreie, kommt das ganze Sicherheitsteam angerannt!«

Der Typ grinste. Sein Griff um meinen Arm wurde fast unwahrnehmlich fester. »Wir müssen unbedingt miteinander reden.«

Das reichte mir. »Sicherheit«, kreischte ich und wand mich. Ich erhaschte einen kurzen Blick auf Frances, Harriet, Dusty und den Blonden, die mit offenem Mund beobachteten, wie ich mich wehrte, um mich schlug und versuchte, den Griff des Mannes abzuschütteln. Die durchsichtigen Behälter mit Lippenstiften, Cremes, Tönungen und Seifen kippten um. Mein Quälgeist stemmte die Beine gegen den Boden und hielt mich immer noch im Schwitzkasten.

»Sicherheit!« schrie ich. Ich schlug um mich und spürte, daß meine Strumpfhose einen Riß bekam. »Hilfe!« rief ich wieder. Warum kam mir denn niemand zu Hilfe? »Sofort her mit jemandem von der Sicherheit!«

Der Mann beugte sich nach unten. »Lady, ich bin doch schon da«, sagte er.

 **Es war nicht die erste** peinliche Rolltreppenfahrt in meinem Leben. Am Nachmittag eines Banketts für Vertreter aus Brunswick hatte ich die Beherrschung über eine übergroße Schachtel voller hausgemachter Pralinen in Kegelkugelgröße verloren. Ich schrie vergeblich, wollte warnen, als Schokoladenkugeln die Rolltreppenstufen hinunterrollten und zehn Frauen in Pelzmänteln zu Boden gingen: ein Volltreffer. Ein anderes Mal kotzte der zweijährige Arch mich und mehrere Teenager in der Nähe voll. Die Jungen waren ohne jedes Mitgefühl. Trotz der Tatsache, daß sie sich im Alter von Arch vermutlich ebenfalls mit Hot dogs und Milchshakes vollgestopft hatten.

Das hier war jedoch unbestreitbar die demütigendste Rolltreppenfahrt meines Lebens. Dieser untersetzte, braunhaarige Typ – dieser Lakai, der murmelte, er heiße Stan White – brachte mich voraussichtlich zu Nick Gentileschi, dem Sicherheitschef von Prince & Grogan. Als wir erst einmal auf der Rolltreppe standen, ließ Stan meinen Arm los und ging schnell hinter mir in Position. Offensichtlich ein geübtes Manöver, wie es ein Polizist oder ein Wachmann ausführt, um den Missetäter nicht entkommen zu lassen. Ich kann nicht behaupten, daß ich mir darüber keine Gedanken gemacht hätte.

Ich versuchte, die ganzen Gaffer zu ignorieren. Sie waren unter uns, über uns, sie zeigten von Rolltreppen auf uns, die parallel zu der unseren nach unten verliefen. Das übliche, aufgeregte Geplapper von Kunden über das, was sie erworben hatten oder einzukaufen gedachten, verebbte, während die Zuschauer rasch unsere kleine Zweiergruppe wahrnahmen – die geduckte Frau in einer Kochjacke und direkt hinter ihr ein Wachmann. Es war eine besondere Herausforderung, Frances Markasian nicht zur Kenntnis zu nehmen, die Maulaffen feilhielt. Ich konnte geradezu sehen, wie sich in ihrem Kopf eine Schlagzeile bildete: *Partylieferantin auf frischer Tat ertappt! Frau eines Mordermittlers nach Kampf neben Lippengloss auf der Theke festgenommen!*

»Sie machen einen Riesenfehler –«, fing ich an. Stan White schüttelte bedauernd den Kopf. »Lady, wenn ich bloß jedes Mal, wenn ich diesen Satz hören muß, zehn Cent bekäme …«

Das war ja schlicht und einfach phantastisch. Die Treppe fuhr unaufhaltsam nach oben, vorbei am oberen Rand des Mignon-Standes, wo leuchtendweiße Tüten hingen, ausgestopft mit Seidenpapier, vorbei an der gigantischen Pflanzenhandlung im chinesischen Stil mit unechten Palmen. Bitte, gib, daß mich keiner meiner Kunden so sieht, betete ich inbrünstig.

Aber das Glück war nicht auf meiner Seite. Im ersten Stock über dem Kosmetikstand beugte sich eine üppige Frau über die Brüstung neben der Rolltreppe. Als

sie sich aufrichtete, sank mir das Herz in bisher unge-
ahnte Tiefen. Der letzte Mensch, den ich in diesem
Moment sehen wollte, war Babs Meredith Braithwaite.
Trotzdem hätte ich ihr ausweichen können, wenn sie
sich nicht nach vorn geschoben hätte und bei der
Ankunft im ersten Stock hart mit mir und dem Wachmann zusammengeprallt wäre. Wir sahen uns an. Babs'
rostfarbenes, mit weißen Litzen verziertes Kostüm war
etwas in Unordnung; ihre weiße Bluse hing heraus. Ihr
rostroter Rock fiel ihr schief auf die Pumps in Braun
und Weiß, als stünde der Reißverschluß des Rocks offen.
Außerdem war ihr Haar nicht so sorgfältig toupiert wie
vor zwei Tagen. Heute sah es wie ein vom Wind zerzaustes Vogelnest aus. Sie umklammerte ihre Handtasche, die offen stand, als hätte sie hastig danach gegrif-
fen. Sie keuchte. Sie sah aus wie eine Frau, die eben eine
Diamantbrosche gestohlen hatte, obwohl sie nur den
Mignon-Stand beobachtet hatte; jedenfalls vermutete
ich das. Mir ging der üble Gedanke durch den Kopf,
ich könne den Wachmann Stan auf sie hetzen.

»Dahinten ist jemand«, flüsterte Babs mit bebender
Stimme Stan und mir zu. Ihre Hand wies in Richtung
der Badeanzüge in bunten Farben. Sie fügte dringlich
hinzu: »Bitte, helfen Sie mir.« Sie musterte den Wachmann von oben bis unten. »Arbeiten Sie für das Kaufhaus?

»Ja«, sagte Stan knapp. »Ich gehöre zur Sicherheit.«

»Dahinten ist jemand!« Ihre Wangen flammten, und
das lag nicht am Rouge. Ich versuchte, um Babs' fülli-
gen Körper herumzuschauen. War da jemand?

Stan White faßte mich sanft am Unterarm, führte
mich weg von Babs und den Passanten, die auf der
Rolltreppe heraufkamen. Als ich mich nicht rührte,

209

stemmte er die Hände in die Hüften und verzog das Gesicht zu einer strengen Miene.

Babs wimmerte: »Wollen Sie mir nicht helfen?«

Stan räusperte sich und zeigte auf mich. »Sind Sie mit dieser Frau hier?« fragte er Babs. Sie schüttelte verwirrt den Kopf. Stan folgerte entschieden: »Dann müssen Sie nach einem Verkäufer suchen. Ich kann's nicht ändern, wenn dahinten niemand ist.«

»Aber«, sagte Babs verzweifelt und packte ihn am Arm, »dahinten in der Umkleidekabine ist jemand. Sie müssen mitkommen und mir helfen.«

Stan White wurde munter. Das interessierte ihn. »Ist es ein Mann?« fragte er. »In der Umkleidekabine für Damen?«

»Da ist jemand hinter dem Spiegel«, insistierte Babs. »Ich hab' ein Räuspern gehört.« Widerstrebend ließ sie Stans Arm los.

»Lady, bitte.« Der Wachmann schüttelte den Kopf. »Solche Observierungen haben wir schon jahrelang nicht mehr durchgeführt. Das verstößt gegen das Gesetz.«

Babs umklammerte ihre Handtasche. Ihre rot angelaufenen Wangen bebten vor Zorn. »Aber ich will Ihnen doch bloß sagen … Jemand muß sich hinter den Spiegel geschlichen haben! Wollen Sie nichts unternehmen? Was für eine Art von Wachmann sind Sie eigentlich?«

Stan wurde bockig. »Okay, hören Sie. Erst mal muß ich was anderes erledigen. Dann überprüf' ich die Umkleidekabine, in Ordnung? Bitte, wir müssen weg.«

»Wohin?« wollte sie schrill wissen. »Was haben Sie mit dieser Frau vor?«

»Was wir vorhaben, fällt nicht unter das Gesetz der Informationsfreiheit, Lady.«

Babs Braithwaite preßte die Lippen zusammen.
»Diese …« Sie sah mich an. Was genau war ich?
»Diese … *Frau* beliefert am Wochenende eine wichtige
Party für uns. Außerdem hat sie einen Stand auf unse-
rer Messe zugunsten der Wohltätigkeitstruppe Play-
house Southwest, und es geht nicht, daß sie –«

»Wann ist Ihre Party?« fragte der Wachmann liebenswürdig, während er mir unmißverständlich bedeutete, in Richtung der Kaufhausbüros zu gehen.

»Wieso, wieso –«, faselte Babs atemlos, als sie sich
neben uns schob, vorbei an dem japanischen Porzel-
lan, so bemalt, daß es nach englischem Knochenpor-
zellan aussehen sollte –, »morgen«, fügte sie atemlos
hinzu. Sie klatschte mit ihrer Handtasche ungeduldig
gegen einen Tisch mit Waterford-Kristall. Eine riesige
und zweifellos teure Vase kam ins Wanken und stand
wie durch ein Wunder dann wieder aufrecht da.

»Es ist Freitag«, sagte Stan müde, ohne Babs auch nur
mit einem Blick zu bedenken. »Ich verspreche, daß sie
nicht länger als vierundzwanzig Stunden festgehalten
wird.«

»Aber … dieses Kaufhaus! Was ist hier denn eigentlich los?« jaulte Babs, während ich dachte: *Vierundzwanzig Stunden? Das glaube ich nicht.*

Stan White schob mich durch eine Tür, auf der
SICHERHEIT stand, und schlug sie mit einem befrie-
digten Knall vor dem entrüsteten Gesicht von Babs
Braithwaite zu. Hinter einem großen, eindrucksvollen
Schreibtisch saß ein großer, eindrucksvoller Mann. Ich
kam mir vor wie ein ungezogenes Kind, das zum Rek-
tor zitiert wird. Oder, weil der Mann, der mich mit
gebieterischer Verachtung musterte und auf einem
Thron zu sitzen schien, wie ein ungehorsamer Unter-

tan, der dem König vorgeführt wird. Der finsteren Miene des Sitzenden war deutlich anzusehen, daß er darüber entschied, ob das Opfer den Löwen vorgeworfen werden oder für die Sklavenarbeit auf den Feldern freigelassen werden sollte.

Stan White verschwand diskret durch eine Nebentür. Ich setzte mich und beäugte das Schild auf dem Schreibtisch: NICHOLAS R. GENTILESCHI, SICHERHEITSCHEF. Dann musterte ich den Mann. Nick Gentileschi war in den Fünfzigern und hatte ein unglaublich bleiches Gesicht, das die stumpfen, rabenschwarzen Augen noch betonte. Sein dunkles, schütteres Haar war auf eine Seite gekämmt, bis auf eine aufmüpfige Strähne, die ihm verwegen über die hohe Stirn fiel. Falls sein Anzug mehr als fünfzig Dollar gekostet hatte, war er hereingelegt worden.

»Setzen Sie sich dorthin«, befahl er und zeigte auf einen Holzstuhl. Ich gehorchte widerspruchslos. Als Gentileschi nichts weiter sagte, sah ich mich in seinem fensterlosen Büro um. Wie in den anderen Büros von Prince & Grogan, die noch renoviert werden mußten, bestand der Wandanstrich aus einem sich auflösenden Aquamarinblau. Das Kaufhaus schien überall Wert auf sein Äußeres zu legen, bis auf die Büros, als wären künftige Angestellte und Möchtegernverbrecher die Mühe einer zauberhaften Innenarchitektur nicht wert. An einer Wand hing ein weiß gerahmtes Gemälde mit einem Schild darunter: PRINCE & GROGAN, ALBUQUERQUE. Der Stil des Flaggschiffkaufhauses war eine Mischung aus Südwesten und Wunderland. Das Bild zeigte ein vielstöckiges Stuckgebäude mit hochragenden Säulen, Glas auf allen Etagen und einen gewölbten, vergoldeten Eingang. Ein Puebloindianer hätte es nicht für einheimische Architektur gehalten, das stand fest.

»Ich habe nichts mitgehen lassen, wie Sie sehen«, sagte ich defensiv. »Ich habe mich nur umgesehen.« Ich rieb mir den Arm. »Bitte, rufen Sie die Polizei«, sagte ich energisch zu Nick Gentileschi. Im Grunde tat mir nichts weh. Aber ich wollte mich verärgert geben. Ich wußte, daß Sicherheitsbeauftragte Gerichtsverfahren fürchteten wie die Pest. Vielleicht sollte ich ihm auch Babs' Geschichte erzählen, über jemanden, der in den Umkleidekabinen für Frauen hinter den Spiegeln lauerte. Vielleicht aber auch nicht. Ich wollte ihn nicht verwirren. Mit einem Optimismus, den ich in keiner Weise empfand, sagte ich: »Ich hoffe, das alles läßt sich aufklären.«

Nick Gentileschi hob die dünnen Augenbrauen und klopfte mit einem Bleistift gegen eine Kamera auf seinem Schreibtisch. Ich fragte mich vage, ob eine versteckte Videokamera meine nicht besonders verstohlene Observation des Kosmetikstandes von Mignon aufgenommen haben mochte. »Die Polizei?« Gentileschis Stimme war kratzig wie Schmirgelpapier. Er ließ den Bleistift fallen und klimperte mit dem Schlüsselring an seinem Gürtel herum. Dann wandte er das unansehnliche, bleiche Gesicht dem Gemälde des Kaufhauses in Albuquerque zu. »Sie will, daß ich die Polizei rufe.« Er grinste, zeigte übergroße Pferdezähne. »Den Spruch hab' ich ja noch nie gehört. Sie haben noch nichts geklaut? Sie wollen die Sache bereinigen, ehe es schlimmer wird? Oder haben Sie einen Freund im Büro des Sheriffs?«

»Bitte, Mr. Gentileschi.« Manchmal klappte es, wenn man sich geduldig und nett verhielt. Ich wollte es auf einen Versuch ankommen lassen. »Ich weiß, wer Sie sind, und Claire Satterfield war eine Freundin von mir –«

Die dünnen Augenbrauen gingen nach oben. »Stimmt das? Eine Freundin von Ihnen? Waren Sie je bei einer Party in ihrer Wohnung? Wo genau hat sie gewohnt …?«

Ich seufzte. »Ich war auf keiner Party und ich weiß nicht, wo sie gewohnt hat, irgendwo in Denver –« Zum Kuckuck damit. Ich fragte mich, ob ich mich an die Telefonnummer meines Anwalts erinnern könne.

»Das ist ja eine hochinteressante Freundschaft, wenn Sie nicht mal wissen, wo sie gewohnt hat. Claire war wild auf Partys. Haben Sie das gewußt? Oder war das in Ihrer … Freundschaft auch kein Thema?« Das Wort Freundschaft kam höhnisch heraus. Mir prickelte die Haut.

»Für wen halten Sie sich, für das FBI?« sagte ich wütend. »Rufen Sie jetzt an oder nicht?«

Er zog eine Schreibtischschublade auf, nahm ein Formular heraus und suchte dann sorgfältig einen Stift aus. Seine schimmernden schwarzen Augen musterten mich gierig. »Name, Beruf?«

Ich sagte es ihm, und er machte sich Notizen. Dann verlagerte er das Gewicht, strich sich mit der Handfläche das gefärbte Haar glatt und sagte: »Jetzt hören Sie mir gut zu, Goldy Schulz, angeblich eine gute Freundin von Claire Satterfield. Wir haben unsere Methoden, um herauszufinden, was sich in diesem Kaufhaus tut. Ich weiß, was Sie vorhatten. Ich muß nur die Gründe wissen. Falls Ihre Antworten unbefriedigend ausfallen, rufe ich von mir aus die Cops an.«

»Ich kann Ihnen versichern, daß die Gründe Sie

nicht befriedigen werden, weil ich sie nicht einmal selbst kenne.«

Er blinzelte gelassen, hielt den Stift über dem Formular gezückt und wartete darauf, daß ich noch etwas sagte. Als ich schwieg, seufzte er, legte den Stift weg, griff nach dem Telefon und zog eine Augenbraue hoch, als hätte er meinen Bluff durchschaut. »Wen soll ich im Büro des Sheriffs anrufen? Haben Sie da auch eine Freundin oder einen Freund?«

»Mordermittler Tom Schulz.«

»Ich kenne Schulz. Kennen Sie Schulz? Vermutlich wollen Sie mir erzählen, daß Sie seine Schwester oder so was sind.«

Ich beschloß, nicht zu antworten. Er hätte mir sowieso nicht geglaubt.

Aber zu meiner Erleichterung rief er im Büro des Sheriffs an. Nach einem kurzen Vorgeplänkel gelang es ihm, Gott sei Dank, Tom zu erreichen. Ich beobachtete tief befriedigt, wie das Gesicht des Sicherheitschefs erst Selbstgefälligkeit ausdrückte (»Wir haben sie erwischt, als sie sich auf verdächtige Weise am Kosmetikstand zu schaffen gemacht hat«), dann Unbehagen (»Nein, sie hat die Waren nicht angerührt«) und schließlich Verlegenheit (»Nein, sie hat niemandem etwas getan und nichts mitgehen lassen«). Aber der Augenblick des Unbehagens verflog schnell, und Gentileschi verabredete sich für den Spätnachmittag mit Tom. Dann schob er mir den Hörer über den Schreibtisch weg zu. »Er will mit Ihnen sprechen«, sagte er niedergeschlagen.

Als ich den Hörer nahm, summte Tom eine Art Klagelied.

Ich sagte: »Der blendende Intellekt –«

Er fand das nicht komisch. »Hör mal, ich hab' dir

doch gesagt, du sollst solche Aktionen wie den Angriff auf Demonstranten unterlassen. Das heißt auch, daß du dich nicht wegen verdächtiger Machenschaften von der Kaufhaussicherheit erwischen lassen sollst.«

»Das ist doch nicht meine Schuld«, sagte ich mit leiser Stimme. Schließlich versuchte ich doch nur, etwas herauszufinden, was Julian half. Ganz gleich, was die Leute von der Sicherheit zu meiner Anwesenheit zu sagen hatten, ich hatte im Kaufhaus keinerlei Ärger gemacht. »Ich hab' überhaupt nichts getan.«

»Goldy, denk bitte dran, daß wir versuchen, mit diesem Kerl zusammenzuarbeiten.«

»Viel Glück bei diesem Unterfangen«, sagte ich forsch. »Hör mal, Tom, hast du diese andere Person überprüft, von der ich dir erzählt habe?« Als sich Gentileschi herüberbeugte, um mitzubekommen, was ich sagte, drehte ich mich auf dem Holzstuhl um.

»Null null sieben, was würde ich ohne dich machen? Okay, Miss G. Um Hotchkiss kümmern wir uns schon. Er ist vorbestraft und leitet eine Kosmetikfirma. Aber ich sag' den Jungs, daß sie an seinem Hintern dranbleiben sollen. Und mach' dir keine Sorgen wegen Nick, der ist ein alter Freund von uns. Paß aber trotzdem auf, er gilt als Weiberheld.«

Ich wandte mich wieder dem in Polyester gekleideten Mann mit dem gefärbten Haar zu, der mir am Schreibtisch gegenübersaß. »Ich muß schon sagen, Tom, es fällt mir *äußerst* schwer, das zu glauben.«

Er gluckste. »Okay, hör zu. Ich weiß nicht, wann ich wieder die Gelegenheit hab', mit dir zu reden, während du in Denver bist. Und ich war schwer zu erreichen –«

»Wohl wahr.«

»Aber es gibt etwas, was du tun kannst. Du mußt mit

jemandem reden, mit einer Freundin von dir. Glaubst du, daß es Dusty Routt war, die Frances Markasian gegenüber angedeutet hat, dieser Krill sei ein ehemaliger Freund von Claire gewesen? Er hat uns geschworen, daß er Claire nicht gekannt hat. Vielleicht hat Markasian dich mit einer eigenen Idee geködert, wollte bloß sehen, ob du anbeißt.«

»Ich treff' mich mit Dusty um die Mittagszeit, sobald ich aus dem Gefängnis entlassen werde.« Ich versuchte, Nick Gentileschi mit einem sittsamen Blick zu bedenken. Er grinste dreckig.

»Jedenfalls hat die Organisation, die sich ›Menschen für ethischen Umgang mit Tieren‹ nennt, noch nie etwas von Shaman Krill gehört. Ebensowenig wie die Nationale Gesellschaft gegen Vivisektionen. Zum Teufel, sogar der Tierschutzverein schwört, er habe kein Mitglied namens Krill. Ich weiß nicht, wie lange er schon Tierschutzaktivist ist, aber auf keinen Fall solange, daß er sich auf diesem Gebiet einen Ruf erworben hätte. Unsere Leute wollten ihn zu einem weiteren Verhör herholen, aber er hatte sich von seinen Demonstrantenkumpeln verabschiedet und war nicht in seiner Wohnung. Und apropos, keiner der Demonstranten gehört den genannten Organisationen an. Die rechtmäßigen Organisationen glauben, ›Verschont die Hasen‹ sei eine durchgeknallte Splittergruppe. Wie auch immer. Falls du meinst, Frances ist durch diese Mignon-Verkäuferin Dusty Routt auf die Idee gekommen, daß Krill mal Claires Freund war, möchte ich das unbedingt wissen.«

»Warum fragen deine Leute sie das nicht einfach selbst?«

»Wir haben schon mit Dusty Routt gesprochen. Ausführlich. Sie beteuert, daß sie noch nie etwas von Shaman Krill gehört hat. Also lügt sie entweder, oder deine Freundin Markasian hat es anderswo her, hat sich vielleicht auch geirrt, was den Freund anlangte. Und wenn wir schon über deine Freundin Markasian sprechen –«

»Du weißt, daß die fragliche Person mir nie auch nur das geringste erzählt. Sie beschützt ihre Informanten bis ins Grab.«

»Frances Markasian? Die und meiner Goldy nicht das geringste erzählen?« Tom gluckste wieder. »Setz ihr doch ein paar Doughnuts vor. Du weißt schon, etwa so, wie man Leuten die Zunge lockert, indem man ihnen ein paar Drinks spendiert. Wie wär's mit ein bißchen Natriumpentatol in einem Käsekuchen mit Schokoladentrüffeln?« Ich sagte ihm, ich würde mein Bestes tun, und legte auf. Tiramisu mit Wahrheitsserum gehörte nicht zu meinem Repertoire, aber das war jetzt auch egal.

»Gut, Mrs. Schulz«, sagte Nick Gentileschi mit dem Pferdegrinsen, bei dem ich eine Gänsehaut bekam. »Was wissen Sie? Sieht danach aus, als wären Sie genau der Mensch, nach dem ich gesucht hab'.« Dann ohne auch nur die Andeutung einer Entschuldigung für meine »Festnahme« im Kaufhaus und das »Verhör« wühlte er in einem unordentlichen Papierstapel neben der Kamera auf seinem Schreibtisch und zog einen Scheck heraus. Nachdem er ihn gemustert hatte, reichte er ihn mir: der Rest der Zahlung an Goldilocks Partyservice für das Mignon-Bankett. Ich steckte den Scheck in die Rocktasche. Gentileschi fuhr fort: »Tut mir leid, daß Sie ihn nicht früher bekommen haben. Die Personalabteilung hat ihn mir gegeben, als wir gehört haben, daß Ihr Assistent ins Krankenhaus gebracht wurde. Wie Sie wissen, stecken wir hier mitten in einer Ermittlung wegen eines Schwerverbrechens. Ein ungeklärter Todesfall trägt nicht dazu bei, die Rechnungen zu bezahlen.«

Ich befingerte den Scheck in meiner Tasche. Nick Gentileschi hatte etwas Schleimiges an sich, in Richtung Uriah Heep, das mich immer beklommener machte. Erst hatte er mich schikaniert und vorverurteilt, und jetzt tat er, als wären wir die besten Freunde. Trotzdem war es besser, den Mann auf meiner Seite zu haben als gegen mich. Und Tom hatte gesagt, ich solle kooperieren. »Ich hab' nicht gelogen, als ich hier heraufgekommen bin«, gestand ich. »Ich weiß nicht, warum ich dem Gespräch am Verkaufsstand gelauscht hab', abgesehen davon, daß mein Assistent, der junge Mann, der ins Krankenhaus gebracht worden ist, zu unserer Familie gehört. Er ist – *war* – Claires Freund. Ihr Tod hat ihn am Boden zerstört, und ich versuche, ihm zu helfen.«

Nick Gentileschi verschränkte die Arme und zappelte auf dem Stuhl herum. »Uns allen hat etwas an Claire gelegen, darauf können Sie sich verlassen. Sie war ein nettes Mädchen. Wir haben die Sicherheitsmaßnahmen im Parkhaus verschärft. Weil es nach einem gewaltsamen Tod aussieht, tun wir alles, was wir können, um der Polizei zu helfen.«

Ich sagte unschuldig: »Ja, mein Mann hat das erwähnt. Ich hoffe zuversichtlich, daß Sie in dem Fall alles tun, was Sie können.« Ich rieb mir wieder den Arm. »Ich meine, alles, was relevant ist.«

Er warf wieder einen Blick auf das Bild des Stammhauses, überlegte sich eindeutig, was er mir sagen solle. Er wußte nicht recht, wie er die Geheimhaltung mit meiner Verärgerung über die irrtümliche Festnahme in Einklang bringen sollte. Außerdem spielte sein Ego hinein. Er war darauf versessen, mir zu zeigen, was für ein großes Tier er war. Vermutlich hatte Albuquerque eine positive Ausstrahlung, denn er sagte: »Wissen Sie, was unser größtes Problem ist, Mrs. Schulz?«

Ich schüttelte mitfühlend den Kopf.

»Rechtsstreitigkeiten.« Bingo. Er atmete aus und drehte sich im Stuhl, brachte ihn zum Knarren. »Falls Claire Satterfields Eltern beschließen, uns wegen lascher Sicherheitsmaßnahmen in unserem Parkhaus zu verklagen, könnten das Kaufhaus und das Einkaufszentrum wieder zumachen.« Er reckte das Kinn und fügte stolz hinzu: »Ich bin schon lange hier. Hab' als Sicherheitschef gedient, als Ward's noch hier war. Und glauben Sie mir, vier Jahre Arbeitslosigkeit möchte ich nicht noch einmal erleben.«

Ich hatte nicht umsonst im Hauptfach Psychologie studiert. Im besten Stil von Carl Rogers sagte ich: »Das möchten Sie nicht noch einmal erleben.«

Unvermittelt stand Nick Gentileschi auf und stemmte sich gegen den Schreibtisch. Er sah mich einen Augenblick lang an, und ich zuckte zusammen. Dann erklärte er: »Wir analysieren alle Filme von Claires Verkäufen, überprüfen, ob eine verdächtige Person zu häufig auftaucht. Aber bedenken Sie, –« er streckte die großen Hände zu nahe an meinem Gesicht aus und zählte seine Argumente an den Fingern ab –, »irgend jemand muß gewußt haben, wann sie ins Parkhaus gegangen ist, daß sie überhaupt dort sein würde …«

Weil mir sein Blick und seine plötzliche Nähe unbehaglich waren, stand ich auch auf und wich langsam zurück. »Es wäre nicht allzu schwierig gewesen, herauszukriegen, wo Claire sich aufhält. Vor allem angesichts der Tatsache, daß das Bankett so viele betuchte Kunden angelockt hat. Von ein paar Demonstranten ganz zu schweigen.«

»Ich will Ihnen sagen, wo das Problem liegt«, sagte er abrupt.

Noch ein Problem. Ich suchte Deckung an einer verschmierten aquamarinblauen Wand. »Fangen Sie an.«

»Wir sind hier im Kaufhaus nicht vorsichtig genug«, sagte er sachlich. »Ja, wir haben Sicherheitsvorkehrungen. Aber wir warnen unsere Angestellten nicht vor Leuten, die mit Hintergedanken hierherkommen. Nehmen Sie zum Beispiel den Kerl, über den Sie mit Schulz gesprochen haben.«

Ich zog unschuldig die Augenbrauen hoch, und er grinste. Er sagte: »Der mit der Vorstrafe und der eigenen Kosmetikfirma. Er heißt Reggie Hotchkiss und lungert ständig hier herum. Ich meine, warum? Was ist denn so Tolles an unserer Kosmetikabteilung? Der Kerl ist neunzehnhundertsiebzig ins Gefängnis gesteckt worden, weil er seinen Einberufungsbescheid verbrannt hat, Vernichtung von Staatspapieren. Überführt wegen versuchten Einbruchs bei der CIA. Nun ist er in der Make-up-Branche, weil seine Mommy eine Kosmetikfirma gegründet hat. Jetzt, wo er in den Vierzigern ist, interessiert sich Mr. Hotchkiss plötzlich dafür, Geld zu verdienen. Haha. Ich meine, der Kerl spioniert uns aus. Das habe ich zu Schulz gesagt. Könnte mehr dahinter stecken, und darüber unterhalten wir uns später«, schloß er grimmig, »wenn ich Sie aus dem Kaufhaus hinausbegleitet habe.« Er ging zur Tür und machte sie auf.

»Aber … ich will das Kaufhaus jetzt noch nicht verlassen. Was meinen Sie damit, daß mehr dahinterstecken könnte?«

Er wedelte mit dem Finger nach mir. »Erinnern Sie sich an Martha Mitchell? Vielleicht sind Sie zu jung. Sie wollte auch an der Arbeit ihres Mannes teilhaben. Es geht nicht, daß ein Mann Justizminister ist und eine Frau hat, die sich dauernd einmischt.«

»Es geht nicht, daß ein Mann Justizminister ist, wenn er die Absicht hat, gegen das Gesetz zu verstoßen«, sagte ich zuckersüß.

Gentileschis Miene wurde härter. »Gehen wir.«

Als wir durch die Porzellanabteilung zurückgingen, schlug ich einen anderen Kurs ein. »Ich hoffe, Sie haben meinen Mann über die Vorstrafen von Hotchkiss informiert, falls er nicht schon über die Einzelheiten Bescheid wußte.«

»Darauf können Sie wetten.«

»Dann sagen Sie mir doch«, fuhr ich fort, »wie Sie diese Filme analysieren, von denen Sie gesprochen haben? Ich meine, wo sind Ihre Kameras?«

Er bedachte mich mit einem Blick, der mir sagte, daß ich meinen taktischen Vorteil verspielt hatte. Wieder wedelte er mit dem Finger nach mir. »Danach sollten Sie mich nicht fragen.«

»Ach, kommen Sie schon.« Wir fuhren die Rolltreppe hinunter. »Ich habe mich nur gefragt, wie Sie mich gesehen haben. Ich meine, im Lauf der Jahre müssen sich Ihre Arbeitsmethoden durch die Technik doch verändert haben.«

Nick Gentileschi blähte die Brust auf. »Soviel hat sich da gar nicht verändert, das kann ich Ihnen sagen.« Er zog eine Augenbraue hoch. »Und wir sprechen über viele Jahre.« Er deutete auf einen Wandvorsprung, der den Kaufhauseingang direkt hinter der Tür rahmte. Er sah aus wie ein ummauerter Balkon, war in der Farbe der Kaufhauswände gestrichen, etwa zwei Meter breit und tief und überspannte den Türrahmen. Der Vorsprung stand dem Mignon-Stand gegenüber. In etwa anderthalb Meter Höhe durchzog ein breiter Schlitz den oberen Rand. »Ich kann Ihnen nicht sagen, wie die Kameras funktionieren, aber ich kann Ihnen sagen, wie wir früher unsere Arbeit getan haben. Sehen Sie den Vorsprung gegenüber vom Mignon-Stand? Sie haben bei der Renovierung beschlossen, ihn nicht zu entfernen.« Ich nickte und musterte beim Hinunterfahren den großen Wandvorsprung. Er war mir noch nie aufgefallen. »Wir nennen das einen Lauerposten«, fuhr Gentileschi fort. »Früher saßen wir dort.«

»Ein Lauerposten?« wiederholte ich.

»Ja, wir saßen in dem Lauerposten. Wie bei einer Entenjagd, verstehen Sie? Das Versteck, in dem die Jäger sitzen und die Enten beobachten. Sie können hinaussehen, aber das Wild kann Sie nicht sehen. Jedenfalls haben wir durch diesen Schlitz beobachtet, was im Kaufhaus vor sich ging. Wir haben Leute beobachtet. Sagen wir: Eine Frau nimmt etwas in die Hand, vielleicht eine Flasche Parfüm. Sie will sie stehlen, aber sie ist sich nicht sicher. Sie sieht sich mit Adleraugen um …« Er kniff die Augen zusammen und ahmte es nach. »Mit Adleraugen. Sie verbringt möglicherweise zehn Minuten damit, sich zu überlegen, ob sie das Parfüm mitgehen lassen soll.« Er gluckste. »Sagen wir mal, schließlich klaut sie es doch nicht. Dann waren wir wirklich stocksauer. Deshalb haben wir mit Tränengas nach ihr gespritzt. Direkt durch den Schlitz im Lauerposten!«

»Na, so was, Nick«, sagte ich ernst, »ich hätte nie für möglich gehalten, daß ein Kaufhausdetektiv mit so etwas durchkommt.«

Wir waren im Erdgeschoß angekommen. Er gab mir kurz die warme, feuchte Hand. »Sie würden sich wundern«, sagte er und zwinkerte spitzbübisch.

Und mit dieser fröhlichen Note ging er zur Abteilung für Herrenanzüge.

»Meine Güte, was war denn mit Ihnen los?« rief Dusty, als ich an den Mignon-Stand zurückkehrte. Sie arrangierte die letzten Plastikdosen auf einem Wägelchen. »Was haben Sie bloß gemacht?«

Harriet Wells, die eine Schwarze bediente, legte den Kopf schief und nahm meine Rückkehr mit einem Lächeln zur Kenntnis. Dusty und Harriet mußten gewußt haben, daß ich nichts gestohlen hatte. Warum hatten sie mich nicht verteidigt, als Stan White mich vor ihren Augen abgeführt hatte? Vielleicht war ihnen eingetrichtert worden, niemandem zu trauen. Angesichts dessen, was eben erst hier im Einkaufszentrum passiert war, sahen sie vielleicht Gespenster, sobald sich in ihrem Reich jemand merkwürdig benahm.

»Ich hab' gar nichts gemacht«, sagte ich zu Dusty, »ich wollte nur sehen, ob Sie frei sind. Aber Sie haben mit einem Mann gesprochen.« Ich bedachte sie mit einem naiven, fragenden Blick. »Mit einem großen Blonden. Ich meine, Sie haben ausgesehen, als wären Sie *sehr* gut mit ihm bekannt.«

Sie lachte und tat das händewedelnd ab. »Harriet hat mich für die Arbeit in der Mittagspause eingeteilt. Wenn Sie also herkommen und mich an Ihrem Gesicht arbeiten lassen, können Sie etwas für Ihre kranke Freundin kaufen, und wir können uns dabei unterhalten. Wenn ein anderer Kunde kommt, kann ich ihn bedienen und dann gleich wieder zu Ihnen kommen, falls Ihnen das nichts ausmacht.«

Ich hatte Hunger, sagte aber, das sei bestens, half ihr, die Plastikschachteln auf dem Wägelchen zu stapeln, und fragte dann, ob ich das Telefon auf dem Tresen benützen dürfe. Sie sagte, nur zu, sie sei gleich wieder da. Dann schob sie das Wägelchen weg. Ich rief im Southwest Hospital an und fragte, ob Marla Kormans Angioplastie schon vorgenommen worden sei. Jemand von der Schwesternstation berichtete, Marla sei noch nicht abgeholt worden, und sie wußten nicht, wann es soweit sei. Typisch.

Ich ging am Tresen entlang und hörte zu, wie Harriet ihrer Kundin erzählte, so unglaublich es klinge, sie, Harriet Wells, sei eben fünfundsechzig geworden, und sie solle sich nur anschauen, was die Verjüngungscreme aus ihrer Haut gemacht habe. Die Schwarze bezahlte eine Neunzigdollarflasche der Creme mit ihrer Kreditkarte.

»So, da bin ich«, sagte Dusty munter. Sie schlüpfte hinter den Tresen, blätterte in einer Kartei und zog eine Karte heraus.

Als sie meinen Namen darauf schrieb, glitt ich auf einen hohen Hocker auf meiner Seite der Theke und sagte: »Sagen Sie mir, wo die Kameras sind.«

Sie sah erschrocken zu mir auf und kicherte. Ihre Wangen liefen rot an. Sie deutete auf eine silberne Halbkugel, die über der Schuhabteilung an der Decke hing. »Das ist wie ein Einwegspiegel. Die Kamera sieht alles, aber man kann sie nicht sehen. Sie ist schwenkbar, hat Zoom und überwacht uns die ganze Zeit. Sehen Sie mal, das geht so.« Sie duckte sich hinter dem Stand und kam mit einer Prince-&-Grogan-Tüte in der einen Hand und drei winzigen Fläschchen mit rosa Zeug wieder zum Vorschein. »Das sind Gratisproben der neuen

Verjüngungscreme, für die Mignon Werbung macht. Ich darf jedem Kunden drei Proben geben, darf mir auch drei nehmen. Und natürlich gilt das auch für Sie. Alles darüber hinaus gilt als Angestelltendiebstahl, und ich würd' einen Tritt in den Hintern kriegen. So, jetzt können Sie drauf wetten, daß die mich mit dem Zoom beobachten.« Sie nickte hinauf zu der silbernen Halbkugel und hob die drei Fläschchen hoch, ehe sie sie in die Tüte steckte. »Okay«, sagte sie lachend, »jetzt haben Sie Gratisproben von der Creme, die normalerweise neunzig Dollar pro Flasche kostet. Lassen Sie mich einen Blick auf ihr Gesicht werfen. Würden Sie Ihre Haut fettig nennen?«

Ich erklärte ihr, ehrlich gesagt könne ich meine Haut nur normal nennen, weil ich mich nicht besonders um sie kümmerte. Dusty runzelte die Stirn, und ich dachte daran, daß ich mir, als ich noch Arztfrau gewesen war, endlos Sorgen um meinen Teint gemacht und alle möglichen Präparate gekauft hatte. Es muß wohl eine Sublimierung der Sorgen gewesen sein, die mir der Rest meines Lebens machte. *Ihre Haut wird unbarmherzig angegriffen*, tönte es in der Werbung, *und Sie müssen sich dagegen wehren*. Im Ernst. Natürlich stammten die Abwehrkräfte, die ich schließlich entwickelt hatte, nicht aus einem Fläschchen. In den Jahren der Geldknappheit nach meiner Scheidung waren Sonnenschutzmittel das einzige, was ich mir ins Gesicht schmierte. Was Make-up anlangte, kam ich ganz ohne aus. Und auf alle Fälle war das letzte, was ich wollte, meine endlosen Besuche an den Verkaufsständen von La Prairie, Lancôme und Estée Lauder fortzusetzen, auf der Suche nach der besten Abdeckschminke für meine blauen Augen und die Blutergüsse auf den Wangen und nach

226

einer Verkäuferin, die mich noch nie bedient, den Schaden, den der Kotzbrocken so gern anrichtete, noch nicht gesehen hatte.

»Goldy? Hallo? Sind Sie noch da? Was für ein Reinigungsmittel benützen Sie im Augenblick?«

Als ich in die Realität zurückgekehrt war, erwiderte ich, ich benützte Seife.

»Seife?« echote Dusty ungläubig. »Richtige Seife? Ganz gewöhnliche Seife?« Als ich nickte, hakte sie nach: »Was für eine Seifenmarke?«

»Was im Gemischtwarenladen gerade im Sonderangebot ist.«

Dusty konnte sich nicht beherrschen; sie legte die Hand auf die Brust und kicherte. »Wahrscheinlich haben Sie sich deshalb mit Frances Markasian angefreundet! Sie wissen schon, die Reporterin, die Sie mir vorgestellt haben.«

»Die Frau in Rot, die vorhin hier war, stimmt's? Die ich Ihnen gestern vorgestellt habe?«

»Ja, hat eine Menge Geld ausgegeben, ich hab's nicht fassen können. Die hat eindeutig ihren Stil geändert. Vielleicht hat sie einen neuen Freund. Haben Sie den Artikel gelesen, den sie im *Mountain Journal* über Kosmetik geschrieben hat? Ich hab' ihn zu Hause rausgesucht, wollte sehen, ob das tatsächlich die selbe Person ist. Allmächtiger, die muß an ihrem Geiz ja fast erstickt sein. Sie hat geschrieben, Frauen sollten bloß Nivea benützen, Hamamelis und Feuchtigkeitscreme aus dem Drugstore. Können Sie sich das vorstellen?«

»Den Artikel muß ich verpaßt haben. Wann war das?«

Ehe sie antworten konnte, schlug Harriet das dicke Hauptbuch, in das sie etwas eingetragen hatte, mit einem energischen Knall zu und kam herüber.

»Ich kann mich daran erinnern«, sagte sie mit ihrer honigsüßen Stimme, auf keinen Fall eine Stimme, die ich mit einer Frau über sechzig in Verbindung gebracht hätte, »daß einmal eine Witwe zu uns gekommen ist. Sie war noch ziemlich jung und benutzte ausschließlich Make-up aus dem Drugstore.« Sie sah mich mit einem gnädigen Kopfschütteln an, als wollte sie sagen: *Sehen Sie, wir haben hier schon blödere Frauen erlebt als Seifenbenutzerinnen.* »Die arme Frau …, bei der Erinnerung daran kommen mir die Tränen.« Ich sah Harriets Augen an. Sie waren tatsächlich feucht. »Natürlich war ihre Haut eine Katastrophe – hier zu trocken, dort zu fettig. Ihre Teintgrundierung paßte nicht zu ihrem Hautton, sie trug knallgrünen Lidschatten, und ihre Wangen waren so mit Rouge verkrustet, daß sie aussah, als hätte sie Scharlach. Ich habe ihr unsere komplette Pflegeserie verkauft. Sie hatte das Geld von der Versicherung, verstehen Sie, und konnte damit machen, was sie wollte. Ich habe der Frau Kosmetika im Wert von tausend Dollar verkauft, und sie war so glücklich! Nach einer knappen Stunde.« Sie griff nach einem Kosmetiktuch und tupfte sich die Augen ab.

»Wetten, daß Sie hell begeistert waren, Harriet«, bemerkte Dusty.

Harriet ignorierte das. »Oh, es war wunderbar«, sagte sie zu mir. »Es ist wirklich rührend, was ich für diese Frau getan habe. Sie sah schön aus, als sie hinausging. Sie sah perfekt aus.«

Am anderen Ende des Standes machte sich eine Frau an den Parfümprobeflaschen zu schaffen. Sie trug ein Sommerkleid, das nach einem Designermodell aussah, mit großen schwarzen Schnörkeln auf weißem Grund. Unter ihrem kunstvoll gesträhnten und gelockten Haar

baumelten Goldketten um ihren Hals, und ein Gold-
armband mit Glöckchen klingelte, wenn sie beim
Beschnuppern jeder neuen Parfümprobe das Handgelenk schüttelte. Dusty legte den Stift weg und ging
auf sie zu. Harriet, jäh aus einer Träumerei von ausge-
mustertem grünen Lidschatten gerissen, machte zwei
schnelle Schritte in Dustys Richtung, legte ihr die Hand
auf die Schulter und stieß laut »Entschuldigung!« aus,
ehe sie sich an ihr vorbeischob, um die reiche Frau als
erste zu erreichen.

»Huch«, sagte ich, als Dusty niedergeschlagen zurückkam. »Was sollte denn das?«

»Keine Sorge«, sagte Dusty bitter. »An Harriets Knüf-
fe bin ich schon gewöhnt. Und dabei bin ich's, die mir
Sorgen wegen der Verkaufszahlen machen muß.« Sie
deutete auf das dicke blaue Buch, in das Harriet etwas
eingetragen hatte. »Jedesmal, wenn ich in das Hauptbuch schaue, bricht mir der Schweiß aus.«

»Springt sie mit allen so um?«

»Wenn ihr jemand im Weg ist«, murmelte Dusty,
während sie mir ein Fläschchen Teintgrundierung an die
Wange hielt, um zu sehen, ob es zu meinem Hautton
paßte. Kopfschüttelnd schob sie das Fläschchen in die
Schublade zurück und nahm ein anderes heraus. »Ich
hab' Ihnen doch von dieser Verjüngungscreme erzählt,
die wir verkaufen?« Ich nickte. Sie fuhr fort: »Unser
Verkaufssoll sind zweitausenddreihundert Dollar im
Monat pro Verkäuferin.« Sie zeigte auf das Hauptbuch.
»Heute ist der dritte Juli, und Harriet hat in diesem
Monat schon zweitausend Dollar für das Zeug einge-
nommen. Das sind, Moment, insgesamt achtzehn Ver-
kaufsstunden? Unglaublich. Natürlich erzählt sie den
Kunden das schauerlichste Zeug.« Dustys Lächeln war

229

bösartig. »Claire und ich haben ausgerechnet, daß Harriet am Abend mindestens achtzig sein muß, weil sie jeden Augenblick älter wird, wenn sie versucht, Creme gegen Hautalterung zu verkaufen.«

Ich schraubte den Deckel eines Tiegels mit dicker Creme ab und gab dann mit dem kleinen Plastikapplikator einen Klacks von dem zähen, süßlich riechenden Zeug auf meinen Handrücken. Ich sagte milde: »War Harriet neidisch auf Claire?«

Das bösartige Lächeln auf Dustys Lippen wanderte zu ihren Augen. »Claire hatte einen Kunden, einen Mann, der eine Art verrücktes Genie ist und eine Menge Geld ausgegeben hat. Sie haben ihn erwähnt, er war vorhin hier – ein schlanker, großer Blonder. Jedenfalls, mal abgesehen, daß es das Geld seiner Frau war, der Typ hat wie irre damit um sich geschmissen, müssen wohl Sachen für seine Frau gewesen sein, aber er hat immer nur bei Claire gekauft. Von uns anderen hätte er nicht mal 'nen Lippenstift genommen. Er hat hier rumgelungert wie ein treuer Hund, auf Claires Schicht gewartet. Und Sie wissen ja, wie Claire war. Sie hat geflirtet, mit den Wimpern geklimpert und sich prächtig amüsiert. Aber vielleicht haben Sie sie nie so erlebt … Stillhalten, jetzt kommt das Reinigungsmittel.«

Ich saß reglos da, während Dusty mit zwei Wattebäuschen köstlich duftende Creme auf meinen Wangen verteilte. Es fühlte sich göttlich an. Wenn mir nicht der Magen geknurrt hätte, wäre ich sicher gewesen, daß ich im Himmel war.

»Jedenfalls«, fuhr sie fort, »Claire hat dem Mann das Gefühl gegeben, daß er steinreich ist. ›Das wollen Sie doch nicht auch noch kaufen! Dann sind Sie ja pleite!‹« Dusty ahmte Claires australischen Akzent perfekt nach.

»So. Ziemlich bald kommt die Ehefrau, die hier auch eine Menge Geld ausgibt, *mit* ihrem Mann her und will herauskriegen, warum ihr Mann sich urplötzlich so für Kosmetik begeistert.«

»Wann hat sich das alles abgespielt?« fragte ich und versuchte, stillzuhalten, während Dusty eine nach Limone riechende Tönung auf mein Gesicht schmierte. Ich warf einen Blick zur Seite, weil ich sehen wollte, ob Harriet bei der betuchten Frau in dem schwarzweißen Kleid Erfolg hatte.

»Aufpassen!« rief Dusty scharf.

Vor Schreck fiel ich vom Hocker. »Was ist? Ich hab' doch bloß sehen wollen, wie Harriet zurechtkommt.«

»Ich will nicht, daß Sie das Zeug ins Auge kriegen! Sie haben ja keine Ahnung, was passieren könnte!«

Dusty regte sich plötzlich so auf, daß ich mich langsam wieder auf den Hocker setzte und die Augen weit aufriß. »Mir geht's bestens. Sehen Sie. Was Sie mir da auftragen, fühlt sich gut an –«

Dusty holte tief Luft und schrieb etwas auf mein Karteiblatt oder was auch immer das sein mochte. Als ich sie fragte, was sie da mache, teilte sie mir mit, das sei meine Kundenkarte. Sie schreibe alles auf, was sie mir verkaufe, damit sie es nachschlagen könne, wenn ich nächstes Mal vorbeikäme, um neues Rouge oder sonst was zu kaufen.

»Also Dusty, ich halte es für unwahrscheinlich, daß ich hier viel Zeit verbringe oder Geld ausgebe …«

»Okay, machen Sie die Augen zu und lassen Sie sie auch zu. Jetzt kommt die Feuchtigkeitscreme.« Sie schien mich nicht zu hören.

Ich gehorchte. »Und was hat sich dann zwischen diesem Mann, seiner Frau und Claire abgespielt?«

Dusty war mit der Feuchtigkeitscreme fertig und trug etwas anderes auf. Aus ihrer Fingerstellung schloß ich, daß es Abdeckschminke war. Ich wagte aus Angst vor einem zweiten Ausbruch jedoch nicht, die Augen aufzumachen.

»Ich glaube, daß Claire mit dem Mann ein Verhältnis hatte. Er war total verknallt. Ich meine, der Typ kam mir irre vor. *Besessen.* Ich weiß, daß sie sich später getrennt haben, weil sie mir das erzählt hat. Aber er ist trotzdem immer noch hergekommen – Sie wissen schon, hat rumgelungert, wo er gemeint hat, wir können ihn nicht sehen. Er ist durch die Schuhabteilung geschlichen und hat Claire beobachtet. Ich meine, wer hätte den schon übersehen können? Er ist so groß, und mit dem weißblonden Haar sieht er irgendwie jung und richtig nett aus. Okay, jetzt ist die Teintgrundierung dran.« Noch mehr parfümiertes Zeug wurde reichlich auf mein Gesicht aufgetragen. Klopf, klopf, klopf. »Zerren Sie ja nie an ihrem Gesicht herum«, warnte Dusty streng. »Dadurch kommt es zu einer vorzeitigen Lockerung der Haut um die Augen herum.«

Ich würde es mir merken. Mit weiterhin geschlossenen Augen erkundigte ich mich: »Und was ist aus dem Schleicher geworden? Warum war er heute vormittag hier?«

»Na ja, das mit heute vormittag weiß ich nicht so recht, weil er bloß einen Haufen widerlicher Fragen gestellt hat, zum Beispiel, was mit Claires Leiche passiert ist und solches Zeug. Okay, jetzt schminke ich Ihnen die Augen. Stillhalten.«

Während Dusty meine Lider bearbeitete, erinnerte mich das an Röntgentechniker, die einem auftragen, stillzuhalten und nicht zu atmen. Dann verschwinden

sie hinter einer dicken Wand und machen eine Auf-
nahme. Was passiert, wenn man atmet? Wird man dann
radioaktiv, oder verpfuscht man bloß das Röntgenbild?

»In Ordnung«, sagte Dusty. »Jetzt Rouge.«

»Darf ich mich bewegen? Was ist aus dem Mann
geworden?«

»Sprechen Sie nicht, sonst krieg' ich das nicht richtig hin. Na ja. Was das Verhältnis anlangt, vor 'ner Weile
ist die Ehefrau von dem Kerl dauernd hergekommen,
bloß um sich zu erkundigen, ob ihr Mann hier war. Ich
meine, damit war sowieso der Ofen aus. Sie können jetzt
in den Spiegel schauen.«

Das tat ich. Ich sah anders aus, das stand fest. Keine
schwarzen Augenränder mehr vom Schlafmangel; jede
Menge strahlende Wangentönung, durch die ich entweder ungeheuer peinlich berührt wirkte oder körperlich viel aktiver, als ein paar tägliche Jogaübungen
rechtfertigten. Am auffälligsten waren der schwarze
Lidstrich und der braune Lidschatten. Ich sah nicht
mehr wie eine Partylieferantin aus; ich ähnelte einer
ägyptischen Königin. Genauer gesagt, einer *promiskui-
tiven* ägyptischen Königin.

»Wow, Dusty«, sprudelte ich. »Sie sind ja unglaublich!
Der Typ, der Claire beobachtet hat ... Wie hieß er, erinnern Sie sich daran?«

Dusty klimperte mit den Wimpern und riß dann die
Augen weit auf. Ich hatte das unbehagliche Gefühl, sie
wolle verführerisch auf mich wirken. Aber die Augen-
bewegungen sollten offenbar nur signalisieren, was ich
tun sollte. Sie wollte mir die Wimperntusche auftragen. Als ich gehorchte, fuhr sie fort: »Er hieß Charles
Braithwaite. Kennen Sie die Braithwaites nicht? In Bio
haben wir mal eine Exkursion zu seinem Labor

gemacht. Sehen Sie jetzt nach oben, und halten Sie still.«

»Ja, ich kenne sie«, sagte ich vorsichtig. »Vor ein paar Wochen ist Babs Braithwaite in mein Leben getreten, und das war nicht erfreulich.« In Wahrheit, dachte ich mit einem Erschauern, flößte Babs mir eindeutig ein beklommenes Gefühl ein, weil sie ständig in Julians Leben und in meinem präsent war.

Dusty sagte: »Die Braithwaites sind megareich. Ich meine, sie wohnen in diesem riesigen Haus im Country Club. Aber ich nehm' an, daß sich Charles Braithwaite in Claire verliebt hat. Wie auf dem Autoaufkleber, Sie wissen schon? *Wissenschaftler sind unberechenbar.* Okay, passen Sie auf, ich schminke Ihnen jetzt die Lippen.« Sie kicherte. »Nektarinenklimax. Wie gefällt es Ihnen, so was auf den Lippen zu haben?«

»Klingt … faszinierend. Sie haben eine Exkursion zu Braithwaites Labor gemacht? Was tut er in dem Labor?« Mir drehte sich der Kopf.

Dusty trug mir mit einem Wattestäbchen etwas auf, was gekochtem Kürbis ähnelte. Sie verteilte die Farbe gründlich und befahl mir dann, mir den Mund abzutupfen. Erst als sie die Hülse auf die Nektarinenklimax zurückgesteckt hatte, antwortete sie: »Ach, wissen Sie, er hat ein Riesentreibhaus. Haben Sie das noch nie gesehen? Ich hab' keinen Bericht über die Exkursion geschrieben, weil ich … von der Schule abgegangen bin. Aber trotzdem. Ich hab' gehört, Charles macht was mit Rosen oder so.«

 **Ich sah in den Spiegel.** Nofretete blinzelte zurück. Meinen Augen, schwarz umrändert und mit Lidschatten in der Farbe verbrannten Toasts, fiel es schwer, die Verblüffung zu verhehlen. *Rosen oder so. Experimente. Experimente zur Züchtung einer blauen Rose, wie die eine, die ich auf dem Parkhausboden gefunden hatte, nahe an der Stelle, an der Claire überfahren worden war?* Ich runzelte die frisch gepuderte Stirn, sah mit zusammengekniffenen Augen das Tableau aus bunt verpackten Produkten auf der glänzenden Glastheke an und bat Dusty, mir Handcreme für meine Freundin im Krankenhaus zu verkaufen. Während ich in meiner Brieftasche nach dem Hundertdollarschein für Notfälle suchte, holte Dusty einen Tiegel für achtzig Dollar heraus. Zwanzig Dollar würden mir in einem Notfall nicht weit helfen.

»Bitte, Dusty«, flehte ich, »haben Sie nicht etwas Billigeres?«

Sie zuckte die Achseln, als machte ich eben den größten Fehler meines Lebens. »Der kleinste Tiegel kostet sechzig.«

»Ich nehme ihn.« Während sie unter der Theke nach der Sechzigdollargröße herumstöberte, fragte ich nonchalant: »Was ist mit einem Typ namens Shaman Krill? Ist Claire mit jemandem ausgegangen, der so heißt, vor oder nach ihrem Techtelmechtel mit Charles B.?«

Dusty knallte eine glänzende Schachtel auf die Theke. »Shaman Krill? Nie was von ihm gehört. Wie sieht er aus?«

Ich reichte ihr den Hundertdollarschein. »Er ist ein Tierschutzaktivist mit einem schwarzen Pferdeschwanz, goldenem Ohrring, klein geraten und mit großem Gehabe. Kommt Ihnen das bekannt vor?«

Sie rümpfte die Nase. »Soll das ein Witz sein? Er klingt eklig. So einen hab' ich nie gesehen. Und Claire wäre nie mit einem Spinner ausgegangen.« Sie tippte Tasten auf der Kasse, gab meinen Kauf ein, hob den Tiegel und die Quittung hoch – für die Kameras, nahm ich an – und gab mir die Tüte.

»Danke, Dusty.«

Sie legte den Kopf schief und bedachte mich mit einem lieben Lächeln. »Kommen Sie bald wieder. Es macht Spaß, wenn man mit jemandem reden kann.«

Zeit, das Kaufhaus zu verlassen, Zeit, mich mit Julian zu treffen, Zeit, Marla zu besuchen. Zeit, herauszufinden, ob ich meine Freundin, die eben einen Herzinfarkt erlitten hatte, zum Lächeln über mein frisch gestyltes Gesicht bringen konnte. Und doch hielt mich etwas zurück. Ich konnte noch nicht gehen, und außerdem servierte Julian noch den Brunch für die Kammer. Die Papiertüte knisterte in meiner Hand, während ich das Kaufhaus musterte, das funkelnde Kaufhaus mit den glitzernden Dekorationen und Spiegeln, in die ich ungern schaute. *Spiegel.* Es war noch keine Stunde her, daß ich gesehen hatte, wie sich Babs Braithwaite halb bekleidet über die Rolltreppe lehnte und behauptete, da hinten sei jemand. Nick hatte von Überwachung durch den Schlitz im Lauerposten gesprochen. Claire hatte Nick geholfen; Claire hatte geglaubt, sie werde beobachtet. Jetzt glaubte Babs, sie werde beobachtet. Ich rannte die Rolltreppe hinauf. Wo hinten? Hinter den Spiegeln in den Umkleidekabinen? War dahinten jemand?

Im ersten Stock war ich so klug, mich nicht nach der Kamera umzusehen oder nach Wachmännern Ausschau zu halten, mit »Adleraugen«, wie Nick Gentileschi das nannte. Das hätte sie auf mich aufmerksam gemacht, und ich wollte auf keinen Fall noch einmal von ihnen beobachtet werden. *Auch ein Paranoiker hat echte Feinde,* sollte Henry Kissinger einmal gesagt haben. Ich nahm einen Bügel mit einem Bikini in Knallrosa und Gelb von der Stange und ging zielstrebig auf die Umkleidekabinen zu.

Hinten führte ein kurzer Flur zu den verspiegelten Kabinen. Ich ging an den Umkleidekabinen entlang. Eine war von einer Frau besetzt, die einen Badeanzug anprobierte, während sie versuchte, ihr aufmüpfiges Kleinkind zu beruhigen. Alle anderen waren leer. War das nur ein weiterer Beweis dafür, daß Babs sich hysterisch benahm? Sie hatte so überzeugt gewirkt, als sie behauptete, daß jemand sie beobachte. Und nicht nur eine Kamera. Aber von wo aus konnte man jemanden beobachten?

Am Ende des Flurs mit den Umkleidekabinen standen ein teurer künstlicher Gummibaum und ein Ständer mit Badeanzügen, die offensichtlich darauf warteten, in die Verkaufsabteilung zurückgebracht zu werden.

Hinter dem Ständer, fast unsichtbar, weil sie in der Farbe der Wände gestrichen war, entdeckte ich eine Tür. Ohne zu zögern ließ ich den Bikini fallen, schob den Ständer aus dem Weg und faßte nach dem Türgriff: abgeschlossen. Wo hätte Nick Gentileschi, dieses Klischee eines Detektivs in einem Billigkaufhaus, den Ersatzschlüssel aufbewahrt, falls es einen gab?

Ich dachte an meinen Besuch in seinem Büro zurück. Er hatte einen Schlüsselring getragen. Aber es mußte mehr als einen Schlüssel geben. Wo mochte das Kaufhaus einen Schlüssel zu einem Bereich hinter den Umkleidekabinen für Damen aufbewahren?

Moment mal. Gestern, beim Versuch, die Person aufzutreiben, bei der mein Scheck war, hatte ich etwas gesehen. An der aquamarinblauen Wand des Büros von Lisa, der Dame, die der Gedanke, Rechnungen müßten bezahlt werden, so verstört hatte, hing ein Schlüsselkasten. Ich schlenderte hinaus zu den Büros. Was hätte Tom gesagt, wenn er gewußt hätte, daß ich die Absicht hatte, einen Schlüssel zu klauen? Na ja, erst mal würde ich versuchen, ob ich an den Schlüssel herankam, um herauszufinden, was Babs damit gemeint hatte, dahinten sei jemand. Dann würde ich mir Gedanken über Tom machen.

Die Kaufhausbüros waren so gut wie leer, vermutlich wegen der Lebensmittelmesse. Zu der einen jungen Frau in der Kreditabteilung sagte ich kennerisch: »Ist Lisa da? Ich habe gestern mit ihr über eine offene Rechnung gesprochen.« Ich faßte nach meiner Messemarke, als verliehe sie mir etwas Offizielles. »Sie hat mir gesagt, ich soll heute wiederkommen.«

Die junge Frau zuckte die Achseln. »Sie können in ihrem Büro nachsehen.«

Schön, genau das hatte ich vor. Ich klopfte und ging in Lisas Büro. Sie war nicht da. Halleluja. Ich steckte den Kopf hinaus und erklärte der jungen Frau: »Sie ist nicht hier. Ich hinterlasse ihr eine Nachricht.«

Die Frau zuckte wieder die Achseln. Statt eine Nachricht zu hinterlassen, stieg ich natürlich über den Stapel aus Computerausdrucken, ging zum Schlüsselkasten und zog daran. Er war nicht abgeschlossen, aber Farbe verklebte eine Ecke. Ich brauchte ein Werkzeug, um die aquamarinblaue Tünche zu durchtrennen. Auf Lisas Schreibtisch lag eine Nagelfeile, und ich schob sie hinein. Beim zweiten Versuch ging das Schränkchen auf, und ich sah etwa vierzig Schlüssel vor mir, nur knapp die Hälfte mit uraltem, zerfressenem Klebeband etikettiert. Ich musterte sie. In kaum leserlicher Kugelschreiberschrift stand auf einem Fetzen ERSTER STOCK – UMKLEIDEKABINEN DAMEN. Meine Finger umfaßten den Schlüssel, und ich steckte ihn in die Blusentasche. Danke, Lisa.

Weil ich die Aufmerksamkeit der Kameras nicht auf mich lenken wollte, ging ich langsam zu den Umkleidekabinen zurück. Ich schob den Gummibaum aus dem Weg, fummelte am Schloß herum und drang dann in die Dunkelheit hinter der Tür vor. Die Gerüche nach Staub, Beton und Pappbehältern hätten mich fast umgeworfen. Ich steckte den Schlüssel wieder in die Tasche und tastete an der Wand nach einem Lichtschalter. Es kam nicht in Frage, daß ich diesen Bereich betrat, wozu er auch genutzt werden mochte, und riskierte, mir beim Stolpern über einen Karton Unterwäsche das Genick zu brechen. Heureka. Meine Hand fand einen Lichtschalter. Als trübes, fluoreszierendes Licht den Raum überflutete, sah ich, daß ich in einem hohen, großen Rechteck stand. Ohne die Kameras, die unter Putz gelegten Leitungen in den Verkaufsräumen und ohne die dortige Beleuchtung ragte die Decke etwa zwei Stockwerke hoch. Riesige Stahlregale standen an den Wänden, und eine Metalleiter führte zum Dach. Links war eine Tür. Ich drehte mich um. Die Tür konnte nicht zu den Umkleidekabinen führen. Die Umkleidekabinen mußten auf der rechten Seite der Wand sein, an der ich stand.

Schachteln, Plastiktüten voller Waren und Wägelchen behinderten mich, als ich parallel zur Wand voranging. Meine Füße kratzten auf dem Beton. Der ganze Staub, den ich aufwirbelte, verdreckte meine Uniform. Aber ich wurde belohnt. Zwei Schachteln waren wahllos – und dem Anschein nach hastig – auseinandergeschoben worden, um einen schmalen Durchgang zu einer Tür zu schaffen. Ich schlängelte mich hindurch und rüttelte an der Tür: Sie war offen. Auf der anderen Seite war ein schwach beleuchteter Flur, der hufeisenförmig wirkte. Ich ging auf Zehenspitzen weiter, und mir blieb die Luft weg. Ich stand hinter Einwegspiegeln. Vor mir probierte eine magere Frau einen rosa Bikini an. Ich spürte, daß ich rot wurde. Ich hielt den Atem an, wandte den Blick von den Spiegeln ab und umrundete schnell das Hufeisen. An beiden Spiegelreihen standen Stühle, ein halb leerer Pappbecher Kaffee, lagen mehrere zusammengeknautschte Fastfood-Behälter. Falls vorhin jemand hier gewesen war, dann war er jetzt fort.

Eine mollige Frau tauchte hinter den durchsichtigen Spiegeln auf, beladen mit Badeanzügen. In der Umkleidekabine neben ihr verrenkte die magere Frau, die jetzt den rosa Bikini anhatte, die Hüften und muster-

te stirnrunzelnd ihr Dekolleté. Ich trat hastig den Rückzug an, schob mich an dem Durcheinander im Lagerraum vorbei und machte die Tür hinter mir zu. Dann
verließ ich eilig das Kaufhaus, umklammerte die Tüte
mit der Handcreme für Marla. Tom würde sich zweifellos sehr dafür interessieren, daß der Bereich für
Kaufhausdetektive und Spanner zugänglich war. Außerdem würde es ihn sehr neugierig machen, was Dusty mir
über Claire erzählt hatte, den verliebten Charles
Braithwaite und Braithwaites gärtnerische Experimente.
Aber als ich auf der Suche nach einer freien Telefonzelle durch das Einkaufszentrum eilte, packte mich die
Frustration. Alle waren besetzt. Vor jeder Zelle außerhalb der Boutiquen standen Warteschlangen. Ich fluchte leise; als Antwort knurrte mir der Magen. Halb eins
ohne Mittagessen und nur zwei kleine Muffins zum
Frühstück – der typische Speiseplan einer Partylieferantin. Ich beschloß, mir auf der Lebensmittelmesse
meinen Anteil an den kostenlosen Proben zu holen,
dann nach Julian zu suchen und in die Intensivstation
zu eilen, um Marla zu besuchen. Ich würde Tom vom
Krankenhaus aus anrufen.

Auf dem Dach regte sich eine erfrischende Brise.
Ein Thermometer in der Nähe zeigte in digitalen Neon-
zahlen eine Temperatur an, die zwischen siebenundzwanzig und achtundzwanzig Grad schwankte. Ich
musterte die Stände, um mir schlüssig zu werden, wo
ich etwas gegen meinen Hunger unternehmen wollte.
Trotz des Straßenlabyrinths, der Imbißbuden und der
Neubauten, die sich bis zu den Bergen erstreckten, hatten hier auf dem Dach die Essenszelte, Blumen, Fah-
nen und die Musik die Betonfläche in einen völlig über-
zeugenden Jahrmarkt verwandelt. Herrliche Gerüche

vermischten sich und durchwehten die Luft. Dazu kamen Gelächter, fröhliche Stimmen und eine Band, die Jazz spielte. Unter der flatternden Fahne von Playhouse Southwest atmete ich tief die köstlichen Aromen ein: Pizza, Barbecue, Kaffee ... und noch etwas.

Zigarettenrauch? Nein. Ich sah mich um. Doch.

Frances Markasian hockte auf einer kleinen Brüstung auf einem Dach neben dem Parkhaus, machte sich nicht das geringste aus den bösen Blicken, die sie erntete, entspannte sich mit geschlossenen Augen und glückseliger Miene und frönte ihrer Nikotinsucht. Sie reckte das Kinn zum Himmel, während ihr Mund auf und zu ging wie bei einem Guppy. Im Gegensatz zu einem Fisch blies Frances jedoch perfekte Rauchringe. Ihre dunkle Lockenmähne fiel ihr wild und unfrisiert auf die Schultern. Die roten Pumps und die Tüten mit den erstandenen Kosmetika lagen zerstreut auf dem Beton. Um sich abzukühlen, vielleicht auch nur, um ein paar Sonnenstrahlen einzufangen, hatte sie den roten Rüschenrock hochgezogen und zeigte Knubbelknie und kurze Strümpfe. Ich fragte mich, wo sie die Fluppen dieses Mal versteckt haben mochte.

Ich ging an der Parkhauswand entlang, sprang auf das Dach daneben und näherte mich Frances. Ich war mir ziemlich sicher, daß es verboten war, sich hier aufzuhalten, aber das hatte Frances noch nie gestört. Ich räusperte mich. Sie machte ein Auge auf, dann beide. »Erzählen Sie mir nichts. Bathseba als Köchin.«

»Erzählen Sie *mir* nichts«, erwiderte ich gelassen. »Bob Woodward als Elizabeth Taylor. In einer Marlboro-Anzeige. Nein, Moment mal. Sie spielen die Dachszene aus *Mary Poppins* nach. Bloß sehen Sie auch nicht wie Julie Andrews aus.«

Sie blies einen Rauchring und bedeutete mir mit einer Handbewegung, ich solle mich setzen. Die sechzig Zentimeter breite Brüstung übersäte Abfall, der nur von ihr stammen konnte: eine M&M-Tüte, ein Snickers-Einwickelpapier, eine leere Dose extrastarkes Cola. Natürlich war Frances viel zu geizig, als daß sie eine Karte für die Lebensmittelmesse gelöst hätte. Was ihren Einkaufsrausch von heute morgen – Creme, Rouge, Lippenstift, Abdeckcreme, Grundierung, Wimperntusche – noch spannender machte. Ich fegte ihren Müll zu einem kleinen Haufen auf dem Asphaltdach zusammen und setzte mich.

Sie zog wieder gierig an der Zigarette, dann blies sie einen dünnen Rauchfaden nach oben. »Und wo steckt Ihr Begleiter? Für einen angeheuerten Schläger war er ja ganz nett. Und wobei hat er Sie eigentlich erwischt?«

Als ich den Mund aufmachte und antworten wollte, protestierte mein Magen grollend. Ich ignorierte ihn und sagte: »Bei gar nichts. Die Leute von der Sicherheit sind bloß mißtrauisch, das ist alles.«

Sie zog eine Augenbraue hoch. »Die mißtrauen einer Partylieferantin?«

»Vielleicht haben sie der falschen Person mißtraut«, konterte ich. »Hören Sie, Frances, ich habe Ihre mit Klebeband geflickten Turnschuhe und Ihre Secondhandklamotten gesehen. Ich weiß, daß bei Ihnen das Geld nicht locker sitzt und daß Sie stolz darauf sind. Ich habe sogar gehört, daß Sie einen Artikel darüber geschrieben haben, Make-up sei reine Beutelschneiderei. Für eine derart sparsame Frau haben Sie heute eine Menge Kosmetika gekauft.« Ich wartete auf ihre Reaktion, aber unter dem ungewohnten Make-up war ihre Miene steinern. »Wird es nicht Zeit, daß Sie mir

243

sagen, was Sie bei Mignon treiben?« drängte ich. Mir wurde vor Hunger schwindlig, aber ich hatte Frances' Ausflüchte satt. »Warum interessieren Sie sich plötzlich für die Kosmetikabteilung in einem Kaufhaus in Denver, obwohl Ihr Revier doch Aspen Meadow ist, sechzig Kilometer weit weg?«

Sie lächelte, beugte sich vor und hob einen der roten Schuhe auf, um die Kippe auszudrücken. »Das fragen Sie mich dauernd«, sagte sie und lächelte dann verschlagen.

Wenn ich nicht bald etwas aß, würde ich ohnmächtig werden. Ich versuchte nachzudenken. Claire als Mensch war Frances gleichgültig, und ich konnte ihr bestimmt kein Mitgefühl für den trauernden Julian einreden. Ich brauchte einen anderen Ansatzpunkt.

»Okay, Frances, machen wir einen Handel«, erklärte ich grimmig. Partylieferantinnen konnten genauso knallhart sein wie Kleinstadtreporterinnen. »Für Sie ist diese ganze Sache eine Story. Ich weiß nicht, was für eine. Aber mein Assistent, Julian Teller, will wissen, was seiner Freundin zugestoßen ist. Er *muß* wissen, was seiner Freundin zugestoßen ist. Und ich muß es auch wissen, weil Julian Teller zur Familie gehört, ganz davon zu schweigen, daß er sich im Augenblick um mein Geschäft kümmert. Der Junge macht eine schlimme Zeit durch. Er ist einfach nicht in der Lage, sich zu fangen, bis wir den Fall aufgeklärt haben.« *Falls überhaupt,* fügte ich im Geist hinzu. Auf der Lebensmittelmesse schlurfte eine Teenagergruppe in T-Shirts, zerlumpten Shorts und abgeschabten Turnschuhstiefeln herum und verschlang Pizza. Sie blieb vor dem offenen Zelt stehen, in dem die Jazzband eben die Session beendete. Ich holte tief Luft, was unklug war: Das Aroma von Pizzasauce, Knoblauch und geschmolzenem Käse machte mich vor Hunger benommen. »Also. Wenn Sie mir nicht sagen, was Sie vorhaben, marschiere ich direkt in die Büros von Prince & Grogan und erzähle dort, wer Sie sind und woher Sie kommen. Falls dann nichts unternommen wird, setze ich mich telefonisch mit allen Geschäftsführern von Mignon in Albuquerque in Verbindung –«

»Sagen Sie mir, Goldy«, unterbrach mich Frances ungeniert, »hören Sie gelegentlich Jazz?«

»Jazz? Natürlich. Na und?«

»Je was von Ray Charles gehört?«

»Frances, was in aller Welt ist mit Ihnen los?«

»Auf eine einfache Frage gibt es nur eine einfache Antwort.«

Frances tickte nicht mehr richtig. Vielleicht lag es an der tödlichen Mischung aus Marlboros und M&Ms. Andererseits versuchte sie vielleicht, clever zu sein, indem sie ihre übliche Routine abzog. Sie wechselte ständig das Thema, wenn sie über irgend etwas nicht sprechen wollte.

»Sagen Sie mir, was Sie bei Mignon treiben«, wollte ich wütend wissen.

»Recherchen. Das ist alles, ich schwöre es.«

»Ich glaube nicht, daß eine Atheistin schwören kann«, fuhr ich sie an. »Das hat überhaupt nichts zu bedeuten.« Als sie kicherte, hakte ich nach: »Was für Recherchen?«

Sie seufzte und griff nach den Prince-&-Grogan-Tüten zu ihren Füßen. »Ihr Mann ist nicht der einzige Mensch mit medizinischer Ausbildung. Ich hab' ein Jahr Medizin studiert, bevor ich mich dem Journalismus zugewandt habe.«

»Verzeihung, aber das ist der *Ex*mann.«

245

»Entschuldigung.« Ihre trauervolle Miene wurde noch unterstrichen durch das dicke Make-up, das Harriet Wells um ihre Augen herum aufgetragen hatte. Hier waren wir, dachte ich, zwei normalerweise ungeschminkte Frauen, die äußerlich in ein Nuttenpaar verwandelt worden waren – und das nur, damit wir an Informationen herankamen. »Apropos, Goldy, ich hab' mir über was Gedanken gemacht.« Frances zündete sich die nächste Zigarette an. »Haben Sie gehört, daß Ihr *Ex*mann gestern abend seine neue Freundin zusammengeschlagen hat? Sie hat die Cops gerufen, und wir haben's im *Journal* über Polizeifunk mitgekriegt. Sie hat im Gewitter seinen Jeep in den Graben gefahren, und der ist im Schlamm steckengeblieben. Der Doc war stocksauer. Sie liegt im Krankenhaus gegenüber, mit gebrochenen Rippen und Armen voller Blutergüssen.«

Ein Bild dieser armen gequälten Frau, einer neuen Freundin, von der ich nichts wußte, ging mir durch den Kopf. Der Kotzbrocken hatte es immer geschafft, neue Partnerinnen zu finden. Wenn es mit einer Freundin nicht klappte oder wenn sie an einem problematischen Ort wie dem Krankenhaus landete, trieb er schnell Ersatz auf. Ich dachte an Arch. Obwohl er wußte, warum ich mich von seinem Vater hatte scheiden lassen, hatte Arch die Gewalttätigkeit, die meine Ehe zerstört hatte, nie mit angesehen. Falls das seine Klassenkameraden in der Elk-Park-Schule aus einem Artikel im Stil der Regenbogenpresse von Frances im *Mountain Journal* erfuhren, was ich ihr durchaus zutraute …

Ich wollte es wissen: »Bringen Sie darüber einen Artikel in der Zeitung?«

Frances nahm einen tiefen Zug. »Nö. Die Frau des Verlegers ist schwanger, und John Richard ist ihr Arzt.

Die Frau wünscht, daß der Verleger bis zu ihrer Entbindung jeden Artikel verhindert.«

Hinter meinen Augen quälten mich Kopfschmerzen. »Hören Sie, Frances. John Richard ist nicht mehr mein Problem. Worum geht es bei der Sache mit dem Kaufhaus? Ich brauche etwas zu essen, und dann muß ich eine Freundin im Krankenhaus besuchen.«

Sie heuchelte eine verwirrte Miene. »Doch nicht etwa die Freundin –«

»Frances! Was haben Sie vor?«

Sie verzog das Gesicht in stahlharter Wut und warf die Kippe in einem Bogen über das Dach. »Ich recherchiere gegen die verlogenen Behauptungen von Mignon-Kosmetik, Frauen jünger aussehen zu lassen. Punkt.«

Ich konnte es nicht glauben, zum Teil, weil Frances so naiv war. »Sie machen wohl Witze. Das ist alles.« Sie runzelte die Stirn und nickte. »Hat Claire Satterfield Ihnen geholfen?« fragte ich.

»Vor dem Unfall hab' ich nicht mal gewußt, wer Claire Satterfield war«, erwiderte Frances. Ihr Ton deutete an, sie hätte Claire liebend gern gekannt. Allein der Gedanke, was für Informationen eine Mignon-Verkäuferin hätte liefern können …

»Aber warum haben Sie sich die Mühe gemacht, herauszufinden, ob sie andere Freunde hatte? Warum glauben Sie, daß sie mit Absicht überfahren wurde?«

»Reine Hintergrundinformationen, Goldy. Die eigentliche Neuigkeit sind die verlogenen Behauptungen.«

»Ach du liebes bißchen, diese Behauptungen sind nichts Neues. Diese sogenannte Story hat in Büchern und Zeitschriften gestanden, ist im Radio und im Fernsehen gesendet worden. Haben Sie noch nie etwas von Naomi Wolf gelesen? Kommen Sie zu sich.«

»Was soll das heißen?« sagte sie bitter. Sie blies Rauch aus den Nasenlöchern. »Ich bin da anderer Meinung.«

»Hören Sie, Frances«, sagte ich. »Im Grunde wissen Frauen, daß sie durch diese ganze überteuerte Schmiere nicht jünger aussehen. Aber die Kosmetikbranche versucht, jedem weiblichen Wesen im Land ein schlechtes Gewissen einzujagen, ihnen das Gefühl zu geben, daß sie etwas für ihre Pflege tun müssen. Die Branche will Frauen glauben machen, daß sie sonst alt und häßlich werden. Sie werden nie Geld haben, keinen Mann, keinen weißen Jägerzaun, keinen Liebhaber, keinen Pelzmantel, keinen Kombi und niemanden, der ihnen hilft, wenn der Kombi einen Platten hat. So läuft das Kosmetikspielchen.«

Sie funkelte mich böse an und hielt die Zigarette in die Luft. »Foucault-Reiser ist die Muttergesellschaft von Mignon. F-R experimentiert seit dreißig Jahren mit Kosmetika. Und mit Methoden, die Sie nicht glauben würden«, fügte sie finster hinzu.

Vor meinem geistigen Auge sah ich Stapel von Kaninchenkadavern. Auf nüchternen Magen schwer zu verkraften. »Na ja, ich glaube, ich sollte jetzt –«

Rücksichtslos fuhr Frances fort: »Foucault-Reiser hat die sündhaft teure Produktpalette von Mignon vor fünf Jahren eingeführt, mit allen möglichen abenteuerlichen Behauptungen, schicken Verpackungen und zweifelhaften Präparaten. *Bestimmen Sie das Schicksal Ihres Gesichts.* Von wegen. Große rosa Plastikbehälter mit Creme hielten sich nicht, also stellte Mignon auf dunkelgrüne Glastiegel mit Golddeckeln um, Gefäße, von denen man sich vorstellen konnte, sie hätten einst

Kronjuwelen und mittelalterliche Tränke enthalten. Die Botschaft lautete: *Hier drin steckt Zauberkraft.* Die Verkaufszahlen stiegen.«

Ich nickte und erinnerte mich daran, wie mich Arch vor einer Ewigkeit gefragt hatte, ob er eins meiner leeren Parfümfläschchen als Requisit für seine Fantasyspiele mit Drachen und Verliesen haben dürfe.

Frances griff in ihre Tasche und holte ein Fläschchen Make-up heraus. »Niemand will einen Tiegel Schlamm – auch Grundierung genannt – mit einem kleinen weißen Plastikstöpsel.« Sie schraubte den glänzenden Deckel ab und brachte – kein Zweifel – einen weißen Plastikstöpsel zum Vorschein. »Aber sie stecken einen goldenen Deckel über den weißen Kunststoff, damit die Kunden glauben, sie erwerben etwas von unendlichem Wert. Und dann das Parfüm …«

Ich ächzte, war bereit, zuzugeben, sie habe eine Story. Aber sie hatte einen Lauf.

Frances zog eine Grimasse. »›Ich brauche was mit starker sexueller Ausstrahlung‹, hab' ich zu der Frau mit der Nackenrolle gesagt. Sie hat mir *Glut* verkauft.« Frances schwenkte ein herzförmiges Parfümfläschchen. »Seltsamerweise hat sie meiner Nachbarin *Glut* für ihre vierundachtzigjährige Mutter verkauft, deren äußerste sexuelle Aktivität darin besteht, mit ihrem Gartenclub Blumenzwiebeln zu pflanzen. Und eben jene Verkäuferin, Harriet, hat der Tochter des Chefs der Werbeabteilung des *Journal* erzählt, *Glut* sei das ideale Parfüm für ein Schulmädchen. Das Mädchen ist *zwölf*, Goldy. Wie Sie sich vorstellen können, sind die Verkaufszahlen von *Glut* sprunghaft gestiegen, und wenn wir schon über Verkaufszahlen reden, wenn die Verkäuferinnen hinter den Quoten zurückbleiben, fliegen sie hinaus.

Aus der Traum. Deshalb erzählen diese Verkäuferinnen, zu denen Ihre Claire S. gehört hat, den Kunden immer groteskeres Zeug. Immer *abwegigeres* Zeug. Niemand hat Mignon angegriffen, aber ich werde es tun.«

»Ach ja? Und wie genau wollen Sie das machen?«

Sie stöberte in einer Tüte und hob eine kleine rechteckige Schachtel hoch. Sie war in marineblaues Hochglanzpapier mit dünnen Gold- und Silberstreifen eingewickelt. »Tiefenreinigerseife von Mignon mit natürlichen Körnerextrakten. Zwanzig Dollar. Es ist Seife, Punkt, mit Zutaten im Wert von zehn Cent, darunter« – sie warf einen Blick auf das Etikett –, »aha, Haferschrot. Aber sie scheuert Ihnen die Haut auf, wenn Sie zuviel davon benutzen. Haben Sie gehört, was Harriet Wells zu mir gesagt hat?« Sie sah mich entrüstet an. »›Reinigt tief und sanft bis in die Poren. Versetzt Ihre Haut wieder in den ursprünglichen Zustand!‹« Frances jaulte auf. »Scheißdreck! Die Seife entzieht der Haut die Lipide. Wenn Sie sie so oft benützen, wie es Ihnen die liebe Harriet rät, kriegen Sie ein hübsches rotes Gesicht.«

»Meinen Sie nicht, die Leute wissen Bescheid?«

»Nein, ich glaube nicht, daß die Leute irgend etwas wissen. Ich meine, die Leute glauben, was man ihnen erzählt.« Sie griff wieder in die Tüte und hielt dann eine gleichermaßen kunstvoll dekorierte rechteckige Schachtel hoch. »Magische porenschließende Straffungscreme? Fünfundvierzig Dollar? Um was zu bewirken? Sie schwören, daß es die Poren *strafft*. Als ob die Hautzellen Muskeln wären, ha. Wer ein Straffungsmittel will, soll's mit Hamamelis probieren. Falls man überhaupt was braucht. Oh, und haben Sie zufällig mitbekommen, daß Mignon in diesem Herbst die magische

porenschließende Straffungscreme mit Mittelmeerseetang anreichert? Wenn Sie ein Kosmetikum mit
etwas Europäischem in Verbindung bringen, wird es tod-
sicher ein Verkaufsschlager. Und das hier!« Sie hielt mir
einen Cremetiegel unter die Nase. »Haben Sie den
ganzen Schwachsinn gehört, den Harriet mir vorge-
setzt hat, sie sei zweiundsechzig und diese Feuchtigkeitscreme habe ihren Alterungsprozeß aufgehalten?
Der Mist enthält nicht mal *Sonnenschutz!* Ich würd's
Harriet, die vielleicht Anfang Fünfzig ist, ja ungern
sagen, aber Sonnenschutz ist das einzige, was Falten vor-
beugt, und die Leute sollten früh damit anfangen, ihn
zu benützen, sonst sind sie verratzt. *Biochrome,* daß ich
nicht lache. Was zum Teufel ist ein Biochrom, frage ich
Sie?« Sie riß die schwarz umrandeten Augen weit auf.
»In keiner Biologiestunde, die ich je besucht habe, ist
es vorgekommen. Oder in Chemie. Oder Physik. Und
auch nicht in Dermatologie, was das anlangt.«

Ich klatschte Beifall. »Ja, ja. Das alles wird das *Mountain Journal* bringen. Und die Frau Ihres Verlegers wird
nie wieder Make-up tragen. Finanziert das *Journal* Ihre
verdeckten Ermittlungen?« Ich deutete auf die roten
Schuhe, die Kosmetiktüten und ihr Kleid.

Ehe sie jedoch antworten konnte, überkam mich wieder das seltsame Gefühl, das ich in den letzten zwei
Tagen immer wieder empfunden hatte, ein Gefühl wie
das, wenn mich der Kotzbrocken nach unserer Trennung in seinem Jeep verfolgt hatte. Neuerdings überkam
es mich oft: auf dem Highway, unterwegs zum Bankett,
als ich vor einem Pritschenwagen ausscherte, gleich
nachdem der Rettungshubschrauber vorbeigeflogen
war; während des Gewitters vorgestern nacht, als ich
glaubte, in dem Lieferwagen vor unserer Einfahrt werde

251

Licht eingeschaltet; auch heute morgen am Stand von Mignon. Während ich neben Frances saß, setzte das Gefühl wieder ein, eine Art Prickeln im Nacken. Ich schaute mich nach den pizzaessenden Teenagern um, sah aber nur eine jähe Bewegung auf ein Zelt zu, etwas, wie man es aus dem Augenwinkel erhascht.

»Was ist?« wollte Frances wissen, die stets mit hellwachen Sinnen auf jeden Gefühlsumschwung bei dem Menschen reagierte, mit dem sie gerade sprach. »Goldy, was ist los?«

Ich schaute mich um und sah absolut nichts Verdächtiges. So etwas passierte, wenn man nicht genug Schlaf bekam, sagte ich mir. Oder zu wenig aß. Das führte zu Halluzinationen. Ein Teenager mit langem, strähnigen braunen Haar sprang auf das Dach, auf dem wir saßen, und kam auf uns zu.

Er sagte: »Äh, wer ist die Partylieferantin?«

Ich gab mich zu erkennen, und der Junge sagte: »Jemand hat gesagt, ich soll Ihnen ausrichten, daß an Ihrem Stand eine Nachricht für Sie abgegeben worden ist.«

»Von wem?« wollte ich wissen.

Aber er hatte uns schon den Rücken zugekehrt. Als ich ihm nachrief, zuckte er die Achseln, ohne sich umzudrehen, und sprang zurück in die Menge auf der Lebensmittelmesse.

»Ich komme mit«, sagte Frances energisch und sammelte ihre in Hochglanzpapier eingewickelten Päckchen ein. »Vielleicht ist es der Schläger. Ich könnte bezeugen, daß Sie seit einer Viertelstunde hier neben mir gesessen und mit mir geschimpft haben. Außerdem müssen Sie zu Mittag essen.«

Ich lächelte über Frances' schlecht verhohlene Neugier, ihre jähe unaufrichtige Sorge über meinen Nahrungsbedarf. »Nö«, teilte ich ihr leichthin mit, »vermutlich sind es Leute von der Lebensmittelmesse. Oder vielleicht ein neuer Kunde. Ich bin gleich wieder da.« Aber sie ignorierte mich.

Wir gingen über das Dach und kletterten zurück auf die oberste Parkhausebene. Ich erklärte den Kassierern, Frances helfe mir und brauche kein Armband, weil sie nichts Normales zu sich nehme. Sie winkten sie durch. Die Jazzband machte Pause. Ihr Publikum hatte sich aufgelöst und wandte die heißhungrige Aufmerksamkeit wieder den Ständen zu.

»Okay«, sagte ich, als gäbe ich Frances die Erlaubnis zu dem, was sie ohnehin vorhatte. »Erst besorg' ich mir einen Happen zu essen, dann kriegen wir raus, was für eine Nachricht das ist.«

Die Menge schob mich zum Stand eines vegetarischen mexikanischen Restaurants. Ich entschied mich für einen Burrito, gefüllt mit gerösteten Peperoni, Tomaten und Zwiebeln. Er lief über von Guacamolesauce und geschmolzenem Chester, und als ich einen Bissen nahm, quoll aus beiden Seiten Sauerrahm heraus. Die amerikanische Herzhilfe hätte das auf keinen Fall gebilligt. Mit vollem Mund dachte ich an Marla und beschloß, mit dem fettarmen Kochen Ernst zu machen. Morgen.

»Genießen Sie's«, sagte Frances lachend. »War hier nicht Ihr Stand?«

Das Barbecueteam hatte den Stand zeitig geräumt. Vermutlich waren sie der Devise »Soviel Sie essen können« nicht gewachsen gewesen. Sie hatten sogar die Zeltklappen geschlossen, als wollten sie ausdrücken, niemand sei zu Hause.

Frances zog die Klappe hoch und schaute in das dunkle Innere. Ich trat neben sie und spürte die heiße, stickige Luft im Zelt. Am nächsten Tisch klebte eine Plastiktüte.

»Das muß es sein«, sagte Frances und ging zuversichtlich voraus.

»Warten Sie«, sagte ich. »Frances«, sagte ich noch einmal scharf, *warten Sie.*« Aber ich konnte sie nicht aufhalten; in einer Hand hatte ich den Burrito, in der anderen die Zeltklappe.

Eine jähe Bewegung. Ich hörte ein heftiges Einatmen, das einer Anstrengung vorausgeht.

»Frances!« rief ich.

»Hilfe!« schrie sie.

Abgestandene Luft wehte gegen mein Gesicht. Etwas kam auf uns zu. Durch meine Jahre mit dem Kotzbrocken hatte ich gelernt, wie ich mich vor einem möglichen Angriff schützen konnte. Die Luft – vielleicht war es auch Flüssigkeit, wurde mir klar – zischte. Ich ließ den Burrito fallen und warf mich zu Boden.

»Ducken!« rief ich Frances zu.

Ein lautes Rauschen in der Luft. Es kam auf Frances und mich zu. Der Geruch war vertraut – ätzend.

Es war ein Eimer Desinfektionsmittel.

»Augen zu!« schrie ich Frances an. Ich schloß die meinen fest, hielt den Atem an und hielt mir die Hände vor das Gesicht. Das Wasser ergoß sich in einem heftigen, schweren Fall über meinen liegenden Körper. Kalte Flüssigkeit tränkte meine Kochjacke.

Jemand schob sich an mir vorbei. Eine Zeltklappe streifte meine Beine, und ich hörte Schritte. Aber beim Gedanken daran, daß überall Desinfektionsmittel stehen konnte, war ich so klug, die Augen nicht aufzumachen.

254

»Frances! Sind Sie da? Lassen Sie die Augen zu, das ist Chlorbleiche!«

Etwa einen Meter entfernt ertönten laute, phantasievolle Flüche. Ja – Frances war da.

»Raus aus dem Zelt«, befahl ich und ignorierte ihre wütenden Proteste. »Folgen Sie meiner Stimme. Bewegen Sie sich langsam.« In der Hocke, die Hände vor dem Gesicht, zog ich mich langsam zurück. Bald deutete kühlere Luft darauf hin, daß ich aus dem Zelt heraus war. Ich spürte Metall. Metall, das sich bewegte. Ein Kindersportwagen.

»Hilfe!« rief ich. »Ich bin voller Chlorbleiche! Passen Sie auf, daß Ihr Baby nichts davon abbekommt!«

Eine Frau schrie, und das Metall scherte scharf aus. Ich verlor das Gleichgewicht. Überall wurden Rufe laut, und innerhalb von Sekunden spürte ich eine große, sanfte Hand auf meiner Schulter. Ein Erwachsener? Ein Teenager? Unser Angreifer? Die Hand führte mich beiseite.

»Kommen Sie«, drängte eine ruhige Männerstimme. »Ich besorge Ihnen ein Handtuch.«

»Ich habe eine Freundin dabei. Sie braucht auch Hilfe.«

»Die im roten Kleid?« fragte die Stimme. »Ich hab' sie am Arm.« Weitere herzhafte Flüche belegten, daß das stimmte. Ich seufzte.

Über den ätzenden Gestank der Bleiche hinweg näherte sich das einladende Aroma von Kaffee. Die Stimme des Mannes mit der Hand auf meiner Schulter bat jemanden um zwei Handtücher. Ein Geschirrtuch wurde mir auf den Kopf gelegt und mir um die Ohren gezogen. Mein klatschnasses Haar wurde fachmännisch eingewickelt, eine Art Turban.

»Bitte«, sagte ich, »ich brauche Wasser, um mir das Gesicht abzuwaschen –«

»Schon gut, alle zurücktreten«, ertönte eine weitere Männerstimme, eine vertraute. Das war Pete, der Mann mit dem Espressostand. »Goldy, ich schütte Ihnen einen Krug Wasser ins Gesicht«, warnte er mich aus der Nähe. »Es ist nicht kalt, nicht heiß. Na ja, vielleicht ein bißchen kühl. Entspannen Sie sich. Dann mache ich das mit Ihrer Freundin auch.«

Ein Strahl Flüssigkeit traf mein Gesicht und meinen Hals. Ein weiteres Handtuch wurde mir vors Gesicht gehalten, und ich rieb mir heftig Bleichmittel und Augen-Make-up von den Wangen, der Stirn und den Augen. Frances jaulte auf, als sich das Wasser über sie ergoß, aber dann verstummte sie, zweifellos auch mit dem Abtrocknen beschäftigt.

Ich richtete mich auf und spürte, wie mir das kühle Desinfektionsmittel durch die Kleidung lief. Ich öffnete die Augen, war mir sicher, daß mein Make-up grauenhaft verschmiert war. Ein Meer aus neugierigen Gesichtern umgab mich. Ich erkannte nur das von Pete. Der Mann, der mich geführt hatte, war mit mir zu Petes Espressostand gekommen. Statt mich zu fragen, was im Zelt geschehen sein mochte, war mein erster absurder Gedanke: Wie in aller Welt hatte Pete für die ganzen vier Stunden einen Stand bekommen, während ich mir meinen mit dem Barbecueteam teilen mußte?

»Goldy?« Pete grinste gütig. »Wollen Sie und Ihre Freundin Kaffee mit einem Schuß Brandy? Und wie wär's mit trockenen Sachen zum Anziehen? Auf Kosten des Hauses.«

Die halbe Menge lachte, als wäre der ganze Vorfall

eine unterhaltsame, für die Pause der Band geplante Einlage gewesen. Ich nahm Petes Kaffeeangebot an und durchforschte die Menge nach bekannten Gesichtern – bösartigen oder sonstigen. Aber wer auch immer das getan haben mochte, schien inzwischen verschwunden zu sein. Neben mir wollte Frances schroff wissen, was los sei, ob jemand etwas gesehen habe? Zum Beispiel jemanden, der aus dem Zelt gestürzt sei? Ich ignorierte sie und winkte dem Menschen zu, der sich uns näherte. Es war Julian. Die Menge, witternd, daß die Vorstellung zu Ende war, löste sich auf. Nur ein paar Gaffer blieben. Vielleicht hofften sie, die Dusche mit Chlorbleiche werde doch noch unsere Kleidung oder unsere Haut zerfressen.

»Hören Sie«, sagte eine tiefe Stimme hinter mir. Als ich aufschaute, fiel mir als erstes auf, daß sein langärmeliges Hemd naß war. Mein Blick wanderte hinauf zu seinen wohlgeformten Gesichtszügen, zu der krausen, weißblonden Mähne à la Andy Warhol. Ich hatte diesen Hünen heute morgen in Prince & Grogan gesehen.

Es war Charles Braithwaite.

»Ich …, ich habe Ihnen geholfen«, stammelte er. Die Haut um seine ernsten blauen Augen legte sich in Sorgenfalten. Er war in den Dreißigern, vielleicht Anfang Vierzig, aber wegen seiner Größe und seiner extremen Magerkeit war sein Alter schwer zu schätzen. »Ich …, ich habe Sie in die Handtücher eingewickelt. Aber Sie müssen sich das Zeug aus den Haaren spülen, meine Damen. Sonst sehen Sie beide aus wie Stinktiere. Auf beiden Seiten dunkel, mit einem weißen Streifen in der Mitte.« Seine Handfläche preßte sein langes, helles Haar mit einer einstudierten Geste zur Seite.

Ich ächzte. »Ach, das ist ja phantastisch.« Ich nahm

den Kaffee mit Schuß, den Pete mir hinhielt, und fragte mich, was Charles Braithwaite erst bei Mignon und dann auf der Lebensmittelmesse verloren haben mochte. Toms Worte hallten in meinen Ohren wider: *Jemand, der zu hilfsbereit ist …, jemand, der immer in der Nähe ist …*

Frances wollte wissen, ob Pete etwas gesehen habe. Als er verneinte, trank sie einen großen Schluck Kaffee und behauptete, er sei zu heiß. Ob er ein Telefon habe, erkundigte sie sich, sie müsse ihren Chef anrufen. Pete lachte. Kein Telefon. Er reichte uns T-Shirts und Sweathosen mit dem Aufdruck der Adresse seines Lokals und einer Liste der Heilwirkungen von Kaffee. Der Mann war ein Werbegenie. Ich wandte mich wieder meinem großen blonden Retter zu. Falls er tatsächlich mein Retter war.

»Haben Sie gesehen, was uns zugestoßen ist?« fragte ich. »Haben Sie gesehen, ob sonst jemand aus dem Zelt gekommen ist?«

Er schüttelte den Kopf. »Ich habe Sie gehört«, erwiderte er. »Dann sind Sie beide aus dem Zelt gewankt. Ich habe die Chlorbleiche gerochen, und dann bin ich zu Ihnen gekommen …«

»Ja, danke«, sagte ich lahm. Er nickte. Sein hellblaues, zerknittertes Rayonhemd, jetzt versehen mit feuchten Streifen, hing ihm unelegant von den mageren Schultern. Er trug dunkle Freizeithosen und altmodische Schnürschuhe. Seine Füße, die einem Kanu ähnelten, hatten mindestens Schuhgröße 49.

Frances pustete lautstark in ihren Kaffee, dann wandte sie ihre Aufmerksamkeit dem Hünen zu. »Was tun Sie hier?« wollte sie unvermittelt wissen.

Charles Braithwaite lief bis zu den Wurzeln des Blondschopfs rot an. Die Schnürschuhe wichen ein paar Zentimeter zurück. »Na ja, wie ich Ihrer Freundin schon gesagt habe ... Ich war hier, weil, Moment mal ... Ich habe Sie schreien gehört –«

»Was zum Teufel –«, fing Julian an, als er schwer atmend heranstürzte. Er trug noch die Servierkleidung vom Morgen. »Goldy? Und Sie?« Er sah Frances fragend an. »Von der Zeitung? Warum seid ihr ganz naß? Warum sind eure Haare eingewickelt? Dr. Braithwaite! Was ist denn los ... Warum sind Sie hier?«

Ich sah unseren großen, schlaksigen Retter neugierig an, der wieder murmelte, er müsse gehen.

»Goldy, was ist mit dir passiert?« wollte Julian wissen. »Seid ihr beide ins Wasser gefallen oder was?«

»Wir kommen morgen zu Ihnen ins Haus, am Vierten«, sagte ich zu einem Charles Braithwaite, dem zunehmend unbehaglicher zumute wurde. »Vielleicht könnten Sie mir Ihr Treibhaus zeigen –«

»Nein. Das kann ich niemandem zeigen«, mümmelte Dr. Charles Braithwaite verlegen. Er strich sich eine weiße Haarsträhne aus den Augen. »Sie müssen etwas Trockenes ...« Seine langen Finger deuteten linkisch in meine Richtung.

Gereizt beugte sich Julian über mich. »Was ist mit dir passiert?« fragte er wieder.

»Jemand hat einen Eimer Desinfektionsmittel über uns geschüttet«, sagte ich resigniert. »Wer es auch gewesen sein mag, hat behauptet, an meinem Stand liegt eine Nachricht. Frances wollte mir helfen –«

Frances sah Charles Braithwaite mit zusammengekniffenen Augen an. Der Raubtierblick erschreckte den Doktor, und er wich zurück. Unbeeindruckt packte ihn Frances am nassen Ärmel, um ihn am Rückzug zu hindern. »Doktor Charles Braithwaite«, sagte sie in

einem vorwurfsvollen, elterlichen Ton. »Danke, daß
Sie uns geholfen haben, wirklich. Sie waren heute morgen am Mignon-Stand. Jetzt sind Sie hier. Was interessiert eigentlich einen weltberühmten Mikrobiologen an
einer Kosmetikfirma? Na, Charlie-Baby?« Frances hielt
mit einer Hand Charles' Ärmel fest, mit der anderen
den nassen Turban auf ihrem Kopf, und funkelte ihr
Opfer unheilverkündend an.

Es kann ein Nachteil sein, wenn man naß und desorientiert ist. Nicht im Fall von Frances, deren scharlachrotes Kleid schon trocknete, mit einem breiten
orangeroten Streifen in der Mitte. Im Zentrum der
Lebensmittelmesse kehrte die Jazzband aus der Pause
zurück und fing mit einem Bluesriff an. Charles
Braithwaite warf mir einen verängstigten Blick zu und
schaute dann sehnsüchtig in Richtung der Jazzband, als
könnte ihn die tröstliche Musik loskaufen.

Inzwischen war Julian unserer nassen Spur zu dem
Zelt gefolgt, das heute morgen mein Stand und heute
nachmittag das Versteck unseres Angreifers gewesen war.
Er schlug wütend die Zeltklappen auf und durchquerte dann schnell das ganze Zelt. An jeder Ecke sah er hinter den Klappen nach, als wollte er einen dort versteckten Eindringling herausfordern. Hinten im Zelt
blieb er stehen. Ich fröstelte in meiner kalten, nassen
Kleidung und versuchte, die Tatsache zu ignorieren, daß
Frances Charles Braithwaite aggressiv verhörte, was sein
Interesse am Einkaufszentrum und der Lebensmittelmesse anlangte. *Sie sind ohne Grund hier im Einkaufszentrum?* hätte ich ihn gern gefragt. *Vielleicht suchen Sie
nach Ihrer blauen Rose? Die ist im Büro des Sheriffs.* Julian
kam um das Zelt herum, einen durchsichtigen Plastikbeutel mit Klebeband daran in der Hand. Er hatte

ihn vom Tisch gelöst. Im Plastikbeutel steckte ein einzelnes Blatt Papier. Julian riß den Beutel auf und reichte mir den Inhalt.

Es war eine kryptische Nachricht, wie wir sie früher in der Schule verschickt hatten, mit aus Zeitschriften und Zeitungen ausgeschnittenen Buchstaben und Wörtern. Diese Nachricht besagte: GOLDILOCKS, GEH NACH HAUSE. UND BLEIB DORT.

»**Äh, ich sollte ...**, ich muß gehen«, sagte Charles Braithwaite mit sanfter Stimme. Er hatte sich von Frances gelöst und wich zurück. Sein zerzaustes, helles Haar leuchtete in der Sonne wie ein Heiligenschein. »Freut mich, daß ich helfen konnte. Ich habe eine Verabredung«, stammelte er, als Frances ihm folgen wollte.

»Ich möchte mich noch einmal persönlich bei Ihnen bedanken«, rief ich ihm nach. »Vielleicht morgen, bei Ihnen zu Hause? Bei Ihrer Party zum vierten Juli, Sie wissen schon? Erinnern Sie sich daran?« Er antwortete nicht, winkte nicht einmal, als er eilig wegschlich. Ich wandte mich wieder Julian zu, der grübelnd die Nachricht musterte. »Okay, mein Junge«, sagte ich, »warst du mit Dusty auf einer Exkursion in seinem Labor?«

»O ja. Erinnerst du dich nicht mehr daran? Es ist zum Staunen. Aber er hat einen echten Hau, was Sicherheit anlangt. Ehe wir kamen, hat er sich unsere ganzen Namen auf einer Liste ausdrucken lassen. Dann wollte er unsere Führerscheine sehen, um sich zu vergewissern, daß unsere Namen alle stimmen, bloß hatten nicht alle einen Führerschein. Und obwohl ich meine, daß Dr. Braithwaite uns abnahm, daß wir echt waren, hatte er trotzdem etliche seiner laufenden Experimente mit Planen eingedeckt, bevor wir durchmarschierten. Es war wahnsinnig aufregend. Diese Geheimnistuerei. Weißt du, als wäre er die CIA oder so.«

»Hast du irgendwelche Rosen gesehen? Rosen zum Experimentieren?«

»Ach, Goldy, er hat alle möglichen Experimente gemacht. Wir haben nur seine Laboranlagen gesehen.«

Ich sagte: »Hm.« Tom konnte sich um Charles Braithwaite und seine Experimente kümmern. Ich wußte nicht, was ich wegen der Nachricht unternehmen sollte. Meine Kleidung war klamm. Mein Herz klopfte immer noch heftig. Wenn die Sicherheitstruppe des Einkaufszentrums so widerlich war wie die von Prince & Grogan, war sie keine große Hilfe. *Ruf Tom so schnell wie möglich an,* warnte meine innere Stimme. *Wenn du ihm nicht sagst, daß du überfallen worden bist, regt er sich gewaltig auf.* »Hör mal, Julian, könntest du die Zeltklappen schließen und mich zum Umziehen hineinlassen? Ich muß Marla trotz allem heute besuchen.«

Er gehorchte schweigend. Frances, die Hände auf den Hüften ihres nassen Kleides, sah dem verschwindenden Charles Braithwaite mit zusammengekniffenen Augen nachdenklich nach. Dann sammelte sie die Kleidungsstücke ein, die Pete ihr gegeben hatte, und schlüpfte neben mir ins Zelt. Die Klappe fiel zu.

»Was wird Ihrer Meinung nach hier gespielt?« zischte sie, als ich meine klebrige Kochjacke auszog.

»Ich habe keine Ahnung.« Ich streifte den Rock ab und beschloß, die Unterwäsche anzubehalten. Sie war nur leicht feucht. Aber mein Rock ähnelte eindeutig einem Batikprojekt von Arch. Meine Finger ertasteten den Schlüssel zum Bereich hinter den Umkleidekabinen; ich schob ihn in meinen verfleckten BH. Ich hatte keine Lust, mir auch nur vorzustellen, was Chlorbleiche meinem Haar antun könnte. Meine Gedanken waren bei Charles Braithwaite. Was hatte er auf dem Dach gewollt? Vielleicht gab es ein Leck in seinen Sicherheitsmaßnahmen. War ihm die blaue Rose gestohlen worden? Warum? Und was konnte es für eine Verbindung zwischen der Rose – und Braithwaite – und dem Mord an Claire geben? Ich zog mir mit Mühe die Kleidungsstücke von Pete über und rieb mir die Arme.

»Ich rufe Sie später an«, sagte Frances unvermittelt. »Ich muß unbedingt mit unserem Helfer sprechen.« Sie sammelte rasch ihre nassen Sachen ein und kroch aus dem Zelt. Mich überkam eine Welle des Mitgefühls für Charles Braithwaite. Aber außerdem beneidete ich Frances. Ich brannte ebenfalls darauf, mehr darüber zu erfahren, was der zurückgezogen lebende Wissenschaftler vorhatte.

Als ich in den frischen Klamotten aus dem Zelt kam und mir das nasse Haar ausschüttelte, saß Julian auf dem Beton und sah völlig erschöpft aus. Messebesucher bedachten ihn hin und wieder mit neugierigen Blicken. Aber die meisten strömten an ihm vorbei und um ihn herum wie reißendes Wasser um einen Felsen.

»Was ist los?« fragte ich ihn. »Ist dir schlecht?«

Er reagierte nicht sofort. Schließlich sah er mich an. Sein Gesicht war fleckig und mit dem vertrauten Schweißfilm überzogen, den die Anstrengung des Kochens und Servierens mit sich bringt. In seinen Augen glitzerte Feuchtigkeit, die er sich nicht anmerken lassen wollte. »Ich weiß nicht. Ich bin einfach so fertig.«

»Ich hab' dir doch gesagt, du sollst den verdammten Brunch für die Kammer sausen lassen.« Ich half ihm auf. »Wie ist er übrigens gelaufen?«

Seine Stimme klang müde. »Bestens. Und das ist nicht der Grund.« Er klopfte sich ab und rieb sich die Handknöchel, wund vom vielen Waschen, am weißen Servierhemd. »Ich hab' Tom angerufen, wie du es mir aufgetragen hast. Er hat gesagt, daß Claires Eltern herkommen und ihre Leiche nach Australien mitnehmen. In Colorado wird nicht einmal ein Gedenkgottesdienst abgehalten.«

»Julian, das tut mir leid.« Seine tonlose Stimme schnitt mir ins Herz. »Noch was. Nach dem Brunch für die Kammer hat Marlas Pflegerin aus dem Krankenhaus angerufen. Sie hat gesagt, sie hätten Marla in ein Einzelzimmer verlegt, und Marla frage nach ihren Nachthemden und ihrer Post, und ob jemand aus der Familie ihrer Schwester ihre Sachen holen könne?« Ich verfluchte mich, weil ich das vergessen hatte. »Jedenfalls«, fuhr Julian fort, »hab' ich gesagt, ich bin der Neffe und mach's. Marla hat der Schwester gesagt, wo der Ersatzschlüssel liegt, und deshalb ist jetzt alles in meinem Auto. Ich hab' gedacht, ich sollte es ihr bringen. Weil ich sie ja sowieso besuchen wollte.«

Gott segne Julian. Wir holten Marlas Sachen aus dem Rover, und ich fuhr uns im Lieferwagen zum Krankenhaus. Ich sah mich in der Halle nach den Telefonzellen um, weil ich Tom anrufen wollte. Beide waren besetzt. Nach einiger Verwirrung am Empfang fanden wir den richtigen Aufzug und machten uns auf den Weg zu Marlas neuem Einzelzimmer. Ich umklammerte den Tiegel Handcreme, den ich bei Prince & Grogan gekauft hatte, und Julian, die Lippen zu einer schma-

len Linie zusammengekniffen, trug eine Einkaufstüte
voller Nachtwäsche und Post. Als wir im richtigen Stock-
werk waren, fragte ich im Schwesternzimmer, wann
Marla voraussichtlich entlassen werde. Die dienstha-
bende Schwester lächelte und sagte, vermutlich morgen, und sie werde ihnen ganz bestimmt fehlen! Ich
erwiderte das Lächeln. Und ob.

»Lieber Himmel, endlich!« sagte Marla, als wir das
Zimmer betraten. Sie lag im Bett, sah sogar noch unbehaglicher und deprimierter aus als am Vortag. Tony
Royce, ein Anlageberater mit dickem Schnurrbart, Marlas augenblicklicher Freund, saß neben einem Fenster
auf der Klimaanlage. In der Ecke saß eine Schwester,
eine, die ich aus der Intensivstation wiedererkannte.

Die Schwester erklärte leise: »Zwei Besucher, Miss
Korman.«

Marla sagte: »Tony, ich muß mit meinen Angehörigen sprechen. Okay?«

Tony Royce musterte Julian und mich abschätzend
wie Vieh und schnaubte dann: »Das sind nicht deine
Angehörigen!« Aber er erhob sich trotzdem von der Klimaanlage und schlenderte zur Tür. Weil mein Ein-
kommen es mir nicht gestattete, viel Geld in Aktien zu
investieren, betrachtete mich Tony als ein Wesen auf
einer niedrigen Sprosse der Evolutionsleiter. Ich mochte ihn auch nicht besonders, aber das behielt ich für
mich. Meistens, wie jetzt, ignorierte ich ihn.

»Wie geht es dir?« fragte ich Marla sanft. »Ist die
Angioplastie gut verlaufen?«

Marla hob warnend einen Finger und flüsterte:
»Nehm's an. Sie ist vorbei, das ist das Beste daran. Fällt
dir das Einzelzimmer samt Schwester auf?« Ich nickte.
Zum ersten Mal seit drei Tagen huschte ein winziges,

kurzes Lächeln über Marlas Gesicht. Vermutlich hatte sie schließlich doch jemanden dazu überredet, nachzuschlagen, wieviel sie dem Krankenhaus gespendet hatte. Ich lächelte auch, aber dann merkte ich, daß Tony Royce an der Tür stand. Weil Tony seit Marlas Infarkt noch nicht im Krankenhaus gewesen war, fühlte er sich vermutlich so trostlos, wie ich mich am ersten Tag gefühlt hatte. Andererseits beruhte seine Beziehung zu Marla vor allem auf der Tatsache, daß sie eine seiner besten Kundinnen war. Vielleicht war er nur auf Ärger aus.

»Tut mir leid«, sagte die Schwester mit mehr Nachdruck, »die Patientin darf nicht mehr als zwei Besucher auf einmal haben.«

Ich warf Julian einen Blick zu. Seine Augen flehten mich an. Ich gab nach. »Okay«, sagte ich. »Bleib hier, und ich gehe mit Tony hinaus.«

»Oh, vielen Dank«, sagte Tony spöttisch, als ich ihn am Arm faßte und durch die Tür auf den Flur führte.

»Kommen Sie schon, Sie waren heute schon bei ihr und wir nicht«, sagte ich zu ihm. »Außerdem muß ich Sie was Finanzielles fragen.«

»Sie? Was Finanzielles?« Er sah meine ausgeliehenen Klamotten an. »Was denn, die Entwicklung der Kaffeepreise? Da reden Sie ja von jeder Menge Geld.«

»Was wissen Sie über eine Firma, die jemand namens Reggie Hotchkiss leitet?«

»Sie meinen Hotchkiss Haut- und Haarpflege?« Als ich nickte, rieb er sich mit dem Zeigefinger den Schnurrbart. »Nicht viel. Wieso, Goldy? Interessieren Sie sich für die Aktien? Ich bin mir nicht sicher, ob sie überhaupt an der Börse geführt werden.«

»Ich interessiere mich für die Firma. Können Sie herausfinden, wie sie dasteht? Ich bezahle mit Plätzchen.«

Er schnaubte wieder und sagte, er wolle sehen, was er tun könne. Er warf noch einmal einen ungläubigen Blick auf mein feuchtes Haar und den Anzug, der die Vorzüge von Petes Kaffee rühmte.

Als ich wieder im Einzelzimmer war, wirkte Marlas deprimiertes Gesicht in dem Krankenhaushemd, das noch trister war als das von gestern, und durch das Fehlen ihrer üblichen glitzernden Haarspangen und ihres Schmucks noch blutleerer als bei meinen früheren Besuchen.

»Willst du …, daß ich bleibe?« fragte Julian Marla, als ich zurückkam. Er zögerte, ging neben einem türkisen Stuhl aus geschweißtem Kunststoff in die Hocke. »Ich weiß, vermutlich brauchst du jetzt Goldy. Ich wollte dir bloß … deine Sachen bringen. Und sehen, wie's dir geht.«

Der feine Unterschied zwischen »brauchen« und »wollen« entging Marla nicht. »Bleib«, sagte sie schwach. »Im Augenblick brauche ich so viele Freunde wie irgend möglich. Und die Schwester hat gesagt, ich darf jetzt sowieso länger Besuch haben.«

»Eine halbe Stunde«, ertönte die ruhige Ermahnung aus der Ecke.

Marla streckte die Hand nach Julian aus. »Ich denke nur an mich, und ich habe gehört, daß du eine ganz schlimme Nachricht erfahren hast. Ich bin so traurig wegen Claire.«

Julian nahm ihre Hand und sah sie an. Er ließ die Schultern hängen.

»Danke, Marla. Ich bin auch traurig.«

Schließlich ließ er ihre Hand los und sank auf den Stuhl. Ich fragte sie, wie sie sich jetzt fühle, nachdem sie die Angioplastie überlebt habe. Sie sagte mir, ich solle mich über sie beugen, und flüsterte dann, ihr Unterleib und ihr Rücken täten immer noch höllisch weh. Dann berichtete sie uns, sie habe mit der Privatpflegerin gesprochen und vereinbart, daß sie bei ihr anfange, sobald sie nach Hause komme. Die Pflegerin werde sie auch chauffieren, was Marla zu erleichtern schien. Ich setzte mich auf Tonys Platz am Fenster. Die Klimaanlage blies frostige Luft gegen meine Waden. Vor dem Fenster liefen und joggten Leute aller Altersstufen in Sportkleidung auf einem gepflasterten Weg herum. Das waren keine Patienten, überlegte ich, sondern Ärzte, Schwestern und Verwaltungspersonal. Wie auch immer – es war nicht unbedingt die Aussicht, die ich mir gewünscht hätte, wenn ich gerade beim Laufen einen Herzinfarkt gehabt hätte. Mir war, als könnte ich Dr. Lyle Gordon sehen, wie er seine Runden drehte. Hätte Marla ihn sehen können, dann hätte sie einen Witz darüber gemacht. Das war ihre Art. Aber sie lag immer noch flach im Bett, und jeden Augenblick schien ihre Stimmung düsterer zu werden. Wir drei sagten eine Weile lang nichts.

»Wie geht es Arch?« fragte Marla schließlich.

Julian und ich überschlugen uns mit Berichten darüber, wie großartig es Arch gehe, daß er Panthers-Hemden trage und batike und nach alten Platten der Beatles und von Herman's Hermits suche.

»Ich glaub', ich hab' auf dem Dachboden Eugene-McCarthy-Anstecknadeln«, sagte Marla schwach.

Wir alle verstummten wieder. Der kurze Funke in unserem Gespräch war erloschen wie erkaltetes Feuer.

»Gut, zeig mir, was du mitgebracht hast«, versuchte es Marla von neuem.

Julian griff nach der Tüte und packte auf dem Fußende des Bettes behutsam die Sachen und die Post aus. Ich nahm die Nachthemden und faltete sie adrett zusammen, ehe ich sie in Marlas Reichweite auf dem Nachttisch stapelte. Marla ließ sich von Julian die Post geben und ging sie ohne Interesse durch.

»Junge, Junge, das wird dem Arzt aber gar nicht gefallen«, sagte sie und hielt eine Postkarte hoch. »Von meiner Mutter, Poststempel Luzern.« Sie las vor: »Habe ein zauberhaftes Paar getroffen, das mir Gesellschaft leistet, und werde mit den beiden einen Monat in ihrem Chalet verbringen! Ich schreibe wieder, sobald ich die Adresse habe.« Sie warf die Postkarte auf den Boden. »Soviel zu Mütterlein, das zu mir eilt und Beistand leistet.«

»Herrgott noch mal«, sagte Julian, »kannst du ihr nicht postlagernd schreiben oder so?«

»Das geht, wenn es sich um Bluff in Utah handelt, Big J.«, erklärte Marla ihm liebevoll. »Es ist eine ganz andere Sache, wenn es um ein ganzes Land wie die Schweiz geht. Dieses Paar hängt sich vermutlich an Amerikaner, bringt sie in ihr gemietetes Chalet, tischt ihnen irgendein Märchen auf und betrügt sie um ein paar Millionen Dollar für ein Aktiengeschäft in Mexiko. Wär' nicht das erste Mal, daß Mom so etwas passiert. Im Grunde glaube ich, es macht ihr Spaß.«

Sie warf einen Blick auf eine weitere Postkarte. »Ich habe Onkel Doktor Lyle Gordon schon alles erzählt, was er über mögliche Erbkrankheiten innerhalb der Familie wissen muß. Er hat mir einen Vortrag darüber gehalten, daß ich sterbe, wenn ich meine Lebensweise nicht umstelle.« Sie bedachte mich mit einem trauervollen Blick. »Keine Leckereien mehr aus Goldys Küche.« Sie seufzte wieder. »Gott, tot wär' ich besser dran.«

»Keine Sorge«, sagte ich zu schnell. »Ich werde lauter fettarme Kost für dich zubereiten. Und sie wird so köstlich sein, daß du gar nicht merkst, wie gesund sie ist.«

Sie schloß die Augen. »Du verabscheust Diätkost.«

»Ich werde lernen, sie zu mögen.«

»Oh, schlank werden!« sagte Marla mit einem heiseren Lachen. »Vielleicht schaff' ich das ja doch noch. Auf die harte Tour.«

»Laß das«, sagte ich. Dann fiel mein Blick auf ein Päckchen auf der weißen Krankenhausbettdecke. »Was ist denn das? Soll ich es aufmachen?« Sie nickte. Ich riß es auf und gab es ihr.

Nach einem Moment ächzte sie. »Das ist von Hotchkiss Haut- und Haarpflege. Die wollen immer bei ihren Kunden damit Eindruck schinden, daß sie auf dem neuesten Stand sind. Du kennst doch Reggie Hotchkiss, Goldy. Oder nicht? Er war vor einer Ewigkeit ein wilder Radikaler beim SDS, und *Life* hat damals sein Foto veröffentlicht. Er ist in den Knast gekommen, weil er Bundeseigentum zerstört, sich der Wehrpflicht entzogen hat und so weiter.«

»Er hat Bundeseigentum zerstört? In welcher Form?«

»Ach, ich weiß es nicht. Laß mich nachdenken.« Sie holte tief Luft. »O ja. Erst hat er seinen Einberufungsbescheid verbrannt und vergeblich versucht, bei der CIA einzubrechen, dann wollte er mit dem Bentley seiner Mutter die Stufen zum Lincoln Memorial hochfahren und hat unterwegs einen Laternenpfahl gerammt. Das war das Foto, das *Life* gebracht hat«, fügte sie hinzu. »Irgend jemand hat behauptet, das sei bloß ein Reklametrick für die britische Autofirma. Du mußt ihn irgendwann mal in der Stadt gesehen haben, er taucht überall auf.«

»Als ich Reggie Hotchkiss das einzige Mal aus der Nähe gesehen habe, hab' ich versucht, bei einem Gespräch mitzuhören, das er mit Dusty Routt über die Produkte von Mignon geführt hat. Sie hat gesagt, er werde Ärger bekommen.«

Marla stieß ein abfälliges Geräusch aus. »Der Typ ist ein echter Yuppie, Goldy. Er käme nie auf die Idee, sich Ärger einzuhandeln, während er versucht, das Kosmetikgeschäft seiner Mutter zu führen.« Sie sah mich stirnrunzelnd an. »Hast du dir denn noch nie eine Gesichtsbehandlung in seinem Salon machen lassen?«

Ich lachte. »Nein, das kann ich nicht behaupten. Hatte weder die Zeit, das Geld, noch die Lust dazu. Vor allem, seit ich in fettarmen Dips und Schokoladentorten wate.«

»Und Chlorbleiche ausweichst«, warf Julian ein.

Marla ignorierte ihn und reichte mir ein gelbes Blatt Papier. »Hier ist ein Gratisgutschein für die Gesichtsbehandlung. Du mußt jedoch Kosmetika im Wert von fünfzig Dollar aus ihrer Herbstkollektion kaufen, deshalb willst du ihn vielleicht nicht benützen. Gott weiß, daß ich nicht dazu in der Lage bin.«

Ich warf einen Blick auf den Gutschein, dann blätterte ich in dem Hochglanzprospekt von Hotchkiss. Die Fotos zeigten Schachteln, Fläschchen und Tiegel mit Seife, Creme, Straffungsmitteln, Make-up in verschiedenen Größen und Farben. Mich verwirrte, daß die Bildunterschriften nicht recht zu den Produkten paßten. Es war, als wären die Fotos lange vorher aufgenommen und die Bildunterschriften hastig nachgetragen worden, kurz bevor der Prospekt verschickt wurde ...

Moment mal. *Bekennen Sie Farbe mit Hotchkiss Haut- und*

Haarpflege! Hatte ich nicht genau diese Worte als Motto über die Speisekarte für ein Bankett geschrieben? *Das magische Hautstraffungsmittel von Hotchkiss mit Mittelmeerseetang – strafft die Haut und schließt die Poren! Die patentierte, extra angereicherte Feuchtigkeitscreme mit Ziegenplazenta – verlangsamt auf wissenschaftliche Weise den Alterungsprozeß! Ultrasanfte Augenfältchencreme mit Schweizer Kräutern festigt den Augenbereich nach europäischem Geheimrezept! Rouge für heiße Rendezvous. Lippenstift im Ton von Schokoladenmousse.* Unglaublich. Die Worte und Produktbeschreibungen waren so gut wie identisch. Ich dachte wieder an Reggie Hotchkiss, den Mann, der am Mignon-Stand so hartnäckige Fragen gestellt hatte. Aber diese Postwurfsendung war erst gestern morgen abgeschickt worden. Ich hätte wetten können, daß sie am Tag nach dem Mignon-Bankett, bei dem die neuesten Produkte von Mignon vorgestellt worden waren, hastig gedruckt und zur Post gebracht worden war.

Er war dort gewesen. Ja. Was hatte Dusty gesagt? *Wir haben Sie gesehen.* Vielleicht hatte Claire ihn auch gesehen. Und vielleicht hätte sie ihn nicht sehen sollen.

Ich steckte den Gutschein in die geliehenen Sweathosen. Ich mußte mit Tom sprechen, je früher, desto besser. Ich musterte Marlas Gesicht und sah, daß die Erschöpfung schließlich über ihren Wunsch – ihr Bedürfnis – triumphierte, mit Freunden zusammenzusein. Julian und ich kündigten an, wir wollten jetzt gehen.

Mit halbgeschlossenen Augen protestierte sie schwach. »Tony hat mir erzählt, ein Freund von ihm hat drei Tage nach einem Herzinfarkt wieder Golf gespielt.«

»Golf ist Scheiße«, bemerkte Julian.

Das schwache Lächeln wurde breiter. Marla verlagerte ihren massigen Körper unter den Laken, versuchte, es sich bequem zu machen. »Tony meint, ich sollte morgen abend mit ihm zu der Party im Club gehen. Weil ich Gordon unter Druck setze, mich morgen rauszulassen, ist das eine Möglichkeit. Ich kann mir sowieso nichts Deprimierenderes vorstellen, als allein zu Hause zu sitzen, wenn überall das Feuerwerk losgeht.«

»Eine Party?« fragte ich verwirrt. »Eine Golfparty?«

»Golfpartys sind Scheiße«, lautete Julians Beitrag.

Jetzt schien Marla Atemschwierigkeiten zu haben. Aber sie inhalierte und sprach trotzdem mühsam weiter. Die Schwester in der Ecke sah von ihren Notizen auf. Das EKG-Gerät schien nichts Besorgniserregendes anzuzeigen, deshalb blieb sie sitzen. Marla fuhr fort: »Nein, nein, auf dem großen Anwesen der Braithwaites, kennst du sie? Sie ist eine richtige Salonlöwin, und er ist –«

»Wissenschaftler«, sagte ich. »Ich weiß. Bitte, sprich nicht darüber. Marla, brauchst du die Schwester?«

Sie preßte die trockenen Lippen zusammen und schüttelte den Kopf. »Kennst du die Leute, die diese Party geben?«

»Ja, natürlich kenne ich sie. Aber ich hab' gedacht, *du* kennst sie. Ich richte die Party aus, verdammt noch mal. Und Babs Braithwaite hat gesagt, *du* hast mich empfohlen.« Ich dachte zurück an Babs' Geplapper über Marla. »Wie hat sie also von mir erfahren, falls du nicht –«

»Oh, Goldy, mach halblang!« unterbrach mich Julian in einem rauhen Flüstern. »Du inserierst. Du stehst in den Gelben Seiten! Du hast einen Stand auf der Lebensmittelmesse! Was spielt es für eine Rolle, wie sie von dir erfahren hat?«

Marla war eingeschlafen. Ihre Brust hob und senkte sich regelmäßig. Julian und ich gingen auf Zehenspitzen aus dem Krankenhauszimmer und blieben auf dem Flur stehen.

Unvermittelt sah ich Julian ins Gesicht. »Ich sag' dir, warum das eine Rolle spielt. Babs Braithwaite hat gelogen.«

Er bedachte mich mit einem gönnerhaften Blick. »Sind das *die* Braithwaites, über die wir sprechen? Der Wissenschaftler, der verheiratet ist mit der Frau, die den Rover gerammt« – er demonstrierte es, indem er in die Hände klatschte – »und behauptet hat, ich hätte den Blinker zum Abbiegen nicht eingeschaltet gehabt? Er war eingeschaltet.«

»Genau die Braithwaites.«

»Goldy, sie ist eine *Kuh*. Die lügt, wenn sie den Mund aufmacht.«

»Diese reiche Kuh hat mich angerufen, bevor sie dich angefahren hat, und behauptet, sie habe von Marla soviel über mich gehört. Warum sollte sie in dem Punkt lügen?«

»Ich weiß es nicht«, sagte er resigniert. »Schau, hier ist eine Telefonzelle. Wenn du Tom anrufen willst, mach's besser gleich.«

Ich geriet an Toms Anrufbeantworter im Büro des Sheriffs. Ich fragte das Band, wo Tom sei. Ich fügte hinzu, vielleicht solle er Hotchkiss Haut- und Haarpflege überprüfen, die Firma sei eindeutig in einen Fall von Industriespionage bei Mignon verwickelt, begangen von Reggie Hotchkiss. Dusty Routt, sagte ich, behaupte, es habe keinerlei Beziehung zwischen Claire und Shaman Krill gegeben. Ich berichtete Tom außerdem, hinter den Damenumkleidekabinen im ersten Stock von

275

Prince & Grogan gebe es hinter den Spiegeln einen Observierungsbereich, und möglicherweise wolle er die Braithwaites überprüfen. Und Charles Braithwaite, sagte ich schließlich, habe viel mit Rosen zu tun. Vielleicht mit blauen? Plötzlich beschloß ich, Tom nichts von der Chlorbleiche und dem Drohbrief zu sagen. Ich wußte, daß er sich furchtbar darüber aufregen würde. Julian bedachte mich mit einem neugierigen Blick, also legte ich auf, und wir fuhren zum Parkhaus des Einkaufszentrums, um den Range Rover zu holen.

Aber es war nicht so einfach, den Rover zu orten. Wir konnten uns beide nicht daran erinnern, wo Julian sein Auto abgestellt hatte. Als wir immer wieder nach oben und nach unten fuhren, wurde Julian immer nervöser. Der Rover sei gestohlen worden, insistierte er. Wir würden ihn schon finden, versicherte ich ihm. Das Parkhaus sei einfach zu unübersichtlich. Ich fuhr noch einmal durch das volle Parkhaus. Kein Rover. Schließlich beschlossen wir, uns zu Fuß auf die Suche zu machen. Ich parkte auf dem ersten freien Platz. Er lag in der Nähe des Eingangs zum Schuhgeschäft, wo unglücklicherweise die Leute von »Verschont die Hasen!« in voller Stärke wieder angerückt waren.

Die Menge in Kriegsbemalung war größer und lauter. Sie schob sich jedesmal nach vorn, wenn jemand zur Tür ging. Sie intonierte eine andere Parole, die mir in den Ohren gellte.

»Geh einfach schnell an ihnen vorbei«, sagte ich leise zu Julian, der mit eingezogenem Kinn die brüllenden Demonstranten anstarrte. Es war mir absolut zuwider, an ihnen vorbeizugehen. Es sah so aus, als passierte dabei jedesmal etwas Schlimmes.

»Was rufen die da?« fragte er.

»*Hey, hey, Mignon-Kosmetik! Pfoten weg von hilflosen Kaninchen!*«

Julian sagte: »Beknackt, Mann« und ging weiter. Das heißt, er ging weiter, bis zwischen zwei geparkten Autos Shaman Krill auftauchte. Der Demonstrant hielt in einer Hand etwas Langes, Pelziges und Steifes. Ich wollte nicht hinschauen. Als ich ausweichen wollte, kam Shaman Krill näher an mich heran. Als ich um ihn herumgehen wollte, folgte er mir.

»O nein«, stöhnte ich. Ich wollte mich nach der Polizei umsehen, aber ich hatte Angst davor, Krill aus den Augen zu lassen.

»Was ist denn hier los?« wollte Julian wissen. Krill beachtete ihn nicht. Er heftete den wilden Blick à la Charles Manson auf mich und grinste höhnisch. Seine kleinen, spitzen Zähne schimmerten unheimlich. Der Ausdruck in den dunklen Augen des wütenden, angespannten Mannes vor mir veränderte sich. Er war voller Schadenfreude. Er wußte, daß er mich in seiner Gewalt hatte. Ich hatte diesen Ausdruck natürlich schon oft gesehen, in den Augen des Kotzbrockens.

»Hey!« schrie Krill in einem spöttisch übertriebenen Ton, als erkenne er eine alte Freundin wieder. »Die Dame, die mit Essen schmeißt! Schau mal, was ich habe! Und dieses Mal wird dein *Schwein* dich nicht retten!« Er holte mit dem Kaninchenkadaver aus; ich wich zurück. »Du bist erledigt!« kreischte er, als er mit dem Kadaver nach mir warf. Zum zweiten Mal an jenem Tag tauchte ich ab. Der Kadaver prallte gegen meinen Rücken. »Damit sind wir so gut wie quitt!« Shaman lachte hysterisch. »Dieser Hasenfuß bringt kein Glück!«

»Sie sind krank!« rief ich. Ich stand auf, mit geballten Fäusten. »Sie sind verrückt!«

»Sie sind festgenommen«, sagte Tom Schulz fröhlich, als er Shaman an den Armen packte. »Wegen Körperverletzung.«

**Ein weiterer Polizist,** ein Mann namens Boyd, den ich gut kannte, ließ die Handschellen zuschnappen. Ich bemerkte, daß das tote Kaninchen neben dem linken Vorderreifen eines Cadillac lag. Ich fragte mich, ob sie es als Beweismittel mitnehmen würden.

»Wow«, sagte Julian und wurde munterer. »Das war cool. Im richtigen Augenblick zur Stelle, Mann. Ich bin beeindruckt.«

»Hier bist du also gewesen.« Ich ging schnell zu Tom hinüber. »Warum hast du mir nicht gesagt, daß du auf der Suche nach Krill das Parkhaus überwachst?«

»Weil wir noch gar nicht so lange hier sind –«

»Tom, ich muß unbedingt mit dir sprechen. Du kannst bestimmt nicht fassen, was heute alles passiert ist –«

»Etwas Lebensgefährliches?« erkundigte er sich und hielt einen sich heftig wehrenden Shaman Krill fest.

»Du Schwein!« brüllte Krill. »Du Idiot!«

»Na ja, eigentlich nicht –«, sagte ich.

»Hör mal, Miss G., wir haben eben einen Tip von

279

einem *echten* Mitglied des Tierschutzvereins bekommen« – er richtete die Bemerkung an Krill –, »daß dieser Typ hier ist. Die nennen Sie den freiwilligen Cheerleader«, sagte er zu Krill. Er wandte sich wieder mir zu. »Goldy, wo hast du diese Sachen her?«

»Oh, das ist eine lange Geschichte.«

»Wie üblich bei dir.« Er musterte Julian. »Ist er okay?«

»Wer kann das schon wissen? Hör deinen Anrufbeantworter ab, wenn du mit dem Kerl hier fertig bist.«

»Ich mach’ dich fertig!« schrie Krill, aber niemand hörte ihm zu.

Officer Boyd hob mit behandschuhten Händen den Kaninchenkadaver auf, steckte ihn in eine Beweismaterialtüte, dann fuhren die drei in einem Auto vom Büro des Sheriffs ab. Für wen, fragte ich mich, arbeitete Shaman Krill tatsächlich?

Zwei Etagen tiefer fanden Julian und ich schließlich den Rover. Julian fuhr mich zu meinem Lieferwagen zurück, und gegen sechs kamen wir als Tandem nach Hause. Als wir die Haustür aufmachten, schallte der melancholische Rhythmus von »Sergeant Pepper’s Lonely Hearts Club Band« aus Archs Zimmer im ersten Stock. Als ich zu Arch hinaufrief, erwiderte er, er probiere eine Stroboskoplampe aus und komme sofort.

Im Versuch, mich auf Häusliches im allgemeinen und auf das Abendessen im besonderen zu konzentrieren, machte ich den begehbaren Kühlschrank auf. Eingewickelte Dreiecke aus sahnigem Port Salut, scharfem Brie und krümeligem Gorgonzola lockten. Tom hatte ein Schild *Für uns!* beschriftet, mit einem Pfeil, der auf das unterste Fach zeigte, zur Unterscheidung der verschwenderischen Lebensmitteleinkäufe, die er für unsere neu gegründete Familie tätigte. Ich konnte mich stets darauf verlassen, daß dieses Fach überquoll mit den erlesensten Beeren, den reifsten Käsen, den teuersten Fischen und Meeresfrüchten. Ich versuchte, etwas aus dem Fach *Für uns!* auszuwählen, als Arch in die Küche kam, immer noch in dem Panthers-Shirt. Er hatte eine runde Sonnenbrille aufgetrieben und Riemensandalen, die zu dem Shirt paßten. Er sah aus wie ein Strandgutsammler.

»Ich habe Hunger«, erklärte er ohne Umstände. »Ehrlich gesagt, ich kipp' um, wenn ich nichts zu essen kriege.« Er schob die Sonnenbrille hoch und warf einen Blick auf meine Klamotten, dann auf mein Gesicht und mein Haar. »Mensch, Mom, du siehst ja komisch aus. Ich weiß, daß du Kaffee magst, aber willst du nicht lieber Reklame für dein Geschäft machen als für das von Pete?«

»Arch, bitte …«

»Schon gut, schon gut. Bloß…, wann gibt es etwas zu essen? Ich will ja nicht ungezogen sein, aber seit dem Mittagessen ist es hundert Stunden her.«

»Na ja, eigentlich wollte ich erst duschen«, sagte ich voller Hoffnung.

Arch schob sich die Sonnenbrille die Nase hinunter, umklammerte seinen Magen und ließ die Augäpfel aus den Höhlen quellen.

»Oh, hör auf«, grollte ich. Soviel zum Duschen. Wie auch immer, Marla kam morgen nach Hause, und wenn ich mein Versprechen halten wollte, fettarm für sie zu kochen, war es jetzt an der Zeit, damit anzufangen. »Abendessen in einer Dreiviertelstunde?« fragte ich munter.

Arch sah sich in der leeren Küche um. Von Essen keine Spur. Auf dem Tisch lagen Prospekte für die

Lebensmittelmesse. »Was gibt es denn?« fragte er skeptisch.

»Warum läßt du mich nicht –« fing Julian an.

»Auf keinen Fall«, unterbrach ich ihn, »du ruhst dich aus. Ich koche Pasta«, sagte ich unverbindlich zu Arch. Pasta war immer ein Volltreffer. Was hatte ich im Haus? Schwer zu sagen, seit Tom es übernommen hatte, so viele Leckereien für uns zu kaufen.

»Was für Pasta?« wollte mein Sohn wissen.

»Arch –«

»Vielleicht sollte ich lieber was beim Chinesen bestellen.«

»Hey, Kleiner! Wer bist du denn, der Sohn eines Klempners, der es ein Jahr lang nicht schafft, das Leck in seinem Spülbecken zu reparieren? Ich koche das Abendessen! Ich bin zwar als Partylieferantin im Profigeschäft, aber ich bereite auch hier immer die Mahlzeiten zu, oder nicht?«

»Na ja, nicht immer –«, fing er an, aber als er meine wütende Miene sah, verstummte er.

Julian kam mir zu Hilfe. »Komm mit, Arch, wir hören uns eine Weile lang Rockgruppen an.« Julian zerzauste Archs braunes Haar, das ihm wild vom Kopf abstand. Weil Sommer war, ermahnte ich ihn nie, es zu kämmen. Erst im Herbst machte ich mir wieder Gedanken wegen seiner Schulkleidung und um sein Äußeres.

Arch löste sich von ihm. »Du brauchst dich nicht um mich zu kümmern, Julian. Ich bin okay.«

»Ich will mich ja gar nicht um dich kümmern. Ich möchte wirklich gern Musik hören.«

»Aber nicht auf leeren Magen!« Er sah mich aus zusammengekniffenen Augen an, ließ sich nicht ablenken. »Was für Pasta? Fettucine?«

»Fettucine Alfredo«, flehte ich. Es war sein Lieblingsessen. Wenn ich ihm das versprach, hörte er vielleicht mit der Quengelei auf und ließ mich kochen. Andererseits konnte ich mir nicht vorstellen, wie ich fettarme Fettucine Alfredo zubereiten sollte – ein Gericht, zu dem normalerweise ein Viertelpfund Butter, ein halber Liter fette Schlagsahne und jede Menge Parmesan gehörten.

»Das glaube ich nicht«, erwiderte Arch bockig.

»Das haben die Leute auch gesagt, als Eugene McCarthy die Vorwahlen in New Hampshire gewonnen hat«, warf Julian ein.

Arch sah Julian ehrfürchtig an, mit offenem Mund. »Woher weißt du das?«

»Du würdest dich wundern, was man so alles aufschnappen kann«, sagte Julian geheimnisvoll. »Zum Beispiel die Proteste gegen Vietnam, wo eine Lieblingsparole lautete: *Mach einen Rückzieher, Johnson! Das hätte schon dein Vater tun sollen!*«

Arch brüllte vor Lachen und lief die Treppe hinauf. Ich rief: »Julian!«

»Mensch, Goldy«, sagte Julian in dem Ton, der besagte: Werd endlich erwachsen. »Glaubst du, Arch hat keine Ahnung von Sex? Manchmal muß ich mich doch sehr über dich wundern.«

Na ja, dachte ich, während ich verzweifelt nach cholesterinlosen Fettucine suchte, manchmal wunderte ich mich auch über mich. Wie durch ein Wunder fand ich eine Packung mit der richtigen Pasta. Ich stellte Wasser im Nudeltopf auf. Die Jungen hatten Sergeant Pepper abgestellt und unterhielten sich vielleicht über …; wie auch immer, ich wollte nicht daran denken.

Ich machte das Küchenfenster auf. Eine Abendbrise

283

FETTARME FETTUCINE ALFREDO MIT SPARGEL

2 Eßlöffel fein gehackte rote Zwiebeln
500 g diagonal durchgeschnittener grüner Spargel mit festen Köpfen (holzige Stangenenden abschälen)
1 Teelöffel (etwa zwei Zehen) pürierter, gebackener Knoblauch (s. u.)
25 g Milchpulver ohne Fett
400 ml Magermilch (nach Bedarf mehr)
1 1/2 Eßlöffel Speisestärke
2 Eßlöffel fettarmer Quark
50 g Parmesan, gerieben
250 g Fettucine ohne Cholesterin
3 Eßlöffel Rucola, gehackt (ersatzweise Basilikum)

Eine mittelgroße Teflonpfanne erhitzen. Vom Herd nehmen und mit Pflanzenöl einfetten. Die Zwiebeln zugeben und etwa 5 bis 10 Minuten sautieren, bis sie glasig sind. Spargel und Knoblauch zugeben, die Pfanne zudecken und die Hitze abschalten. (Der Zwiebeldampf gart den Spargel.) In einer großen Pfanne Milchpulver mit Magermilch mischen und schlagen. Die Speisestärke zugeben, umrühren und bei mittlerer Hitze köcheln lassen, bis die Sauce leicht andickt. Zwei Eßlöffel der heißen Sauce in einer kleinen Schüssel zum Quark geben und glattrühren. Die Mischung wieder in die

heiße Sauce geben. Parmesan zugeben und rühren, bis er geschmolzen ist. Warm halten. Falls die Mischung zu dick wird, mit kleinen Mengen Magermilch verdünnen. Die Konsistenz sollte sahnig sein, nicht suppig. Die Fettucine nach Packungsanleitung in heißem Wasser al dente kochen; abtropfen lassen. Die heiße Pasta, den Knoblauch, die Zwiebeln und den Spargel in die Sauce geben. Umrühren und bei mittlerer Hitze gut durchgaren lassen. Mit gehacktem Rucola garniert servieren.
Ergibt 4 Portionen

Anmerkung: Den Backofen für den Knoblauch auf 180 Grad vorheizen. Eine ganze Knoblauchknolle auf ein kleines Backblech geben. Die Knoblauchknolle mit einem Teelöffel Olivenöl beträufeln; 60 ml Wasser auf das Backblech geben. Den Knoblauch, lose mit Alufolie abgedeckt, 45 bis 60 Minuten backen, bis die Zehen weich sind. Die Zehen lassen sich leicht aus der Schale drücken, damit sie püriert, gehackt oder ganz serviert werden können. Ganze Knoblauchzehen können als Beilage zu jeder Form von gebratenem Fleisch gereicht werden; pürierte Knoblauchzehen schmecken außerdem köstlich als Zutat zu hausgemachtem Kartoffelbrei.

wehte herein, erfüllt mit tremolierenden Saxo-phonklängen aus dem Haus der Routts. Ich lächelte. Wir waren hier im ländlichen Colorado, und dennoch hatte ich das Gefühl, unser Haus stehe neben einem New Yorker Jazzclub. Ich hackte rote Zwiebeln, wusch und schälte zarten, leuchtendgrünen Spargel, den ich gebündelt im Fach *Für uns!* gefunden hatte. Als ich eine Knoblauchknolle mit Olivenöl beträufelt und zum Garen in den Backofen geschoben hatte, dachte ich an die Ereignisse des Tages zurück. Ging sie mit Logik an, versuchte es jedenfalls.

Ich war zu Prince & Grogan gegangen, um Claires Mörder zu finden. Tom hatte gesagt, es gehe in Ord-nung, ein bißchen in dem Fall herumzustochern, solan-ge ich nicht in Gefahr geriet. Und ich war in Gefahr geraten, zumindest war ich vom Kaufhausdetektiv geschnappt, mit Chlorbleiche übergossen und ermahnt worden, nach Hause zu gehen. Aber das war alles nicht meine Schuld, rechtfertigte ich mich.

Außerdem, rechtfertigte ich mich, als ich Speise-stärke aus dem Schrank nahm, war ich entschlossen, Juli-an dabei zu helfen, über Claires Tod hinwegzukom-men. *Wenn ich nur wüßte, warum das passiert ist,* hatte er so hilflos hier in der Küche geweint. Claires Leben hatte sich um Mignon gedreht. Es wirkte also logisch, dort zu suchen, was sie »den halsabschneiderischen Kosmetikladen« genannt hatte.

Und, rechtfertigte ich mich außerdem beim Abmes-sen, als Frau war ich, ob es mir nun gefiel oder nicht, viel besser in der Lage, an Klatsch heranzukommen, als es Tom und seine Untergebenen im Büro des Sheriffs je gekonnt hätten. Der Mignon-Stand von Prince & Grogan in der Westside Mall war ein Ort, an dem viel

Energie eingesetzt, hohe Umsätze gemacht wurden und emotional viel auf dem Spiel stand. Ich meine, wo sonst wurde Frauen mit solchem Enthusiasmus, Überzeugungskraft und hohen Kosten Schönheit und ewige Jugend versprochen? Wo sonst mußte man auf Ladendiebe achten, behaupten, Jahrzehnte älter als in Wahrheit zu sein, sich Sorgen um Spione der Konkurrenz machen und zudringliche Liebhaber in Form von sonderbaren Wissenschaftlern abwimmeln?

Ich stöberte in den Schubladen herum, bis ich eine Reibe fand. Ich hatte Tom auch früher schon bei seinen Ermittlungen helfen können. Natürlich war er von meiner Mitarbeit nie besonders begeistert gewesen, bis alles vorbei war. Und ganz gleich, wie sehr ich unterstrich, Julian brauche meine Hilfe bei der Aufklärung, meine Beteuerungen würden auf taube Ohren stoßen.

Trotzdem. Ich hatte gehört, wie Dusty zu Reggie Hotchkiss gesagt hatte: *Wir haben Sie gesehen. Sie werden jede Menge Ärger bekommen.* Ich war in dem Parkhaus gewesen. Ich hatte niemanden gesehen bis auf einen verrückten Demonstranten. Aber ich hatte in der Nähe von Claires Leiche eine blaue Rose gefunden. Und diese Rose war vielleicht von Charles Braithwaite gezüchtet worden – eben jenem Charles Braithwaite, der laut Dusty heftig in Claire Satterfield verknallt gewesen war und von dem sie sich später getrennt hatte. Und außerdem war *Babs* Braithwaite dort gewesen, die mir oben an der Rolltreppe über den Weg gelaufen war und behauptet hatte, *jemand* verstecke sich in den Damenumkleidekabinen. Allerdings hatte ich in den Umkleidekabinen niemanden gefunden. Blieb die Tatsache, daß ich Babs' Mann unerwarteterweise noch einmal getroffen hatte. Dieses Mal war Dr. Charlie wie mit Zauberhand auf dem Dach aufgetaucht. Und zwar, nachdem Frances Markasian und ich mit einer ungesunden Dosis Desinfektionsmittel überschüttet worden waren. Ich fragte mich, ob Charles Braithwaite den Mut dazu gehabt hätte. Er wirkte auf mich nicht besonders mutig.

Es lag an der Chlorbleiche und an der Warnung, nach Hause zu gehen, daß ich begriff, ich *müsse* herausfinden, was hinter dem Mord an Claire Satterfield steckte, ganz gleich, was Tom sagte. Statt Frances, die bei mir gewesen war, als die Chlorbleiche durch die Luft zischte, hätte es Julian sein können.

Es hätte Arch sein können.

Es sah danach aus, als würde derjenige, der versuchte, mich zu warnen, vor nichts zurückschrecken. Ich war also bis zum bitteren Ende in diesen Fall verwickelt.

Als ich mir darüber schlüssig geworden war, rieb ich den kräftigen Parmesankäse in goldene Streifen. Dann suchte ich in den Schränken nach etwas, das Sahne ähnelte, und beschloß, fettarmes Milchpulver mit Magermilch zu verrühren. Es klang nicht so gut wie Schlagsahne, es sah auf keinen Fall so gut aus wie Schlagsahne, und ich war mir nicht sicher, ob es auch nur annähernd so gut schmecken würde wie die – wunderbar dick machende – Lieblingszutat der Profiköche. Aber die Mischung enthielt keinerlei Fett, deshalb war es eindeutig einen Versuch wert. Für Marla. Ich nahm außerdem einen Becher fettarmen Quark aus dem Kühlschrank – ein Überbleibsel der Diporgie für das Mignon-Bankett – und beschloß, der Sämigkeit zuliebe etwas davon zur Sauce zu geben. Oder um Sämigkeit vorzutäuschen, dachte ich pflichtschuldig, als ich langsam die Milchpulvermischung über die Speisestärke goß und heftig umrührte.

Beim Schlagen versuchte ich nachzudenken. Was konnte ich aus meinem letzten Besuch im Einkaufszentrum schließen? Allmählich wurde ich zur Expertin für das Kaufhaus: Ich wußte, wo der versteckte Bereich um den Eingang herum war, den die Wachmänner, die gern dort hockten, einen »Lauerposten« nannten, kannte die Einzelheiten der versteckten, auf die Kunden gerichteten Kameras, die keineswegs veralteten Einwegspiegel. Ich sah aus dem Fenster. Die hellen Blätter der Espenbäume im Hintergarten bebten im Wind. Bei der beschwingten Saxophonmusik, die durch die offenen Fenster hereinströmte, mußte ich an Dusty denken – die arme, eifrige, freundliche Dusty, relegiert von der Elk-Park-Schule, die in Julian einen potentiellen Freund, in Claire eine Freundin verloren hatte und auf der ihre ehrgeizige Kollegin Harriet herumtrampelte. Und die in einem Haus von Habitat für die Menschheit wohnte, weit entfernt von der Villa, nach der sie sich beim Kaffeetrinken auf dem Parkhausdach laut gesehnt hatte. Aber wenn ich an ihren Wortwechsel mit Reggie Hotchkiss zurückdachte, kam es mir vor, als hätte sie strahlend gewirkt, schelmisch, habe sogar etwas geflirtet, bevor sie sich gestritten hatten. Falls es tatsächlich ein Streit gewesen war, nicht nur eine Hänselei. In dieser Beziehung war Dusty die Begehrte. Dusty verfügte über die Informationen. Jedenfalls hatte Reggie Hotchkiss diesen Anschein erweckt.

Und dann dachte ich an Harriet, perfekt frisiert, ehrgeizig, die auf Distanz zu dem neugierigen Reggie gegangen war, sogar versucht hatte, Dusty an dem Gespräch mit ihm zu hindern. Harriet arbeitete schon viel länger am Mignon-Stand als Dusty; warum stellte Reggie Hotchkiss ihr keine Fragen? Vielleicht hatte er es getan oder es versucht, sie war jedoch ihrer Firma gegenüber loyal gewesen. Bestimmt hatte sie keine Lust, ihre Provision zu gefährden, indem sie der Konkurrenz gegenüber, Hotchkiss Haut- und Haarpflege, Geheimnisse ausplauderte. Oder doch?

Und was war mit den Braithwaites? Charlie war nicht nur von der Wissenschaft besessen, soviel stand fest. Hatte er die Rose in dem ausgefallenen Farbton neben Claires Leiche gelegt? Warum lungerte Babs – buchstäblich – an dem Kosmetikstand herum, als ich von Stan White, dem Handlanger von Nick Gentileschi, abgeführt wurde? Wußte Babs, was sich zwischen Charlie und Claire abgespielt hatte, falls da überhaupt etwas gewesen war?

Ich löffelte etwas angedickte Sauce in den Quark, verrührte beides und gab die Mischung dann in die Sauce zurück. Während sie warm wurde, sautierte ich die roten Zwiebeln, gab dann die zerdrückten, gebackenen Knoblauchzehen und den Spargel hinzu, deckte die Pfanne zu und stellte sie beiseite. Das Wasser kochte. Ich warf die Bandnudeln hinein, beschloß, dazu einen Salat aus frischen Himbeeren und kurz gedünsteten Erbsen zu servieren, und wandte meine Aufmerksamkeit dem Nachtisch zu.

Wenn wir Pasta mit Gemüse aßen, konnten wir ein nahrhaftes Dessert vertragen. Ich entschied mich für ein Schokoladensoufflé, auf das ich bei meinen Versuchen, eine fettarme Schokoladentorte zu backen, gestoßen war. Während Schokoladenflocken und Magermilch im Wasserbad warm wurden, verschlug ich Eiweiße mit Zucker, Salz und Vanille, bis sie steif waren. Dann verrührte ich die Eiweiß- und Schokoladenmischungen und stellte den dunklen Schoko-

SCHOKOLADENSOUFFLÉ

100 g ungezuckertes Kakaopulver
100 g Puderzucker
1/4 l Magermilch
50 g Schokoladenflocken, zartbitter
5 Eiweiße
60 g Zucker
1/2 Teelöffel Vanilleextrakt
Fettarmer Schlagschaum (nach Belieben)

Kakaopulver, Puderzucker und Milch über einem Wasserbad schlagen, bis die Mischung glatt ist. Schokoladenflocken hinzugeben und rühren, bis sie schmelzen. Umrühren und die Hitze herunterschalten.
Die Eiweiße in einer großen Schüssel halbsteif schlagen. Langsam Zucker hinzugeben und steif schlagen. Vanille und 1/4 l der Schokoladenmischung zum Eiweiß geben. Das Wasserbad wieder zum Kochen bringen. Die Eiweiße mit der Schokoladenmischung zur restlichen Schokolade im Wasserbad geben. Alles mit einem elektrischen Schlagstab oder mit dem Schneebesen solange schlagen, bis es gut vermischt ist. Den Topf im Wasserbad zudecken und über kochendem Wasser 25 bis 30 Minuten garen lassen.
Auf Wunsch mit fettarmem Schlagschaum servieren.

Ergibt 4 Portionen

ladenschaum wieder ins Wasserbad, damit er gar wurde, während wir aßen. Als nächstes rührte ich den geriebenen Parmesan in die Fettucine, die Gemüse und die Sauce, machte alles warm, bis die köstlich aussehende Mischung Blasen warf, und rief die Jungen. Ich sah auf die Uhr: Viertel vor sieben. Erstaunlich. Obwohl Arch mein kulinarisches Tempo und mein Können wohl kaum würdigen würde.

Ich rief Tom an und bekam wieder seinen Anrufbeantworter. Ich sagte ihm, wir äßen so unglaublich köstlich zu Abend, wie er es sich irgend vorstellen könne, und je später er nach Hause komme, um so unwahrscheinlicher sei es, daß etwas für ihn übrigbleibe. Gemein, ich weiß, aber es geht nichts über Taktik.

Und das Essen war tatsächlich köstlich. Die mit Käse angedickte Sauce umschloß jeden Nudelstrang und jeden knackigen Bissen Spargel. Der Salat war leicht und erfrischend säuerlich. Arch aß hungrig, Julian so gut wie nichts. Als ich fragte, ob sie Schokoladensoufflé zum Nachtisch wollten, zuckte er lediglich die Achseln. Während ich den Tisch abräumte, schlug ich Julian wieder vor, er solle lieber zu Bett gehen, als mir beim Saubermachen oder bei den Vorbereitungen für die Party der Braithwaites zu helfen. Wenn er zu erschöpft sei, auch nur irgend etwas zu tun, könne er mir am vierten Juli keine große Hilfe sein. Zu meiner Überraschung war er einverstanden und trottete hinauf zum Etagenbett. Arch, begeistert darüber, daß er eine doppelte Portion Nachtisch bekam, schlich freudig damit ins Fernsehzimmer.

Dankbar für die Ruhe spülte ich das Geschirr vor und stellte es in die Spülmaschine. Es war halb neun. Soviel dazu, daß Tom pünktlich zum Abendessen nach

Hause kam. Aber kaum hatte ich das gedacht, ging der Haustürriegel auf.

Tom kam herein, blieb auf der Küchenschwelle stehen, breitete die Arme aus und sagte: »Du siehst wunderschön aus.«

Mein zerzaustes, von Bleiche verflecktes Haar, mein mit Make-up verschmiertes Gesicht und Petes übergroßer Anzug mit Kaffeewerbung waren schwer zu übersehen. »Soll das ein Witz sein?«

Er schloß mich in die Arme. »Niemals«, flüsterte er mir ins Ohr. Zum ersten Mal an jenem Tag entspannte ich mich. Aber dann wurde ich verkrampft, überlegte, wie ich mein Aussehen erklären sollte.

»Ich … hab' heute einen Schwall Chlorbleiche abbekommen.« Es war ein Teil der Wahrheit. Die halbe Wahrheit.

»Ich hatte nicht vor, danach zu fragen. Wie geht's Marla?« Sein Mund dicht an meinem Ohr jagte Schauer mein Rückgrat entlang.

»Sie wird's überleben. Möchtest du was von dem fettarmen Essen kosten, das ich für sie ausprobiere? Willst du hören, wie ich heute Scherereien bekommen habe?«

»Muß das sein? Was anderes wär' mir lieber«, murmelte er.

»Unverbesserlich.«

»Wunderschön.«

»Später.«

Mit dieser hoffnungsvollen Aussicht löste er sich widerstrebend von mir. Ich goß ihm ein Glas Rotwein ein, machte die Fettucine warm und fragte, ob er den Anrufbeantworter abgehört habe.

»O ja«, erwiderte er mit einem breiten Lächeln. »Ja, ja. Und die anderen Nachrichten für mich habe ich auch abgehört. Hab' den für Gartenbau zuständigen Behörden einen kleinen Besuch abgestattet. Offenbar ist Charles Braithwaite, Doktor phil., dabei, die blaue Rose patentieren zu lassen, was eine Weile dauert. Du kannst dir nicht vorstellen, was alles nötig ist, um eine Blume patentieren zu lassen.« Ich stellte ihm einen Teller mit dampfender Pasta hin. Er wickelte eine Portion Fettucine um die Gabel und verschlang sie. Seine buschigen Augenbrauen gingen nach oben. »Mensch, Goldy, das ist ja köstlich. Fettarm?«

»Tu nicht so überrascht. Wie will Braithwaite die Rose nennen? Und hast du Hotchkiss überprüft?«

Seine grünen Augen funkelten. »Charles Braithwaite will seine blaue Rose *Claire Satterfield* nennen.«

»Gütiger Gott!«

Arch steckte den Kopf in die Küche, winkte Tom zu und erklärte, er gehe früh zu Bett. Ich muß völlig verblüfft ausgesehen haben. Anfang Juli war Arch selten bereit, früher schlafen zu gehen als während des Schuljahres.

»Aber –«, fing ich an.

Arch verzog finster schmollend den Mund. »Ich will bloß nicht, daß Julian glaubt, ich lasse ihn im Stich.«

»Ich bin mir sicher, daß Julian nicht glaubt, du –«

Aber er war schon weg. Ich ging ihm nicht nach, weil das Telefon klingelte. Es war Tony Royce. Während Tom die Fettucine genoß und den Salat wegputzte, teilte Tony mir mit, Hotchkiss Haut- und Haarpflege sei eine Firma in Privatbesitz, die ihre Gewinne und Verluste Aktionären nicht offenlegen müsse, deshalb habe er nur vage Informationen für mich.

»Das ist okay«, sagte ich zu ihm, den Stift in der Hand. »Vage ist besser als gar nichts.«

»Hotchkiss Haut- und Haarpflege muß sich liften lassen, Goldy. Wir sprechen über einen *großen* Eingriff.«

»Lassen Sie die Scherze weg, Tony –«

Aber er hatte einen Lauf. »Ich meine«, insistierte er, »wir sprechen über eine Firma, die Finanzprobleme hat wie Falten im Gesicht!« Ich wußte, daß Tony und Marla sich miteinander amüsierten und daß sie ihn für ein Finanzgenie hielt. Aber ich mußte zugeben, daß ich das Wesentliche an ihrer Beziehung nicht begriff.

»Und ihre Finanzlage sieht wie aus?« soufflierte ich.

»Mit wem sprichst du?« wollte Tom plötzlich wissen.

»Moment mal, Tony.« Ich legte die Hand auf die Sprechmuschel. »Mit Marlas Freund. Er ist Anlageberater und hat für mich Erkundigungen über Hotchkiss Haut- und Haarpflege eingeholt.«

Tom konnte es nicht fassen. »Es ist *unsere* Aufgabe, die Finanzlage der Firma zu überprüfen. Was hast du vor?«

Ich sagte defensiv: »Ich bin Tony rein zufällig im Krankenhaus über den Weg gelaufen. Ich erzähl' dir alles darüber.«

»Solltest du auch.«

»Okay, Tony«, sagte ich ins Telefon und ignorierte Toms Gesichtsausdruck, »wie sieht ihre Finanzlage aus?«

Tony Royce schnaubte. »Furchtbar, furchtbar. Hotchkiss hat jahrelang Gesichtsbehandlungen gemacht, als die Frauen noch glaubten, sie brauchten das und für eine Behandlung Schlange standen. Aber vom geschäftlichen Standpunkt aus sind Gesichtsbehandlungen heutzutage nicht unbedingt eine Wachstumsbranche. Sie sind arbeitsaufwendig. Das heißt teuer, und man kann nicht viel daran verdienen. Und das bedeutet

295

Pech, wenn man zur Unterstützung keine Produktpalette mit fester Nachfrage hat.« Er machte eine Pause und seufzte, weil es ihn tief befriedigte, daß er der Fachmann war. »Aber die Frauen aus der Babyboom-Generation …, die sind eine interessante demographische Gruppe. Diejenigen mit Geld arbeiten fast alle außer Haus und haben keine Zeit für Gesichtsbehandlungen. Oder«, sagte er mit einem Gluckslaut, »es ist noch keinem Werbegenie gelungen, diese Frauen davon zu überzeugen, daß sie Gesichtsbehandlungen *brauchen*. Also hat Mama Hotchkiss gemerkt, daß sie mit der Zeit gehen muß, und beschlossen, eine neue Produktpalette für die Frauen der Babyboom-Generation herauszubringen. Sie hieß *Erneuerung*. Haben Sie je was von *Erneuerung* gekauft, Goldy? Ich meine«, er kicherte, »nicht daß Sie es nötig hätten oder so.«

»Kann nicht behaupten, je was davon gekauft zu haben, Tony.«

Wieder ein wehmütiger Seufzer. »Auch sonst hat das niemand gekauft. *Erneuerung* war ein Flop. Ein gewaltiger. Mama Hotchkiss wollte von den Banken einen Kredit. Niemand hat angebissen, nicht einmal, als sie kostenlose Gesichtsbehandlungen angeboten hat. Banker mögen keine Gesichtsbehandlungen, Goldy. Sie sehen lieber einschüchternd und häßlich in ihren teuren Anzügen aus, damit die Kunden sich tief verbeugen, mit den Füßen scharren und den Fußboden ablecken.«

Apropos Lecken. Ich sah nach dem Soufflé, das ich für Tom warm zu halten versucht hatte. Es war noch dunkel und nicht zusammengefallen. Ich nahm den Topf aus dem Wasserbad. Ich hatte festgestellt, daß die Beschäftigung mit Essen oft hilft, wenn man am Telefon arroganten Leuten zuhört.

»Was ist also Ihrer Meinung nach passiert?« hakte er nach.

»*Erneuerung* war ein Flop, wie Sie gesagt haben«, erwiderte ich. »Aber das Geschäft ist nicht pleite gegangen. Folglich …, wenn ein Kuchen, mit dem ich mir einen Ruf erwerben wollte, ein Flop gewesen und mein Geschäft nicht pleite gegangen wäre, hätte ich mich auf Plätzchen umgestellt. Oder auf Torten. Irgend etwas muß man verkaufen.«

»Schlüpfen Sie aus der Kochschürze, und ziehen Sie ein Bankerkostüm an, Goldy.«

In der Tat ein großes Lob, wenn man bedachte, von wem es kam. »Danke. Also hat sich Hotchkiss nach neuen Produkten umgesehen? Aber dafür brauchten sie mehr Geld, also sind sie zu einem Ihrer Geschäftsfreunde gegangen.«

»Hey. Ich kenne jeden im Finanzgeschäft von Denver, und ich wohne erst etwas länger als ein Jahr hier.«

»Sie sind wunderbar. Vergessen Sie die Plätzchen, ich muß Sie mit Schokoladentörtchen bezahlen.«

Tony stieß einen langen *Hmmmm*-Laut aus. »Sie haben also einen Kredit für die Entwicklung neuer Produkte bekommen. Den Finanzierungsplan hat kein anderer ausgearbeitet als –«

»Reggie Hotchkiss!« schloß ich triumphierend.

»Wenn Sie das alles wissen, warum fragen Sie dann mich?« Er klang verärgert.

»Ich hab' nichts davon gewußt, Tony. Sie haben mir die Skizze geliefert, und ich habe sie nur ausgemalt. Wie lange hat Hotchkiss Haut- und Haarpflege Zeit, sich zu bewähren?«

»Die Firma legt meinem Bankerfreund nächsten Monat den Geschäftsbericht vor. Aber Reg hat meinem

Freund strahlende Aussichten versprochen. Sie haben eine neue Kollektion, der Erfolg ist garantiert. Alle werden jede Menge Geld verdienen.«

Ja, ich wußte alles über die neue Kollektion, sie stammte direkt von Mignon. Aber ich beschloß, das Tony gegenüber nicht zu erwähnen. Ich fragte ihn, wann ich ihm die versprochenen Schokoladentörtchen bringen könne. Er sagte, er sei am nächsten Tag auf der Party der Braithwaites, und hätte ihm nicht ein Vögelchen ins Ohr geflüstert, daß ich die Partylieferantin dort sei? Darauf könne er wetten, sagte ich und legte auf.

Ich berichtete Tom, was ich erfahren hatte. Er nahm sogar seinen zuverlässigen Notizblock mit Spiralheftung aus der Tasche und machte sich ein paar Notizen. Dann blätterte ich, während er amüsiert zusah, im Telefonbuch, fand Hotchkiss Haut- und Haarpflege und rief dort an. Zum Glück hatte die Geschäftsnummer einen Anrufbeantworter, der mir mitteilte, falls ich eine Gesichtsbehandlung oder eines ihrer Produkte wolle, solle ich meinen Namen und meine Telefonnummer hinterlassen. Sobald jemand aus der Kosmetikabteilung verfügbar sei, werde man mich zurückrufen.

Ich ließ meine Stimme hysterisch klingen. Mein neu entdecktes Schauspieltalent würde mir demnächst jede Menge Ärger einbringen, aber im Augenblick genoß ich es, das mußte ich zugeben. »Hier ist Goldy Schulz, und ich brauche sobald wie möglich eine Gesichtsbehandlung! Ich …, ich habe einen Prospekt mit Ihrer neuen Kollektion gesehen, und ich möchte alles kaufen. *Alles!* Ich brauche es! Bitte, verstehen Sie, ich bin verzweifelt! Ich weiß, daß nur Sie mir helfen können!« Ich hinterließ meine Nummer und legte auf.

»Manchmal weiß ich nicht, was ich von dir denken

soll«, sinnierte Tom, während er seinen Teller abspülte.

Ich löffelte heißes Schokoladensoufflé in Dessertschalen und gab fettarmen Schlagschaum darüber. Ich reichte Tom eine Schale. »Ich hab' dir alles gesagt, was ich weiß. Sag mir jetzt, was *du* über Hotchkiss herausgefunden hast. Und über Shaman Krill? Was hat er vor?«

Tom schüttelte den Kopf und aß einen Bissen. »O Gott«

Mit *o Gott* hatte er recht. Das Soufflé war warm und sämig und zerging auf der Zunge, genau wie Schokoladensoufflés mit tausend Kalorien pro Bissen. Marla würde davon begeistert sein. »Tom? Was hast du herausgefunden?«

Er runzelte die Stirn und machte sich über das Soufflé her. »Hotchkiss hat finanzielle Schwierigkeiten. Er braucht unbedingt einen Erfolg mit seiner neuen Kollektion.«

»Wenn du das alles gewußt hast, warum hast du es mir dann nicht gesagt?«

»Weil ich über Ermittlungsmethoden verfüge, bei denen ich keine schleimigen Typen wie Tony Royce brauche.«

Ich seufzte. »Es macht dir also nichts aus, wenn ich mir eine Gesichtsbehandlung machen lasse?«

»Natürlich nicht. Bring dich bloß nicht –«

»In Gefahr, ich weiß.« Ich hatte ein schlechtes Gewissen, weil ich ihm nichts von der Chlorbleiche und dem Drohbrief gesagt hatte, aber ich wußte, daß er meiner Herumschnüffelei sofort Einhalt geboten hätte, wenn ich damit herausgerückt wäre. »Ich habe noch eine Tonne Schokoladensoufflé«, warnte ich ihn. »Beide

Jungen sind zeitig zu Bett gegangen, deshalb hoffe ich, daß du mehr davon ißt.«

Er gestikulierte mit dem Löffel. »Weißt du noch, wie du für die Farquars gearbeitet und mir erzählt hast, daß Schokolade ein Aphrodisiakum ist?« Ich nickte, und er griff nach unseren beiden Schalen und stellte sie ins Spülbecken. Dann zog er mich vom Stuhl hoch. Es kam so unerwartet, daß ich lachte. Weil er in letzter Zeit so oft weggewesen war, hatte ich das Gefühl, wir seien in alle Ewigkeit frisch verheiratet. Er küßte mich auf die Wange, dann auf die andere, dann auf mein Ohr. »Das hast du mir doch erzählt? Du bist eine *großartige* Party-lieferantin. Ich meine, weil du soviel recherchierst.« Er kniff ein Auge zusammen und zog eine buschige Augenbraue hoch. »Aber eins muß ich dir sagen, ich habe mich immer für einen guten Cop gehalten.«

»Du bist ein *großartiger* Cop«, verbesserte ich ihn und erwiderte seine Küsse.

»Aber eins steht fest«, sagte er, als er mich mühelos auf die Arme nahm, »nie« – ich kreischte, als er aus der Küche ging –, »niemals«, sagte er mit Nachdruck, als er mich die Treppe zu unserem Schlafzimmer hinauf-trug, »in meinem ganzen Leben hat mir die Polizeiar-beit soviel Spaß gemacht.«

Soviel zu einem Nachschlag.

Am Samstag, dem 4. Juli, kam sehr früh ein Anruf für Tom. Seinen darauf folgenden Aufbruch begleitete ein gemurmelter Abschied, dem ich zu entnehmen glaubte, das Wort Kaution sei darin vorgekommen. Aber ich lag noch im Halbschlaf und registrierte nur den Verlust seiner Körperwärme in unserem Bett.

Um halb sechs gab ich den Versuch auf, weiterzuschlafen. Das Tageslicht war in unser Schlafzimmer eingedrungen, und das Morgenkonzert der Vögel war in vollem Gange. Ich war erschöpft. Gegen Mitternacht, als ich Julian telefonieren hörte, war ich nach unten geschlichen. Er hatte in dem Ton gesprochen, der seinen Freunden vorbehalten war – vertraulich, flehend. *Ich kann nicht damit aufhören, an sie zu denken. Wenn sie die Leiche abholen, wird es sein, als wäre sie jetzt wirklich tot. Warum hat jemand so etwas getan?* Ich hatte ein schlechtes Gewissen, weil ich lauschte, und ging auf Zehenspitzen die Treppe hinauf. Jetzt, wo keinerlei Linderung für Julians Schmerz in Sicht war, fühlte ich mich, als wäre das alles zuviel.

Ich stieß das Fenster auf, atmete tief die kühle, milde
Luft ein und sah hinaus auf das ultrablaue Himmels-
gewölbe von Colorado. Bis zum Horizont erstreckten
sich riesige Kiefernwälder, überzogen die nächsten
Berge wie dicke Wellen waldgrüne Nadelstickerei.
Leuchtend chartreusegrüne Espenhaine in vollem Laub
sprenkelten das dunkle, wellige Grün an den Abhängen.
Die Luft war extrem ruhig. Der Aspen Meadow Lake bot
ein Panzerglasspiegelbild der Fichten und Ponderosa-
kiefern, die sein Ufer säumten. Mit etwas Glück würde
das Wetter während der Lebensmittelmesse und des
Feuerwerks am Aspen Meadow Lake halten.

Ich machte langsam ein paar Yogaübungen, kochte
mir einen Cappuccino und arbeitete effektiv in der
Küche, packte Rippchen, Salat, Brot und Plätzchen
ein. Mein Blick fiel auf die Tüte, in der die Handcreme
für Marla gewesen war, und ich begriff, daß endlich
Samstag war. Der Tag, an dem Marla entlassen werden
sollte. Außerdem der Tag, an dem Claires Eltern aus Australien eintreffen würden, um Anspruch auf ihre Leiche zu erheben.

Ich setzte mich an den Küchentisch und versuchte
mich daran zu erinnern, ob Julian mir gesagt hatte, was
er heute unternahm. Hatte ich ihm gegenüber versagt,
weil ich in dieser leidvollen Zeit nicht bei ihm gewesen
war? Zumindest heute nacht hatte er am Telefon einen
Gesprächspartner gesucht. Ich trank den kalten Kaffee
aus, spülte meine Tasse und sah einen Zettel, den Julian unter einem Kühlschrankmagneten hinterlassen
hatte. Er treffe sich mit ein paar Schulfreunden. Ob ich
ihm, wollte er wissen, bitte Anweisungen für die Vorbereitung der Party der Braithwaites heute abend hinterlassen könne? *Ich bin um zehn wieder zu Hause, und*

ich will lernen, wie dieses Putencurry zubereitet wird, hatte er mit seiner kleinen, engen Schrift geschrieben, *überlaß mir also nicht nur die einfachen Sachen! Und dann – Hast Du etwas über Claire herausgefunden? J.*

Kummer schnürte mir die Kehle zu. In zwei Monaten würde Julian in Cornell sein. Vor einem Jahr hatte er ein Dach über dem Kopf für sein letztes High-School-Jahr gebraucht, Lohn für seine Arbeit im Partyservice und einen Schnellkursus im Servieren, ehe er mit seinem Studium in Nahrungsmittelkunde anfing. Aber der enge Familienverband, den wir in dieser Zeit gebildet hatten, war ein Bonus gewesen, eine Überraschung, eine Scheibe von dem, was die Theologen *Gnade* nennen. Jetzt dräute sein Fortgehen wie ein schwarzes Loch. Ich drückte Tasten auf meinem Küchencomputer, um das Menü für die Braithwaites auszudrucken. Mir ging Julians letzter Appell durch den Kopf: *Hast Du etwas über Claire herausgefunden?* Nein, Julian. Nichts Brauchbares. Keine Antwort auf deine Fragen, nichts, was deinen Schmerz lindern könnte. Nichts, was erklärte, warum mir – und damit auch meiner Familie – gedroht wurde. Noch nicht.

Mit reiner Willensanstrengung schob ich die Traurigkeit beiseite. Ich wollte Julian dabei helfen, sein zerbrochenes junges Leben wieder zu kitten. Das sollte mein Abschiedsgeschenk sein.

Bis dahin war es an der Zeit, mit der Arbeit anzufangen. Auf meinem Schirm erschien das fettarme Menü, das Babs Braithwaite bestellt hatte: *Gurkensuppe mit Minze, gegrillte Obstspieße, Putencurry mit Rosinenreis und würziger Sauce, Gemüsesalat, hausgemachte Schokoladenplätzchen mit Guß.* Wahr und wahrhaftig, fettarmes Essen dominierte jetzt in meinem Leben. Der Drucker spuckte die Speisekarte aus, während ich überprüfte, ob ich alle Zutaten für das Curry und die Plätzchen im Haus hatte. Ich nahm Putenhackfleisch zum Auftauen aus dem Tiefkühler, dann hackte ich Zwiebeln und Äpfel für die Sauce. Ich kritzelte einen Zettel für Julian, er könne damit anfangen, das Obst für die Grillspieße zu zerkleinern.

Das Telefon klingelte, und ich meldete mich wie üblich: »Goldilocks Partyservice, alles vom Feinsten!«

»Ah, könnte ich Miss Shulley sprechen?« Die Stimme war hoch und klang überheblich. Ich ging davon aus, jemand habe sich verwählt, aber die Anruferin sprach weiter und erklärte: »Hier ist Hotchkiss Haut- und Haarpflege. Ist Miss Shula zu sprechen? Sie wollte dringend eine Hautbehandlung und alle Produkte aus unserem Katalog bestellen. Ich habe mich gefragt, in welcher Form sie ihre Bestellung bezahlen will.«

Mir gefror das Blut in den Adern. Ich hatte mich noch nie einer Gesichtsbehandlung unterzogen, und jetzt saß ich, eine Partylieferantin ohne viel Geld, mit einer Bestellung wahnsinnig teurer Produkte da und mit einer Terminvereinbarung für eine *Behandlung* – die Frau sprach das Wort mit der Ehrfurcht aus, die sonst einer Elektroschocktherapie vorbehalten ist –, und zwar unter geheuchelten Vorwänden. Die Anruferin würde mir pflichtschuldig alle möglichen Fragen stellen, die ich nicht beantworten konnte. *Was für einen Hauttyp haben Sie, oder wissen Sie das nicht einmal? Ist das Ihr erster Besuch bei uns? Wie lange haben Sie Ihre Haut vernachlässigt?* Ich preßte die Lippen zusammen und überlegte, was für eine Verschwendung an Zeit, Geld und emotionaler Kraft es sein mochte, genau herauszufinden, was Reggie Hotchkiss im Schilde führte.

»Hier ist *Mrs*. Schulz. Ich habe angerufen. Und ich habe einen Gutschein für die Gesichtsbehandlung.«

Die Stimme wurde sofort einschmeichelnd. »Oh, Mrs … Zult, wir können Sie einplanen, sobald es Ihnen paßt. Ein Termin für eine Hautbehandlung ist kein Problem. Und selbstverständlich liefern wir Ihnen außerdem alle Produkte, um die Sie gebeten haben. Wann können Sie heute kommen, und wollen Sie mit Scheck oder mit Kreditkarte bezahlen?«

Warum mußte sie das wissen? Gab es Leute, die sie um das Geld für Feuchtigkeitscreme und Seife prellten?

»Äh …, ich wohne in Aspen Meadow –«

»Auf dem Gelände des Country Club? Oder in Flicker Ridge?«

Die Antwort auf diese Frage lautete, wie ich nicht groß zu erwähnen brauche, *weder noch,* obwohl ich ziemlich oft in Häusern für ein paar Millionen Dollar in diesen Gegenden das Essen für Partys lieferte. Ich stellte mir vor, daß die Frau, die mich verhörte, den Stift über einer Kundenkarte zückte, wie sie Dusty bei Mignon für mich ausgestellt hatte. Ich sagte: »Wieviel … äh …, wieviel Zeit sollte ich einplanen?«

»Nun ja, Mrs … Shoop, das hängt davon ab, was wir für Sie tun sollen. Was für Hautprobleme haben Sie?«

»Aah …« Was für Probleme, genau gesagt? »Mein … äh … Gesicht ist in der Krise. Ich … komme mir nicht so attraktiv vor, wie ich sein könnte.«

»Mrs. Chute«, schnurrte die selbstgefällige Stimme, »dazu sind wir da! Am besten planen Sie zwei Stunden für eine Gesichtsbehandlung und Make-up ein. Zur Beseitigung jahrzehntelanger Vernachlässigung ist das keine besonders lange Zeit.«

Jahrzehntelange Vernachlässigung klang etwas überzogen, aber ich sagte nur: »Zwei Stunden? Ich kann um eins kommen. Wie finde ich von der Westside Mall aus zu Ihnen?«

Sie erklärte mir, wo im Viertel Aqua Bella der Salon von Hotchkiss Haut- und Haarpflege lag. Ich konnte mit dem Auto hinfahren oder zu Fuß gehen.

»Und mit dem Gutschein«, sagte ich beklommen, »was wird es zusätzlich kosten, mehrere Jahrzehnte … mit Hautproblemen verschwinden zu lassen?«

Sie sagte es mir. Ich sagte, ich würde alles mit meiner Kreditkarte bezahlen, legte auf und griff nach der Arbeitsplatte, damit ich nicht ohnmächtig wurde.

»Mensch, Mom.« Arch kam aus dem Fernsehzimmer in die Küche. Er schob sich die Brille die Nase hoch. »Was ist denn jetzt wieder los?« Das gebatikte T-Shirt von heute war eine Symphonie aus widerlichen Grüntönen.

»Weißt du noch, wie deine Turnschuhe die Sohlen verloren haben und ich es mir nicht leisten konnte, dir ein neues Paar zu kaufen?«

»Von Turnschuhen reden heute nur noch blöde Spießer, Mom. Aber okay, sicher. Das war im November, in der sechsten Klasse. Du hast mir neue *Sportschuhe* zu Weihnachten geschenkt. Und?«

»Ich bin im Begriff, Geld im Gegenwert von zehn Paar *Sportschuhen* auszugeben.«

Arch, der alles wörtlich nahm, sah meine Füße an. »Wozu denn das?«

»Weil mein Gesicht es nötig hat.«

Seine großen braunen Augen hinter der Hornbrille wanderten langsam vom Fußboden zu meinem Gesicht. »Hab' ich hier irgendwas nicht mitgekriegt?«

»Oh, Arch, entschuldige. Du bist früh zu Bett gegangen, und jetzt bist du früh aufgestanden. Du brauchst ein kräftiges Frühstück. Wie wär's damit?«

Im Gegensatz zum Vortag heiterte ihn das auf. Bei Kindern wußte man nie, wann sie Hunger hatten. Aber Frühstück war im Gegensatz zur Kosmetikwelt etwas, wovon wir beide etwas verstanden. Weil Marla am späten Vormittag nach Hause kommen würde, beschloß ich, etwas zuzubereiten, was ich vorbeibringen und was die Privatpflegerin in Marlas Küche aufwärmen konnte. Etwas Gesundes ohne Hafermehl. Wenn ich schnell arbeitete, blieb mir noch genug Zeit, mich auf die Lebensmittelmesse vorzubereiten. Unter den Augen meines heißhungrigen Sohnes wog ich Mehl ab und schlug weitere Eiweiße steif. Etwas Schönes, bei dem das Auge mitaß. Ein Frühstücksgericht, das Marlas Süßmaul zufriedenstellte. Etwas, was sich problemlos einfrieren und aufwärmen ließ.

Kurz darauf verteilte ich Teighäufchen, mit Obstsalat gesprenkelt, auf einem Teflonbackblech und war ziemlich stolz auf mich. Arch schaffte das Essen für die Messe hinaus zum Lieferwagen, und als er fertig war, erfüllte ein köstliches Pfannkuchenaroma die Küche.

»Oh, das hab' ich ja ganz vergessen«, sagte er, als er Kakaopulver mit Zucker verrührte, um sich einen heißen Kakao zu machen. »Julian besucht ein paar Freunde. Er ist zeitig weggefahren. Und Tom auch. Tom hat gesagt, ich soll dir ausrichten, daß Krill ein Schauspieler ist. Ich hab' gedacht, Krill wär' was, was im Meer lebt.«

Ich sagte, ich sei mir nicht ganz sicher, aber meiner Meinung nach sei Krill nur ein Irrer, der sehr überzeugend einen Irren *spiele*. Ich nahm das Backblech mit den Pfannkuchen mit Obstsalat aus dem Ofen. Arch stieß anerkennende Laute aus, als er die goldbraunen, aufgegangenen Pfannkuchen sah. Er machte Ahornsirup warm – ein Geschenk per Post von seinen Großeltern, die an ihm hingen –, während ich eine frische Erdbeersauce für Marla zubereitete.

Mit vollem Mund sagte Arch: »Weiße noch, dasser mich heut ßeitig holn komm will?« Als ich ihn böse anfunkelte, schluckte er und wiederholte: »Weißt du noch, daß Dad mich heute zeitig abholt? Wir fahren zu seiner Eigentumswohnung. Ich glaub', in Keystone gibt's ein Feuerwerk. Vermutlich nicht so schön wie am Aspen Meadow Lake«, fügte er hinzu, zweifellos, um mich zu trösten.

»Nein«, sagte ich leichthin, »das weiß ich nicht mehr. Danke, daß du mich daran erinnert hast. Hast du deine Sachen gepackt?«

»So gut wie. Ich muß nur noch die Wunderkerzen suchen. Hey, Mom! Diese Pfannkuchen sind Spitze …, ich meine, cool! Die sind echt geil!« Er schaufelte noch ein paar Bissen in sich hinein. Ich sah aus dem Küchenfenster und ertappte mich dabei, daß ich mich nach der beruhigenden Saxophonmusik sehnte. Aber um diese Tageszeit war das einzige Geräusch der morgendliche Verkehrsstrom auf der Main Street von Aspen Meadow, übertönt von einem lauteren, näheren Getucker eines ausländischen Autos, das unsere Straße entlangkam. Das Geräusch war vertraut, und ich kannte es so gut wie das Geräusch des alten, ächzenden Subaru des Postboten. Aber ich konnte es nicht einordnen. Dann hörte ich ein vertrautes Dröhnen – der Jeep des Kotzbrockens. Ich seufzte und ging zur Haustür, um ihn hereinzulassen, ehe er ein Theater machte. Er hatte mich nie angerührt, wenn Arch dabei war. Andererseits gab es

ECHT GEILE PFANNKUCHEN

*250 g Weizenmehl Typ 405
125 g Zucker
1 Teelöffel Backpulver
1/2 Teelöffel Salz
2 Eiweiße
1 500-g-Dose Obstsalat,
abgetropft (Saft auffangen)
Ahornsirup oder frische Erdbeeren,
mit etwas Zucker zerdrückt*

Den Backofen auf 180 Grad vorheizen.
Zwei Teflonbackbleche mit Pflanzenöl
einfetten und beiseite stellen.
Die trockenen Zutaten in eine Schüssel
sieben und beiseite stellen. Die Eiweiße
schaumig schlagen. Den Saft einrühren.
Die Trockenmischung nach und nach
hinzugeben, gut verrühren.
Den Obstsalat untermischen.
Jeweils zwei Eßlöffel Teig auf die einge-
fetteten Bleche geben; mindestens fünf
Zentimeter Abstand zwischen den Pfannkuchen lassen. 10 bis 15 Minuten
backen, bis die Pfannkuchen goldbraun
und aufgegangen sind. Heiß servieren,
mit Ahornsirup, frischen Erdbeeren,
Pfirsichen oder anderem Obst.

Ergibt 4 Portionen

immer ein erstes Mal, was Übles anlangte, wenn es um meinen Exmann ging.

Ich machte die Tür auf, und er kam wütend herein. Er brüllte nach Arch. Er wirkte angetrunken, obwohl ich ihn für nüchtern hielt. Freilich hatte ich mich in diesem Punkt früher auch schon geirrt.

»In der Küche!« erwiderte Arch ängstlich.

»Nimm mich gar nicht zur Kenntnis«, sagte ich, als ich die Haustür zumachen wollte, es mir aber dann anders überlegte und sie angelehnt ließ.

John Richard beugte sich über Archs Teller, auf dem nur noch ein halber Pfannkuchen in einer Siruppfütze lag. Dann wanderte sein Blick langsam zur halbvollen Tasse Kakao. Arch, der das Essen eingestellt hatte, bedachte mich mit einem verwirrten Blick.

John Richard krächzte: »Warum ißt du diesen Scheißdreck, den deine Mutter dir vorsetzt? Willst du fett und krank werden und einen Herzinfarkt kriegen wie Marla?«

Ich sagte: »Raus.« Warum tat er das? Hatte er insgeheim ein schlechtes Gewissen wegen Marlas Herzinfarkt? Unwahrscheinlich.

»Mensch, Dad«, warf Arch ein, »es ist okay –«

Ein lautes Klopfen ließ die Haustür erbeben; ein weibliches »Hu-hu?« hallte im Flur wider. John Richard stand reglos da, die Hände in die Hüften gestemmt, und starrte meine Kochbuchsammlung an, als faszinierte ihn ihre Anordnung auf dem Regal. Arch lief aus der Küche und die Treppe hinauf. Er wußte, daß er seine Sachen holen mußte, und zwar schnell, wenn er eine Szene vermeiden wollte.

»Hu-hu, Goldy, hier ist Ihre Chlorbleichepartnerin!« ertönte die Stimme wieder.

Frances Markasian warf einen Blick in den Flur. Sie war zu ihrer üblichen Aufmachung zurückgekehrt: schwarzes T-Shirt, ausgefranste Bluejeans, mit Klebeband geflickte Turnschuhe, voluminöser schwarzer Regenmantel und gleichermaßen voluminöse schwarze Tasche. Sie sah aus wie eine knochige Fledermaus. »Da sind Sie ja!« sagte sie. »Tut mir leid, daß ich so früh komme, aber ich wollte Sie noch erwischen, bevor Sie zur Messe fahren. Ist das okay? Können wir reden? Darf ich reinkommen? Ich lass' auch das Rauchen.«

Ich ging auf die Vorderveranda und deutete auf die Schaukel. »Bleiben wir hier draußen. Mir war, als hätte ich Ihren Fiat gehört. Ich war bloß nicht drauf gefaßt, ihn so früh am Morgen zu hören.«

Frances wich zur Schaukel zurück und musterte mich mit schiefgelegtem Kopf. »Goldy, ist mit Ihnen alles in Ordnung?«

Ich bemühte mich um ein Lächeln. »Sagen wir mal, ich hab' heute morgen unerwartet Besuch bekommen.«

»Wen?«

»Frances, was genau wollen Sie von mir?«

Sie zog eine Marlboro heraus, hielt sie mir zur Inspektion hin, und ich nickte. So sehr ich Zigaretten verabscheute, ich wußte, daß Frances mit Hilfe von Nikotin schneller zur Sache kommen würde. Sie stöberte in ihrer Tasche nach einem Feuerzeug, zog eins heraus, zusammen mit einer Dose extrastarkem Cola, zündete die Zigarette an, riß die Dose auf, stieß den Rauch aus und nahm einen langen Schluck aus der Dose, alles in einer schnellen Folge geübter Bewegungen.

»Okay«, sagte sie dann. »Ich brauche noch mehr Kosmetika von Mignon und will nicht, daß die mißtrauisch werden. Deshalb hab' ich gehofft, Sie können mir das Zeug besorgen –«

»Oh, Frances, du lieber Himmel, ich hab' heute soviel zu tun …«

»… und ich hab' es mit meinem Verleger abgesprochen, und er will, daß Sie in zwei Wochen eine Riesenparty für seine Frau ausrichten, jede Menge Gäste, hundert Leute, bestimmen Sie den Preis.« Sie lächelte breit und zog wieder an der Zigarette.

Vermutlich hatte ich fünf bis zehn Minuten Zeit übrig. »Hören Sie, Frances. Ich kann heute nicht viel Zeit an diesem Stand verplempern. Ich hab' heute noch einen Termin, meine Freundin wird aus dem Krankenhaus entlassen, und ich muß für eine große Party heute abend kochen –«

»Ich weiß, ich weiß, für die Braithwaites. Aber das ist doch erst heute *abend,* und ich hab' so gehofft, daß Sie mir das Zeug *heute* noch besorgen können.« Ich seufzte. Wann bereiteten sich Lieferanten ihrer Meinung nach auf eine Party vor? Die Zigarette baumelte in ihrem Mundwinkel, als sie wieder in ihrer Tasche wühlte und schließlich eine Liste und eine Plastiktasche mit Reißverschluß zum Vorschein brachte. Sie riß den Reißverschluß auf und fächelte mit dem Inhalt: dreihundert Dollar. Dann las sie mir die Liste vor: »Magisches porenschließendes Hautstraffungsmittel, 350 ml; extrastarke Feuchtigkeitsnachtcreme, 300 ml; ultrasanfte Augenfältchencreme, 300 ml …« Sie hielt im Vorlesen inne, inhalierte, blies eine dicke Rauchwolke aus, dann schnippte sie die Asche über die Verandabrüstung und gab mir das Geld. Sie war vermutlich der letzte Mensch im Universum, der Kosmetika im Wert von dreihundert Dollar *kaufen* wollte. »Okay? Bringen

Sie mir das Wechselgeld – falls was übrigbleibt – und die Quittung in der Plastiktasche. Ich meine, natürlich traue ich Ihnen. Aber Sie wissen schon.«

»Sicher, sicher, Frances, was auch immer Sie wollen«, erwiderte ich resigniert. Ich hatte schon vor langem herausgefunden, daß es einfacher war, sich dieser extrem hartnäckigen Reporterin einfach zu fügen.

Hinter uns ging knarrend die Fliegentür auf. Eine grimmige Miene verfinsterte Frances' Gesicht. Sie warf die Zigarette Richtung Trottoir und stöberte wieder in ihrer Tasche herum.

»Goldy«, ertönte John Richards zornige Stimme, »könntest du den Kaffeeklatsch auf später verschieben? Setz deinen Arsch in Bewegung und such nach …, was zum Teufel –«

Er furchte die Stirn, und seine dunklen Augen richteten sich wie hypnotisiert auf Frances. Ich folgte seinem Blick und sah, daß Frances etwas, das wie der Griff eines Jagdmessers aussah, auf John Richards Solarplexus richtete.

»Oh, Frances«, fuhr ich sie an, »beim gütigen Gott, stecken Sie das weg. Was ist das denn überhaupt –«

Aber sie hörte nicht auf mich. »Verschwinden Sie von der Veranda«, sagte sie ruhig zum Kotzbrocken. »Das ist ein ballistisches Messer. Die Klinge wird mit einer Sprungfeder aus dem Griff geschleudert. John Richard Korman, ich habe mein ballistisches Messer eben entsichert. Ich hab' keine Lust, mich noch mal mit Chlorbleiche taufen zu lassen –«

»Miststück!« spuckte der Kotzbrocken in zorniger Bestürzung aus. »Ich weiß nicht, wer Sie sind oder was mit Ihnen nicht stimmt –«

Die Muskeln in Frances' ungeschminktem Gesicht

waren stahlhart. »Komisch, ich weiß, wer *Sie* sind. Und ich weiß Bescheid über Eileen Robinson, die im Southwest Hospital liegt, mit zwei gebrochenen Rippen und dazu passenden Blutergüssen an beiden Armen. *Und* ich weiß, was mir gestern in der Gesellschaft von Goldy zugestoßen ist, Ihrer Exfrau, von der Sie sich nicht gerade freundschaftlich getrennt haben. Bis jetzt war ich unvorbereitet, aber das ist vorbei.« Sie schwenkte den Messergriff. »Sie schüchtern mich nicht die Bohne ein.« Die Sonne brachte die Waffe zum Glitzern. »Weg.«

Arch riß die Fliegentür auf. »Okay, Dad, ich hab' die Wunderkerzen gefunden –« Er stieß mit seinem reglosen Vater zusammen. »Was …« Dann sah er Frances und ihre Waffe. Er riß Augen und Mund weit auf. Seine Augenbrauen gingen nach oben. »Äh. Entschuldigung. Mom? Soll ich 911 rufen?«

Die Frustration gellte mir in den Ohren. Was war, wenn Frances das Messer ausfuhr und Arch traf? »Nein, nein, ruf nicht an. Geh einfach mit deinem Dad weg. Frances, stecken Sie das Messer ein. Sofort.«

Frances zuckte nicht mit der Wimper.

John Richards Gesicht war eine Studie in Wut. Er reckte das Kinn vor und ballte die Hände zu Fäusten. »Ich weiß nicht, wer Sie sind, Lady, aber Sie sind geistig verwirrt. Nicht nur das, Sie verstoßen auch gegen das Gesetz.« Sie hielt seinem Blick stand. »Haben Sie einen Waffenschein für das Ding da? Das bezweifle ich. Ich bezweifle es sehr.« Er ging auf die Verandatreppe zu, hinunter, während Frances' ballistisches Messer ihm Stufe um Stufe folgte. Als wollte er die Aufmerksamkeit der Nachbarn erregen, brüllte der Kotzbrocken: »Sie bedrohen mich, Sie Miststück! Wer zum Teufel Sie auch sein mögen! Haben Sie gehört! Ich werd' Sie verklagen!«

Frances gab gelassen und gleichermaßen lautstark zurück: »Es wird mir ein Vergnügen sein.«

John Richard sprang in den Jeep, ließ den Motor an und ohrenbetäubend aufheulen. Arch starrte immer noch mit offenem Mund Frances an, deren Blick und deren Waffe auf den Kotzbrocken gerichtet waren. »Hat das Messer eine Schleudervorrichtung oder eine Sprungfeder?« fragte er in einem leisen Flüstern. Bevor Frances antworten konnte, drückte John Richard auf die Hupe. Arch griff nach seiner Tasche und schlich sich zur Verandatreppe. »Miss Markasian? Ich will Sie ja nicht kritisieren, aber ich glaub', Sie sollten nicht soviel Koffein zu sich nehmen. Tun Sie meinem Dad nichts, okay?« Und damit sprintete er zum Jeep.

Frances preßte die Lippen zusammen, sicherte das Messer und warf es in ihre Tasche. Der Jeep fuhr dröhnend ab.

»Verdammt noch mal, Frances, was zum Teufel ist in Sie gefahren?«

Sie griff nach ihrem extrastarken Cola. »Ich hab's Ihnen doch gesagt. Weil ich weiß, was Eileen Robinson zugestoßen ist, und nach dem kleinen Zwischenfall auf dem Dach hab' ich mir geschworen, beim nächsten Mal vorbereitet zu sein. Das ist alles. Als Sie aus dem Haus gekommen sind und so aufgeregt ausgesehen haben und als dann unerwartet Seine Majestät, der Quälgeist, aufgetaucht ist, war ich als kleine Pfadfinderin bestens vorbereitet.« Sie seufzte. »Sie sollten sich eine Waffe besorgen, Goldy. Das gibt einem wirklich ein Machtgefühl.«

»Nein danke. Wann wollen Sie die ganzen Kosmetika abholen, die ich kaufen soll?«

»Später.« Und damit hievte sie ihre Tasche hoch, für

die ich neuen, tiefen Respekt empfand, sprang die Verandatreppe hinunter und ging weg. Ich sah mich links und rechts nach ihrem Auto um. Es parkte nicht auf der Straße. Und als ich mich nach Frances umschaute, war sie verschwunden.

Im Haus buk ich die echt geilen Pfannkuchen zu Ende und stellte sie zum Abkühlen beiseite. Dann rührte ich einen frischen Eimer mit Desinfektionsmittel an, deckte ihn sorgfältig zu und schleppte ihn zum Lieferwagen. Nachdem ich die echt geilen Pfannkuchen zwischen Lagen aus Wachspapier in einen Plastikbehälter verpackt hatte, holte ich den Ersatzschlüssel zu Marlas Haus, den Julian für mich hinterlassen hatte, und fuhr los. Eben trieben die Wolken über den Bergen im Westen davon. Vielleicht wurde es doch noch ein strahlender, wolkenloser Tag. Die Ereignisse am Morgen waren alles andere als sonnig gewesen.

Als ich die Tür zu Marlas Haus aufgeschlossen, die Pfannkuchen im Kühlschrank verstaut und einen Zettel für die Pflegerin geschrieben hatte, war der Himmel im Westen grau und überzogen mit jagenden, dräuenden Gewitterwolken. Obwohl der Regen meistens erst in den Bergstädten fiel, bevor er Stunden später Denver im Osten erreichte, war die Aussicht, unter einem Zeltdach klatschnaß zu werden, äußerst unangenehm. Meine Lebensgeister sanken.

Der Schlußverkauf für Frühaufsteher war am Freitag zu Ende gegangen. Deshalb standen nur wenige Einkaufsbummler vor dem Eingang zum Einkaufszentrum. Die Leute von »Verschont die Hasen!« waren nirgends zu sehen. Ich parkte und schleppte das ganze Zubehör hinauf auf das Dach, wo sich schon eine kleine Menschenmenge versammelte. Zur musikalischen Untermalung des Vormittags hatten die Messeveranstalter einen Hammondorgelspieler engagiert. Die Messe klang wie ein halbleeres Karussell und wirkte auch so.

Ich zündete die Brenner an, stellte den Salat, das Brot und die Plätzchen zurecht und warf die Rippchen auf den Grill, wo sie leise zischten. Als das erledigt war, brachte ich den täglichen Besuch des Inspektors vom Gesundheitsamt hinter mich und bediente hin und wieder einen Gast. Pete, der auch nur wenig Kundschaft hatte, brachte mir einen Eiskaffee mit einer Dreifachdosis Espresso und meine Uniform, die seine Frau gewaschen und gebügelt hatte. Ich zeigte meine Dankbarkeit, indem ich ihm jede Menge Rippchen und Plätzchen auf Teller packte.

»Das ist vermutlich der beste Brunch, den ich dieses Jahr bekomme«, sagte er anerkennend. Ich prostete ihm mit dem Pappbecher Eiskaffee zu. Er runzelte die Stirn. Als ich ein verwirrtes Gesicht machte, sagte er: »Halten Sie das Logo auf der Tasse immer nach außen, okay? Ich brauch' jede Werbung, die ich kriegen kann.«

Ich tat ihm den Gefallen. Nach zwei äußerst zähen Stunden packte ich die Reste ein, brachte sie zum Lieferwagen und nahm Frances' Liste und das Geld aus meiner Handtasche. Ich hatte eine Stunde Zeit zum Einkaufen und bis zu meinem Termin bei Hotchkiss Haut- und Haarpflege. Mit etwas Glück würde der Besuch am Kosmetikstand nicht länger als zehn Minuten dauern.

Auch im Kaufhaus waren so gut wie keine Kunden. Dusty Routt war nicht am Mignon-Stand. Die einzige Verkäuferin war Harriet Wells, die etwas in das mir inzwischen vertraute Hauptbuch eintrug.

»Hi-ho, erinnern Sie sich an mich?« rief ich munter, als ich mich näherte.

Ihr Blick war glasig, dann kehrte die Erinnerung zurück und sie sagte fröhlich: »Die Partylieferantin!« Sie sah sich nach links und rechts um und flüsterte: »Möchten Sie wieder ein Muffin? Sagen Sie mir, was Ihrer Meinung nach drin ist. Im Kaufhaus ist es so leer, daß es niemandem auffallen wird. Sie sehen *ausgehungert* aus.« Ihr Lachen brachte die vielen Parfümfläschchen aus Kristall und die schimmernden Glasregale voller Make-up zum Klirren.

Ich griff dankbar nach einem duftenden, goldbraunen Muffin. Ich biß hinein: Es stellte sich heraus, daß die orangegelben Flecken Karotten waren und das Gewürz Ingwer. Ich erklärte ihr wahrheitsgemäß, das Muffin sei wunderbar und bat um das Rezept, stets die aufrichtigste Form des Dankes. Während wir uns darüber unterhielten, was für Vorzüge Zuckerhirse als Süße gegenüber Honig hatte, knackte es in der Decke oder irgendwo in der Nähe. Genau gesagt, es war ein lautes Knackgeräusch. Ich schaute hinauf zu der Sicherheitsverschalung, sah aber nichts.

»Was in aller Welt …?« wollte ich wissen, als Harriet mir noch ein Muffin anbot.

»Na ja, wissen Sie«, sagte sie mit einem schlauen Lächeln, »durch Golden verläuft ein Epizentrum. Vielleicht steht uns ja wieder mal ein Erdbeben bevor!«

Ich aß das Muffin auf, leckte mir die Fingerspitzen ab und nahm die Liste heraus. Als ich die Artikel aufzählte, glitzerten Harriets Augen.

»Moment, Moment«, befahl sie mir aufgeregt. »Ich muß erst Ihre Kundenkarte holen. Sonst verlieren wir die Übersicht über diese vielen Produkte!«

Ich wollte sie nicht darüber aufklären, daß die ganzen Sachen für eine andere Frau waren. Falls ich das getan hätte, wäre die Folge gewesen, daß sie eine Kundenkarte für Frances ausstellen oder diejenige, die sie schon hatte, erweitern mußte, und so weiter. Während Harriet geübt die hübschen Glasflakons mit Creme und Lotions zusammenstellte, knackte es wieder unheilverkündend an der Decke oder an der Wand.

»Du meine Güte!« sagte sie und sah auf. »Vielleicht ist mit der Installation etwas nicht in Ordnung. Also wirklich!«

Ich reichte ihr das Geld, war nervös, hatte das Gefühl, das Kaufhaus verlassen zu wollen. Aber jetzt noch nicht. Während sie das Wechselgeld ausrechnete, fragte ich schnell: »Was ist Ihrer Meinung nach Claire Satterfield zugestoßen?«

Harriet schüttelte den Kopf und seufzte. »Ich glaube, daß sie von einem Mitglied dieser grausigen Gruppe überfahren worden ist. Von diesen gräßlichen Leuten, die brüllen –« sie verzog das Gesicht –, »›Verschont die Hasen.‹ Die haben uns auch früher schon belästigt.«

»Wirklich? Wie?«

»Oh! Die kommen hier rein und schreien uns an. Sie sagen: ›Wie können Sie Kosmetika verkaufen, die an armen, unschuldigen Tieren getestet worden sind?‹ Sie machen eine Szene und verjagen die Kunden. Es ist zum Heulen. Wenn sie Tiere so sehr lieben, warum verziehen sie sich dann nicht einfach zu ihnen in die Wildnis? Warum belästigen sie uns?« Sie zeigte mir die Quittung und hielt flüchtig die Quittung und die Produkte Richtung Kamera. Dann bückte sie sich und hielt mir die Einkaufstüte hin. Ich steckte sie mit dem Wech-

319

selgeld in die Reißverschlußtasche und wandte mich zum Gehen.

Die Wand der Sicherheitsverschalung knackte immer lauter.

»Gott im Himmel!« rief Harriet. Wir standen uns keinen halben Meter entfernt gegenüber.

»Sie sollten lieber die Sicherheit rufen«, sagte ich.

Die Sicherheit kam. Sie kam in Gestalt von Nick Gentileschi. Über dem Kaufhauseingang brach der Boden der Sicherheitsverschalung mit einem splitternden Geräusch durch. Gentileschis schwerer Körper sackte nach unten. *Großer Gott*, dachte ich, während sein massiger Körper in dem dunklen Polyesteranzug immer tiefer fiel. *Großer Gott, bitte, nein ...* Sein Körper hätte mich getroffen, wenn ich keinen Satz zur Seite gemacht hätte. Statt dessen schlug sein Gewicht unsanft auf der Mignon-Theke aus Glas und Chrom auf. Metall schepperte, Glas barst, Scherben flogen. Im letzten Moment dachte ich daran, mir die Augen zuzuhalten. Harriet Wells sprang nach hinten und schrie. Sie schrie weiter wie besessen. Als ich die Hände von den Augen nahm, war überall Glas. Gentileschis Körper war in einer unglaublich verzerrten Haltung aufgeschlagen. Ich wußte, daß er tot war. Aus der Tatsache, wie steif sein Körper auf dem zusammengebrochenen Kosmetiktresen lag, schloß ich, er sei schon mehrere Stunden tot gewesen, bis ihn sein Körpergewicht aus der Verschalung geschleudert hatte. Ein klaffendes Loch über dem Kaufhauseingang zeigte gesplittertes Holz. In dem schartigen Loch herrschte Finsternis. Harriet Wells schrie weiter.

»O nein, bitte«, sagte ich, als ich zurückwich, weg von dem Chaos. »Bitte, laß das nicht wahr sein ...«

Harriets Schreie verwandelten sich in das Schrillen einer Sirene, die um Hilfe ruft. Neugierige Kunden versammelten sich am Schauplatz, angezogen wie Eisenspäne von einem Magneten. Ich wollte mich schon abwenden, als mir etwas Aufblitzendes ins Auge fiel. Etwas fiel aus Nick Gentileschis Tasche und blieb neben der Stelle liegen, wo das Linoleum in den plüschigen grauen Teppichboden überging.

Herausgerutscht waren zwei Sachen …, aber was? Ich sah genauer hin. Fotos.

Ich beugte mich darüber und starrte ungläubig zwei aus nächster Nähe aufgenommene Fotos an. Eine dicke Frau war halbnackt, beim Ausziehen von der Kamera erfaßt. Um die üppigen Hüften der Frau hing ein dunkler Rock. An einem Kleiderhaken hinter ihr hing ein hell und dunkel gemustertes Jackett. Ihr Oberkörper war völlig entblößt; ihre Brüste sackten schwer durch, weil die Kamera sie in dem Moment, in dem sie den BH abstreifte, eingefangen hatte.

Obwohl die Fotos leicht verschwommen waren, erkannte ich die Frau. Es war Babs Braithwaite.

 **Ich wich zurück** von den Fotos, der zertrümmerten Theke und dem Anblick von Nick Gentileschi, der verdreht unter dem fluoreszierenden Licht der Auslagen lag. Aus dem Augenwinkel sah ich Stan White, der die Rolltreppe herunterrannte. Einkaufsbummler, überrascht und auf morbide Weise neugierig, versammelten sich an beiden Enden des Ganges. Meine Füße tasteten sich zentimeterweise zurück, bis ich gegen den Tisch mit den Zirkonsteinen stieß. Die Schachteln kippten um. Ich fiel auf sie. Ich merkte, daß das Keuchen, das ich hörte, von mir kam. Ich schloß den Mund, rollte mich auf die andere Seite und sah, wie Stan White den Gaffern seine Marke zeigte.

»Ich bin von der Kaufhaussicherheit!« brüllte er. »Bitte räumen Sie den Laden. Benützen Sie nicht diesen Ausgang!« Und damit wandte sich Stan White von der Menge ab und warf einen gleichmütigen Blick auf Nick Gentileschis Leiche. Er fühlte nach dem Puls, dann trat er in den Gang und ragte vor mir auf. Im Hintergrund konnte ich Harriet schluchzen hören.

»Sind Sie in Ordnung?« wollte er wissen.

»Ja«, blubberte ich auf dem Boden. »Ich glaube schon.« Das Haar hing mir ins Gesicht, und mein Rock hatte sich um meine Hüften verheddert. Das Atmen fiel mir sehr schwer.

»Haben Sie gesehen, was passiert ist?« Als ich nickte, zeigte Stan mit einem pummeligen Finger auf mich und kläffte: »Bleiben Sie.« Er rülpste und fügte hinzu: »Bitte.«

Er ließ mich mitten in dem Modeschmuck und den Samtkästchen liegen und stürzte hinüber zu den restlichen gaffenden Zuschauern. Grimmig scheuchte er sie aus dem Bereich weg, der zum Verkaufsstand führte. Dann schob er Werbetafeln in die Gänge, um die Glasscherben, die zerstörten Waren und Nick Gentileschis verdrehte Leiche abzuschirmen. Ich sah zu, während er am Telefon auf dem Kosmetiktresen pausenlos telefonierte. Harriet saß auf einem niedrigen Regalbrett, die Knie an die Brust gezogen, den Rücken gegen die Vitrine mit den Lippenstiften gepreßt. Sie wimmerte unkontrollierbar. Ihr hübsches, perfekt geschminktes Gesicht und die manikürten Hände waren durch Glassplitter von Blut verschmiert. Ihre blonde Nackenrolle hatte sich aufgelöst, und das Haar hing in Büscheln und Strähnen herunter wie Reste von Isoliermaterial.

Ich manövrierte mich hinter den Stand, wich vorsichtig den Trümmern aus und fragte, ob ich ihr helfen könne. Ihr Gewimmer verwandelte sich sofort in ein lautes Geheul: »Achtundzwanzig Jahre! Achtundzwanzig Jahre in dieser Branche! Und nie, nie ist etwas passiert. Nichts dergleichen. Warum nur … warum?« Als ich nach Wattebällchen griff, um ihr das Blut vom

Gesicht zu tupfen, wedelte sie mit den Armen, um mich zu verscheuchen. »Nein, nein, nein!« schrie sie. »Lassen Sie mich in Ruhe! Gehen Sie!«

Bestens, dachte ich, bestens. Warten Sie auf die Polizei, auf die Sanitäter, worauf Sie wollen.

»Okay, bitte treten Sie zurück«, sagte Stan White, als er mit dem Telefonieren fertig war. »Bitte treten Sie von diesem Stand zurück.« Er sah finster in meine Richtung, erkannte mich offenbar erst jetzt. »Sie? Was haben Sie schon wieder hier verloren?«

»Nichts.« Ich hangelte mich wieder an den Trümmern vorbei, nicht in der Stimmung für Erklärungen.

Er bewegte sich linkisch in meine Richtung und machte dann ein verwirrtes Gesicht. Wenn er Ladendiebe im Kaufhaus erwischte, wußte er, was zu tun war. Angesichts einer Leiche war er sich jedoch nicht so sicher. »Bleiben Sie«, befahl er mir wieder. »Die Polizei kommt. Sie will wissen, ob jemand etwas gesehen …, ob es Zeugen gegeben hat.«

»Ich bleibe ja.« Ich stand zitternd auf dem plüschigen Teppichboden. Ich konnte es nicht ertragen, Nick Gentileschis Leiche auf dem zertrümmerten Mignon-Stand anzuschauen. Und ich ertrug es auch keinen Augenblick länger, mir Harriets klägliches Weinen anzuhören. Ein Schwindelgefühl überkam mich. Ein leerer Stuhl in der Schuhabteilung lockte. Ich setzte mich beklommen, vergewisserte mich, daß ich Nick Gentileschis Leiche den Rücken zukehrte. Die Kaufhauslautsprecher knisterten, und die leise Musikberieselung brach mitten im Ton ab. Eine Frauenstimme erklärte, aufgrund eines Notfalls sei Prince & Grogan ab sofort geschlossen. Offenbar hatte Stan White über die Gegensprechanlage im Büro angerufen. Alle Kunden sollten geordnet den Rückzug antreten, fuhr die gelassene Stimme beruhigend fort, entweder durch den Ausgang zum Parkplatz oder über die Rolltreppe neben der Wäscheabteilung. Die bringe sie zur Parkhausausfahrt.

Ich sah mir die Plakate mit Pumps, Espadrilles und Wanderschuhen an und dachte vage, die Polizei hätte bestimmt nicht gewollt, daß alle weggeschickt wurden. Aber das Kaufhaus hatte einen Ruf zu wahren, und dieser Ruf bestand darin, daß das einzig Aufregende hier das Einkaufen war. Der dramatische Verlust des Sicherheitschefs war keine gute Reklame.

Es dauerte nicht lange, bis ein Trupp Polizisten vom Büro des Sheriffs von Furman County anrückte. Tom mußte mit einer anderen Ermittlung beschäftigt sein, weil das streng dreinblickende Team ohne ihn hereinkam. Eine Opferbetreuerin begleitete die Polizisten. Ich blieb nur, bis ich meinen Namen und meine Telefonnummer hinterlassen und die spärlichen Einzelheiten über das Gehörte und Gesehene berichtet hatte. Knackgeräusch. Ein herunterstürzender Körper. Kein Verdächtiger in der Nähe. Ja, ich hätte den Verstorbenen gekannt, aber nur flüchtig. Als die Ermittler fragten, ob er meines Wissens Feinde gehabt habe, sagte ich, sie sollten sich die Fotos ansehen, die aus seiner Tasche gefallen waren. Warum? wollten die Cops wissen. Ich sagte ihnen, die Frau auf den Bildern habe behauptet, gestern, als sie einen Badeanzug anprobiert habe, sei jemand hinter dem Spiegel gewesen. Das Ermittlungsteam machte Aufnahmen, stäubte jede Oberfläche in Sicht mit Fingerabdruckpulver ein und versiegelte die Fotos aus Nick Gentileschis Tasche in Beweismitteltüten. Außerdem spannte es gelbe Absperrbänder der Polizei auf und setzte ein kleineres Team darauf an, das Kaufhaus im allgemeinen und das Sicherheitsbüro im besonderen zu durchsuchen. Die Opferbetreuerin fragte mich, ob ich Hilfe bräuchte. Ich sagte nein, aber ich sei mir ziemlich sicher, daß Harriet Wells das nötig habe. An jedem Ausgang bezog ein Polizist Stellung. Das Kaufhaus war jetzt offiziell geschlossen.

Ich sah auf die Uhr: halb eins. Ich sollte nach Hause fahren, dachte ich. Fahr nach Hause und koche. Vergiß diesen Vorfall, diese Leute, diesen Ort. Diese Leute und ihre Produkte sind Welten entfernt von dem, was sie versprechen. Und was versprachen sie? Schönheit. Befreiung vom Streß. *Ein langes Leben*. Was für ein Witz.

Ich ging durch den Ausgang zum Parkplatz hinaus. Es regnete in Strömen. Ich sank auf den Randstein und kämpfte wieder gegen die Benommenheit an.

Frances Markasian hätte sich die Kosmetika selbst besorgen sollen. Dann wäre sie diejenige gewesen, die gesehen hätte, wie Gentileschi aus der Verschalung stürzte und auf der Glastheke aufschlug. Beim Gedanken an Frances drehte sich mir der Magen um. Sie wäre nicht auf dem Rinnstein gesessen, überwältigt von Übelkeit. Sie wäre im Kaufhaus geblieben, hätte Fragen gestellt und alle Welt genervt.

Ich weinte. Als ich mir das Gesicht abwischen wollte, merkte ich trotz des Entsetzens und der Verwirrung, daß ich immer noch die Tüte mit den Einkäufen für Frances umklammerte. Das Papier, feucht und weich vom Regen, raschelte leise, als ich hineinschaute. Ja, da waren ihre Tiegel mit Cremes und eine Plastiktasche mit Wechselgeld.

Ich setzte mich in Bewegung. Ich wollte nicht zurück zum Lieferwagen. Ich brauchte das Gehen, um einen klaren Kopf zu bekommen. Um mich herum trabten Leute durch den Regen zu ihren Autos oder zu der schweren Eingangstür zum Einkaufszentrum. Ich sah in ein Schaufenster von Prince & Grogan aus Panzerglas. Ich nahm die langbeinigen Schaufensterpuppen in schwarzen Kostümen mit Miniröcken nicht wahr, sondern starrte mit offenem Mund mein klatschnasses Spiegelbild an. Während ich dort stand, mein in die Länge gezogenes, schmerzerfülltes Gesicht musterte, dachte ich daran, wie die Leiche immer tiefer heruntergefallen war. Was hatte Nick Gentileschi oben in der Verschalung verloren gehabt? Vor allem, wenn die Kaufhausdetektive das Versteck angeblich nicht mehr benützten? Warum hatte er die Bilder von Babs in der Tasche gehabt? Hatte das irgend etwas mit dem Mord an Claire zu tun?

Die Autos zischten auf der nassen Durchgangsstraße an mir vorbei. Ich ertappte mich dabei, daß ich flüsterte: *Oh, Claire. Ich bin so traurig. Ich bin so traurig, weil ich das nicht für dich aufklären kann. Ich bin so traurig, Julian. Es wird immer schlimmer, und eine Lösung ist nicht in Sicht.*

Wie mein Lieferwagen, der wie ferngesteuert nach Aspen Meadow zurückfand, ging ich, als hätte ich ein Ziel. Wohin wollte ich? Ich konnte mich nicht daran erinnern. Meine Schuhe planschten durch Pfützen. Immer noch hagelte es überall kalte Tropfen. Kinder auf Rädern fuhren an mir vorbei. Eins rief mir zu: *Gehen Sie ins Trockene, Lady,* aber ich nahm es nicht zur Kenntnis. In der Ferne zuckten Blitze. Über mir grollte Donner. Ich ging weiter. Die Nässe war mir gleichgültig, es war mir egal, daß meine Servieruniform triefnaß wurde. Falls ich mir eine Lungenentzündung holte, dachte ich absurderweise, würde ich zu Marla ziehen, und ihre

Pflegerin konnte sich um uns beide kümmern. Ich ging eine Straße entlang, dann die nächste. Ich sah, wie Nick Gentileschis Leiche aus großer Höhe abstürzte. Wieder hörte ich den widerlichen Aufprall, als sein Gewicht auf der Theke aufschlug.

Schließlich blieb ich stehen. Wo genau war das Kaufhaus? Wo war das Krankenhaus? Das Einkaufszentrum?

Wo genau war *ich*?

Langsam wurden die Häuser, die Straße, die Trottoirs, Büsche und Zäune scharf. Ich war in der älteren Gegend von Aqua Bella angekommen, auf die Dusty so neidisch gezeigt hatte, als wir auf dem Parkhausdach Eiskaffee getrunken hatten. »Älter« heißt in Denver natürlich meistens aus den fünfziger Jahren. Neben dem Trottoir, auf dem ich stand, durchnäßt und desorientiert, flankierten ein weißes, zweistöckiges Gebäude im georgianischen Stil mit makellosen schwarzen Fensterläden und eine neoviktorianische Villa mit Türmchen in Rosa und Blau eine Ranch à la Frank Lloyd Wright aus Ziegeln und Backstein. Die viktorianische Villa hatte eine stark weibliche Ausstrahlung. Leider gab es hier keine Straßenschilder, und keins dieser hübschen Gebäude wurde zum Wohnen genutzt. Ein kleines Schild am Eingang zur Ranch besagte, daß sie jetzt als Praxis für ein Zahnarzttrio diente. Das georgianische Gebäude beherbergte eine Buchhaltungsfirma.

Ein Jägerzaun in Blau und Rosa trennte das Trottoir von dem üppigen grünen Rasen vor der viktorianischen Villa. Weiße Korbmöbel mit rosa und blauen Kissen schmückten eine geräumige Veranda. Ein kunstvoll beschriftetes Schild am Jägerzaun besagte, hier sei der Salon von Hotchkiss Haut- und Haarpflege.

Hinter einer Glastür mit weißen Metallintarsien ging

die blaue Haustür zum Salon Hotchkiss auf. Durch den Zaun, den Regen und das Glas sah ich eine Silhouette auf der beleuchteten Schwelle. Die Erscheinung musterte mich und winkte dann. Es war das junge, fröhliche Gesicht von Dusty Routt.

Ich ging auf das viktorianische Haus zu. Vielleicht hatte ich unbewußt vorgehabt, hierherzukommen, weil mir der Weg am Telefon beschrieben worden war. Aber Dusty arbeitete bei Mignon, nicht bei Hotchkiss. Hotchkiss war Mignons *Konkurrent*. Dusty hielt die Glastür auf, als ich hineinwankte.

»Goldy! Himmel, kommen Sie rein … Sie sind ja total … Sehen Sie sich nur an! Sie sind ein Wrack! Ich meine …, ich habe im Terminkalender gesehen, daß Sie herkommen, aber Sie … sind so spät dran! Was haben Sie bloß draußen im Regen gemacht? Wo ist Ihr Lieferwagen? Warum haben Sie keinen Regenmantel angezogen?«

Dann fand ich mich in einem Foyer wieder, mit blaßrosa Teppichboden, mattrosa lackierten Wänden, kleinen Kronleuchtern aus Gold und Kristall, Stühlchen aus weißem Leder und goldfarben lackiertem Holz im französischen Landhausstil und einer langen Glastheke, auf der Kosmetika aufgebaut waren. Die Umgebung paßte so wenig zu meinem durchnäßten, elenden Äußeren, daß mir ein irres Kichern entfuhr. Dusty starrte mich an. Ich konnte ihr nicht sagen, was ich dachte – daß Hotchkiss Haut- und Haarpflege aussah wie ein Nobelpuff.

Hinter dem Empfangstresen stand eine hübsche Frau. Ihr breites, bleiches Gesicht schmückten dunkle Streifen Rouge in einem bräunlichen Rosa. Ihre Stimme war so weich wie ihr Heiligenschein aus gelocktem, kakaofarbenem Haar und ihr rosa Mohairpullover. Sie fragte: »Sind Sie bereit für Ihren Termin?«

Ich sah Dusty an. Ohne die Mignon-Uniform, in einem weißen Hemd und grünen Radlerhosen, sah sie jünger aus – eher, wie es ihrem Alter entsprach. Ich sagte: »Nick Gentileschi …«

Dusty legte den Kopf schief. »Was ist mit Nick? Ist er mit Ihnen hergekommen? Ist er hier?« Sie sah hinaus auf das regengepeitschte Trottoir. »Er kommt bestimmt nicht hierher«, sagte sie verwirrt, »denn er arbeitet doch bei –«

Ich räusperte mich. »Nick ist tot. Ein Unfall im Kaufhaus.«

Dustys sorgfältig gezupfte Augenbrauen ruckten nach oben. »Großer Gott! Tot? Nick? Das ist nicht wahr. Oder doch?« Als ich nickte, sagte sie: »Ich muß weg. Oh …, das ist ja nicht zu fassen –«

»Sie sind also Mrs. Schulz?« erkundigte sich die Frau mit der weichen Stimme am Tresen. Der rosa Mohair entpuppte sich als Kleid um einen üppigen Körper. »Was haben Sie gesagt, in welcher Form Sie heute die Rechnung begleichen wollen?«

»Äh …« Ich fummelte am schlüpfrigen Verschluß meiner Handtasche herum. Was für eine Rechnung? »Ich brauche ein Taxi«, sagte ich unsicher.

»Wir rufen Ihnen eins«, beruhigte mich Miss Mohair mit rauchiger Stimme. »Wir brauchen nur Ihre Kreditkarte.«

Es muß wohl lange hergewesen sein, seit ich das letzte Mal ein Taxi genommen hatte. Mir war, als nähmen Taxifahrer nur Bargeld. Ich reichte der Frau meine Visa-Karte.

»Was ist Nick passiert?« wollte Dusty wissen.

Plötzlich merkte ich, daß ich naß und durchgefroren war. »Ich habe keine Ahnung. Dusty? Könnte ich ein …?«

»Ein was?« fragte sie. »Was ist Nick passiert?«

»Ich weiß es nicht. Mir klapperten die Zähne. »Im einen Augenblick stand ich an der Verkaufstheke, im nächsten krachte er durch die Verschalung über dem Kaufhauseingang –«

»Die Verschalung?« fragte sie ungläubig. »Er ist durch die Verschalung gefallen? Was in aller Welt hatte er da oben verloren?«

Die Frau mit der weichen Stimme kam mit meiner Kreditkarte und einem Beleg zurück, und ich unterschrieb. Ich war mir nicht recht sicher, was ich da quittierte. Wo war Marlas Gutschein geblieben? »Wir können Sie jetzt nach hinten bringen, Mrs. Schulz. Wir besorgen Ihnen etwas Trockenes zum Anziehen«, sagte sie vertraulich und ignorierte Dusty, »und stecken die feuchten Sachen in unseren Trockner. Ja?«

Es klang gut. Es klang sogar wunderbar.

»Mensch, Goldy«, sagte Dusty, »sind Sie sich sicher, daß Sie sich jetzt trotz allem eine Gesichtsbehandlung machen lassen wollen?«

»O, ich …«

Widerstreitende Stimmen gingen mir durch den Kopf. *Ich bin so traurig, Claire. Ich bin so traurig, daß ich nichts herausgefunden habe.*

Ich hatte diesen Termin bei Hotchkiss Haut- und Haarpflege gemacht, weil ich herausbekommen wollte, warum und wie Hotchkiss Mignon kopierte oder bestahl, und ob der heftige Konkurrenzkampf zwischen den Kosmetikfirmen sich dazu ausweiten konnte, Menschen umzubringen. Hinter dem Empfangstresen huschte erst eine, dann eine zweite Frau einen Korri-

dor entlang. Beide trugen Laborkittel. Aber ich war
unsicher. Hier bleiben, wo alles unbekannt war? Dusty
darum bitten, daß sie mich zu meinem Lieferwagen
fuhr? Tom wollte ganz bestimmt wissen, was los war. Mit
jäher Willenskraft beschloß ich jedoch zu bleiben. Ich
würde es schaffen, ich würde mir die Gesichtsbehandlung machen lassen. Ich würde ein Taxi rufen. Und ich
würde Tom alles erzählen, was sich im Kaufhaus abgespielt hatte. Aber eine Frage nagte an mir. »Dusty«,
sagte ich, »was in aller Welt tun Sie hier?«

Sie preßte die Lippen zusammen und nahm mir die
Handtasche und die Papiertüte ab. Dann beugte sie sich
nahe zu mir heran und flüsterte: »Reggie Hotchkiss
will mich einstellen. Ich meine, er hat's versprochen.
Ich habe mich eben mit ihm getroffen. Wissen Sie, ich
muß weg von Mignon. Das ist ein Irrenhaus. Kommen
Sie, ich bringe Ihre Sachen nach hinten.«

»Mrs. Schulz«, sagte die Frau mit der weichen Stimme, die wieder neben mir aufgetaucht war, »sehen Sie
sich nur an, in was für einem üblen Zustand Sie sind.«
Sie faßte mit überraschender Festigkeit nach meinem
Arm. Ein Schauer mit einem Eigenleben durchlief
meine nasse Kleidung. Übel, das konnte man wohl
sagen.

Dusty sagte, sie bringe meine Sachen in mein Behand-
lungszimmer, sobald ich umgezogen sei. Die Dame im
rosa Mohair führte mich den Korridor entlang und
brachte mich in einen kleinen Raum, der so antisep-
tisch wirkte wie das Untersuchungszimmer eines Arztes. Statt einer Untersuchungsliege prangte jedoch mitten im Raum ein riesiger, nach hinten verstellbarer
Sessel. Das war vermutlich der Thron, auf dem man die
Gesichtsbehandlung verpaßt bekam. Neben dem Ses-

sel standen große, eindrucksvolle Apparate. Miss Mohair reichte mir einen grünen Kittel im Stil von Krankenhaushemden, vorn zuzubinden. Sie sagte mit der weichen Flüsterstimme: »Ich schicke sofort jemanden zu Ihnen.« Dann war sie fort.

Unpassenderweise ertönte in dem klinisch wirkenden Raum Ravels *Bolero*. Ich zog die nassen Sachen aus, hängte sie an einen Haken, ging vorsichtig über das schwarzweiße Linoleum und zog zwei Papierhandtücher aus dem Spender über dem Waschbecken. Nachdem ich gesehen hatte, was aus Nick Gentileschis Tasche gefallen war, machte mich meine bebende Nacktheit paranoid. Wer beobachtete mich? Seltsamerweise gab es in dem Raum keinen Spiegel. Ich sah zur Decke – Kameras waren nicht auszumachen – und schimpfte dann mit mir, weil das lächerlich war. Ich band mir den warmen Krankenhauskittel um die Taille, rubbelte mir mit den Papierhandtüchern das feuchte Haar ab und holte Luft.

Kurz darauf huschte eine kleine Frau von etwa fünfundzwanzig mit einem Pferdeschwanz herein. Sie trug eine große Plastiktüte.

»Das sind Ihre Sachen«, erklärte sie. »Ihre Freundin mußte weg. Da drin sind Ihre Handtasche und Ihre Kaufhaustüte. Beide sind naß.«

Sie stellte die Tüte an die Wand und schob die Hände tief in die Taschen des Laborkittels. Sie runzelte die Stirn, während sie mich abschätzte. Sie trug wenig Make-up über einem aknenarbigen, unhübschen Gesicht. Ich weiß nicht, warum mich diese beiden äußerlichen Aspekte überraschten. Aber ihre ganze Erscheinung, vom straff gezurrten Pferdeschwanz bis zu den weißen Strümpfen und den Schuhen mit weißen

Schnürsenkeln machten eher den Eindruck einer Laborantin als den einer Schönheitskönigin.

»Ihr Haar ist auch naß«, bemerkte sie. Sie schritt dynamisch zu einem Schrank, nahm ein warmes, zusammengefaltetes Handtuch heraus und reichte es mir. Ich bedankte mich und rieb mir damit über den Schädel. »Aber Sie haben keinen Termin für eine Haarbehandlung gemacht«, sagte sie mit einem leichten, tadelnden Kopfschütteln.

»Das Handtuch reicht. Mein Haar ist nur …« Na ja, mein Haar. Ganz gleich, wieviel Geld ich dafür verschwendete, nichts konnte aus dieser altmodischen Lockenmähne eine Frisur machen. »Fangen wir heute erst mal mit dem Gesicht an, okay?«

Und sie fing an. Während im Hintergrund der Bolero gespielt wurde, erklärte mir die Frau im weißen Kittel, die Lane hieß – kurz, knapp und dynamisch, wie es ihrer Persönlichkeit entsprach –, am Anfang stehe eine gründliche Reinigung. Ihre Finger massierten energisch dickes, cremiges Zeug in mein Gesicht, das sie dann mit einem warmen, feuchten Handtuch abwischte. Darauf folgte ein fruchtig riechendes Straffungsmittel, das sie mit kreisenden Bewegungen gleichzeitig auf beide Gesichtshälften auftrug.

»Okay!« sagte sie, als das Straffungsmittel meine Haut in etwas verwandelte, was einem trockenen Fruchtlutscher glich. »Ich mache eine Liste der Produkte, die Sie für Ihre Haut benützen sollten. Für den Anfang Reinigungscreme und ein porenschließendes Straffungsmittel.«

»Äh, wieviel kosten die?«

Sie tat das mit einem Handwedeln ab. »Wir setzen das auf die Kreditkartenabrechnung.«

»Tut mir leid, ich muß es wissen.«

Sie konsultierte eine Liste. »Sechsunddreißig Dollar für einen 300-ml-Tiegel Reinigungscreme.« Ungeduldig. »Vierzig Dollar für einen 350-ml-Tiegel Straffungsmittel.«

Ich wollte nicht nach Luft schnappen, aber ich tat es trotzdem. Ich sah Arch vor mir, der für den Rest seines Lebens barfuß gehen mußte. »Aber – aber das ist ja noch mehr als bei Mignon! Und ich hab' gedacht, das sei die teuerste Firma.«

Lane schürzte die Lippen und erklärte dann: »Wir sind am teuersten. Wollen Sie Ihre Haut verbessern oder nicht? Wir sind die Besten. Wenn Sie unsere Produkte verwenden, bekommen Sie eine *echte* Wirkung zu sehen.«

Ich murmelte etwas, was klang wie »okay«.

Lane ließ den Stift auf ihr Tablett fallen. »Gehen wir also zum nächsten Schritt über.«

Sie wandte sich einem der eindrucksvollen Apparate neben dem Sessel zu. Ich wurde noch nervöser, als sie mir versicherte, der Apparat sei zum Bürsten da. Als mir Lane mit elektrischen Bürsten, die Schläuche mit dem Apparat verbanden, über das Gesicht fuhr, dachte ich, das sei eher wie Schuheputzen im Gesicht, bloß ohne Schuhe und Schuhcreme.

Als sie fertig war, bedachte mich Lane mit einem mißbilligenden, mißtrauischen Blick und befahl mir, die Augen zu schließen. Weil ich meine Lektion aus der Make-up-Sitzung bei Mignon mit Dusty gelernt hatte, machte ich widerspruchslos die Augen zu. Lane legte ein nasses Tuch über meine geschlossenen Lider, stellte den Sessel nach hinten und schaltete einen dröhnenden Apparat ein, von dem sie mir sagte, er erzeuge Dampf.

»Ich bringe Ihre Sachen in den Trockner und komme in zwanzig Minuten zurück«, sagte sie. Die weißen Schwesternschuhe quietschten Richtung Tür. »Entspannen Sie sich.«

Dem Dampf, meinen Gedanken und dem *Bolero* überlassen versuchte ich, zur Ruhe zu kommen. Ich versuchte an das zu denken, was Maurice Ravel in Musik umgesetzt hatte. Leider konnte ich nur den Knall und den Aufprall eines Fahrzeugs hören, das Claire überfuhr und das Geschepper und das Krachen, als Nick Gentileschi aus der Kaufhausverschalung fiel.

Als Lane zurückkam, zog sie mir das Tuch von den Augen, schaltete den Dampf ab und nahm etwas aus der Tasche, das nach einer kleinen Lupe aussah. Ich zuckte zurück. Mein Gesicht war noch nie aus nächster Nähe gemustert worden.

»Ich schalte das Licht aus«, erklärte sie unverblümt, »und stelle fest, wieviel Schaden an Ihrer Haut Sie im Lauf der Jahre angerichtet haben.«

Als ich stammeln konnte: »Muß das sein?«, war das Deckenlicht aus, ein violettes Licht war angegangen, und Lanes Lupe begleiteten Ts-ts-Laute à la Sherlock Holmes. Sie machte das Licht wieder an, zog Gummihandschuhe über und griff nach einer Nadel.

»Moment, Moment.« Ich setzte mich schnell auf. »Ich hab' gedacht, Frauen lassen sich Gesichtsbehandlungen machen, weil das angenehm und entspannend ist. In etwa wie eine Massage.«

»Sie werden soviel besser aussehen«, versicherte sie mir. »Wir müssen diese Unreinheiten entfernen.« Sie schwenkte die Nadel.

»Bitte, nein«, sagte ich schwach. »Ich hab' wirklich Angst vor … Nadeln.«

Lanes Gesichtsausdruck war der einer Krankenschwester, die eine unangenehme, aber unbedingt nötige Arznei verabreichen muß.

Sie sagte: »Die Empfangsdame hat mir ausgerichtet, Sie hätten behauptet, Sie seinen wegen Ihrer Haut völlig verzweifelt. *Jetzt* sagen Sie, Sie sind sich nicht sicher, ob Sie unsere Produkte kaufen möchten, und Sie wollen keine Gesichtsbehandlung. Sind Sie sich sicher, daß Sie wirklich hergekommen sind, um Ihr Aussehen zu verbessern? Oder sind Sie aus einem anderen Grund hier?«

Die Paranoia erhob wieder ihr häßliches Haupt, und ich fügte mich. »Ich bin wegen meines Aussehens hier«, sagte ich unterwürfig und sackte in den Sessel zurück.

Lane stach zu, und ich kreischte. Wieder musterte sie mich wie eine unzufriedene Krankenschwester. *Unreinheiten,* sagte sie, als sie wieder zustach. Ich spürte, wie mir Blut über die Stirn lief. Lane tupfte darum herum. Sie legte die Nadel weg und drückte mit zwei gummibehandschuhten Fingern mit aller Kraft die Haut auf meiner Nase zusammen. Ich schrie wieder. Beim Zahnarzt wurde man wenigstens örtlich betäubt.

Lane seufte vorwurfsvoll und stemmte die behandschuhten Hände gegen ihren Unterleib. »Lassen Sie mich jetzt zu Ende arbeiten?«

»Nein«, sagte ich entschieden und rieb mir die arme, gequetschte Nase. Um die Nasenflügel herum fühlte sich die Haut an, als stünde sie in Flammen. Mein Wille – mein ganzes Verlangen – konzentrierte sich jetzt darauf, aus Hotchkiss Haut- und Haarpflege zu entkommen.

»Wollen Sie jetzt Ihre Maske?«

»Tut das weh?«

Sie verdrehte die Augen, seufzte und sagte dann:
»Nein! Natürlich tut es nicht weh.«

Lane hatte mir gegenüber jegliche Glaubwürdigkeit
eingebüßt. Aber ich glaubte, eine Maske könne nicht
allzu schlimm sein, falls man sie nicht trocknen ließ und
sie zu einer Art Theatermaske wurde. Vielleicht würde
es ja aber auch eine Maske werden wie diejenigen, mit
denen in Horrorfilmen Menschen erstickt werden …
Lane stampfte mit dem Fuß auf. Ja, sagte ich zu ihr, ich
sei ganz wild auf die Maske. Sie trug wieder dickes, cremiges Zeug auf, drapierte Handtücher über mein
Gesicht und ging. O danke, Gott, sagte ich, als ich die
Handtücher abnahm und mir die Creme vom Gesicht
rieb. Ich danke, danke, danke dir, daß du mir eine
Chance gibst, von hier zu entkommen. Ich wollte keine
Maske. Ich wollte keine Gesichtsbehandlung, und auf
keinen Fall wollte ich irgendwelches Make-up.

Ich ging auf Zehenspitzen zu meinen feuchten Schuhen hinüber und schlüpfte hinein. Die Gummisohlen
patschten lautstark, als ich zur Tür ging. Ich kann nicht
in diesem Kittel fliehen, ging mir zu meinem Verdruß
auf. Aber wie in aller Welt sollte ich den Trockner finden, in den sie meine Sachen gesteckt hatten? Ich griff
nach der großen Plastiktüte, nahm die Einkäufe für
Frances heraus und steckte sie in meine Handtasche,
die ich zuschnappen ließ. Ich umklammerte die Handtasche und warf einen Blick auf den Flur. Er war leer.
Ich dankte wieder dem Allmächtigen und schlich mich
vorbei an geschlossenen Türen ins Hintere der Villa.
Ich lauschte an jeder Tür, hörte aber nur Stille, das
Surren von Apparaten oder das leise Murmeln der Visa-
gistinnen, während sie andere Kunden quälten.

Mein ganzes Problem, dachte ich, als ich von Tür zu

Tür ging, besteht darin, daß ich keine Masochistin bin. Als Masochistin hätte ich der Schönheit zuliebe die Schmerzen erduldet. Andererseits, wenn ich eine Masochistin gewesen wäre, hätte ich meine erste Ehe fortgesetzt.

Vor der letzten Tür im Flur blieb ich stehen. Es war eine breitere Tür, die Art von Tür, die meistens in einen Abstellraum führt. Innen surrte und dröhnte eine Maschine. Ein Trockner.

Ich machte die Tür auf und schlüpfte in einen kleinen Raum, der ein Regal und einen Schrank mit Jalousientüren enthielt. Die Tür ging knarrend hinter mir zu. Auf den Regalbrettern lagen sauber gefaltete Handtücher, Kittel, standen große Flaschen, die vermutlich Kosmetika enthielten. Ich machte eine Jalousientür auf und wurde mit dem Anblick einer Waschmaschine und eines Trockners belohnt. Darüber und zu beiden Seiten waren weitere Regalbretter angebracht, vollgepackt mit viel flüchtiger angeordneten diversen Artikeln. Ich ignorierte sie, machte die Trocknertür auf und griff nach meinen Sachen. Sie waren warm, aber immer noch etwas feucht.

Jemand kam. Ich huschte in den Schrank und klemmte mir die Finger ein, als ich die Tür zumachte. Ich weiß nicht, warum ich solche Angst davor hatte, dabei ertappt zu werden, daß ich die Gesichtsbehandlung abbrach, aber es hatte wohl etwas mit der Nadel zu tun. Die Person, die hereingekommen war, summte. Ich glitt hinter zwei weiße Laborkittel. Etwas wie ein Tierfell streifte meinen Nacken. Durch die Jalousienschlitze konnte ich sehen, daß die Summerin nach den Flaschen auf den Regalbrettern griff. Das Fell kitzelte mich im Nacken. Die Summerin ging hinaus.

Ich stieß die Tür auf und griff nach hinten, wollte das Fell wegschieben, ehe ich niesen mußte. Ich hatte Pech. Ein winziges, aber heftiges Beben kam aus meinen Lippen und brachte meine Augen zum Tränen. Das sollte mir eine Lehre sein, nie wieder im Regen straßenweit zu gehen. Fluchend und schnüffelnd kam ich aus dem Schrank und umklammerte das Fell. Moment mal. Es war eine Perücke, ein blondes, eingespraytes Ding. Ich warf es auf den Trockner, holte meine Sachen heraus und zog mich schnell an. Als ich schon gehen wollte, fiel mein Blick noch einmal auf die Perücke. Im großen und ganzen machten Toupets mir angst. Sie ähnelten toten Tieren. Aber diese Perücke hatte ich schon einmal gesehen.

Ich hob sie auf und musterte sie. Wer hatte diese Monstrosität getragen? Wo hatte ich sie gesehen? Eine Erinnerung stellte sich ein. Vor dem Mignon-Bankett hatte ich jemanden im Parkhaus gesehen. Eine Frau, knallgelb gekleidet. Ja, ich sah vor mir, wie sie zielgerichtet zur Tür ging und später den Kopf aus dem Lieferanteneingang steckte, wissen wollte, was los war, als Tom und ich versuchten, uns um Julian zu kümmern.

Dann erinnerte ich mich an noch etwas. Claire, wie sie die Stirn runzelte, als sie auf dem Bankett jemanden erkannte. *Was?* hatte ich gefragt. Und sie war frustriert gewesen, hatte gesagt: *O Gott.* Und am nächsten Tag hatte Dusty gesagt: *Wir haben Sie gesehen. Wir haben Sie erkannt. Mann, Sie werden jede Menge Ärger kriegen.*

Ja, ich hatte diese Perücke gesehen. Der schlanke, gut aussehende Reggie Hotchkiss hatte sie getragen, als er sich auf das Bankett mit dem Motto »Bekennen Sie Farbe mit Mignon« einschlich. Vermutlich hatte er sich auf diesem Bankett die Ideen geholt, die er für seinen

Herbstprospekt brauchte. Ich wußte nur nicht, was er
sonst dort getan haben mochte. Hatte er eine sehr
erfolgreiche Verkäuferin eines Konkurrenzunterneh-
mens überfahren?

 **Ich warf die Perücke** auf das Regalbrett zurück. Ich schlüpfte aus der Abstellraumtür und sah am Ende des Ganges erleuchtete rote Buchstaben: AUSGANG. Zehn Schritte in die Freiheit. Als ich den Türgriff nach unten drückte, auf einer Betonstufe landete und kühle, regenfeuchte Luft einatmete, ging keine Alarmanlage los. Hier, hinter dem Salon Hotchkiss, verliefen am rosa und blauen Jägerzaun entlang ein ungepflegter Rasen und von Blüten überquellende Rosenbüsche. Zwischen den Brombeerranken am Ende des Gartens war ein Tor mit rostigen Angeln in den Zaun eingelassen. Ich betete, daß ich nicht beobachtet wurde, ging über das nasse Gras, hob den Riegel und empfand eine Welle benommener Erleichterung, als ich auf eine Nebenstraße entkam.

Dampf stieg von den Straßen von Aqua Bella auf. Sonnenstrahlen kämpften sich durch die schwere, schwüle Luft. Im Westen hoben sich Wolken von den Vorbergen, hinterließen sahnigen Nebel, der sich über die dunkelgrünen Abhänge schlängelte. Wenn man sich in Denver orientieren will, muß man nur daran denken, daß die Berge immer im Westen sind. Das Einkaufszentrum lag zwischen den Rockies und mir, folglich trabte ich in mäßigem Tempo auf dem Trottoir Richtung Westen. Ich sprang über schimmernde Pfützen. Mir war, als könnte ich hinter mir Lanes schroffe, geschäftsmäßige Stimme schreien hören: *Haltet die Frau mit der abgewischten Maske auf!*

Aber ich war nicht in der Stimmung für Verwicklungen. Ich keuchte und wankte weiter. Wie hatte ich es nur geschafft, so weit zu Fuß zu gehen? Ich faßte mir an die Stirn. Sie blutete immer noch. Eines Tages, dachte ich, würden Marla und ich über meinen Auftritt bei Hotchkiss Tränen lachen.

Als ich hinter das Lenkrad meines Lieferwagens schlüpfte, glaubte ich, ich bekäme auch einen Herzinfarkt. Während ich nach Aspen Meadow zurückfuhr, inhalierte ich tief wie bei Yogaübungen. Claire Satterfield war seit drei Tagen tot. Nick Gentileschi war heute aus der Verschalung gestürzt. Seine Leiche hatte nicht einmal gezuckt, als sie landete.

Wie lange war er schon tot gewesen? Und dann war da noch Reggie Hotchkiss, der beim Mignon-Bankett spioniert hatte, mit einer Perücke getarnt. Und zu dem allen kam noch, daß ich heute abend ein Schickimicki-Essen für ein Paar ausrichten mußte, das bis über die reichen Ohren in diesem Chaos steckte: Claires angeblicher Liebhaber, Dr. Charles Braithwaite, und Charlies Frau, Babs, die Nick Gentileschi heimlich in den Umkleidekabinen von Prince & Grogan fotografiert hatte.

Wie brachte ich mich nur in solche Situationen?

Als mein Lieferwagen von der Interstate in die Ausfahrt nach Aspen Meadow tuckerte, hatten sich die Regenwolken aufgelöst und einen tiefblauen Himmel hinterlassen. Ich fuhr am Country Club vorbei, wo Sonnenstrahlen das Treibhaus der Braithwaites auf dem höchsten Punkt von Aspen Knoll zum Glänzen brachten. Dort würden die Gäste die Schokoladenplätzchen verdrücken und dem Feuerwerk zum vierten Juli über dem Aspen Meadow Lake zuschauen. Was mir etwas Zeit lassen würde, in dem berüchtigten Treibhaus herumzuschnüffeln.

Ich fuhr den Lieferwagen vor unser Haus und sah, daß Julian zurückgekommen war und den Range Rover schief in der Einfahrt geparkt hatte. Ich hielt auf dem einzigen freien Platz am Straßenrand. Als ich aus dem Wagen sprang, war Sally Routt, Dustys Mutter, im Garten und jätete Unkraut. Ihr Sohn Colin war in einem Babytragegurt aus Cord auf ihrem Rücken festgeschnallt. Ich sah Dusty nicht, was vermutlich auch gut so war. Ich hätte Fragen danach, wie die Gesichtsbehandlung bei Hotchkiss gelaufen sei, nicht ertragen. Außerdem mußte ich Tom anrufen. Ich rief den beiden einen Gruß zu, aber Colin schien die Fülle der langstieligen, lila Weidenröschen zu faszinieren. Colin war so mager und winzig; es war schwer zu glauben, daß er drei Monate alt war. Als er nach einem Seidenspinner auf einem Weidenröschenstengel griff, wirkte seine kleine Hand neben den ausgebreiteten Flügeln des Schmetterlings zwergenhaft. Als er sein Ziel verfehlte, ruckte Colins Kopf mit dem schimmernden, rotblonden Haar in meine Richtung. Armes, liebes Kind, zu früh geboren, in eine Familie hinein, die es kaum schaffte, sich um es zu kümmern. Ich spürte, wie sich das Herz in meiner Brust zusammenzog.

Als ich durch die Sicherheitsanlage ins Haus kam, roch ich köchelnde Zwiebeln, gekochte Kartoffeln und ... Zigarettenrauch. Letzterer schien aus dem ersten Stock herunterzuwehen. Wenigstens ist es kein Haschisch, dachte ich grimmig, als ich zwei Stufen auf einmal nahm. Ich fand Julian zusammengesackt auf dem Schaukelstuhl aus Ahorn im Gästezimmer, in dem ich Arch als Kind gewiegt hatte. Rauch schlängelte sich aus einer filterlosen Zigarette in seiner Hand. Sein Fuß klopfte gegen den Boden, während er sich abstieß. Zu seinen Füßen lag ein Häufchen Asche. Er hatte mich nicht bemerkt.

Ich sagte: »Ich bin wieder da. Was ist denn los?«

Er sah sich nicht um. Seine Stimme klang verdrossen, resigniert. »Nicht viel. Ich hab' deinen Zettel gelesen und das Obst mariniert. Die Kartoffeln und die Zwiebeln für die Gurkensuppe hab' ich auch gekocht.« Sein Gesicht verzerrte sich. »Hast du irgend etwas –«

»Noch nicht. Im Gegenteil, es gibt noch eine schlechte Nachricht.« Ich setzte mich auf das alte Zweiersofa, das jetzt dem Kater Scout gehörte. »Willst du sie hören?«

»Denk' schon.«

»Nick Gentileschi ist im Kaufhaus gestorben. Ein Unfall.«

Julian riß entsetzt und ungläubig die Augen auf. »Was? Der Typ von der Sicherheit? Was ist passiert? Weiß Tom es schon? Was war das für ein Unfall?«

»Oh, Julian ...« Ich seufzte. »Er ist aus der Deckenverschalung gestürzt. Mehr weiß ich auch nicht. Ich wollte Tom eben anrufen. Möchtest du nach unten kommen?«

Er schien sich plötzlich der Zigarette bewußt zu werden, die er in der Hand hielt, und klopfte Asche in seine Handfläche. »Ich komme bald nach unten. Hör mal, Goldy, es tut mir leid –«

»Was tut dir leid? Ich versuche, dir zu helfen —«

»Ich will bloß nicht, daß dir was passiert.«

»Mir passiert schon nichts. So, ich weiß, daß du nicht darüber reden willst, aber meinst du, daß du in der Lage bist, mir bei der Party der Braithwaites zu helfen?«

Sein »Sicher« klang unschlüssig. Ich ging nachdenklich hinunter in die Küche. Ehe ich Tom anrufen konnte, klingelte das Telefon. Es war Arch. Er rief selten aus der Eigentumswohnung in Keystone an, weil der Kotzbrocken, der für sich mit Geld um sich schmiß, sich über jeden zusätzlichen Dollar beschwerte, den Arch ihn kostete. Die einzige Ausnahme bei dieser Regel waren die seltenen Anlässe, wenn John Richard irgend etwas getan hatte – daß er vergaß, Arch abzuholen, gehörte zu seinen Lieblingsverfehlungen –, was ihm ein schlechtes Gewissen einflößte. Wenn John Richard jäh Schuldgefühle überkamen, wurde Arch mit Geschenken überschüttet, die er nie benützte. Wenn mein Sohn nach einem solchen Wochenende mit einem neuen Mountainbike, Skiern oder Rollerblades nach Hause kam, wußte ich, daß es Ärger gegeben hatte.

Ich packte den Hörer und gab mir Mühe, nicht nach Panik zu klingen. »Was ist passiert?«

»Es ist nicht wegen Dad, mach dir keine Sorgen. Er schläft nebenan«, sagte er mit leiser Stimme. »Ich glaub', er hat zum Mittagessen zuviel getrunken. Er macht ein Nickerchen.«

»Zuviel getrunken –« Ich stieß einen entnervten Seufzer aus. »Arch, soll ich kommen und dich holen?«

»Nein, Mom. Ich bin cool. Bitte, werd nicht hysterisch. Wir gehen zum Feuerwerk hier oben.«

»Ich bin *nicht* hysterisch«, sagte ich mit zusammengebissenen Zähnen.

»Hör mal, Mom. Ich hab' nur angerufen, weil ich wissen will, wie es Julian geht.«

Ich seufzte und dachte an die zusammengesunkene Gestalt im Gästezimmer. »Nicht besonders.«

»Hast du was über Claire rausgekriegt? Ist Marla aus dem Krankenhaus entlassen worden?«

»Arch, ich bin eben erst nach Hause gekommen. Ich ruf' dich an, sobald Tom herausfindet, was da gespielt wird. Und ich wollte Marla eben anrufen.«

»Weißt du, ich glaube echt, daß Tom großartig ist«, versicherte mir Arch. Es war unnötig, mir das zu versichern.

»Arch, *warum* erzählst du mir das? Du klingst, als wäre was mit dir. Hat Dad dir was getan? Bitte, sag's mir.«

»Oh, *Mom*. Du nimmst alles so ernst. Es ist bloß, weil ich nicht will, daß Tom glaubt, ich halte ihn für ein Schwein oder so. So würde ich ihn nie nennen.«

»Das weiß er.«

»Und ich hab' mich nicht von ihm verabschiedet, weil er so früh gegangen ist, und dann hat Frances Markasian mit dem Messer herumgewedelt, und na ja, du weißt schon.«

»Es ist also alles in Ordnung.«

»Ja, Mom! Ich hab' bloß hier gesessen und an Tom gedacht, an Julian und an Marla, das ist alles.«

»Du fühlst dich einsam.«

»*Mom.*«

»Okay, okay.«

Er sagte, er könne es nicht erwarten, uns am Samstag nachmittag wiederzusehen. Und nein, er freue sich nicht auf das Feuerwerk, denn Dad habe eine neue Freundin kennengelernt, und sie komme mit. Sie habe jedoch Angst vor Krach, deshalb müßten sie vielleicht früh gehen. Er seufzte enttäuscht und sagte: »Friede, Mom.«

Ich legte auf und schlug mit der Faust auf die Arbeitsplatte. Falls die neue Freundin keinen Krach mochte, sollte sie sich lieber einen anderen Typen zum Ausgehen suchen.

Ich rief bei Marla zu Hause an. Die Pflegerin sagte, sie schlafe, aber ja, sie habe die fettarmen Pfannkuchen gesehen. In welcher Gemütsverfassung sie sei, fragte ich. Deprimiert, erwiderte die Pflegerin ohne nähere Erklärung. Wann ich kommen könne, wollte ich wissen. Morgen. Marla ruhe sich heute von der Heimfahrt aus dem Krankenhaus aus; kein Besuch, kein Ausgang. Soviel zu Tonys Drängen, mit ihm auf die Party der Braithwaites zu gehen. Ich hatte sogar das Gefühl, die Pflegerin habe mit Tony kurzen Prozeß gemacht. Ich sagte, ich käme morgen. Aber erst am Nachmittag, erklärte sie, bevor sie auflegte. Ich wünschte mir, ich könnte die Pflegerin zum Kotzbrocken schicken, damit sie mit ihm kurzen Prozeß machte.

Ich wappnete mich und tippte wieder eine Telefonnummer ein. Falls Tom nicht da war, was sollte ich dann auf seinen Anrufbeantworter sprechen? Aber er nahm nach dem ersten Klingeln ab.

»Schulz.«

»Ich bin's. Ich war bei Prince & Grogan, als Gentileschi –«

»Ich hab's gehört. Er ist in dem Verschlag da oben erwürgt worden. Sie nennen ihn einen Lauerposten, weil früher die Kaufhausdetektive dort saßen.«

»Ich weiß. Wissen sie, wer –«

»Negativ. Ich werd' heute abend lange hierbleiben und an dem Fall arbeiten.«

»Ich hab' die Fotos aus seiner Tasche gesehen, Tom. Sie sind von Babs Braithwaite.«

Er seufzte. »Goldy, du hast sie doch nicht angefaßt?«

»Nein, selbstverständlich nicht.«

»Hat noch jemand außer dir sie gesehen?«

Ich versuchte, mich zu erinnern. Wer war sonst noch in der Nähe gewesen? Stan White, der Mann von der Sicherheit, war die Rolltreppe heruntergekommen; Harriet Wells hatte hinter dem Stand gewimmert. Ich war der einzige Kunde direkt am Schauplatz gewesen. »Ich glaube nicht, vielleicht hat sie der andere Typ von der Sicherheit gesehen. Ich war dort, weil ich Sachen für Frances gekauft habe und …, was war eigentlich mit Gentileschi los? Hat er so was immer gemacht? Kunden nachspioniert?«

Tom erwiderte in einem sachlichen Ton: »Du solltest die Bilder sehen, die wir bei ihm zu Hause gefunden haben. War vernarrt in üppige Frauen. Die möchten bestimmt nicht hören, was er hinter den Spiegeln getrieben hat.«

»Hast du die Nachricht bekommen, die ich für dich hinterlassen habe, daß Babs Braithwaite sich sicher war, sie habe hinter dem Spiegel in der Umkleidekabine etwas gehört? Das war, als der Typ von der Sicherheit mich abgeführt hat, weil ich gelauscht hatte.«

»Ja, Miss G., ich hab' deine Nachricht bekommen. Ein Ermittlungsteam arbeitet im Kaufhaus, ein zweites befragt Mrs. Braithwaite und ihren Mann. Dr. Braithwaite scheint in diesem Kaufhaus viel Zeit verbracht und jede Menge Geld ausgegeben zu haben, wie uns der zweite Mann von der Sicherheit erzählt hat.«

»Tom, weißt du noch, daß ich heute abend in ihrem Haus eine Party beliefere?«

349

»Hhm, Miss Goldy? Ich glaube, das solltest du lassen. Gib den Auftrag weiter. Die Braithwaites sind Verdächtige in einem Mordfall. Vielleicht in zwei Mordfällen. Ich will nicht, daß du dort herumschnüffelst. Laß uns unsere Arbeit machen. *Bitte*. Außerdem, und das ist jetzt amtlich, hast du mit dem Fall nichts mehr zu tun. Danke für deine Hilfe, aber es ist zu riskant für dich, weiter in dieser Sache herumzustochern. Es ist zu gefährlich geworden.«

»Ach, komm schon, Tom. Die Braithwaites sind einflußreiche Leute in der Gemeinde. Wenn ich absage, bin ich in meiner Heimatstadt unten durch. Hör mal, falls die Braithwaites auf mich losgehen, wehre ich sie mit einem Eimer Gurkensuppe ab.«

Tom murmelte etwas Unverständliches, sagte aber nichts weiter. Ich erinnerte mich schuldbewußt daran, daß ich ihm nichts von der Chlorbleiche und dem Drohbrief erzählt hatte. Tom sagte, er habe gleichzeitig zwei weitere Anrufe. Auf Leitung eins bekomme der Chef der Rechtsabteilung von Prince & Grogan fast einen Schlaganfall, und auf Leitung zwei wolle sein Team im Haus der Braithwaites unbedingt mit ihm sprechen. Er melde sich wieder bei mir.

Ich fragte mich, ob Babs ihre jährliche Party überhaupt noch geben wolle, wenn es im Haus der Braithwaites von Polizisten wimmelte. Ich rief bei ihr an. Ein Polizist, den ich kannte, meldete sich, und nach einer Weile kam Babs an den Apparat.

»Ja?« Sie war eindeutig nicht glücklich über die Unterbrechung.

»Entschuldigen Sie meinen Anruf«, fing ich an und hielt dann inne. Was sollte ich sagen? *Aber ich habe mich eben gefragt, ob die Cops vor der Party fertig sind? Und übri-*

gens, ich glaube, diese Fotos werden Ihnen nicht gerecht? »Äh, ich hab' mich nur gefragt, wie der Zeitplan für heute abend aussieht. Wann wir anrichten sollen, wissen Sie.«

Ihre Stimme wurde steif vor Ungeduld. »In Ihrem Vertrag steht, erst anrichten, dann servieren, dann ab neun oder so einpacken, bis Sie fertig sind. Die Gäste kommen ab sieben. Wie lange brauchen Sie zum Anrichten für zwölf Personen?«

»Nicht länger als eine Stunde –«

»Ich kann Sie nicht beaufsichtigen. Von fünf bis halb sechs lasse ich mich frisieren und schminken.«

»Keine Sorge. Wir können uns bestens selbst beaufsichtigen.«

Sie machte eine Pause. »Kommt dieser Junge mit?« fragte sie neugierig.

»Mein Sohn? Oder mein neunzehnjähriger Helfer?«

»Der Teenager. Der, der so viel Schaden an meinem Auto angerichtet hat.«

Ich kam mir vor, als wäre ich plötzlich unter eine Verhörlampe geraten, wie ein Trainer der National Football League, der mit Fragen danach, wie viele verletzte Spieler zur Startaufstellung gehören werden, durch die Mangel gedreht wird. Ich nahm einen gleichmütigen Ton an. »Julian wird mitkommen.«

»Wie hält er sich?«

Ich hätte liebend gern gewußt, warum sie das interessierte. Aber ich erwiderte lediglich: »Ganz ordentlich. Oh, Babs, übrigens. Meine Freundin Marla sagt, sie habe Ihnen mein Geschäft nicht empfohlen. Ich meine, weil Sie gesagt haben, sie sei's gewesen, frage ich mich nur, von wem die Empfehlung kam. Aus reiner Neugier. Verstehen Sie? Ich möchte mich bei der betreffenden Person bedanken.«

Ihre Stimme hob sich gereizt. »Lieber Himmel, ich kann mich nicht daran erinnern, wer Sie mir empfohlen hat!« Sie machte eine Pause und fuhr dann in einem noch höheren Ton fort: »Sie wollen sich das mit heute abend doch nicht etwa anders überlegen? Erzählen Sie mir bloß nicht, Sie seien mit den Vorbereitungen nicht fertig. Ich weiß nicht, wo ich so kurzfristig Ersatz bekommen könnte!«

»Kein Grund zur Sorge, Babs. Wir kommen. Gegen sechs.« Ehe sie wieder damit anfangen konnte, mich zu verhören, verabschiedete ich mich höflich und wünschte mir, Arch könne einmal erleben, wie es war, mit einem *tatsächlich* hysterischen Menschen umzugehen.

Ich sah auf die Uhr: drei. Zeit zum Kochen.

Wie viele reiche Kunden wollte Babs Braithwaite die Gastgeberin eines erlesen belieferten Abendessens sein, aber nicht viel dafür bezahlen. »Können Sie es nicht üppig aussehen und schmecken lassen ohne die ganzen teuren Zutaten?« hatte sie wissen wollen. »Können Sie nicht ohne massenhaft Butter und Sahne kochen? Sie wissen schon, Partylieferanten neigen dazu.« Als ob sie auch nur die geringste Ahnung gehabt hätte. Fettarme Zutaten waren im allgemeinen teurer und arbeitsaufwendiger als herkömmliches Essen. Wie auch immer, nach einer langen Diskussion hatten wir uns auf Putencurry mit Rosinenreis geeinigt. Dann hatte Babs mich von oben herab mit der Mitteilung entlassen, weil es der vierte Juli sei, werde sie passend zum Essen einen Sari in Rot, Weiß und Blau tragen. Alle anderen würden ebenfalls in Rot, Weiß und Blau erscheinen, hatte sie in einem resignierten Ton behauptet. Ich hatte nicht protestiert. Ich hatte es schon lange aufgegeben, Erklärungen für die Ticks reicher Kunden zu finden.

PUTENCURRY MIT ROSINENREIS

500 g Putenhackfleisch
150 g gehackte ungeschälte Äpfel
150 g gehackte Zwiebeln
1 1/2 Eßlöffel Olivenöl
2 Eßlöffel Weizenmehl Typ 405
1 Eßlöffel Currypulver
1 Eßlöffel Rinderbouillonextrakt
50 g fettarmes Milchpulver
1/4 l Magermilch

Das Putenhackfleisch in einer großen Bratpfanne bei mittlerer Hitze sautieren, häufig umrühren, bis es gleichmäßig gebräunt ist. Das Putenfleisch auf Küchenpapier abtropfen lassen und beiseite stellen. Eine große Teflonpfanne mit Pflanzenöl einfetten. Bei mittlerer Hitze Äpfel und Zwiebeln sautieren, häufig umrühren, bis die Zwiebeln glasig sind. Beiseite stellen. In einer weiteren großen Pfanne das Olivenöl erwärmen. Mehl und Currypulver einrühren. Erhitzen und bei mittlerer Hitze köcheln lassen, bis das Mehl Blasen wirft. Bouillonextrakt, Milchpulver und Magermilch vermischen. (Der Bouillonextrakt löst sich beim Erhitzen in der Sauce auf.)

Die Milchmischung langsam in die Currysauce geben, bei mittlerer Hitze ständig umrühren, bis die Sauce andickt. Danach das Putenfleisch und die Äpfel und Zwiebeln hinzugeben. Gründlich umrühren und erhitzen. Auf Rosinenreis servieren.

Ergibt 4 Portionen

Rosinenreis: 200 g rohen weißen Reis bei mittlerer Hitze in einer großen Bratpfanne unter ständigem Rühren rösten, bis der Reis bräunlich wird. (Vielleicht sieht er fleckig aus; das ist wünschenswert.) 100 g Rosinen und 1 l fettarme Hühnerbrühe (s. S. 379) hinzugeben, zum Kochen bringen, die Hitze reduzieren, die Pfanne zudecken und 25 Minuten köcheln lassen, bis die Flüssigkeit aufgesaugt ist.

Wenigstens hatte sie nicht darauf bestanden, daß *ich* einen Sari trug. Oder ausschließlich Essen in Rot, Weiß und Blau verlangt.

Ich sautierte das Putenfleisch, ließ es abtropfen und ging dann dazu über, stapelweise wohlriechende Zwiebeln und Äpfel zu hacken. Als beides in einer großen Bratpfanne köchelte, fing ich mit der Sauce an. Sobald der scharfe Currygeruch die Küche erfüllte, spürte ich, daß sich die Spannung in meinen Schultern lockerte. Meine Hände zitterten nicht mehr, als ich Magermilch einrührte, wiederum mit fettarmem Milchpulver verstärkt. Die seidige Mischung sorgte tatsächlich für die sämige Konsistenz von Schlagsahne, aber ohne Fett. Ich lächelte und schmeckte die Currysauce ab. Sie war göttlich. Kochen ist immer heilsam. Die Zutaten, die Gerüche, die Aromen – das Vergnügen daran, eine Mahlzeit auszuprobieren und zu komponieren –, das alles bringt Freude mit sich, ganz gleich, unter was für Umständen. Ich kostete noch einen Löffel von der heißen, cremigen Currysauce. Verflixt noch mal, sie war wirklich gut. Ich mußte sie an Arch und Julian ausprobieren.

Als ich halb mit dem Gemüse für den Salat fertig war, wurde laut gegen die Tür gehämmert. Ich sah auf die Uhr: Viertel nach drei. Tom oder Arch konnten es nicht sein. Alicia, meine Lieferantin, war schon dagewesen, und ich hatte alle Zutaten, die ich brauchte. Ich schaltete den Rührstab aus, trottete zur Tür und sah durch den Spion.

»Nicht rauchen«, warnte ich Frances Markasian, als ich die Tür aufmachte. »Und keine ballistischen Messer.«

»Okay, okay!« Sie hielt ihre große schwarze Tasche wie zur Inspektion hoch. Ich winkte ab.

»Seien Sie nicht so paranoid, Goldy. Ich will doch bloß –«

Aber ich ließ sie schon stehen. »Ich arbeite, also müssen Sie in der Küche mit mir reden.«

Sie folgte mir pflichtschuldig und setzte sich auf einen Eichenstuhl, während ich in das Rezept für Gemüsesalat schaute. In ihrem üblichen schwarzen Trenchcoat wartete sie, bis ich damit fertig war, die Karotten, Radieschen, Jicama und Gurken zu reiben, ehe sie fragte: »Wo sind meine Sachen?«

Ich nahm dicke, saftige Frühlingszwiebeln aus dem Kühlschrank und schnitt sie in Scheiben. »Was für Sachen? Ich habe keine Sachen von Ihnen!«

Sie wühlte in ihrer Tasche nach einem Päckchen Zigaretten, erinnerte sich verspätet daran, daß sie nicht rauchen durfte, und klopfte ungeduldig gegen das Päckchen auf dem Tisch. »Entschuldigung, Goldy, aber ich glaube mich daran zu erinnern, daß ich Ihnen drei druckfrische Hundertdollarscheine und eine Einkaufsliste für Kosmetika gegeben habe. Haben Sie die Sachen für mich besorgt?«

Geduld, befahl ich mir, als ich mich von den Bergen aus Salatzutaten abwandte. Ich mußte kochen, und diese Journalistin war eine schlimmere Pest als der berüchtigte Bergkiefernkäfer. Ich stöberte in meiner mitgenommenen Handtasche herum und fand die immer noch feuchte Tüte mit den Kosmetika, die Frances bestellt hatte. Als ich ihr die Tüte gab, griff sie gierig danach und schüttete die Tiegel, Fläschchen und ihr Wechselgeld – Scheine und Münzen – auf meinen Küchentisch.

Ich sagte laut: »Mensch, Goldy! Herzlichen Dank, daß Sie sich die Mühe gemacht haben, diese Kosmetika zu kaufen! Natürlich weiß ich schon, daß sie an meinem Aussehen nicht das geringste ändern werden.«

Frances ignorierte mich, stöberte in den Gegenständen auf der Tischplatte herum, strich sich dann eine krause Haarsträhne aus den Augen und warf mir einen forschenden Blick zu. »Wo ist die Quittung?«

»*Was*?«

»Wo ist die Quittung? *¿Entiendes inglés?* Haben Sie keine Quittung für das Zeug, für das Sie mein Geld ausgegeben haben?«

»Entschuldigung, Frances, aber Ihr Wechselgeld ist in voller Höhe da drin. Lassen Sie mich doch in Ruhe! Wozu brauchen Sie eine Quittung?«

»Lassen Sie *mich* in Ruhe!« Ihr Gesicht war wütend. »Sie sind Geschäftsfrau, Sie wissen, wie wichtig eine Quittung ist! Ohne Quittung muß ich diesen Schrott aus eigener Tasche bezahlen! Können Sie denn gar nichts richtig machen?« Dann, zu meiner Verblüffung, fegte sie die Kosmetika und das Geld zusammen, stopfte alles in ihre Tasche und stapfte zornig hinaus. Meine Haustür knallte widerhallend hinter ihr zu.

Vor Bestürzung klappte mir der Mund auf. Was war hier los? Ich sah die gehackten Gemüse an, die unfertige Gurkensuppe und die Schüsseln mit mariniertem Obst. Meine innere Stimme, die noch bei Sinnen war, drängte mich gelassen, Frances und ihre Wutanfälle zu vergessen und mit der Tagesarbeit fortzufahren. Schließlich hatte sie das Messer mit der Sprungfeder in der Tasche.

Aber eine zweite, zornigere innere Stimme wollte wissen, wie Frances herausbekommen hatte, daß ich zu Hause war. Zum zweiten Mal verdächtigte ich Frances, mir nachzuspionieren. Zum ersten Mal hatte ich diesen Verdacht gehabt, als sie heute morgen kurz nach dem Kotzbrocken aufgetaucht war. Woher hatte sie da gewußt, daß ich noch nicht weggefahren war? Wie hatte sie heute nachmittag herausbekommen, daß ich eben erst von der Lebensmittelmesse zurückgekommen war?

Ich stürzte nach draußen und sah mich auf der Straße um: kein dunkler Fiat, keine Frances. Frances' schwarzer Mantel war gerade noch zwischen den Weidenröschen vor dem Haus der Routts zu sehen. Falls es tatsächlich Frances war, was hatte sie dann bei den Routts verloren? Wurde sie von Dusty mit Informationen versorgt? Nach allem, was Dusty mir erzählt hatte, klang das nicht wahrscheinlich. Gott im Himmel, ich hatte die beiden auf dem Mignon-Bankett miteinander bekannt gemacht. Ganz gleich, was Frances im Schilde führte, es mußte vorher angefangen haben, falls sie nicht beide logen. Was hatte Tom mir gesagt? In diesem Geschäft mußt du damit rechnen, daß dir etwas vorgemacht wird.

Als ich die eingeebnete Zufahrt entlanglief, sah ich, wie sich die Gestalt im schwarzen Mantel duckte und durch eine Seitentür ins Haus schlüpfte. Von außen sah der Anbau nach einer altmodischen Veranda aus, mit Jalousienfenstern anstelle von Fliegengittern. Ich war immer davon ausgegangen, daß die Saxophonmusik aus diesem Teil des Hauses kam, weil nur diese Jalousienfenster zur Straße hinausgingen. Leicht beklommen ging ich die Treppe zu diesem Nebeneingang hinauf. Was sollte ich sagen? *Äh, Entschuldigung, das ist nur ein nachbarschaftlicher Besuch, aber was ist eigentlich hier los?*

Die Verandatür war offen. Frances stand neben einem untersetzten Mann, dessen weißes Haar in dünnen Strähnen nach hinten gekämmt war. Sie sprach schnell und eindringlich. Sie drehten mir den Rücken zu und merkten beide nicht, daß ich da war. Von der Schwelle aus sah ich, daß die Veranda schlicht mit einem Futon mit altmodisch gestreiften Kissen, zwei nicht zueinander passenden Stühlen und einem Tisch möbliert war. Auf dem Tisch stand ein altes Telefon mit Wählscheibe, lag ein Saxophon.

Der alte Mann, der Frances aufmerksam zuhörte, zog meine Aufmerksamkeit auf sich. Das mußte der Großvater sein, den ich nie zu sehen bekommen hatte. Ich klopfte gegen den Türrahmen aus Aluminium. Frances drehte sich unvermittelt um und verstummte.

»Entschuldigung«, sagte ich höflich. »Darf ich hereinkommen?« Ohne eine Antwort abzuwarten, schob ich mich hinein. Durch die Jalousienfenster auf der anderen Seite war das Dach von Frances' Fiat zu sehen. Hier hatte sie also geparkt. Aber wer hatte ihr gesagt, wann ich zu Hause war? Vielleicht hatte der Großvater mein Haus beobachtet. Ich fragte unsicher: »Ist Dusty zu Hause?« Der Mann wandte sich halb, aber nicht ganz in meine Richtung. »Sind Sie Dustys Großvater?« fragte ich höflich. »Ich bin Ihre Nachbarin, Goldy Schulz. Frances war eben bei mir zu Hause ...« Ich hielt ihm die Hand hin. Er ignorierte sie.

Mr. Routts Gesicht sah aus wie eine über die Ränder gequollene Kuchenkruste. Ich sah Frances an, damit sie mir weiterhalf, aber ihr Gesicht hatte sich in stiller Wut über mein Auftauchen verkrampft.

Ich sagte: »Mr. Routt?«

Er wandte mir große, wäßrige blaue Augen zu. Es war ausgeschlossen, daß dieser Mann mein Haus beobachtet hatte. Er war blind.

»**Es tut mir leid**«, stammelte ich. »Bitte, verzeihen Sie mir, daß ich hier eingedrungen bin«, fügte ich bitter hinzu. Ich bedachte Frances mit dem vernichtendsten Blick, den ich zustande brachte. Sie gab sich gleichgültig und zuckte die Achseln, als wollte sie sagen: *Das haben Sie sich selbst eingebrockt.*

»Sie kann nichts dafür«, sagte der alte Mann. Seine Stimme war brüchig und keuchte, als wäre sie eingerostet, weil er sie zu selten einsetzte. »Sie hat etwas für mich erledigt. Bitte, Mrs. Schulz, seien Sie Frances nicht böse.«

Wir drei standen einen Augenblick lang sprachlos in dem kleinen, trostlosen Raum. Der Mann trat von einem Fuß auf den anderen, als überlegte er sich, was er mir anvertrauen sollte.

»Ich bin John Routt, Mrs. Schulz«, sagte er schließlich. Sein zerknittertes Hemd hing ihm in weichen Falten von den Schultern, als wäre es gewaschen und getrocknet, aber nicht gebügelt worden. Über der Brust war es weit, aber ein Knopf spannte über dem massigen Bauch. Die grauen Hosen waren so zerknittert wie das Hemd. Ich hatte das schmerzliche Gefühl, er wasche seine Sachen selbst.

»Verzeihen Sie mir«, sagte ich wieder. »Ich wollte nur herausfinden, warum Frances« – ich funkelte sie böse an – »offenbar immer dann auftaucht, wenn sie sicher ist, daß ich zu Hause bin.« Dann erinnerte ich mich an den Lieferwagen vor meinem Fenster während des Gewitters. Ich fügte hinzu: »Oder mir nachts nachspioniert.«

»Ich spioniere Ihnen nicht nach und habe es auch nie getan«, konterte Frances. »Ich kann mit meiner Zeit Besseres anfangen.«

»Mr. Routt«, sagte ich, »ich weiß nicht, was hier los ist oder wie Sie in die Sache verwickelt sind.« Zu Frances sagte ich bissig: »Wollen Sie wieder zu mir ins Haus kommen, Miss Journalismus? Mir den wahren Grund dafür verraten, warum Sie sich verkleidet bei Prince & Grogan eingeschlichen haben? Oder liegen Informationen über ein Kaufhaus nicht auf derselben Ebene wie das Hinterherspionieren hinter einer Partylieferantin?«

Frances zog eine Zigarette aus ihrer Handtasche. Sie zündete sie an und sagte: »Goldy, lassen Sie den Dampf ab. Ich arbeite an einer Story. Mehr brauchen Sie nicht zu wissen.« Sie blies Rauch in meine Richtung.

»Ach, tatsächlich? Wollen Sie einen Artikel darüber schreiben, daß der Sicherheitschef von Prince & Grogan heute nachmittag tot aufgefunden worden ist?«

Das hatte die erwünschte Wirkung. Durch Frances' Körper lief ein Ruck. Die Zigarette fiel ihr aus den Fingern.

»Nicholas Gentileschi?« fragte John Routt. »Tot?«

»Ja. Haben Sie ihn gekannt?«

John Routt schüttelte den Kopf. »Nein. Nein, ich habe ihn nicht gekannt.«

Ich sagte: »Na ja, dann –«

Seine Schultern sackten durch. Ein unbehagliches Schweigen entstand. »Sehen Sie, Mrs. Schulz«, sagte er schließlich. »Ich habe etwas für Frances getan und sie etwas für mich.«

»Und worum ging es dabei? Es tut mir leid, aber der Fall betrifft unsere Familie ..., verstehen Sie, mein Assistent, Julian Teller, hat seine geliebte Freundin verloren –«

»Ich weiß«, sagte John Routt. Er klopfte sich geistesabwesend gegen die zerknitterten Hosen. »Oh, Mrs. Schulz, ich habe Frances eingeschaltet, weil Nicholas Gentileschi meine Enkelin wegen Diebstahls verdächtigt hat. Ich höre mit Bedauern, daß er tot ist, aber es überrascht mich nicht, angesichts der Leute, mit denen wir es zu tun haben. Frances und ich haben versucht, Dusty von diesem Verdacht zu reinigen. Deshalb brauchten wir die Quittung. Deshalb hat Frances Sie darum gebeten. Ergibt das für Sie einen Sinn? Dusty wurde beschuldigt, keine Quittungen auszustellen, aber wir hatten den Verdacht, daß das mit den Quittungen im *ganzen* Kaufhaus ein Problem ist.«

»Entschuldigung, das verstehe ich nicht. Ich weiß nicht, wo die Quittung geblieben ist. Ich habe sie gesehen, aber dann ist Nick Gentileschis Leiche ..., die Quittung ist vermutlich noch im Kaufhaus. Und ich begreife immer noch nicht, warum Sie sie brauchen.«

John Routt sagte: »Im Kaufhaus ist es zu Diebstählen gekommen. Ich hatte Angst, Gentileschi könnte den Verdacht schöpfen, daß *ich* dahinterstecke. Verstehen Sie, vielleicht wissen Sie nicht, daß ich mit der Kosmetikfirma Foucault-Reiser eine üble Erfahrung gemacht habe.«

Mir wurde plötzlich bewußt, wieviel Arbeit ich vor der Party für die Braithwaites noch zu erledigen hatte. Was John Routt sagte, verwirrte mich. Draußen fielen die ersten Regentropfen.

Ich sagte: »Was für eine üble Erfahrung? Was für Diebstähle?«

Er bat mich, Platz zu nehmen. Als wir alle drei in dem spärlich möblierten Raum saßen, lächelte er bitter. »Mrs. Schulz, hat Ihr Mann in Vietnam gedient?«

Überrumpelt sagte ich: »Ja, das hat er. Das war jedoch, bevor ich ihn kannte.«

»Und er kam zurück und wurde Polizist«, sagte Mr. Routt.

»Ich glaube, er hat erst … seinen Collegeabschluß gemacht. Dann ist er zur Polizei gegangen.«

Frances maulte, aber John Routt hob eine mit Altersflecken gesprenkelte Hand. »Als ich vierundfünfzig aus Korea zurückgekommen bin, war ich einundzwanzig. Ich habe mich bei der Polizeiakademie beworben, in –«

»Nein, John«, unterbrach Frances ihn scharf. »Sagen Sie ihr nicht, wo. Keine Einzelheiten. Sie braucht das nicht zu wissen, das ist ja zum Heulen! Goldy, ich versuche immer noch, meine Story zu retten. Falls Sie nichts dagegen haben, wär's mir lieb, wenn Sie und Ihr Mann, der Ermittler, sich aus der Sache raushalten, bis der Artikel veröffentlicht ist. Bitte, lassen Sie mich wenigstens das tun.«

John Routt schüttelte den Kopf. Er fuhr fort: »Ich habe mich bei der Polizeiakademie in der Kleinstadt beworben, aus der ich stammte. Aber es gab keine Ausbildungsplätze. Keine Ausbildungsplätze. Weder dort noch sonstwo.« Er machte eine lange Pause, mit geschlossenen Augen. Als er sie aufmachte, schnalzte er mit der Zunge. »Haben Sie sich je völlig nutzlos gefühlt, Mrs. Schulz? Als ob alles in Ihrem Leben Ihre Schuld wäre?«

»Ja«, sagte ich gelassen. »Ich habe mich so gefühlt. Genau gesagt, sieben Jahre lang.«

»Und was haben Sie getan, um das zu ändern?« fragte er. Seine wäßrigen Augen blinzelten, während er auf meine Antwort wartete.

»Ich habe mich scheiden lassen und einen Partyservice aufgemacht.«

Wieder schnalzte John Routt mit der Zunge. »Das hätte ich auch tun sollen! Du meine Güte. Aber ich wollte mich nicht scheiden lassen, ich wollte nur Arbeit. Aber es gab keine Arbeit.« Er seufzte. »Also habe ich eine Bank überfallen. Genauer gesagt, ich habe für zwei Kumpel von mir das Fluchtauto gefahren.«

Der Bankraub. Tom hatte einen berühmten Banküberfall erwähnt, in den ein Mann namens Routt verwickelt gewesen war. Sein Gedächtnis hatte ihn nicht getrogen. Unser Nachbar war dieser Routt. Kein Wunder, daß Sally Routt zu Dusty gesagt hatte, sie habe Angst davor, was die Kirche, die zum Bau ihres Hauses beigetragen hatte, herausfinden könne. »Wenn Sie ein Fluchtauto gefahren haben, dann … müssen Sie –«, fing ich an. Frances stöhnte.

»Ja«, sagte John Routt leise. »Damals konnte ich noch sehen. Aber ich bin erwischt und wegen bewaffneten Raubüberfalls verurteilt worden. Schließlich bin ich in der Haftanstalt in –«

»John!« unterbrach Frances.

»Ich bin in der Haftanstalt gelandet«, fuhr John Routt fort. »Ich war jung«, sagte er. »Ich war verheiratet. Und als mir Strafmilderung wegen guter Führung versprochen wurde, habe ich die Chance ergriffen.« Zum ersten Mal schwankte seine Stimme. Sein Kopf sackte nach vorn. Frances und ich saßen reglos da, während John Routt sich sammelte. »Der Haken war bloß«, fuhr er fort, »wenn ich vorzeitig entlassen werden wollte, mußte ich mich als Testperson für Kosmetika von einer Firma namens Foucault-Reiser zur Verfügung stellen.« Er lachte höhnisch auf. »Und das ist das Ergebnis! Die Chemikalie, die an mir getestet wurde, hat eine Entzündung in einem Auge verursacht. Sie hat so schnell, wie Sie sich es nur vorstellen können, auf das andere Auge übergegriffen. Sie benützen diese Chemikalie nicht für Kosmetika, dem Herrn sei gedankt. Meinetwegen! Ich bin der Grund dafür, daß Sie sich nicht die Augen verbrennen, wenn Sie Wimperntusche auftragen.«

»Gott steh uns bei«, sagte ich leise und entsetzt. Ich erinnerte mich an Frances' kryptische Antwort, als ich wissen wollte, was sie vorhabe: *Haben Sie je was von Ray Charles gehört?*

Frances stand auf. »John, Sie *müssen* ihr das nicht alles erzählen. Auf die eine oder andere Art kriegen wir Mignon am Wickel. Das ist einfach fällig.«

»Lassen Sie mich Mrs. Schulz zu Ende erzählen, was ich ihr zu erzählen habe, ja, Frances? Bitte.«

Sie sank auf ihren Stuhl zurück und wühlte in ihrer Tasche nach einer Zigarette.

John Routt schüttelte den Kopf und gestikulierte mit seinen großen, zitternden Händen. Der Regen trommelte stärker auf das Verandadach. »Der Gefängnisdirektor war von Foucault-Reiser bestochen und hat gesagt, falls ich erzähle, wie die Chemikalie meine Augen zerstört hat, käme ich nie raus. Foucault-Reiser hat mir etwas Geld gegeben, und ich bin vorzeitig entlassen worden. Und ehe Sie fragen, nein, ich habe die Firma nicht verklagt.« Als er den Kopf schüttelte, lösten sich wieder weiße Haarsträhnen. »Damals haben nur reiche Leute prozessiert. Ich habe Saxophonspielen gelernt. Meine Frau, Jaylene, hat uns als Krankenschwester durchgebracht. Aber als Jaylene letztes Jahr starb, bin ich zu meiner Tochter gezogen. Sally hat ein schweres Leben gehabt …, sich mit zwei Männern eingelassen, die sie nicht heiraten wollten … Jedenfalls hat mir Sally, Dustys Mutter, den Artikel vorgelesen, den Frances über überteuerte Kosmetika geschrieben hat. Deshalb ist Frances hier. Ich habe sie angerufen. Ich habe ihr gesagt, möglicherweise habe ich eine Riesenstory für ihre Zeitung.« Er gluckste. »Sie hat das alles für mich getan, um der Gerechtigkeit willen, wegen einer Riesenstory.« Seine Stimme wurde ernst. »Ich wollte nicht, daß meine Enkelin etwas davon erfährt. Gott allein weiß, warum sie für genau diese Firma arbeitet. Sie weiß, was mir passiert ist, aber … es muß wohl so sein wie mit den Kindern von Rennfahrern, die es ihren Vätern nachmachen wollen …« Er lachte sarkastisch. »Bestimmt zahlen sie gut. Sie haben immer gut bezahlt. Aber ich wollte Dusty auf keinen Fall in die Sache verwickeln.«

Ich konnte Dustys Stimme hören, als sie mir Lidschatten auftrug: *Machen Sie nicht die Augen auf! Sie haben ja keine Ahnung, was passieren könnte!* Gott allein wußte, warum sie dort arbeitete, da hatte John Routt recht. Ich fragte mich, wo Dusty war.

Frances sagte: »John –«

»Frances, mischen Sie sich nicht ein. Mrs. Schulz?«

»Bitte, nennen Sie mich Goldy.«

»Ich will es Ihnen nur zu Ende erzählen, weil Sie wissen wollten, warum Frances hier ist. Im letzten Monat, kurz nachdem Frances und ich mit der Zusammenarbeit begonnen hatten, hat Dusty uns erzählt, sie werde wegen Angestelltendiebstahls verdächtigt.«

Er schüttelte den Kopf. »Ich habe gedacht, gütiger Gott! Sie müssen wissen – Mignon, die Muttergesellschaft Foucault-Reiser –, irgend jemand muß wissen, daß ich es ihnen heimzahlen will! Deshalb haben sie meine Enkelin als Zielscheibe benützt. Sie versuchen, ihr Angestelltendiebstahl anzuhängen!«

Frances konnte sich nicht länger beherrschen. »Und dann ist Claire Satterfield überfahren worden«, unterbrach sie.« Eine Zeitlang habe ich sogar geglaubt, sie wollen mir etwas antun.«

Ich war noch verwirrter als vorher. »Wer sind *sie*? Und warum spionieren sie mir nach?«

Frances Markasian schüttelte den Kopf über meine totale Ahnungslosigkeit. »Zunächst einmal, Goldy«, sagte sie scharf, »niemand spioniert Ihnen nach.« Sie blies Rauch aus. »John hat ein scharfes Gehör entwickelt. Wir wußten, daß Sie heute morgen auf der Lebensmittelmesse sind, und ich wollte nicht riskieren, so kurz danach wieder in das Kaufhaus zu gehen. Deshalb sind wir auf die Idee gekommen, Sie könnten das Zeug für uns kaufen, damit wir herausbekommen, ob andere Verkäuferinnen auch schlampen, wenn es um das Ausstellen einer Quittung geht. Vermutlich ist das alles, was Dusty verbrochen hat …, sie hat einfach vergessen, jemandem eine Quittung zu geben! Wie auch

immer … John hat gehört, wie Ihr Lieferwagen zurückgekommen ist, deshalb wußten wir, daß Sie zu Hause
sind. Das ist alles. *Sie,* das ist Mignon-Kosmetik, Goldy.«
Sie verkündete das, wie ein Mathematiklehrer einem
begriffsstutzigen Schüler das Ende einer Formel erklärt.
»Das Ganze ist eine Verschwörung, begreifen Sie das
nicht?«

»Nein, ich begreife es nicht.«

Frances' Stimme klang jetzt frustriert. »Mignon wollte Johns Story unterminieren, deshalb haben sie seine
Enkelin in ein schlechtes Licht gerückt. Als das nicht
geklappt hat, haben sie Claire Satterfield umgebracht,
eine ihrer Spitzenverkäuferinnen. Und jetzt haben sie
den Typen von der Sicherheit umgebracht. Falls John
seine Geschichte veröffentlicht, können sie sagen: ›Aha!
Das ist der Kerl, der für unsere ganzen Probleme verantwortlich ist, ein Exsträfling, der unsere Firma ruinieren will und Lohnkiller einsetzt!‹ Kapieren Sie das
nicht?«

Ich halte nicht viel von Verschwörungstheorien. Der
Mord an John F. Kennedy ist mir immer noch ein Rät-
sel. Watergate hatte unfaßbar gewirkt und war trotzdem
wahr gewesen. Aber Frances, das merkte ich, würde es
sich nicht ausreden lassen. Und ich hatte nicht vor,
mich mit ihr zu streiten. Meine Küche rief. Ich mußte
kochen, wenn die Gäste der Braithwaites etwas zu essen
bekommen sollten. Tom und die Cops konnten das
Märchen und die Wirklichkeit auseinandersortieren.
Ich hatte nur noch eine letzte Frage.

»Frances, warum haben Sie so hartnäckig auf der
Quittung bestanden?«

»Weil Dusty soviel Ärger gehabt hat –«, fing John an.

»Weil Dusty überzeugt war, daß ihr etwas angehängt

werden soll«, krächzte Frances. »Claire hat gesagt, daß Gentileschi Dusty seit der letzten Inventur beobachtet.«

»Entschuldigen Sie, wenn ich schwer von Begriff bin«, unterbrach ich. »Warum seit der Inventur?«

John wedelte Frances' Einwände weg. Er sagte: »Es läuft folgendermaßen: Ein Kunde, sagen wir mal Sie« – er gestikulierte mit offener Handfläche –, »kauft mit Bargeld was Teures. Sagen wir mal, Sie kaufen … einen Schal. Der Verkäufer tut, als ob er die Quittung in Ihre Tüte steckt, aber statt dessen läßt er sie verschwinden.« Er schloß die Hand. »Dann streicht der Verkäufer das quittierte Bargeld ein. Wenn Sie am Abend merken, daß die Quittung fehlt, sagen Sie – die Kundin – sich, na ja, die muß ich wohl beim Einkaufen verloren haben. Und niemand kommt dahinter bis zur Inventur ein halbes Jahr später, wenn sie rauskriegen, daß ein Ladendieb einen Schal geklaut hat. Jedenfalls glauben sie das.«

»Herrje!«, sagte ich. »Und hat Prince & Grogan große Verluste erlitten?«

»Prince & Grogan hatte im Juni Großinventur«, erwiderte Frances. »Die Kaufhaushaie wollten rauskriegen, was aus Schuhen, Modeschmuck, Lippenstift und Parfüm im Wert von Tausenden von Dollar geworden ist. Vermutlich hat Sie der Typ von der Sicherheit gestern deshalb so schnell geschnappt.« Sie kniff die Augen wissend zu Schlitzen zusammen.

»Aber warum sollte mir Harriet keine –«, fing ich an.

Frances sagte: »Ich glaube, Mignon hat Harriet Wells gesagt, daß Dusty möglicherweise ein Problem für die Firma ist. Mignon könnte Harriet beauftragt haben, einen großen Bargeldeinkauf mit Dustys Kennummer zu versehen. Mit anderen Worten, es so aussehen zu las-

369

sen, als hätte Dusty die Waren verkauft. Dann behält sie die Quittung und verbucht den Betrag als Rückerstattung, ebenfalls unter Dustys Kennummer, damit sie als die Schuldige dasteht. Und es läuft alles über Computer, also wirkt es offiziell. Ich sage Ihnen, die versuchen, ihr was anzuhängen.«

»Wenn Sie mich fragen, ist das eine ziemlich dumme Verschwörung.«

»Genau. Pardon, aber so blöd ist die Kosmetikfirma nun einmal.«

»In Ordnung«, sagte ich und stand auf. Dieses Mal hielt ich John Routt nicht die Hand hin, berührte nur seinen Unterarm. »Danke, daß Sie mir Ihre ganze Geschichte erzählt haben, Mr. Routt. Haben Sie etwas dagegen, wenn ich meinen Mann darüber informiere? Vielleicht möchte er herkommen und sich mit Ihnen unterhalten.«

John Routt blieb die Stimme im Hals stecken. Er schien zu spüren, daß ich Frances' Theorie für Schwachsinn hielt. Vielleicht hatte er sogar den Verdacht, daß ich die Quittung verloren hatte, was ich ja auch vermutete. »Glauben Sie, daß wir eine Chance haben? Wird die Leute interessieren, was früher passiert ist? Jetzt, nach diesen anderen Verbrechen? Ich will nicht, daß Dusty etwas zustößt. Sie weiß nichts von meiner Zusammenarbeit mit Frances.«

»Aber Sie haben von Dusty erfahren, daß Claire andere Freunde hatte? Und Frances hatte den Verdacht, einer von ihnen sei ein gut aussehender Tierschutzaktivist?« fragte ich ihn.

Er ließ den Kopf hängen. Kein Wunder, daß Frances schon so früh über so viele Informationen verfügt hatte. Von Anfang an hatte sie Spekulationen angestellt – groteske Vermutungen, wie sich herausstellte –, die den Mord an Claire erklärten.

»Mrs. Schulz«, sagte John Routt, »glauben Sie, daß die Leute meine Geschichte erfahren wollen?«

»Ich hoffe es«, sagte ich behutsam. »Frances gibt nicht auf«, fügte ich wahrheitsgemäß hinzu. »Sie können sich auf sie verlassen. Viel Glück.«

Ich entschuldigte mich und lief durch die Regentropfen zu meinem Haus und meiner Küche. Als ich damit beschäftigt war, Minzeblätter zu hacken, hörte ich, wie Frances' Fiat dröhnend abfuhr.

»Wo warst du?« fragte Julian, während er die Körner für den Rosinenreis anbriet.

»Bei den Routts.«

»Du warst lange weg.«

»Tut mir leid. Ich arbeite ja, ich arbeite.«

In meiner Abwesenheit hatte Julian den Salat fertig gemacht. Ich rührte Joghurt und die frisch gehackte Minze in die Suppe, und wir arbeiteten schweigend gemeinsam weiter. Wir leisteten in der Küche ruhige Teamarbeit, die mir bitter fehlen würde, wenn er aufs College ging. Ich griff nach den Zutaten für Schokoladenplätzchen und fragte mich, was ein Rückflugticket von Denver nach Ithaca kosten mochte.

»Bist du okay?« fragte Julian, als er Brühe auf den goldbraunen Reis goß, der ein köstliches, dampfendes Zischen von sich gab.

»O ja.« Wo war die verdammte Quittung geblieben? Hatte Harriet sie in die Tüte gesteckt oder sie mir mit dem Wechselgeld gegeben? Aber das Wechselgeld war in der Plastiktasche. Meine Brieftasche hatte ich überhaupt nicht aufgemacht.« Es ist nur …, Julian, warum ist Dusty von der Elk-Park-Schule relegiert worden?«

»Ich hab' wirklich keine Ahnung. Weißt du, sie wollten eben in das Habitat-Haus ziehen, und ich nehm' an, ihre Mom hat die Schulverwaltung darum gebeten, das zu vertuschen. Ich meine, weil das Habitat-Haus von der Kirche gesponsert worden ist und so weiter. Sie wollten nicht wie Leute wirken, die man in unserer gesetzesfürchtigen Mittelschichtsgegend nicht haben will.«

Aha. Zweifellos hatte ich auch deshalb von den Klatschmäulern der Stadt nicht erfahren, daß ein Exsträfling in unserer Straße wohnte. Es war den Routts gelungen, auch das unter der Decke zu halten. Ich fragte: »Ist es möglich, daß Dusty relegiert worden ist, weil sie gestohlen hat?«

Er lachte. »Mann, das bezweifle ich. Kurz nachdem sie weg war, sind mir vier CDs aus dem Schließfach geklaut worden. Falls Dusty also geflogen ist, weil die geglaubt haben, sie klaut, haben sie die falsche Person erwischt. Warum interessiert dich das?«

»Ach, ich weiß nicht. Sie kommt mir einfach so … bedürftig vor. Übrigens, Arch hat angerufen und sich nach dir erkundigt.« Julian zog die Augenbrauen hoch. »Was hätte ich ihm also sagen sollen? Wie geht es dir, Julian?«

Er seufzte. »Ich funktioniere. Hör mal, wir haben noch zwei Stunden Zeit, bis wir bei den Braithwaites sein müssen. Falls du meinst, du kannst den Reis fertig machen, möchte ich Marla gern etwas zu essen bringen. Fettarm, natürlich.«

»Hey, ich bin dazu geboren worden, gleichzeitig Schokoladenplätzchen und Curry zuzubereiten. Aber ich muß dich warnen – Marlas Sturmtruppflegerin läßt dich wahrscheinlich nicht zu ihr.«

Er schaltete unseren Grill ein und nahm marinierte Hühnerbrüste aus dem Kühlschrank. »Ich will sie eigentlich gar nicht besuchen. Ich will nur, daß sie ... wieder etwas ißt. Was sagst du immer zu mir?«

»Wenn alles versagt, ist Essen die Rettung.«

»Genau.« Er legte die Hühnerteile auf den Grill; sie spritzten einladend. Ich konnte mich nicht daran erinnern, wann ich zum letzten Mal eine richtige Mahlzeit gegessen hatte. Das Los einer Partylieferantin. Ich rührte mehr von dem Sahneersatz in das Curry, schmeckte noch einmal ab und machte mich daran, die Schokoladenplätzchen vorzubereiten.

Julian fing an zu zittern. Als ich zu ihm hinübersah, rannte er aus der Küche, und ich übernahm das Grillen. Als er zurückkam, war sein Gesicht fleckig, seine Augen waren rot, und er sagte, er wolle nicht reden. Falls das in Ordnung sei. Ich sagte, das sei bestens, und half ihm dabei, ein Essenspäckchen für Marla einzuwickeln.

Als er fort war, quälte mich die zornige innere Stimme, während ich sorgfältig Mehl und Kakaopulver siebte. Claire Satterfields Tod blieb ein groteskes, unausweichliches Ereignis. Ich schlug Eiweiße, fügte die Trockenzutaten hinzu und verrührte dann alles miteinander. Tom wollte, daß ich die Finger von dem Fall ließ. Tut mir leid, Tom. Nicht wenn ich Julian helfen muß.

Vor der Kaufhausinventur hatte jemand bei Mignon-Kosmetik gestohlen. Eine Theorie über Ladendiebstahl bestand darin, daß Verkäufer die Quittungen einsteckten, statt sie den Kunden zu geben, und sie später als Bargeldrückerstattungen verbuchten. Wer war am häufigsten am Verkaufsstand? Harriet, Claire, Dusty: Alle drei wußten, wie die Kameras funktionierten. Aber hätten sie direkt darunter einen Diebstahl gewagt? Und natürlich war da noch Shaman Krill, der vielleicht bei seiner bösartigen Kampagne, mit der er die Firma ruinieren wollte, auch vor Diebstahl nicht zurückschreckte. Wie hätte er an die Quittungen herankommen können, falls der Diebstahl tatsächlich so lief? Falls er direkt klaute, hätten ihn möglicherweise Gentileschi oder Stan White gesehen oder fotografiert. Wenn Gentileschi ein solcher Widerling gewesen war, daß er heimlich Fotos von Babs Braithwaite machte, war natürlich nicht auszuschließen, daß er auch in andere Machenschaften verstrickt gewesen war. Und dann war da John Routt. Als Blinder schied er als Ladendieb aus, und Frances schwebte mit ihren Verschwörungstheorien hoch oben in der Stratosphäre.

Blieb Reggie Hotchkiss. Der Mann mit der Perücke. Er hatte bei Mignon spioniert und schamlos Mignons Werbekampagne für die Herbstprodukte kopiert. Ob er außerdem versucht hatte, Mignon zu sabotieren?

Ich setzte perfekte Kreise aus glänzendem Plätzchenteig auf ein Backblech, schob das Blech in den Backofen und rührte das Curry um. Vielleicht war Reggie Hotchkiss heute abend im Haus der Braithwaites. Babs wollte Eindruck schinden, und der Name des Hotchkiss-Erben hätte sich auf ihrer Gästeliste gut gemacht. Ich fragte mich, wer ihr das Make-up auftrug.

Ich stellte das Curry und den Reis zum Abkühlen beiseite, bevor Julian beides in den Lieferwagen packte. Nach einer halben Stunde kam er mit der guten Nachricht zurück, Marla schlafe zwar noch, aber die Pflegerin habe das mitgebrachte Abendessen dankbar entgegengenommen und gesagt, seine Tante habe ihr erzählt, er sei ein exzellenter Koch. Und ja, die Pflegerin hatte gesagt, Julian dürfe morgen, wenn ich Marla besuchte, mitkommen, solange wir sie nicht aufregten.

»Wer, wir?« sagte ich lachend, als ich damit anfing, die abgekühlten Plätzchen mit Guß zu überziehen.

Ungefragt packte Julian das Curry und den Reis ein, machte die Tür zum begehbaren Kühlschrank auf und hievte Schachteln heraus, um sie zum Lieferwagen zu bringen. Er sagte: »Ich bin der ruhigste Mensch, den ich kenne. Außerdem der depressivste.«

»Oh, Julian, was kann ich –«

»Nichts. Und frag mich nicht wieder, ob ich zu Hause bleiben möchte, denn die Antwort lautet nein.«

Resigniert überstäubte ich den Vanilleguß der Schokoladenplätzchen leicht mit Kakaopulver. Während ich schnell duschte, packte Julian alles in den Lieferwagen. Als wir schweigend zum Gelände des Aspen Meadow Country Club fuhren, warf ich einen verstohlenen Blick auf Julians bleiches, erschöpftes Gesicht. Ich dachte an alle meine Freunde, die nach meiner Scheidung versucht hatten, mich mit ihren ledigen Nachbarn, Cousins, Kollegen und Postangestellten zu verkuppeln. Jetzt begriff ich endlich den Impuls dahinter, denn mehr als alles andere wünschte ich mir jemanden, bei dem Julian Trost fand, wie ich ihn bei Tom gefunden hatte. Aber kein Freund kann einem einen so liebevollen Menschen aufzwingen, hatte ich gelernt. Wenn ich Tom nicht zufällig durch meinen Partyservice über den Weg gelaufen wäre, dann wäre ich vermutlich immer noch die Frau mit Groll im Herzen, die sich weigerte, sich trösten zu lassen.

Der steinerne Torbogen vor dem Country-Club-Gelände war mit roten, weißen und blauen Stoffschwaden drapiert. Ich lenkte den Lieferwagen vorbei

an einer Gruppe ausgelassener Kinder mit Wunderkerzen, auf dem Weg zum Aspen Knoll.

»Womit haben eigentlich Babs Eltern ihr Vermögen
verdient?« fragte Julian, als wir an gärtnerisch pracht-
voll gestalteten Abhängen vorbeifuhren, voller leuch-
tendgrünem Pampasgras, Miniaturespen, Schwertlilien
in jedem vorstellbaren Farbton und jeder Menge mehr-
jähriger Pflanzen mit rosa und gelben Blüten.

»Butter«, sagte ich.

»Ich hab' geglaubt, alles Geld hier in der Gegend wird
mit Öl gemacht.«

Ich lachte immer noch, als wir um das kolossale Haus
im modernen Stil herumfuhren, zum Hintereingang.
Weder Charles noch Babs waren zu sehen. Wir hatten
kein Glück an der Garagentür, also versuchten wir es
am Vordereingang. Ein Hausmädchen führte uns zu
einer Terrassentreppe, über die wir den Nebeneingang
zur Küche erreichten. Als wir diese Treppe elfmal auf-
und abgestiegen waren, um unsere Sachen auszuladen,
fragte ich mich, wieviel die Braithwaites dafür bezahlen mußten, daß ihnen Lebensmittel ins Haus geliefert
wurden. Außerdem fragte ich mich, was mit meinen
Schachteln los war. Auf jeder stand: »Party am vierten
Juli bei den Braithwaites.« Ich hatte die Schachteln
nicht beschriftet und mir war auch nicht aufgefallen,
daß Julian das früher getan hatte. Jedenfalls hatte er sie
aus dem Kühlschrank genommen, also wußte ich, daß
es die richtigen sein mußten.

Wir waren etwas spät dran, deshalb bestand die erste
Aufgabe darin, uns im Haus zu orientieren. Der Salon,
in dem Julian und ich die Suppe und die Obstspieße
als Hors d'œuvres servieren sollten, verfügte über einen
Bartresen. Der Raum war riesig, eingerichtet im asiati-

schen Stil, was hieß, daß jede Menge schwere Maha-
gonitische herumstanden, Seidenparavents und nied-
rige, mit Seide bezogene Sofas und Sessel. Vasen mit
weißen und roten Päonien schmückten den Kamin-
sims und den Bartresen. Das Hausmädchen hatte den
Eßzimmertisch schon für zwölf Personen gedeckt. Ein
hübsches Arrangement aus roten Rosen, weißen Lili-
en und blauen Gladiolen stimmte auf den vierten Juli
ein. Außerdem zierte jeden Platz ein amerikanisches
Fähnchen mit dem Namen des Gastes auf dem Mast.
Wir umkreisten unter den wachsamen Blicken des
Hausmädchens den Tisch. Ich bekam zu sehen, was
ich gehofft hatte. Mr. Reginald Hotchkiss gehörte
tatsächlich zu den geladenen Gästen.

Ich seufzte und versuchte, mir eine Taktik zurecht-
zulegen, die es mir ermöglichte, ihm ein paar Fragen
zu stellen. Oder dafür, auf diesem riesigen Anwesen ein
bißchen herumzuschnüffeln. Als ich wieder in der
Küche war, sah ich durch das Fenster zu Charles
Braithwaites Treibhaus hinüber. Weil nicht mehr viel
Kocherei zu erledigen war, hatte ich bestimmt Zeit,
dort hinüberzuschleichen, solange es noch hell war, und
nach blauen Rosen Ausschau zu halten. Das Curry war
fertig, es mußte nur noch warm gemacht werden. Das
galt auch für den Reis. Ich ging in die Knie und machte die erste Schachtel auf, dann starrte ich den Inhalt
an. *Ich muß was an den Augen haben,* dachte ich. *Irgendwas stimmt nicht.* Weil mir plötzlich schwindlig wurde,
lehnte ich mich auf die Fersen. Was waren die Symptome eines Herzinfarkts? Magenbeschwerden, kalter
Schweiß, Benommenheit. *Das darf nicht wahr sein,* dachte ich. *Vielleicht bleibt mir gleich das Herz stehen.*

Ich schaute wieder in die Schachtel. Kein Curry. Kein

Rosinenreis. Kein Gemüsesalat. Sie enthielt sauber abgepackten Arboricoreis, fettarme Hühnerbrühe, außerdem mehrere Tüten mit leicht angetauten Garnelen. Und einen Brief an mich, in Tom Schulz' unverkennbarer Kritzelschrift. Ich machte ihn mit zitternden Händen auf.

Liebe Miss Goldy,
tut mir leid, aber ich will auf keinen Fall, daß Du heute abend bei den Braithwaites herumschnüffelst, und wie ich Dich kenne, hast Du genau das vor. Du hast mir nicht gesagt, daß jemand mit Chlorbleiche auf Dich losgegangen ist und Dir einen Drohbrief geschrieben hat. Ich weiß es von Julian. Du bist in Gefahr, meine liebe Frau. Ich kann Dich nur vor Schlimmerem bewahren, wenn ich Dich mit Zutaten versorge, damit du die ganze Zeit mit dem Kochen verbringen mußt, statt herumzuspionieren und Dich – und mich – in Schwierigkeiten zu bringen. Also: ich lege mein Rezept für Garnelenrisotto bei. Ein Koch in Denver hat die Zutaten zusammengestellt. Das Menü ist genauso fettarm, wie Babs Braithwaite verlangt hat. Und Du kannst ihr sagen, daß es sogar billig ist, weil die Garnelen eine Spende vom hiesigen Mordermittler sind. Wahrscheinlich freut sie sich wie ein Schneekönig, daß sie für den Preis von Putenhackfleisch Garnelen bekommt. Und wir alle werden uns nächste Woche jeden Tag an Putencurry laben. Sei Julian nicht böse. Ich habe ihn darum gebeten, die Schachteln abzuholen, und ihm erzählt, das sei eine nette Überraschung für Dich. Ich weiß, es wird Dich wenig freuen, weil Risotto zeitaufwendig ist und der Koch ständig auf es aufpassen muß. Aber genau das will ich, Goldy. Sei mir nicht allzu böse. Ich versuche nur an uns beide zu denken.
Tom

FETTARME HÜHNERBRÜHE

3 l Hühnerbrühe aus der Dose
1 große Zwiebel, gehackt
1 Karotte, gehackt
3 Pfund Hühnerschlegel,
enthäutet und von allen sichtbaren
Fettfasern befreit
3 l Wasser
1 Stange Staudensellerie mit Blättern
2 Lorbeerblätter
1 Teelöffel getrockneter Thymian

Das Fett von der Hühnerbrühe aus der Dose abschöpfen. Einen großen Suppentopf erhitzen. Vom Feuer nehmen und mit Pflanzenöl einfetten. Zwiebel und Karotte hineinwerfen, die Hitze herunterschalten und den Topf zudecken. Unter häufigem Umrühren bei mittlerer Hitze köcheln lassen, das Huhn hinzugeben und etwa 5 Minuten köcheln lassen, bis das Hühnerfleisch auf beiden Seiten gebräunt ist. Hühnerbrühe und Wasser angießen, Sellerie und Lorbeerblätter hinzugeben und zum Kochen bringen.
5 Minuten kochen lassen. Abschäumen und den Schaum weggießen.

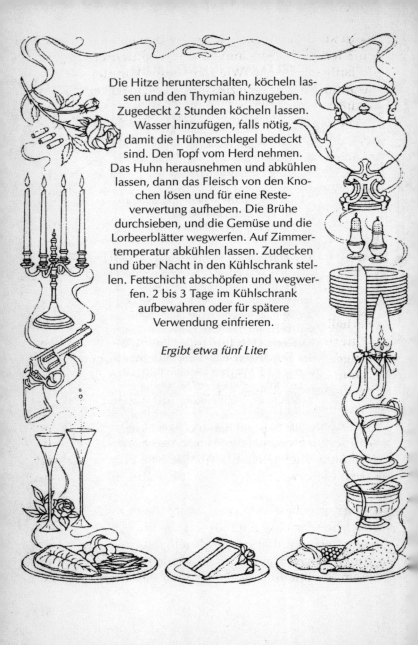

Die Hitze herunterschalten, köcheln lassen und den Thymian hinzugeben. Zugedeckt 2 Stunden köcheln lassen. Wasser hinzufügen, falls nötig, damit die Hühnerschlegel bedeckt sind. Den Topf vom Herd nehmen. Das Huhn herausnehmen und abkühlen lassen, dann das Fleisch von den Knochen lösen und für eine Resteverwertung aufheben. Die Brühe durchsieben, und die Gemüse und die Lorbeerblätter wegwerfen. Auf Zimmertemperatur abkühlen lassen. Zudecken und über Nacht in den Kühlschrank stellen. Fettschicht abschöpfen und wegwerfen. 2 bis 3 Tage im Kühlschrank aufbewahren oder für spätere Verwendung einfrieren.

Ergibt etwa fünf Liter

»Au weia!« brüllte ich. Ich sollte ihm nicht allzu böse sein? Ich würde ihn mit bloßen Händen erwürgen. »Julian!« schrie ich. »Wie zum Teufel konntest du mir das antun? Wie hast du zulassen können, daß er mir das antut?«

»Dir was antut?« Julian kam heran und griff nach dem Brief. Während er ihn las, tauchte das Hausmädchen in der Küche auf.

»Die Dame des Hauses möchte Sie beide sprechen, wenn Sie einen Augenblick erübrigen können«, teilte sie uns mit.

Das hatte gerade noch gefehlt. Ich musterte das ganze Essen – das neue Essen –, das zubereitet werden mußte.

Das Hausmädchen räusperte sich. »Die Dame –«

»Sofort?« wollte ich wissen. »Muß es gleich sein?« Ich hatte mir die Worte noch nicht zurechtgelegt.

»Ja«, erwiderte das Hausmädchen.« Erstes Zimmer oberhalb der Treppe.«

Unerwartet knurrte mir der Magen, zweifellos aus Hunger, aus Furcht vor der Konfrontation mit der »Dame des Hauses« und aus Sorge wegen der Zubereitung des verfluchten Risottos. Julian las meine Gedanken und sagte mir, ich solle nur hinaufgehen. Er werde das Rezept lesen und mit der Arbeit anfangen. Kein Wunder, daß er mich zu Hause mit einem so schuldbewußten Blick bedacht und alle Schachteln so eifrig in den Lieferwagen gepackt hatte, während ich duschte.

»Wir sprechen uns noch«, sagte ich zu ihm. »Ich bin gleich wieder da.« Ich hatte die Zähne so fest zusammengebissen und ging so schnell, daß ich den glatten grünen Marmorboden im Foyer nicht sah. Ich entging einem Steißbeinbruch, indem ich einen Satz auf die

Wendeltreppe machte. Ich landete mit dem Gesicht nach unten auf der vierten Stufe und sah aus nächster Nähe, daß die Treppe mit einem dicken weißen Wollteppich belegt war, wie man ihn in Anzeigen oder in Häusern ohne Kinder zu sehen bekommt. Ich stand auf und ging vorsichtiger an zwei großen Seidenparavents vorbei, die Karpfen zeigten in einem Ozean aus Gold. Ich spürte wieder, wie ich mir vor Wut auf die Zähne biß, und wandte den Blick ab. Karpfen erinnerten mich an Wasserleichen, und Wasserleichen erinnerten mich an Garnelen, und der Gedanke an Garnelen im allgemeinen und Garnelenrisotto im besonderen entfachte neue Wut, die schnell Vulkanstärke annahm. Als ich oben ankam, holte ich tief Luft, setzte mich und blickte auf den Flur im ersten Stock. *Entspann dich,* sagte ich mir. *Denk an etwas anderes. Zum Beispiel daran, mit welcher Begeisterung du arbeitsaufwendiges italienisches Essen zubereitest.*

Als das nichts half, machte ich ein paar tiefe Yogaatemübungen. *Ich muß zu Babs,* dachte ich. *Vielleicht bringe ich sie dazu, mir etwas über Claire zu erzählen, was ich noch nicht weiß. Oder über Claire und Babs' Mann.*

Aber ich war noch nicht dazu in der Lage. Ich ließ Luft aus den Lungen und sah zwei Portraits an der Wand gegenüber an. Das auf der linken Seite zeigte Babs, schmeichelhafterweise mit einem etwas schmaleren Gesicht als in Wirklichkeit. Aber der Maler hatte mit breiten, rosa Pinselstrichen Babs' mädchenhaftes, unsicheres Lächeln verewigt. Das zweite Gemälde zeigte einen bebrillten Charles, der finster und resigniert dreinschaute, sogar eine Spur wie ein Besiegter. Aber auch hier hatte der Maler den einen Charakterzug eingefangen, der Bände über die Persönlichkeit sprach, die er darstellen wollte. Auf dem Gemälde drückte Charles' langes, widerspenstiges Haar aus: *Ich möchte am liebsten ausflippen,* so daß er wie eine Kreuzung zwischen einem Collegeprofessor und Harpo Marx wirkte.

Hinter einer Tür vorn am Flur hörte ich Gelächter und sanfte Rockmusik. Mich überkam eine Welle der Ungeduld. Ich mußte arbeiten. O Mann, und wie ich arbeiten mußte. Aber es war nötig, daß ich hineinging und der »Dame des Hauses« sagte, was los war. Meine Knöchel klopften gegen das kalte weiße Holz.

Unter Kichern ertönte: »Immer rein in die gute Stube!«, und ich stieß mit einer bösen Vorahnung die Tür auf. Manchmal – vor allem im Sommer, aus Gründen, die ich nicht verstehe – begannen die Kunden lange, bevor die Gäste kamen, mit dem Alkoholkonsum. Die Folgen rangierten vom überschwenglichen Küssen fremder Ehepartner bis zum Sturz in den eigenen Swimming-pool.

Ich ging zögernd durch das geräumige Boudoir. Plötzlich kam ich mir vor wie Alice im Wunderland, auf winzige Größe geschrumpft, bis auf die Tatsache, daß ich nicht im Wasser gelandet war, sondern mitten in einem riesigen Hochzeitsbukett. Rosen, Rosen und noch mehr Rosen waren überall, füllten jeden verfügbaren freien Raum. Weiße Rosen, rote Rosen, rosa Rosen und gelbe Rosen waren in Vasen, Körben und Schalen angeordnet, die jedes Regalbrett, jede Kommode und jeden Fenstersims schmückten. Starke Gerüche erfüllten die Luft. Es war enervierend.

Ich gab mir Mühe, mich zu orientieren. Inmitten der Rosenlaube waren hinten im Raum zwei Gestalten vor einer beleuchteten Spiegelreihe sichtbar. Ich brauchte einen Augenblick, bis mir aufging, daß die sitzende Person Babs Braithwaite war. Mit dem Haar voller Lockenwickler, teigig aussehender Schmiere im Gesicht, die üppige Figur in einen rosa Frotteemantel gehüllt, sah sie wie eine matronenhafte Außerirdische in einem Science-fiction-Film aus. Neben ihr stand eine makellos zurechtgemachte Harriet Wells in einem frisch gestärkten, knielangen Kittel. Unter dem Kittel waren lange Ballerinenbeine zu sehen. Harriet wandte ihr strahlendes Lächeln mir zu, und ich sah ein kleines Pflaster auf ihrer Stirn. Sie sah auf keinen Fall so aus, als wäre sie zweiundsechzig, und schon gar nicht wie eine Frau, zu deren Entsetzen eine Leiche auf eine Glastheke vor ihr gestürzt war.

»Schön, kommen Sie rein!« rief Babs munter in den Spiegel. »Essen Sie ein Kräuterbrötchen von Harriet! Ich glaube jedoch, es ist besser, wenn Sie keinen Asti Spumante trinken. Wir haben aber auch Fruchtsaft. Kalorienarm!« rief Babs ungeduldig.

»Kommen Sie schon, Goldy, wir beißen Sie nicht! Wo ist der junge Mann, der für Sie arbeitet?«

»Er richtet das Essen an. Ah, ich muß Ihnen etwas sagen –«

»Meinen Sie nicht, daß sich Ihr Assistent auch einen Happen verdient hat?« Babs sprach jetzt schon verschliffen. Beim Reden wanderte die Paste auf ihrem Gesicht auf und ab.

»Julian geht es bestens«, versicherte ich Babs. »Und er muß wirklich arbeiten, damit das Menü in die Gänge kommt. Ich übrigens auch.« Nennen Sie mich altmodisch, aber ich hielt es nicht für schicklich, Julian in ein Boudoir zu führen, in dem die spärlich bekleidete Gastgeberin zugekleistert saß und sich vollaufen ließ. Falls Julian immer noch eine Karriere im Partyservice

anstrebte, hatte er noch jede Menge Zeit, herauszufinden, wie absonderlich Kunden sein konnten. Und
wie absonderlich Ehemänner auf Abwegen sich beneh-
men konnten.

»Na schön, dann kommen Sie her«, sagte Babs ver-
stimmt. »Es dauert nicht lange. Essen Sie einen Happen, und kommen Sie zu mir, ich will mit Ihnen über
heute abend sprechen.«

Babs gestattete Harriet, die rosa Schmiere abzuwi-
schen. Mein neuerworbenes Wissen sagte mir, daß es
eine Gesichtsmaske war. Ich ging hinüber zu dem silbernen Teewagen. Darauf standen eine Kugelvase mit
weißen und rosa Rosen, ein silberner Eiskübel, aus dem
eine große grüne Flasche in einem schiefen Winkel
ragte, ein Körbchen aus gewirktem Silber mit aufgegangenen, köstlich aussehenden Brötchen, zwei Cham-
pagnertulpen neben einem Tellerstapel und eine Sil-
berplatte mit Chèvrestücken und Butterröllchen. Mein
Magen knurrte vorwurfsvoll, deshalb griff ich, schon
weil ich nicht ungesellig wirken wollte, nach einem Teller, einem Brötchen, einem Stück Chèvre und nach
einem der einladenden Butterröllchen. Als ich das
Brötchen auseinanderbrach, sah ich zu meiner Überraschung, daß es grün gesprenkelt war.

»In dem Brötchen ist Rosmarin aus meinem Garten.« Harriet warf mir ein schnelles, schüchternes
Lächeln zu. »Dieses Mal brauchen Sie nicht zu raten.«

Ich nahm einen Bissen. Das weiche Brötchen zerging auf der Zunge. »Überirdisch«, sagte ich zu ihr.

Harriet nickte und trug Babs auf, die Augen zu
schließen und sich zu entspannen. Mit geschlossenen
Lidern fragte Babs: »Wissen Sie, daß die Polizei den
ganzen Nachmittag hier war, Goldy?«

»Ah«, sagte ich und biß wieder in das Brötchen, um Zeit zu schinden. Babs war ein Klatschmaul, allem Anschein nach ständig auf der Suche nach pikanten Details. Ich mußte vorsichtig sein. Nicht nur das, es war auch heikel, das Gespräch vom Besuch der Cops auf den Garnelenrisotto zu lenken. »Ja, ich hab' davon gehört. Harriet hat Ihnen vermutlich erzählt, was für eine entsetzliche Geschichte heute im Kaufhaus passiert ist.«

»Da haben Sie verdammt recht«, sagte Babs barsch. »Erinnern Sie sich noch daran, wie ich Ihnen gesagt habe, daß jemand hinter der Umkleidekabine war, als ich einen Badeanzug anprobiert habe? Ich habe es Ihnen doch gesagt!« Tränen sickerten über die restliche Pampe auf ihrem Gesicht. »Es ist mir so peinlich!«

Harriet tätschelte ihr die Schulter. »Regen Sie sich nicht auf, davon bekommen Sie nur eine rote Nase. Beruhigen Sie sich, meine Liebe.« Weiteres Getätschel. »Alles wird bestens laufen.«

Ich knabberte wieder an dem Brötchen und überlegte mir, was ich sagen sollte. *Ich bin wirklich froh, daß ich dort noch nie einen Badeanzug gekauft habe* wäre ein bißchen kraß gewesen.

Babs schnüffelte gewaltig, griff nach den Kosmetiktüchern, die Harriet ihr reichte, und tupfte an den geschlossenen Lidern herum. Sie sagte: »Und wie kommt die Polizei bei der Ermittlung voran?«

»Ich habe wirklich keine Ahnung«, erwiderte ich wahrheitsgemäß. »Ich hatte so viel zu tun, daß ich nicht einmal mit meinem Mann sprechen konnte.« *Und wenn ich mit ihm spreche, dann bestimmt nicht über die Ermittlung, darauf können Sie sich verlassen. Dann geht es darum, was es für eine Schinderei ist, aus dem Stand Garnelenrisotto zuzubereiten …*

GARNELENRISOTTO MIT PORTOBELLOPILZEN

1 Eßlöffel trockener Sherry
100 g gehackte Portobellopilze
2 l fettarme Hühnerbrühe
(s. S. 379)
1/4 l Wasser
1 Teelöffel italienische Gewürzmischung
20 bis 22 Garnelen
1 Eßlöffel Olivenöl
100 g fein gehackte Zwiebeln
1 Knoblauchzehe, gepreßt
200 g Arboricoreis
(italienischer Rundkornreis)
1 Teelöffel fein gehackter frischer Thymian
600 g Brokkoliröschen

Den Sherry über die gehackten Pilze gießen. Zum Marinieren beiseite stellen, dann den Risotto zubereiten.
In einem großen Topf 1/4 l Hühnerbrühe, das Wasser und die Gewürzmischung zum Kochen bringen. Die Garnelen hinzugeben und 3 bis 5 Minuten pochieren. Herausnehmen und schälen; beiseite stellen.
Zwei Teelöffel Olivenöl in einer Pfanne mit schwerem Boden erhitzen. Die Zwiebeln hinzugeben und 2 bis 5 Minuten lang sautieren, bis sie glasig sind. Knoblauch und Reis hinzugeben. Kurz unter Rühren aufkochen lassen, bis der Reis die Farbe verändert.

Über mittlerer Hitze weiter rühren, die restliche Hühnerbrühe nach und nach angießen, umrühren, bis die Flüssigkeit aufgesaugt ist. Damit fortfahren, bis der Reis zart und die Mischung sahnig ist (kann bis zu 30 Minuten dauern).

1 Teelöffel Olivenöl in einer kleinen Bratpfanne erhitzen und die marinierten Pilze bei mittlerer Hitze kurz sautieren, bis sie die Flüssigkeit abgeben. Vom Herd nehmen. Die Brokkoliröschen 5 bis 6 Minuten dämpfen. Die Garnelen, den frischen Thymian und die Pilze in den garen Risotto geben und bei mittlerer Hitze umrühren, bis alles gut erwärmt ist. Die Brokkoliröschen um den Rand einer großen Platte legen. Den Risotto in die Mitte geben.

Ergibt 4 bis 6 Portionen

Babs machte ein Auge auf. »Ja, ich habe von einem unserer Gäste gehört, wieviel Sie zu tun hatten. Deshalb habe ich mich gefragt, ob Sie verdeckt für das Büro des Sheriffs von Furman County ermitteln.« Das Auge starrte mich anklagend an.

»Wie bitte?«

Harriet ließ frustriert die Schultern hängen, als Babs ungeduldig ihre Hand abwehrte. »Reggie Hotchkiss ist ein wichtiges Mitglied unserer Gemeinde, Goldy«, sagte Babs. »Sie, ich oder sonst jemand können es sich nicht leisten, ihn sich zum Feind zu machen. Falls Polizeiarbeit nötig ist, überlassen Sie die der Polizei.«

»Ich habe mir Hotchkiss nicht zum Feind gemacht«, verteidigte ich mich. »Ich habe ihn heute nicht einmal zu sehen bekommen. Und glauben Sie mir, ich will mich auf keinen Fall in die Polizeiarbeit einmischen.« Und jetzt hatte ich natürlich auch keine Gelegenheit mehr dazu. »Und Babs, ich muß mit Ihnen über das Menü sprechen –«

»Reggie hat vor einer Stunde angerufen«, sagte Babs vorwurfsvoll. Sie zeigte mit einem frisch manikürten Nagel auf mich. »Er hat gesagt, Sie seien in seinem Salon gewesen, hätten behauptet, Sie wollten eine Gesichtsbehandlung, hätten dann überall herumgeschnüffelt und wären hinausgeschlichen, als es niemand gemerkt hat!«

Ich aß das Brötchen auf und stellte den leeren Teller auf den Teewagen. »Ich hatte einen Termin für die Gesichtsbehandlung, den ich auch eingehalten habe. Als die Kosmetikerin mit einer Nadel an mir herumgestochen hat, habe ich ihr gesagt, sie soll aufhören, und bin gegangen.« Im großen und ganzen war das die Wahrheit. »Das ist alles. Und außerdem habe ich im vor-

389

aus bezahlt, für eine Behandlung, die ich gar nicht in Anspruch genommen habe.«

Babs lehnte sich zurück und ließ zu, daß Harriet Feuchtigkeitscreme auf ihre Wangen und ihren Hals auftrug. »Hören Sie, Goldy, ich will doch bloß für Ruhe vor der Party sorgen. Das verstehen Sie doch, nicht wahr? Ich war früher Kundin bei Hotchkiss, aber jetzt habe ich zu Mignon gewechselt, weil Harriet dafür sorgt, daß ich viel besser aussehe. Und ich bin mir sicher, daß ich nicht die einzige bin. Reggie ist natürlich grün vor Neid, und er hat immer großzügig für unser Wohltätigkeitstheater gespendet, also muß ich eine gute Beziehung zu ihm aufrechterhalten. Regen Sie ihn nicht auf, ja? Sie wissen doch, wie jähzornig er ist.«

»Ich rege ihn ganz bestimmt nicht auf«, sagte ich bissig. »Aber ich glaube, er weiß viel mehr über Mignon-Kosmetik, als er sich anmerken läßt.« Wußte ich Bescheid über Reggies Jähzorn? Ich wußte nur, daß er ein ziemlich glatter Industriespion war. Harriet hielt in der Behandlung inne und bedachte mich mit einem völlig verwirrten Blick, den ich ignorierte. »Bitte, Babs«, brach aus mir heraus. »Ich muß Ihnen etwas sagen. Meine ... äh ... Lieferung Putenhackfleisch ist nicht gekommen. Als Ersatz habe ich große, teure Garnelen besorgt, und ich trage den Preisunterschied selbst. Ich bereite einen Risotto zu, und das ist etwas sehr Köstliches –«

»Ich weiß, was Risotto ist«, fuhr sie mich an. »Esse ich liebend gern.« Sie dachte einen Augenblick lang über meine Ankündigung nach, eindeutig froh darüber, daß sie zum Preis von Geflügelhack hochwertige Meeresfrüchte bekam. »Schön, dann ändern Sie das Menü, wenn es sein muß. Ich muß dann bloß was anderes anziehen als meinen Sari.«

»Zu meinem Bedauern –«

»Wie geht es Ihrem Assistenten?« fragte sie unvermittelt. Weil sie zum zweiten Mal nach ihm fragte, wurde ich mißtrauisch.

»Er ist in der Küche und fängt damit an, den –«

»Ich habe nicht danach gefragt, was er macht«, unterbrach mich Babs, während ihr Harriet Abdeckcreme unter die Augen tupfte. »Ich habe gefragt, wie es ihm geht.«

»Es geht ihm gut«, sagte ich ruhig.

»Aber ich hab' gedacht, er sei liiert gewesen mit dem Mädchen, das im Einkaufszentrum überfahren worden ist. Stimmt das nicht? Ich bin mir sicher, daß ich das irgendwo gehört habe.«

»Das stimmt«, sagte ich, wiederum vorsichtig. Ich wollte Julian vor Babs' spitzer Zunge schützen, und ich befürchtete, daß wir auf unerforschtes Terrain gerieten.

Babs reckte das Kinn, damit Harriet ihr grüne Creme auf die rötliche Nase auftragen konnte. Nachdem Harriet das Grün verrieben hatte, verteilten ihre schnellen Finger geschickt Grundierung über Babs' Gesicht. Presto: Das Grün verschwand, und Babs hatte keine dunklen Tränensäcke mehr unter den Augen, keine rote Nase mehr. Ihr Gesicht war glatt, sogar straff. Ich war beeindruckt.

Babs drehte sich in dem breiten Ledersessel um. Ihre noch ungeschminkten Augen bohrten sich in mich. »Ist Julian fest mit Claire Satterfield gegangen?«fragte sie eisig.

»Fest gegangen?« Das war ein Ausdruck, den ich

391

lange nicht mehr gehört hatte. »Sie meinen, ob sie fest befreundet waren und keine anderen Beziehungen hatten?«

»Wie auch immer.« Babs' Stimme klang schneidend. Ihr Blick wich nicht von meinem Gesicht.

»Ja, Babs, ich glaube, sie sind fest miteinander gegangen. Wenn Sie mich jetzt bitte entschuldigen, ich muß zurück in die Küche, wenn aus Ihrer Party heute abend etwas werden soll.«

Ohne ein weiteres Wort wandte sich Babs wieder dem Spiegel zu. Harriet bedachte mich mit einem schnellen, mitfühlenden Blick. Ehrlich gesagt, ich hatte mehr Mitleid mit ihr als sie mit mir. Falls es meine Aufgabe gewesen wäre, Babs Braithwaite regelmäßig zu verschönern, hätte ich mir ein anderes Arbeitsgebiet gesucht.

 **Nach zwanzig** Minuten hatte Harriet ihr Make-up-Wunder vollendet und war gegangen. Während Julian sich damit beschäftigte, die Garnelen zu schälen – er wagte es nicht, mich anzusehen –, warf ich einen Blick auf das Menü, das Tom zusammengestellt und für das irgendein Koch aus Denver die Zutaten geliefert hatte.

Multikulturelles Fest am vierten Juli
Gurkengazpacho
Focaccia vom Grill mit Knoblauch
Salat Cäsar
Garnelenrisotto mit Portobellopilzen
Schokoladenplätzchen mit Vanilleguß

Wie nett von ihm. Ich bemerkte, daß Tom den Koch beauftragt hatte, einen Haufen Schokoladenplätzchen nach meinem Rezept zu backen. Vielleicht benutzte der von ihm angeheuerte Koch die Küche im Büro des Sheriffs. Ich konnte mir vorstellen, wie Tom darauf bestand, das Richtige getan zu haben. Die Schüssel mit dunkelroter Gazpacho, in der dicke Gurkenstücke schwammen, stand neben dem Focacciateig. Als ich den Teig zu seidigen Kreisen geformt, sie mit Olivenöl überstrichen und in regelmäßigen Abständen Knoblauchscheiben hineingesteckt hatte, zeigte Julian mir, wo er in den drei Kühlschränken der Braithwaites Platz zum Kühlhalten der anderen Gänge gefunden hatte. Der erste Kühlschrank war für Lebensmittel bestimmt, der zweite für Getränke, der dritte für Blumen. Während ich an der Focaccia arbeitete, schob Julian die Gazpacho zwischen Vouvrayflaschen und verkeilte den Salat unter einer Schale mit Rosen. Es war ihm außerdem gelungen, den Gasgrill auf dem Küchenbalkon ohne Panne anzuzünden. Bald brutzelten die Focaccialaibe fröhlich vor sich hin und verströmten aromatische Rauchwolken.

Ich sah hinaus auf den Aspen Meadow Lake und fragte mich, ob es Tom auch nur annähernd bereute, daß er mir nachspioniert und mich heimlich mit Kochzutaten versorgt hatte. Trotz meiner Wut über das, was er getan hatte, empfand ich einen Stich des Bedauerns, weil er mir am Feiertag fehlte. Obwohl ich den vierten Juli nie für besonders romantisch gehalten hatte, wäre ein kleines Essen bei Kerzenschein gegen ein Uhr morgens hübsch gewesen …, sobald unser Streit wegen des Essens und der Ermittlung zu Ende war und wir uns lustvoll versöhnt hatten. Dann dachte ich an Marla. Ich hoffte, daß sie sich bequem ausruhte und sich keine Sorgen wegen Tony Royce machte. Und dann war da noch Julian, der ein Mitternachtspicknick am See geplant hatte, sobald er damit fertig war, mir beim Anrichten für die Braithwaites zu helfen. Er und Claire hatten sich das Feuerwerk gemeinsam anschauen wollen. Ich forschte in seinem Gesicht nach einem Zeichen dafür, was er dachte, aber es war unergründlich.

Jetzt, nachdem wir beide den Grundriß des Hauses und die Küche kannten, besprachen wir schnell, wie wir das Kochen und das Servieren miteinander abstimmen sollten. Als die Gäste in Porsches und Miatas vorfuhren, versuchten wir, den letzten Focaccialaib vom Grill zu nehmen, ohne uns die Finger zu verbrennen. Plötzlich sah ich Charles Braithwaite, dessen weißblondes Haar in der Spätnachmittagssonne schimmerte, als er aus seinem Treibhaus heraustrottete. Sein Gesicht war niedergeschlagen. Ohne merkliche Begeisterung zog er die Handschuhe aus und ging Richtung Salon um das Haus herum.

»Er ist wohl nicht gerade ein Partytyp«, bemerkte Julian.

Ich machte ts, ts. »Und bestellt für den vierten Juli einen Partyservice? Verrückt. Paß auf, du mußt die andere Seite der Platte halten, damit die Laibe nicht auf dem Balkon herumfliegen.« Er half mir, und ich fügte hinzu: »Ich muß schon sagen, Big J., ich glaube sowieso, daß Charlie-Baby nicht nur ein bißchen verrückt ist.«

»Nein, nein, das stimmt nicht«, sagte Julian defensiv, während das Tablett mit duftenden, gegrillten Brotlaiben zwischen uns schwankte. »Er ist ein guter Typ. Ich hab' dir doch erzählt, daß unsere Bioklasse bei ihm war, damit wir etwas von seiner Gentechnik sehen konnten. Es war cool. Wie eine Spionagemission.« Julian grinste ironisch durch die nach Knoblauch riechenden Rauchwolken vom Grill.

»Großartig.« Ich sah mich um, aber Charles war durch eine Seitentür verschwunden. Auf keinen Fall wollte ich Julian gegenüber erwähnen, daß Charlie nicht nur besessen von Geheimhaltung, sondern auch verrückt nach Claire Satterfield gewesen war. »Du solltest jetzt die Suppe anrichten, in einer halben Stunde müssen wir sie servieren.«

»O Captain, mein Captain, dein Wort ist mir Befehl, mein Captain«, sagte Julian, als er tat, was ich ihm aufgetragen hatte. Ich griff nach den Platten mit Brot und versuchte, nicht zu lächeln. Er verbeugte sich in meine Richtung und tippte sich an eine nicht vorhandene Mütze. Vielleicht würde er darüber hinwegkommen. Vielleicht spielte er nur Theater.

Ich sagte: »Versuchen wir, trotz Toms Streich etwas Spaß an der Arbeit zu haben. Wir verdienen heute abend schließlich eine Menge Geld.«

»Genau das, was ich unter Spaß verstehe«, sagte er grimmig.

Als ich mit den Laiben in den Salon kam, plauderten die Gäste, alle in Variationen aus Rot, Weiß und Blau gekleidet, liebenswürdig. Tony Royce, herausgeputzt in einem leuchtendroten Hemd, mit einem marineblauen Stirnband und in weißen Hosen, hatte die Unverschämtheit besessen, als Ersatz für Marla eine andere Frau einzuladen. Seine Begleiterin war mollig und in den Vierzigern und hatte sich das gebleichte blonde Haar keck in Zöpfchen hochgesteckt. Ihre Kleidung paßte zu der Tonys. Obwohl ich sie nicht kannte, hatte sie etwas an sich, was nach *reicher Witwe* wirkte. Jammerschade für Tony, daß seine Schokoladentörtchen samt dem Putencurry noch in meinem begehbaren Kühlschrank waren. Reggie Hotchkiss, der die Rolle des lässigen, coolen reichen Mannes spielte, trug Bluejeans und ein Hemd, das mit einer Collage der amerikanischen Flagge bedruckt war. Als Lieferantin und Kellnerin wagte ich es nicht, Reg zu sagen, daß seine Aufmachung unpatriotisch wirke. Aber ich hätte ihn sowieso nicht darüber aufklären können, weil Reg mir betont den Rücken kehrte, als ich ihm die Platte mit Focacciascheiben reichte. Sieh mal an, dachte ich. Soviel zum Sympathisieren mit dem Proletariat.

Ich hatte jedoch Mitleid mit Charles Braithwaite, der entweder vergessen hatte oder dem nichts daran lag, sich in die von seiner Frau verlangten Nationalfarben zu kleiden. Na ja, dachte ich, die Kleiderordnung war schließlich auch eine ziemlich schräge Idee. Charles schien dazu keine Meinung zu haben. Sein langer, schlaksiger Körper steckte immer noch in Khaki, und er wirkte geistesabwesend. Es war deutlich, daß Charlie-Baby lieber in seinem Treibhaus gewesen wäre oder auf einer Safari mit der französischen Fremdenlegion – überall, nur nicht hier. Als ich mit dem Focacciatablett zu ihm kam, war er gegen ein mit Seidenvorhängen drapiertes Erkerfenster gesackt und lauschte mit gequälter Miene Tony Royces Begleiterin. Sie beschwerte sich darüber, daß es unmöglich sei, in Colorado im Haus Orchideen zu züchten. *Die müssen irgendwie wissen, daß sie nicht im Regenwald sind,* lamentierte sie. Charles seufzte so traurig, als hätte er alles darum gegeben, im Regenwald zu sein.

Ich huschte zurück in die Küche, gab Brühe zu dem mit Knoblauch und Zwiebeln gesprenkelten Rundkornreis, dann half ich Julian dabei, gekühlte Gazpacho in kalte Suppenteller zu verteilen. Nachdem ich gehackte Frühlingszwiebeln über die Suppe gestreut hatte, stellte ich die Teller auf den Eßzimmertisch, lief dann wieder in die Küche, um noch mehr Brühe in den Risotto zu gießen. Ich fuhr mit einem Rührlöffel durch die Mischung, warf selbstgemachte Croûtons für den

Salat in eine Mischung aus Olivenöl und geschmolzener Butter, rührte den Risotto wieder um, mischte den Salat und rührte weitere Brühe in den Risotto. Als Julian sich aufmachte, die Gäste während des Suppengangs zu bedienen, ging ich auf den Balkon, um zusätzliche Portobellopilze zu grillen und Tom Schulz zu verfluchen. Schluß mit der Idee, sich bei einem romantischen Abendessen mit ihm zu versöhnen. Für diesen kleinen Streich mußte er mit einem Wochenende im Broadmoor bezahlen.

Im schwindenden Licht war die Aussicht auf Aspen Meadow und den See noch spektakulärer als bei unserer Ankunft. Als die Sonne schnell hinter die Berge im Westen schlüpfte, brachten ein paar Strahlen Wolkenfetzen rosa zum Leuchten. Bis zur Dunkelheit und zum Feuerwerk war nur noch eine Stunde Zeit. Ich drehte die großen Pilzköpfe um und ließ meinen Blick über das leicht wellige Gelände um das Haus herum schweifen. Zwei Wege führten vom Haus zu den tiefer gelegenen Anlagen. Etwa hundert Meter weiter unten trennte ein rosenumrankter Eisenzaun Charles' Treibhaus von einem kleinen Garten voller Liegestühle. Von diesen Rosenbüschen mußten die Blumen in Babs' Boudoir stammen, vermutete ich. Am Fuß des Aspen Knoll waren die Straßen, die nach Aspen Meadow führten, schon verstopft mit Feuerwerkzuschauern aus Denver.

Julian hatte die Suppenteller abgeräumt und arrangierte den Salat, als ich mit den Pilzen zurückkam. Er servierte den Salat, während ich die restlichen Zutaten in den dampfenden Risotto rührte. Fleischige Garnelen schmiegten sich einladend zwischen in Sherry getränkte Portobellopilze in einem Bett aus köstlichem, cremigem Reis. Julian hatte frische Brokkoliröschen

398

leuchtendgrün gedämpft, und ich legte sie kunstvoll um den Risotto herum. Reggie Hotchkiss nahm meine Anwesenheit schließlich zur Kenntnis, indem er mich mit einem wütenden Blick aus aufgerissenen Augen bedachte, als ich die Platte herumreichte. Natürlich hätte ich ihm liebend gern gesagt, wie sehr ich ihn verabscheute, seine Geschäftsmethoden und seine lachhafte Aufmachung, aber meine Lippen waren versiegelt. Als die Gäste den Risotto verputzt hatten und Julian damit anfing, die Teller abzuräumen, ging ich in die Küche, um die Schokoladenplätzchen zu holen. Leider folgte Reggie Hotchkiss mir.

Ich schaltete die Kaffeemaschine ein und versuchte ihn zu ignorieren, als ich nach der Plätzchendose griff. Ich wollte bei einem festlichen Anlaß nicht ausrasten, schon gar nicht bei einem festlichen, *lukrativen* Anlaß. *Gute Laune würzt das Essen,* wie wir Kochprofis immer sagen. Aber als Reggie in seinem knallig bedruckten Hemd anmarschierte und sich zwischen mich und die Dessertplatte klemmte, war meine gute Laune endgültig dahin.

»Würden Sie *bitte* ins Eßzimmer zurückgehen?« sagte ich mit gequälter, sanfter Stimme. Ich griff nach dem Behälter mit den Plätzchen und ordnete sie dekorativ auf einer anderen Dessertplatte an.

Als ich aufsah, bebte das braune Haar um Reggie Hotchkiss' kahle Stelle herum. Sein mageres, gut aussehendes Gesicht war voller Wut. »Ich gehe nirgends hin, solange Sie mir nicht sagen, warum Sie und Ihr Mann, das Faschistenschwein, ohne Durchsuchungsbefehl in meinem Geschäft ermitteln.«

Ich lehnte mich erschrocken zurück. Ich geriet in Versuchung, Kraftausdrücke zu benützen, die bestimmt dafür gesorgt hätten, daß Goldilocks Partyservice nicht so schnell wieder einen Auftrag von den Braithwaites bekommen hätte. Um meinen Zorn in Schach zu halten, griff ich nach einem Plätzchen, steckte es in den Mund und nahm einen großen Bissen. Die dunkle, samtige Masse zerging mir auf der Zunge. Ich schloß die Augen und kaute. Das war besser als ein Schluck Tequila.

»Wollen Sie mir antworten«, schrie Reggie, »oder wollen Sie sich das Maul vollstopfen? Verdammt noch mal, was sind Sie denn überhaupt für eine Partylieferantin?«

Dieser Ausbruch rief einen wütenden, rot angelaufenen Julian auf den Plan. Er knallte einen schiefen Tellerstapel auf die Arbeitsplatte und brüllte: »Was für ein verdammter *Scheiß* wird denn hier gespielt?«

Soviel zu künftigen Partyaufträgen von den Braithwaites. Ich schluckte ruhig das Plätzchen, schob mich an Reggie vorbei und griff nach den Dessertplatten. Ich reichte sie Julian.

»Würdest du bitte«, bat ich mit soviel Charme wie möglich, »den Gästen diese Leckereien bringen? Mr. Hotchkiss möchte einen Plausch mit mir halten, und ich fürchte, dazu müssen wir hinausgehen.«

Aber Julian nahm die Platten nicht. Statt dessen wandte er sich an Reggie Hotchkiss: »Wenn Sie sie auch nur *anrühren,* schlag' ich Ihnen den Glatzkopf zu Brei. Verstanden?« Seine Turnschuhe quietschten auf dem Fliesenboden, als er mir die Platten abnahm. »In fünf Minuten bin ich draußen auf dem Balkon. In fünf Minuten. Kapiert?«

Reggie Hotchkiss schaute zur Decke. Er sagte: »Ah, aber ich fühle mich den jüngeren Mitgliedern der Arbeiterklasse doch so *eng* verbunden.«

Julian starrte ihn ungläubig an, dann stieß er die Tür zum Eßzimmer auf.

»Kommen Sie schon, Reg, wenn Sie reden wollen, machen wir's kurz«, sagte ich, als ich vor ihm her auf den Balkon ging.

Die Sonne war untergegangen, und der Himmel, jetzt violett, versprach einen vollkommenen Hintergrund für das Feuerwerk. Ich seufzte und wünschte mir inbrünstig, Reggie wäre nicht hier. Leider schob er seine eindrucksvolle Person in dem Hemd in Rot, Weiß und Blau wieder direkt vor mein Gesicht.

»Erst«, sagte er unvermittelt und hob den Zeigefinger, »rufen Sie in meinem Salon an. Sie sagen –« und hier hob er die Stimme zu einem Falsett, das keinerlei Ähnlichkeit hatte mit etwas, was mir je über die Lippen gekommen war –, »›ach, du meine Güte, aber ich will *alles* aus Ihrem Herbstprospekt kaufen!‹ Als nächstes« – wieder mit tiefer Stimme und einem zweiten erhobenen Finger – »machen Sie unter falschen Angaben einen Termin –«

Plötzlich reichte es mir. »Wagen Sie es ja nicht, mich einzuschüchtern«, sagte ich ruhig. »Ich habe einen Termin gemacht. Ich habe ihn eingehalten. Ich habe sogar für eine Behandlung bezahlt, die nicht abgeschlossen worden ist. Worüber beschweren Sie sich eigentlich? Ich muß arbeiten, und Sie stören mich.«

»Ach, *ich* störe *Sie* bei der Arbeit? Oh, entschuldigen Sie vielmals.« Er ruderte mit den Armen. »Und was ist mit unseren ganzen neuen Produkten, die Sie bestellen wollten?«

»Sie meinen die ganzen Produkte, die Sie aus der Herbstkollektion von Mignon-Kosmetik geklaut haben? Die meinen Sie?«

Sein Gesicht verfärbte sich zu großen Flecken in Rot und Weiß, die sich mit dem knalligen Hemd bissen. »Was?« kläffte er. »Was?«

»*Ich* bitte vielmals um Entschuldigung, Reg«, sagte ich, jetzt auch wütend, »ich glaube, Sie wissen ganz genau, worüber ich spreche. Ich habe das Bankett für Mignon beliefert. Sie waren auch da, haben mit Ihrer niedlichen blonden Perücke herumspioniert. Sie haben sich eine Liste der Mignon-Produkte gemacht, die Ihrer Meinung nach Geld einbringen, und haben sie einfach in Ihrem Herbstprospekt kopiert. Wer auch nur sein halbes Hirn beisammen hat, merkt, daß es ein Plagiat ist.«

Sein Gesicht verzerrte sich vor Wut. Vielleicht war ich zu weit gegangen; vielleicht mußte man das ganze Hirn beisammen haben, damit man hinter den Diebstahl kam, den er begangen hatte. Aber er hatte mich mit seinen Anschuldigungen so wütend gemacht; ich hatte nicht anders gekonnt. Und außerdem hatte ich ihm nicht gesagt, daß mir die niedliche blonde Perücke auf den Kopf gefallen war, als ich vor Lane, der nadelnschwenkenden Visagistin, die Flucht ergriff.

»Sie haben sich jede Menge Ärger eingehandelt«, warnte Reggie mit unheilverkündender Stimme. Dieses Mal zitterte der Zeigefinger, als er ihn auf mich richtete. »Sie haben sich eben ein Loch gegraben, so tief, daß Sie nie wieder herauskommen, Lady. Sie –«

»Hey, du blödes Arschloch!« rief Julian von der Balkontür aus. Er kam wütend auf den Balkon und schob sich gegen Reggies patriotisch bekleideten Bauch. »Hab' ich dir nicht gesagt, du sollst ihr nicht drohen?«

»Ich weiß, wer du bist«, tobte Reggie und wedelte weiter mit dem Zeigefinger. »Du bist der fiese Unterschichtstyp, den sich Claire Satterfield schließlich zu

ihrem ein und alles erkoren hat. Glück gehabt, Junge!
Erst war sie hinter alten Männern her, dann hat sie
Kinder geschändet!« Sein Teint sah eindeutig ungesund
aus.

»Seien Sie lieber vorsichtig, wenn Sie den Mund aufmachen«, knurrte Julian, dem plötzlich wie mir bewußt
wurde, daß die Gäste auf die Terrasse gekommen waren,
voller Neugier, weil ein geladener Gast und das Ser-
vierpersonal verschwunden waren, und wegen des darauf folgenden Wirbels.

Reggie hob die Hände. »Ich war nicht Ihr Rivale,
Junge. Ich wollte nicht mit ihr schlafen, ich wollte sie
bloß einstellen. Diese Frau konnte Kosmetika verkaufen, ohne auch nur einen Finger zu rühren. Wie war
sie im Bett?«

Das war zuviel. Julian holte aus. Reggie versuchte,
sich zu wehren. Ich klemmte mich zwischen die beiden
und bekam auf einer Seite die volle Wucht von Julians
kräftigem wütenden Körper ab und auf der anderen
Seite Reggies Brustkasten.

Mitten in dem Sandwich aus Männerkörpern keuchte ich: »Geh hinein, Julian! Bitte!«

Er gehorchte, wirbelte herum und ging zornig in die
Küche zurück. Reggie Hotchkiss sackte gegen das Bal-
kongeländer. Ohne männliche Unterstützung wankte
ich auf den Balkonbohlen. Ich gewann das Gleichgewicht zurück, kurz bevor ich auf den Grill geschleudert
worden wäre. Der Schmerz, den Julians Aufprall gegen
meinen Körper verursacht hatte, sammelte sich in meinem Kopf. Ich rieb mir die Schläfen und versuchte,
einen klaren Kopf zu bekommen.

Als ich zu Reggie Hotchkiss aufschaute, schien er
sich erholt zu haben. Er stand stocksteif da und zisch-

403

te: »Ich bin mißhandelt und falsch eingeschätzt worden, und das vergesse ich nicht.«

»Schön.«

Er fegte sich nicht vorhandenen Staub von dem Hemd mit der amerikanischen Flagge und gab in meine Richtung seinen Schlußkommentar ab. »In der klassenlosen Gesellschaft«, sagte er, »sind Dienstboten überflüssig. *Sie* sind dann *unnütz.*« Er trottete schwerfällig die Holztreppe hinunter und ging auf seinen Bentley zu, vermutlich nicht denselben, mit dem er die Treppe zum Lincoln Memorial hinaufgefahren war.

Alle starrten uns an. Ich sagte leichthin: »Und wer kocht in der klassenlosen Gesellschaft?«

Die Gäste auf der Terrasse spürten, daß die Aufregung vorbei war, und wandten ihre Aufmerksamkeit wieder Babs zu. Ihr perfekt geschminktes Gesicht bebte vor Wut, aber es gelang ihr, atemlos zu verkünden, du meine Güte, wie die Zeit doch fliege! Alle Gäste sollten mit einer Wunderkerze und einem Glas Champagner in den Garten unterhalb des Hauses gehen. Dort seien Stühle aufgestellt, trillerte sie weiter. Die dunkelhaarige Frau, die mit Reggie Hotchkiss gekommen war, erbot sich, die Wunderkerzen anzuzünden und den Champagner einzuschenken. Ihre hohe, lachende Stimme schien anzudeuten, daß ihr Reggies Abgang nicht das geringste ausmachte.

Aber Reggie war nicht der einzige Fahnenflüchtige. Im schwindenden Licht schlich sich Charles Braithwaite weg von seinen Gästen und ging schnell den Pfad entlang zum Treibhaus. Sein verstohlener, schneller Schritt erweckte nicht den Eindruck, er wolle Stühle aufstellen, sich der Feier anschließen oder Wunderkerzen und Champagner schwenken.

Ich atmete die Abendluft tief ein und versuchte, mich daran zu erinnern, was ich noch zu tun hatte. Babs bezahlte ihrem Hausmädchen die Überstunden für das Aufräumen; Julian und ich mußten also nur noch die Töpfe und Behälter einpacken, die wir mitgebracht hatten, und sie die Treppe hinunter zum Lieferwagen schleppen. Aber Zigarettenrauch, der zum Balkon heraufwehte, ließ mich daran zweifeln, daß Julian besonders scharf auf das Einpacken sei.

»Falls ein Partylieferant in Hausnähe raucht«, erklärte ich in der einfallenden Finsternis nach unten, »könnte er Ärger mit der Gastgeberin bekommen, bis zu dem Ausmaß, daß eine bestimmte Partylieferantin und ihr Assistent nicht bezahlt werden. Vielleicht werden wir nach einem kleinen Zusammenstoß mit einem Gast sowieso nicht bezahlt.« Ich sagte ihm nicht, daß ich Hilfe brauchte. Falls Julian sich nach seiner Konfrontation mit Reggie Hotchkiss abregen wollte, war mir das recht, solange er sich nicht in weitere Streitereien verwickelte. Arch war in Keystone; Tom machte Überstunden; vor mir lag nichts als ein leeres Haus und ein drohender Streit mit Tom, weil er mein Essen vertauscht hatte. Je später ich nach Hause kam, desto besser.

Julians glühende Zigarettenkippe wanderte an einer Fackel vorbei. Ich sah, daß er nicht zum Garten ging, sondern zum Treibhaus. Als ich unsere Platten ins Haus gebracht und überprüft hatte, daß der Grill ausgeschaltet und der Balkon leergeräumt war, sah ich Julian nicht mehr, während die Gäste mit den sprühenden Wunderkerzen und den Champagnergläsern als lautstarke, langsame Gruppe zu den Stühlen hinuntergingen.

Das Hausmädchen eilte herbei, um mir beim Spülen

der Töpfe zu helfen. Ich sah auf die Uhr, als das ganze Partyservicezubehör in Schachteln verstaut war: Viertel vor zehn. Bald würde das Feuerwerk anfangen. Auch von Charles Braithwaite war nichts zu sehen, aber das überraschte mich nicht. Ich beschloß, noch zehn Minuten auf dem Balkon zu warten. Es sah Julian nicht ähnlich, so unaufmerksam zu sein. Andererseits war er so außer sich gewesen, daß er vermutlich das Zeitgefühl verloren hatte.

Neben dem See blitzte ein Licht auf, dann kamen ein lautes *Peng!* und eine graue Rauchwolke. Ein weißer Lichtstrahl raste nach oben, dann ergoß sich ein Sprühregen aus weißen Lichtern aus dem Himmel über Aspen Meadow. Das Leuchten spiegelte sich prächtig in der glatten Seeoberfläche wider. Das Spektakel hatte angefangen.

Wieder ein Knall und ein Blitz, und dieses Mal war der glitzernde Sprühregen von oben smaragdgrün. In den erleuchteten Sekunden suchten meine Augen den Garten und das Treibhaus ab. Julians Silhouette war kurz zu sehen, umgeben von Zigarettenrauch. Er stand neben dem mit Rosen überladenen Zaun.

Verdammt noch mal, fragte ich mich, was machte er da? Ein Aufschrei wie bei einer Explosion begleitete den nächsten Leuchtfunkenregen, und mich überkam eine Welle der Beklommenheit. Impulsiv ging ich auf den von Fackeln erhellten Pfad zu. Vielleicht schaute Julian dem Feuerwerk zu und hatte mich völlig vergessen. Vielleicht steckte er in einer Trance aus Trauer und Rauchen und brauchte mich, damit ich den Bann brach.

Ich ging den gepflasterten Pfad entlang und orientierte mich, indem ich an den Fackeln stehenblieb und dann auf die bunten Funkenregen am Himmel wartete. Ich wußte, daß ich mich dem Zaun näherte, als der betäubende Rosenduft und das Gelächter von Babs und ihren Gästen mich erreichten. Ich manövrierte mich um den Zaun herum und fand mich an der Ecke des Treibhauses wieder.

»Julian!« flüsterte ich. »Wo bist du?«

»Hier drüben!« erwiderte er einen Augenblick später. »Geh um das Treibhaus herum zur Vorderseite!«

Ich folgte seiner Stimme und versuchte, herauszubekommen, wo die Vorderseite war. In einem Aufblitzen von Funken in Rosa und Blau, das sich in den Fensterscheiben des Treibhauses widerspiegelte, sah ich, daß ich an der Seitenwand war. Die Tür war vermutlich in der Längswand. Als ich die Längsseite des rechteckigen Treibhauses erreichte, konnte ich Julian ausmachen. Er stand neben einer angelehnten Tür.

»Julian! Um Himmels willen! Was machst du hier?«

»Tut mir leid, daß du auf mich warten mußtest«, sagte er, als ich neben ihm war. »Ich habe an diesen widerlichen Hotchkiss gedacht …, wollte eine Zigarette rauchen, wo Babs mich nicht sehen kann … und dann …, dann war ich plötzlich hier. Die Tür ist offen, und das beunruhigt mich.«

»Du bist hier draußen in der Dunkelheit geblieben, während ich mich gefragt hab', was in dich gefahren ist, und jetzt bist du beunruhigt wegen einer Tür? Was ist denn los mit der verdammten Tür?«

Ein glitzernder Sprühregen in Rot, Weiß und Blau beleuchtete plötzlich Julians ernstes, jungenhaftes Gesicht und sein gestutztes blondes Haar. »Reg dich nicht auf«, bettelte er. »Es ist bloß, weil Dr. Braithwaite …, du verstehst das nicht, er würde das Treibhaus niemals offenlassen! Schon gar nicht, wenn er Gäste hat, die für ihn Fremde sind. Der Mann hat einen echten Knall, wenn es um die Sicherheit seiner Experimente geht. Ich weiß nicht, wo er ist, aber ich glaub', ich sollte hier bleiben und das Treibhaus bewachen, bis er wiederkommt. Er hat da drin jede Menge ziemlich gefährliches Zeug.«

Ich holte tief Luft und versuchte zu denken. Julians Loyalität gegenüber Charles Braithwaite war wirklich bewundernswert. Fehlgeleitet, aber bewundernswert.

»Okay, hör mal«, sagte ich zu ihm, »wir können nicht hierbleiben und darauf warten, daß der Gastgeber auftaucht. Mach die Tür einfach zu und schließ sie ab. Bitte.«

»Nein«, sagte Julian bockig. »Ich bin es Dr. Braithwaite schuldig, wenigstens nachzusehen, ob Schaden angerichtet worden ist. Dann können wir die Polizei rufen oder so.«

»Na gut«, sagte ich so liebenswürdig wie möglich. »Gehen wir hinein und machen das Licht an, falls es Licht gibt, und schauen nach, ob Vandalismus oder sonst was verübt worden ist. Vielleicht gibt es da drin ein Telefon, und wir können in der Villa oder die Polizei anrufen. Sonst müssen wir wirklich ins Haus zurück.«

»Okay, okay.« Gemeinsam gingen wir die Betonstufen zur offenen Tür hinauf. »Ehrlich gesagt«, fügte er kleinlaut hinzu, »hab' ich ein bißchen Angst gehabt, allein da hineinzugehen.«

Das war ja reizend, dachte ich ziemlich entrüstet, während meine Hand innen am Plexiglas entlangtastete. Gehörten zu *jeder Menge gefährlichem Zeug* auch fleischfressende Pflanzen? Ich fuhr an der glatten Oberfläche entlang. Meine Finger streiften etwas Kaltes, und ich wich instinktiv zurück. Dann merkte ich, daß es eine Leitung war, die zu einem Schalter führte. Triumphierend fanden meine Finger den Schalter. Ich machte ein fluoreszierendes Deckenlicht an.

Nach der Finsternis dauerte es einen Augenblick, sich an das Licht zu gewöhnen. Julian ging voran und sah sich in dem Treibhaus um, das eigentlich eher einem Labor ähnelte als einem Ort zum Blumenzüchten. Auf Tischreihen standen säuberliche Stapel aus Geräten und Apparaten, die mir nichts sagten. Auf Regalbrettern waren auch Pflanzen arrangiert, eine Fülle von Flora in allen Entwicklungsstadien. Aber wenigstens wirkte der Raum ordentlich, nicht als ob jemand eingebrochen wäre und beim Versuch, etwas zu stehlen oder zu zerstören, oder was auch immer Julian befürchtete, ein Chaos angerichtet hätte.

»Sieht recht harmlos aus«, kommentierte ich, als ich auf einen Tisch zuging. »Vielleicht hat er einfach vergessen, die Tür abzuschließen …«

»Nein, nein, nein, rühr nichts an«, ermahnte Julian mich. Er gestikulierte quer durch den Raum. »Was du hier siehst, ist ein Labor für Molekularbiologie«, sagte er mit echter Ehrfurcht. Er zeigte auf zwei Metallkästen auf einem nahen Tisch. »Das sind Gelkästen für die Elektrophorese. Das ist das Verfahren für die Analyse der DNS. Als unsere Klasse hier zu Besuch war, hat Mr. Braithwaite uns erklärt, daß er nach einem Pflanzenenzym sucht, das blaue Farbe hervorbringt. Weißt du, weil die Wissenschaftler bis jetzt kein Glück hatten, sie beispielsweise in Rosen einzuspeisen, weil einfach keine Farbrezeptoren da waren.«

Ich sah die Kästen fasziniert an. So hatte er also die blaue Rose geschaffen. Trotz des beklommenen Gefühls, daß Julian und ich hier nichts verloren hatten, kam es mir erstaunlich vor, daß jemand in einem kleinen Kaff wie Aspen Meadow über eine derart komplizierte wissenschaftliche Ausrüstung verfügte. Mit genug Geld konnte man aber vermutlich auch in der Antarktis Sonnenschutzmittel analysieren.

»Man steckt also einfach die Pflanze in das Gel und betrachtet sie dann durch das Mikroskop?«

Julian schüttelte den Kopf. »Nein, nein, erst muß man sie zermörsern.« Er zeigte auf einen zylindrischen Kessel, der einen Meter hoch war und einen Durchmesser von etwa einem Meter hatte. »Man muß die Blütenblätter in flüssiges Nitrogen stecken, und das ist in dem Kessel hier. Man muß die Blütenblätter darin zermörsern, bis sie wie feines Pulver sind, und dann muß man eine Art Puffer dazugeben –«

»Flüssiges Nitrogen?« unterbrach ich. »Ist das nicht ziemlich kalt?«

Er grinste. Seit dem Tod von Claire sah ich ihn zum ersten Mal erheitert. »Versuch's mal mit hundert Grad minus, Goldy. Ist dir das kalt genug? Du mußt Gummihandschuhe tragen.« Er deutete auf ein Paar Handschuhe, die ordentlich neben Mörser und Stößel in der Nähe des Kessels lagen. »Wenn du ungeschützt die Hände hineinsteckst, fallen sie dir ab. Steck den Kopf hinein, und du kannst ihn unter dem Arm tragen wie ein Gespenst. Ganz davon zu schweigen, daß du an den Dämpfen ersticken würdest.«

Ich beschloß, daß mir der Nachhilfeunterricht in Naturwissenschaft reichte. »Okay, Julian, vielen Dank. Gehen wir zum Haus zurück.«

»Aber ich hab' dir doch noch gar nichts von dem Gelapparat und der Dunsthaube erzählt! Ganz zu schweigen von der Genkanone. Die ist wirklich cool.«

Etwas Cooleres als hundert Grad minus konnte ich mir nicht vorstellen. »Genkanone? Kann man damit auf jemanden schießen?«

»Sehr komisch.« Er ging zu einem Tisch und hob etwas auf, was wie eine verlängerte Pistole aussah. »Man spritzt damit etwas DNS in die Knospen der Pflanze ein, mit der man experimentiert, und dann betet man wie verrückt, daß man am Ende eine blaue Narzisse oder was auch immer bekommt –« Er verstummte, als sein Blick auf blühende Pflanzen fiel, die ich nur verschwommen sehen konnte. Sie standen neben dem Kessel mit flüssigem Nitrogen. »Was zum Teufel ist das?« Julian sah sich die Blumen genauer an. »Damals hatte er sie zugedeckt …, großer Gott, das sind ja die saublöden *blauen Rosen!*« Er griff nach einem kleinen Topf und hielt ihn ins Licht. Ich spürte, wie mir das Herz in der Brust stolperte. Ich wollte unbedingt weg von hier. »Der Schweinepriester!« rief Julian. »Schau dir das an, Goldy! Ich kann's nicht fassen! Weißt du, was das heißt?«

Hinter einem Bücherregal am anderen Ende des Labors ertönte ein Wimmern. Julian und ich sahen uns mit offenem Mund an.

»Hinaus!« schluchzte die Stimme. »Gehen Sie doch!«

Julian stellte den Topf vorsichtig zu den anderen zurück. »Das ist er«, sagte er mit einem Bühnenflüstern zu mir.

Die Schluchzer wurden lauter. »Gehen Sie doch! Lassen Sie mich in Frieden!«

»Dr. Braithwaite«, sagte Julian, als er auf das Regal zuging, »wir haben uns nur Sorgen um Sie gemacht, weil die Tür offen war –«

Im selben Augenblick brach das ganze Bücherregal zusammen, als ein grollender Charles Braithwaite es nach vorn stürzte und mit ausgestreckten Armen zum Vorschein kam. Julian wich mit einem Satz der Bücherkaskade aus. Schluchzend, mit erhobenen Armen wirkte Charles Braithwaite wie ein knochiger, weißhaariger Unmensch. Er knurrte uns an und schrie dann: »Raus hier! Weg mit Ihnen!«

»Julian!« rief ich. »Laß uns gehen!«

Julian rührte sich nicht.

»Warum …, warum … gehen Sie nicht?« kläffte Charles Braithwaite. Er stand mit dünnen, gespreizten Beinen da, streckte die langen Arme aus. »Nichts … hat irgendeinen *Sinn!*« Dann, besiegt, stolperte er durch die heruntergefallenen Bücher und sackte gegen einen Tisch. Mit viel tieferer, gedämpfterer Stimme murmelte er: »Gehen Sie bitte, dann zeige ich Sie auch nicht an, weil Sie als Minderjähriger rauchen.«

Der Mann war von Sinnen, soviel war klar. Erst brüllte er wie ein Irrer, dann gab er ruhige Erklärungen ab. Ich war heftigst versucht, wie gebeten das Labor zu verlassen, aber Julian schritt entschlossen über die Bücherstapel.

»Dr. Braithwaite«, sagte er ruhig, »Sie sind durcheinander.« Schlauer Junge, dachte ich. Immer schön leise sprechen. Schlauer wäre jedoch gewesen, dachte ich wehmütig, wie der Teufel von hier abzuhauen. Julian streckte die Hand aus. »Warum kommen Sie nicht mit uns –«

»Nein!« brüllte Charles Braithwaite, und sein weißes Haar flog ihm wild um den Kopf. »Lassen Sie mich in Ruhe!«

»Komm, Julian«, flehte ich vom Treibhauseingang aus. »Laß uns –«

»Das kommt nicht in Frage«, sagte Julian in meine

Richtung, mit scharfer, aber immer noch leiser Stimme. »Wir gehen nicht ohne ihn. Hören Sie, Dr. Braithwaite, Sie müssen nicht –«

Der Weißhaarige sah mit trauervollem Gesicht zu Julian auf. Er hob den Zeigefinger, auf seine seltsame Art wieder ruhig. Er tat, als unterrichtete er Julian auf einem wichtigen Gebiet der Molekularbiologie. »Claire Satterfield hat meinem Leben etwas gegeben, was ich noch nie hatte. Deshalb sollen Sie eins wissen, bevor ich sterbe.« Zum Teufel noch mal, dachte ich. »Und zwar folgendes«, fuhr er fort, »Sie waren *nicht* schuld an dem Unfall mit meiner … Frau.« Er spuckte das Wort aus. »Nein. Babs ist Ihnen und Claire gefolgt, weil Sie geglaubt hat, daß Sie Claire zu einem … Rendezvous zu mir bringen. Sie hatten das Signal eingeschaltet, meine Frau war zu … dicht hinter Ihnen. So ist es passiert.« Er verschränkte die Arme. Nach mir die Sintflut.

»Claire?« fragte Julian. »Sie … und …« Er schüttelte den Kopf und schien zu einem Entschluß zu kommen. »Das ist okay, Dr. Braithwaite, es ist … vorbei.« Julian sah sich im Labor um, im Versuch, wie ich dachte, herauszubekommen, auf welche Weise Charles Braithwaite sich seinen offensichtlichen Wunsch, sich umzubringen, erfüllen konnte. Er griff nach der Pflanze, die er vorhin abgestellt hatte. »Schauen Sie doch her! Sie haben eine blaue Rose geschaffen! Es gibt eine Menge Dinge, für die sich Ihr Leben lohnt –«

»Ich wollte sie ihr schenken«, sagte Charles wehmütig. Über uns ließ das Feuerwerksfinale rote, weiße und blaue Funken sprühen, die absurderweise das Treibhaus mit zuckenden Lichtern erhellten, die Tränen auf dem leiderfüllten Gesicht beleuchteten. »Claire. Deshalb war ich an jenem Tag im Parkhaus. Es sollte mein

Abschiedsgeschenk sein. Die nach ihr benannte Blume, weil die Rose so schön war. So erlesen.« Er sah Julian an und zuckte die Achseln. »Und dann – können Sie mir das verübeln? Ich habe das schreckliche Geräusch gehört und Bescheid gewußt. Wollen Sie die Wahrheit hören? Ich habe geglaubt, meine Frau hätte es getan. Vielleicht hat sie es getan! Vielleicht hat sie jemanden damit beauftragt, Claire zu überfahren.« Er streckte die Arme zur vollen Länge aus. »Und Babs war schuld daran, daß ich Claire überhaupt kennengelernt habe! Sie hat mich hingeschickt, damit ich ihren verdammten Kram besorge. Und da war Claire und hat getan, als ob ich …, als ob ich der wunderbarste …« Er ließ die Arme fallen und schüttelte heftig den Kopf, als fiele ihm wieder ein, worauf er sich vor der Ablenkung konzentriert hatte. »Hören Sie«, sagte er unvermittelt, »ich habe gründlich darüber nachgedacht. Lassen Sie mich bitte in Frieden. *Sofort,* ja?«

»Sprechen wir doch im Haus darüber!« sagte Julian munter. »Ich meine, Dr. Braithwaite, Sie sind wirklich zu jung zum Sterben. Sie müssen noch einmal darüber nachdenken.«

»Nein!« heulte Charles Braithwaite. »Gehen Sie!« Er schritt behende über die Bücher und legte zu meinem Schock beide Arme um den Kessel mit flüssigem Nitrogen. So wollte er sich umbringen. Mit flüssigem Nitrogen. Wir mußten hinaus. Charles schaukelte den Kessel. »Sind Sie taub?« brüllte er. »Das ist das Ende! Aus dem Weg!«

»Julian!« schrie ich.

Aber Julian ignorierte mich. Er stieg schwungvoll über den Bücherstapel und packte Charles Braithwaite am Arm. Der Kessel mit flüssigem Nitrogen schaukelte immer noch. Mit einem harten Griff riß Julian Charles weg, als sich der Kesseldeckel löste.

»Raus!« rief Julian in meine Richtung, als er einen um sich schlagenden Charles in meine Richtung schleppte. »Geh!«

Ich riß die Tür auf. Als ich mich umschaute, wankte der Kessel, und die eisige Chemikalie schwappte auf einer Seite über, stieß weiße Rauchwolken aus. Julian kroch zum Ausgang, die Arme fest um die Brust von Charles Braithwaite gelegt. Charles, mit wirrem weißen Haar, trat halbherzig mit den Füßen. Aber er war der Kraft des jungen Julian nicht gewachsen. Wir drei entkamen aus dem Treibhaus, als der Kessel nach unten stürzte. Ich konnte nicht anders – ich schaute mich wieder um und sah noch rechtzeitig, wie sich das flüssige Nitrogen über die blauen Rosenpflanzen ergoß und sie zerstörte.

 **Unser seltsames Trio** schob sich durch die Gäste, die sich zurück zum Haus schlängelten. Wir stellten uns taub gegen lachende Ausrufe wie »Du meine Güte, was ist denn bloß mit Charlie los!« und »Das Feuerwerk muß ihn ja wirklich aufgeregt haben!« und ähnlichen Schwachsinn. In der Küche rief ich 911 an, gab meinen Namen an, wo wir uns befanden und was vorgefallen war.

»Flüssiges Nitrogen?« lautete die ungläubige Antwort des Deputy. »Flüssiges *Nitrogen*? Sind Sie sicher, daß da sonst nichts war? Keine anderen Chemikalien? Wir müssen ein Team zur Giftmüllentsorgung hinschicken. Hat das zu einer beknackten Party zum vierten Juli gehört?«

»Nein, nein«, sagte ich. »Ist es möglich, daß Sie mich zu Tom Schulz durchstellen?«

Der Deputy hielt mich hin und stellte Fragen, bis ich ihm versicherte, ich würde nicht auflegen, ich wolle nur mit Tom sprechen statt mit ihm. Er sagte, er stelle mich durch. Dann legte er mich auf die Warteschleife.

Ich klopfte mit den Fingern gegen die Arbeitsplatte und sah zu, wie sich Julian um Charles Braithwaite kümmerte. Mit leiser, ruhiger Stimme ermahnte er Charles, er solle entspannt auf dem makellosen Küchenboden liegenbleiben und normal atmen. Ob er verletzt sei, wollte Julian wissen. Als Charles den Kopf schüttelte, fragte ihn Julian, wer er sei und was passiert sei. Tränen liefen Charles über das schmale Gesicht, während er stockend Julians beharrliche Fragen beantwortete. Dann tätschelte ihm Julian die Schultern, überprüfte seinen Puls und erklärte ihm mit einer puddingweichen Stimme, alles werde wieder gut.

Julian verblüffte mich wirklich. Er hatte sich in der Schule und in der Küche als einzigartig ehrgeizig erwiesen. Er liebte und haßte mit einer Heftigkeit, die erschreckend und manchmal explosiv war. Aber in Situationen wie dieser hier wurde ich daran erinnert, daß er fast sein ganzes Leben bei den Navajo in Bluff, Utah, verbracht hatte. Er verfügte über die unheimliche Fähigkeit, den Wunderheiler zu spielen, wenn es nötig war. Ich beobachtete, wie er Charles Braithwaite ruhig auf Anhaltspunkte für Schock untersuchte. Was hatte er im Treibhaus zu Charles gesagt? *Sie sind zu jung zum Sterben.* Claire Satterfield war auch viel zu jung zum Sterben gewesen. Mir war immer noch unklar, ob Julian diesen schrecklichen Verlust verkraften würde. Er war zu jung für das Absterben seiner Liebesfähigkeit.

Die Stimme des Deputy knisterte in mein Ohr. »Tom Schulz ist nicht hier.« Im selben Augenblick rückten die ersten Polizisten und die Feuerwehr an, deshalb legte ich auf.

Stunden später, als das Feuerwerk zu Ende, der Mond aufgegangen war und die Gäste – darunter ein zorniger Tony Royce, ohne die versprochenen Schokoladentörtchen – schließlich gegangen waren, als Babs

Braithwaite einen hysterischen Anfall bekommen hatte und Charles zur Beobachtung ins Krankenhaus gebracht worden war, als das Team zur Giftmüllentsorgung festgestellt hatte, nur Nitrogen – ein Düngemittel – sei ausgelaufen, und als Julian beschlossen hatte, die Nacht bei einem Freund zu verbringen, fuhr ich den Lieferwagen nach Hause. Die Feuerwerkzuschauer waren verschwunden, aber im Mondschein konnte ich die Müllmassen sehen, die sie auf dem Golfplatz am See hinterlassen hatten.

Kurz vor zwei am Morgen kam ich ins Haus. Erstaunlicherweise war Tom in der Küche und bereitete Schokoladeneis zu. Weil er auf mich wartete und zweifellos zu überdreht war, um schlafen zu können, hatte er beschlossen, eine neapolitanische Eistorte zusammenzubauen, mit einem Boden aus zerkrümelten Schokoladenplätzchen und Schichten aus selbstgemachtem Vanille-, Erdbeer- und Schokoladeneis. Wenn ich mit einer halben Stunde pro Eisschicht rechnete, war er nach meiner Schätzung schon eine ganze Weile damit beschäftigt. Die Küche war ein Chaos aus Sahnebechern, Schneebesen und Schüsseln.

»Es sind zwar nicht die Farben der Flagge«, sagte er wehmütig, als ich in die Schüssel schaute und die Augenbrauen hochzog. »Aber die Torte wird großartig. Ich kann's kaum erwarten, daß du sie probierst. Wo hast du übrigens gesteckt? Meine kleine List hat vermutlich nicht funktioniert.«

»Kleine List? Kleine List? So nennst du das?« Ich funkelte ihn böse an. Er grinste breit. Nachdem ich sekundenlang versuchte, den vernichtenden Blick durchzuhalten, konnte ich nicht anders. Ich brach in Gelächter aus. »Und wann hast du die Zeit gefunden, das ganze

Menü zusammenzustellen, Herr Ermittler? Ich werde dir das nie, niemals verzeihen.«

Er packte mich um die Taille und schwang mich gefährlich nahe an die Eiscremesorten heran. »Oh, du verzeihst mir ganz bestimmt«, versicherte er mir, während ich wie verrückt kicherte. »Und ich hatte keine Zeit zum Kochen. Ich hab' deine Rezepte einem Koch in einem Restaurant in der Nähe des Sheriff-büros gefaxt und ihn dafür bezahlt, daß er die Zutaten zusammengestellt, die Plätzchen gebacken, die Suppe und den Brotteig zubereitet hat. Für mich hat das nicht länger als fünf Minuten gedauert. Wie ich dich kenne, hat dich jedenfalls das Risottokochen von nichts abge-halten, nur aufgehalten. Das Feuerwerk ist seit über zwei Stunden zu Ende. War die Party okay?«

Er setzte mich auf einen Stuhl, und ich berichtete ihm alles. Ich versicherte ihm, Julian sei ein Held gewesen, und Dr. Charles Braithwaite werde es überleben, vor allem mit psychiatrischer Hilfe. Ich gestand, daß ich mich mit Reggie Hotchkiss gestritten und daß Julian sich eingemischt hatte. Tom wirkte besorgt – ob ich glaub-te, daß Hotchkiss die Chlorbleiche nach mir geschüt-tet und den Drohbrief hinterlassen habe? Ich sagte, ich hätte keine Ahnung. Er fragte, ob Reggie wissen könne, wo Julian heute nacht war, und ich sagte ihm, Reggie sei zeitig gegangen, lange bevor Julian beschloß, bei seinem Freund zu übernachten.

»Glaubst du, daß du je wieder einen Auftrag von den Braithwaites bekommst?«

»Nein. Und das ist mir auch egal. Ich bin ziemlich ent-täuscht darüber, daß sie in diesem Fall möglicherwei-se unschuldig sind. Trotzdem traue ich beiden immer noch nicht über den Weg.«

Als ich zu Ende geredet hatte, schnitt Tom mir wortlos ein dickes Stück von der dreischichtigen Torte ab. Das Schokoladeneis über den festeren Schichten aus Erdbeer und Vanille war noch weich. Als ich in die drei köstlichen Aromen und die knusprige Kruste aus Schokoladenplätzchen biß, fühlte ich mich an Geburtstagspartys während meiner Kindheit in New Jersey erinnert, bei denen neapolitanisches Eis und Schokoladentorte ein fester Bestandteil gewesen waren.

Ich sagte zu Tom: »Das ist das Köstlichste, was ich in meinem ganzen Leben gekostet habe. Aber weißt du, wir sollten das lieber nicht essen. Wir wollen doch nicht, daß es uns geht ... wie Marla.«

Tom legte die Arme um mich. »Alles in Maßen, Miss G. Außerdem bist du zu jung für einen Herzinfarkt.«

»Entschuldigung«, blubberte ich, »aber das stimmt nicht.« Zu jung. In letzter Zeit kamen diese Worte häufig vor. Ich erinnerte mich sogar daran, daß ich zu Arch gesagt hatte, er sei zu jung für die Sprache der sechziger Jahre ...

Ich setzte mich auf. Moment mal.

»Aha!« sagte Tom. »Sie hat es sich anders überlegt. Sie will jetzt doch neapolitanisches Eis essen –«

»Tom«, sagte ich dringlich, »für wen hat Shaman Krill gearbeitet?«

»Das hat er nicht gesagt. Ich hab' den Kerl Tag und Nacht bearbeitet. Der sagt uns nicht mal die Uhrzeit.«

»Aber er gehört nicht zum Tierschutzverein, das weißt du. Und er ist Schauspieler. Wie alt ist er deiner Meinung nach?«

»Etwa so alt wie diese neapolitanische Eiscreme, bis du sie ißt.«

»Tom!«

»Schon gut. Vielleicht siebenundzwanzig.«

»Also ist er nicht alt genug, die Sechzigerparolen zu kennen, die er benützt hat, zum Beispiel ›Faschistenschwein‹ und ›kapitalistischer Imperialismus‹.«

»Es gibt Filme«, sagte Tom skeptisch. »Dokumentationen.«

»Und Drehbücher«, sagte ich. Um ihn bei Laune zu halten, aß ich einen Bissen Eiscreme. In die rosa Schicht hatte er frische Erdbeeren gebettet. Das schmeckte wie eine gekühlte, saftige Fruchtessenz. »Weißt du, wer so spricht? Wem diese Parolen in Fleisch und Blut übergegangen sind, weißt du das nicht?«

Er legte den Kopf schief. »Nö. Aber ich weiß, daß du es mir gleich erzählen wirst.«

»Reggie Hotchkiss. Der kennt die Parolen. Ich wette, daß er die Demonstrationen bezahlt hat, um Mignon zu schaden. Shaman Krill ist eine Marionette von Reggie Hotchkiss. Vielleicht hat Reggie Claire überfahren. Lieber Gott, und ich habe mich heute abend mit ihm gestritten …«

Tom sagte: »Das Sicherheitssystem im Haus ist wasserdicht. Und ich habe einen Fünfundvierziger, vergiß das nicht.«

»Du glaubst mir nicht. Ich wette mit dir um tausend Dollar, daß Reggie etwas mit den Morden im Kaufhaus zu tun hat.«

Tom langte herüber und fing damit an, meine Bluse aufzuknöpfen. »Weißt du was? Morgen schlafe ich aus. Keine Einsatzbesprechung auf dem Dienstplan. Und warum wettest du nicht um etwas, was ich *wirklich* will?«

Ich schüttelte den Kopf. »Weißt du, wie es ist, mit dir verheiratet zu sein? Wie ein Marathon im Gehen statt im Laufen. Ich bekomme dich kaum zu sehen, also sind wir ständig …, wie nennt man das? *Im berauschen-den Bann der Romantik.* Bei unserem Tempo bleiben wir in den nächsten zehn Jahren frisch verheiratet.«

»Das Leben mit mir ist also wie das Rauchen aufzugeben und wie ein Marathon im Gehen. Und was ist ein *berauschender Bann der Romantik?*«

»Außerdem merke ich, daß du völlig überwältigt von meiner wunderbaren Kombinationsgabe bist.«

Er knöpfte die Bluse weiter auf. »Wie immer.«

»Und ich merke, daß das Fassen eines Mörders im Augenblick für dich die höchste Prioritätsstufe hat.«

Er ließ meine Bluse los und griff nach dem Telefon. »Ich wette mit *dir* um tausend Dollar, daß ich schneller im Büro anrufen und Shaman Krill festsetzen lassen kann, als du dich auszeihst und zu mir ins Schlafzimmer kommst.«

Ich kassierte die tausend Dollar Wettgeld nicht. Ich hätte es gekonnt. Als Tom das Büro des Sheriffs erreichte, legten sie ihn – typisch – auf die Warteschleife. Ich hatte sogar noch Zeit zum Duschen.

Später, viel später murmelte ich ihm ins Ohr: »Ich liebe dich, liebe dich, liebe dich« und vergrub die Nase in seinem kurzen, angenehm riechenden Haar. Für eine Nacht mit derart absurden Vorfällen nahm diese ein erfreuliches Ende. Er zog mich eng an sich. Blasser Mondschein fiel in unser Schlafzimmer. Ich schlief so sanft ein, wie die rosa Feuerwerkfunken ihr Licht über den See verstreut hatten.

Als der Sonntagmorgen kam, schlief Tom noch fest. Ich schlüpfte mit dem Gedanken, eine kräftige Dosis Koffein gehe in Ordnung, aus dem Bett. Aber der Kater Scout rollte sich vor der Espressomaschine auf den

Rücken und verlangte Zuwendung. Ich rieb ihm den Bauch, während er sich hin und her wand und immer mehr wollte. Schließlich meinte er, die Zärtlichkeit reiche ihm jetzt, sprang von der Arbeitsplatte, und ich konnte die Maschine mit frischen Bohnen und Wasser füllen. Bald zischten dunkle Espressorinnsale in die beiden Gläser, und ich goß sie über Milch und Eis und ging auf die Vorderveranda hinaus.

Der strahlende Morgenhimmel versprach die Rückkehr der Hitze. In der Brise schaukelten Geranien und Stiefmütterchen in den Verandatöpfen. In der Ferne bellte ein Hund. Im Haus der Routts auf der anderen Straßenseite war es still: kein weinender Colin, kein Jazzsaxophon. Der Morgen des fünften Juli vermittelte immer ein seltsames Gefühl. Es war, als wäre die Zeit gegen Mitternacht während des Unabhängigkeitskriegs stehengeblieben und habe das ganze Land in einem sommerlichen Kater hinterlassen.

Ich trank den Eiskaffee und fragte mich, wie es Charles Braithwaite gehen mochte. Julian hatte eben einen Schock erlebt. Es war ihm gelungen, sich ziemlich schnell zu erholen. Aber Charles war älter. Im allgemeinen erzwang das Alter eine längere Erholungsphase von einem Trauma. Und apropos Erholung von einem Trauma: Marla war heute nachmittag wieder in der Lage, die Welt zu begrüßen. Ich sah auf die Uhr: zwanzig nach sieben.

Als ich den Kaffee ausgetrunken hatte, war mir das Herz schwer, und ich fühlte mich müde. Ich spielte mit dem Gedanken, wieder ins Bett zu gehen. Aber ehe ich das konnte, klingelte das Telefon. Ich rannte hin, damit das Klingeln Tom nicht weckte. Es war Officer Boyd vom Büro des Sheriffs.

»Er schläft«, flüsterte ich. »Hat es Zeit?«

»Sagen Sie ihm nur, daß wir Krill haben«, sagte Boyd. »Tom hat gesagt, es war sowieso Ihre Idee, daß der Kerl nicht echt ist. Sieht danach aus, als hätten Sie recht, Goldy. Krill hat gesungen, als wir ihn gefragt haben, ob Hotchkiss sein Auftraggeber ist. Er hat uns gesagt, daß Hotchkiss ihn engagiert hat, damit er stört, daß er ihm sogar eine Art Drehbuch geliefert hat. Die Parolen, die Sprechchöre, das tote Kaninchen – alle Details.«

»Aber hat Krill den Lieferwagen gefahren, mit dem Claire umgebracht worden ist? Hatte er … irgendeine Verbindung zu Gentileschi?«

»Nichts davon gibt er zu. Aber keine Bange«, sagte Boyd in seiner lakonischen, zuversichtlichen Art. »Den knacken wir. Mit der Zeit. Sagen Sie Schulz, wenn er aufwacht, daß wir bald ein Geständnis bekommen.«

Ich legte auf. Mir fiel mein Versprechen ein, der Pfarrgemeinde von St. Luke beim Frühgottesdienst Auskunft über Marlas Befinden zu geben. Statt Tom zu wecken, hinterließ ich ihm auf dem Küchentisch einen Zettel: Boyd drehe Krill durch die Mangel, und er solle im Büro anrufen. Als ich leise in einen Rock und eine Bluse schlüpfte, fiel mein Blick auf den Schlüssel zum Lagerraum von Prince & Grogan, den ich am Freitag aus dem BH genommen und auf die Kommode gelegt hatte. Schließlich ging ich in die Kirche, überlegte ich schuldbewußt, und in der Bibel stand: *Du sollst nicht stehlen.* Ich steckte den Schlüssel in die Tasche. Ich würde ihn zurückbringen. Irgendwann.

Die spärliche Gemeinde in St. Luke sah triefäugig aus. Der Pfarrverweser, der die Gottesdienste hielt, während der Kirchengemeinderat nach dem Verlust unseres letzten Gemeindepfarrers einen neuen suchte, hatte vergessen, die Altarkerzen anzuzünden, aber das störte niemanden. Wir sprachen langsam die Gebete.Gott sei Dank wurden keine Choräle gesungen. Der Chor, die Organistin und unsere Stimmen waren im Urlaub. Als der Pfarrer mich darum bat, faßte ich Marlas Zustand kurz zusammen. Beim stillen Gebet um Beistand und Heilung versuchte ich, einen leeren Kopf zu bekommen. Allmählich würde die Aufregung der letzten Tage sich legen. Der Geist würde zum alten Rhythmus zurückkehren. In der Leere beschwor ich Marlas Gesicht herauf. Dann das von Charles Braithwaite, dann das des alten Mr. Routt. Ich betete für Julian, um Seelenruhe für Claire und Nick.

Ohne Vorwarnung verschwammen die Gesichter in meinem Kopf. Je mehr ich darum kämpfte, sie scharf zu sehen, desto mehr schob sich Neugier dazwischen, wie sich Scout zwischen mich und die Espressomaschine gedrängt hatte. *Du bist müde,* sagte ich mir. *Du hast eine Menge durchgemacht.* Ich lehnte mich in der Kirchenbank zurück.

Um mich herum fuhr die Gemeinde mit den Fürbitten fort. Ich machte die Augen auf, schloß sie dann. Es half nichts. Mir gingen Bilder, Fragen, Erinnerungen durch den Kopf, die keinen Zusammenhang ergaben. Ich erinnerte mich daran, wie Arch mir erzählt hatte, sein Biolehrer habe gesagt, das Gedächtnis sei wie eine Datenbank. Wenn man sich nicht an etwas erinnern könne, heiße das nicht, daß man nicht über die Information verfüge. Man finde nur keinen Zugang zu ihr. Vor dem geistigen Auge sah ich ein Auto, das mir am Morgen des Mignon-Banketts bis zum Einkaufszentrum gefolgt war. Sah wieder, wie nachts jemand unser Haus beobachtete. Hörte Shaman Krill Parolen

425

der sechziger Jahre grölen, sah, wie er mit einem toten Kaninchen nach mir ausholte. Hatte den Schmerz auf Mr. Routts blindem Gesicht vor Augen. Spürte den Glasscherbenregen, als Nick Gentileschis Leiche auf dem Mignon-Stand aufschlug.

Meine Muskeln bebten vor Erschöpfung. Das Säuseln von Gebeten stieg um mich herum von den Kirchenbänken auf, und in meinem Kopf tauchten Gesprächsfetzen auf. Über Claire: *Diese Frau konnte Kosmetika verkaufen ...* Von Nick: *Wir sehen uns die Filme an.* Von Frances Markasian: *Die haben ein Sicherheitsproblem.* Von Babs Braithwaite: *Da hinten ist jemand.*

Aber die Polizei hatte ihren Verdächtigen: Shaman Krill. Krill oder sonst jemand, den Reggie Hotchkiss engagiert hatte, vielleicht auch Reggie selbst, konnte das alles getan haben. Claire war eine fabelhafte Verkäuferin, folglich hatte Reggie eindeutig ein Motiv, eine der besten Kräfte der Konkurrenz aus dem Weg zu räumen. Außerdem unterminierte Reggie die Verkäufe von Mignon mit seiner getürkten Kampagne »Verschont die Hasen«. Um auf ganzer Linie auf Nummer Sicher zu gehen, hatte er außerdem in seinem Herbstprospekt die Produkte von Mignon kopiert.

War Reggie jedoch auch Nick Gentileschi gegenüber auf Nummer Sicher gegangen? Das paßte nicht ins Bild. Warum mußte jemand den Sicherheitchef ermorden? Wegen möglicherweise peinlicher Fotos? Wegen etwas, was die Filme gezeigt hatten? Was war mit der Bargeldrückerstattung? Frances hatte gesagt: *Es läuft alles über den Computer, deshalb sieht es offiziell aus.* Aber was war offiziell? Ich hatte im Kaufhausbüro Stapel von Computerausdrucken gesehen. Verzeichneten sie Transaktionen, oder standen die im Hauptbuch?

Jemand faßte mich an der Schulter. Ich machte die Augen auf.

»Wir geben den Friedensgruß weiter«, sagte eine Frau zu mir. Sie hatte graues Haar zu einem adretten Knoten zurückgebunden, Falten um die Augen herum und lächelte besorgt. »Sind Sie in Ordnung?«

»Mir geht es gut, danke.« Ich stand schnell auf und gab ihr die Hand. »Der Friede des Herrn.«

Sie lächelte und drückte mir die Hand. »Friede.«

Das hatte Arch gesagt. Und Reggie Hotchkiss, der Pazifist und Plagiator.

Mit ungeheurer Anstrengung wandte ich meine Aufmerksamkeit wieder dem Gottesdienst zu, dem Kommunionteil der Liturgie. Danach plauderte die müde Gemeinde halbherzig miteinander, und ich nahm mir eine Tasse Kirchenkaffee. Die Brühe schmeckte wie etwas, was man aus einem zwanzig Jahre alten Aluminiumtopf leckt.

Es war Viertel nach neun. Als ich in den Lieferwagen stieg, wurden die neugierigen Stimmen, die mir durch den Kopf schossen, wieder laut. Was konnte die Kamera über dem Mignon-Stand aufzeichnen? Was zeigten die Ausdrucke und das Hauptbuch? Wenn Shaman Krill unter Arrest stand, was konnte es dann schaden, wenn ich zum Kaufhaus fuhr und mich ein bißchen umschaute? Wenn ich gleich nach der Öffnung bei Prince & Grogan sein konnte, war es vielleicht möglich, ungestört zu schnüffeln. Falls jemand wie Stan White mich belästigte, konnte ich mich damit herausreden, daß ich nach der Quittung suchte, über deren Verlust Frances so wütend gewesen war.

Ich ließ den Lieferwagen an und fuhr Richtung Einkaufszentrum. Als ich ankam, merkte ich, daß die Leute am Morgen des fünften Juli genauso ungern einkauften, wie sie in die Kirche gingen. Ich kam mir blöd vor, weil ich in das Kaufhaus ging, als die Türen schließlich aufgeschlossen wurden. Der Laden war so gut wie leer.

Als ich zu den Kaufhausbüros kam, erklärte ich der Frau hinter dem Kreditschalter: »Ich muß Lisa von der Buchhaltung sprechen. Ist sie schon da?«

»Ich weiß es nicht. Sehen Sie nach.«

Lisa war nicht da. Ich stöberte in den Stapeln von Ausdrucken auf dem Büroboden, bis ich den mit der Aufschrift *Kosmetika* fand. Ich überflog alle zusammengefalteten Seiten, aber sie zeigten nur Zahlenkolumnen und dann Zahlenreihen neben den Kolumnen unter Überschriften wie YTD. Verdammt noch mal.

Entschlossen griff ich nach dem Leporelloblatt, steckte den Ausdruck unter meine Bluse und verließ Lisas Büro. Wenn ich den Ausdruck mit dem Hauptbuch verglich, ergab vielleicht alles einen Sinn. Ich drückte den Ausdruck an mich und fuhr die Rolltreppe hinunter.

Der Mignon-Stand sah aus, als wäre eine Bombe eingeschlagen. Klebeband hielt das restliche Glas zusammen. Sperrholz deckte die kahlen Stellen ab. Auch die zersplitterte Verschalung war notdürftig mit Sperrholzbrettern vernagelt. Harriet Wells, das blonde Haar wieder zu einem Nackenknoten frisiert, in frisch gestärkter Mignon-Uniform, räumte auf. Sie sah überrascht und fröhlich zu mir auf.

»Auf Sie war ich überhaupt nicht gefaßt!« sagte sie mit einem hohen, glockenhellen Lachen. Sie setzte sich auf den Hocker hinter der Theke und zog eine finstere Miene. »Das ist immer ein Morgen, an dem nichts los ist.«

Ich verschob den Ausdruck und sagte: »Hören Sie, Harriet. Ich suche eine Quittung, die ich vielleicht gestern, als Nick heruntergestürzt ist, hier verloren habe –« Sie legte den Kopf schief und sah mich abschätzend an. »Wie auch immer«, fuhr ich fort. »Ich habe die Sachen nicht für mich gekauft, sondern für jemand anders, und jetzt will dieser Jemand die Quittung haben und beschuldigt mich, weil ich sie verloren habe.«

Ehe sie antworten konnte, kam ein männlicher Kunde an den Stand und probierte Parfums. Harriet rutschte vom Hocker, griff unter die Theke und holte einen Plastikbehälter mit Muffins heraus.

»Haben Sie Hunger?« fragte sie mit einem strahlenden Lächeln.

Mein Magen erinnerte mich daran, daß ich in den letzten drei Stunden reichlich Koffein, aber nichts Substantielles zu mir genommen hatte. »Und ob. Vor allem, wenn es etwas ist, was Sie gebacken haben.«

»Die hab' ich mit Sauerrahm gemacht«, gestand sie, als sie den Behälterdeckel abnahm. »Aber raten Sie mal, was sonst noch für Zutaten drin sind. Das können Sie so gut.«

Ich nahm einen Bissen. Sauerrahm machte zwar dick, war aber eine gute Zutat, wenn man Backwaren frisch halten wollte. Ich hatte ein Kuchenrezept, bei dem sogar erforderlich war, den fertigen Kuchen vor dem Servieren vierundzwanzig Stunden lang einzuwickeln. Das Muffin war butterweich, fett und köstlich. Es war mit grünen Flecken gesprenkelt, die nach Minze schmeckten.

»Ich krieg's nicht raus«, sagte ich, dann sah ich zu dem Kunden hinüber, der Parfums ausprobierte. Es war Reggie Hotchkiss. Mich verließ der Mut.

»Okay, Harriet«, krähte er. »Sagen Sie mir, was so wichtig ist, daß Sie mich unbedingt am Sonntag morgen sprechen müssen.«

»Schauen Sie im Abfall nach, wenn Sie wollen«, sagte Harriet über die Schulter weg. »Das dauert bestimmt nicht lange ... Von mir erfährt Hotchkiss nie etwas. Sie können es auch vor dem Stand versuchen, obwohl die Putzkolonne schon da war und die Glasscherben und ..., Sie wissen schon ..., weggesaugt hat.«

Und ob ich wußte, was. Ich schlüpfte hinter die Theke und zog den Computerausdruck aus meiner Bluse. Was für eine Erleichterung. Ich hoffte nur, daß Harriet es nicht gesehen hatte. Während Reggie Harriet ausfragte und sich ein Eau de Cologne auf den rechten Arm sprühte, ein zweites auf den linken, sah ich zur Überwachungskamera hinauf. Von ihrer Position aus konnte sie die gesamte Vorderseite des Standes aufnehmen, die Kasse – im rechten Winkel zur Theke – und die Aktenschränke und das Lager dahinter.

Harriet stellte Reggie murmelnd Fragen, und er erwiderte auf jede Erkundigung ausführlicher und lauter. Schließlich schnatterte er über Parfum, Citrus gegen blumiges Aroma, Pinienöl gegen Patschuli. Er schien mich zu ignorieren, aber das war nicht das erste Mal. Ich nahm noch einen Bissen von dem Muffin.

Das Wichtigste zuerst. Ich legte den Computerausdruck neben das große blaue Hauptbuch, in dem Dusty am Donnerstag, dem Tag meines ersten Besuchs bei Mignon, geblättert hatte. Dann sah ich mit zusammengekniffenen Augen die Aktenschublade an. Ich erinnerte mich daran, daß Dusty alle Einzelheiten über meinen Teint auf einer Kundenkarte notiert hatte. Ob sie unter meinem oder unter Dustys Namen abgelegt waren? Ich nahm noch einen vorsichtigen Bissen von dem Muffin und zog die Schublade auf. *Routt. Satterfield. Wells.* Jeder Aktendeckel steckte voller Karten. Dusty hatte am wenigsten, Claires Aktendeckel wölbte sich, und Harriet hatte am meisten Karten, was einen Sinn ergab, weil sie am längsten für Mignon arbeitete. Ich fragte mich, ob Dustys Ausbeute so klein war, weil sie noch nicht solange wie die anderen hier arbeitete oder weil sie weniger erfolgreich war. Oder war es möglich, daß sie Kundenkarten zu Hotchkiss Haut- und Haarpflege geschafft hatte?

Harriet sah sich nach mir um. Ich hielt das Muffin in der einen Hand hoch und signalisierte mit der anderen Begeisterung. Sie nickte, verdrehte die Augen und wandte sich wieder Reggie zu. Er schien es zu genießen, daß er Harriet ein unbehagliches Gefühl einflößte. Ich schob die Schublade zu und ging zum Abfallkorb. Er war leer. Mein Blick fiel auf das Hauptbuch und den Ausdruck. Ich kämpfte sekundenlang gegen mein schlechtes Gewissen an, dann schlug ich als erstes das Hauptbuch auf. Wenn Claire eine Spitzenverkäuferin gewesen war, die Reggie aus dem Weg hatte räumen wollen, dann mußte der Beweis hier drin und leichter lesbar als der Ausdruck sein. Vielleicht würde das Hauptbuch beim Prozeß gegen Reggie als Beweismittel dienen.

Ich nahm mir noch ein grün gesprenkeltes Muffin, während ich die Hauptbuchseiten umblätterte, und versuchte, aus ihnen schlau zu werden.

»Goldy!«

Ich sah mich um. Dusty stand neben den Lippenstiften, sah aufgelöst und müde aus, war aber in ihrem Mignon-Kittel zur Arbeit gekommen. »Warum ist Reggie Hotchkiss am Sonntagmorgen hier, wissen Sie das? Was tun *Sie* hier? Mein Gott, schauen Sie sich nur dieses Chaos an.«

Mich überkamen jähe Schuldgefühle. Was eigentlich tat ich hier? »Ich sehe mir nur das Hauptbuch an. Zeigen Sie mir, wie man es mit den Ausdrucken vergleichen kann, ja? Hatte Claire hohe Verkaufszahlen?«

Dusty warf einen Blick auf Reggie und Harriet und sagte dann: »Ich glaub' schon.« Sie kam auf das Hauptbuch zu. »Sie hat es weit gebracht. Ich schau' mal nach.« Sie blätterte fachmännisch in den Hauptbuchseiten und fuhr dann mit einem abgeknabberten Fingernagel eine Zahlenkolumne entlang. »April. Ich hab' achthundert Provision gemacht, Claire tausendfünfhundertzweiundzwanzig, Harriet – wow! – dreitausendfünfzig.« Sie schlug eine Seite um. »Im Mai war ich nicht so toll. Sechshundertfünfzig. Claire hatte zweitausendundachtzig und Harriet zweitausendfünfhundert. Verstehen Sie? So ist das bei warmem Wetter. Die Leute kaufen nicht ein.«

»Hatten Sie vor, Ihre Kunden zu Hotchkiss Haut- und Haarpflege mitzunehmen?«

Dusty legte den Finger an die Lippen und sah in beide Richtungen. Harriet und Reggie beobachteten uns tatsächlich. »Schsch! Wollen Sie, daß ich Ärger bekomme?«

»Eins möchte ich wissen«, sagte ich ganz leise. »Haben Sie während meiner Gesichtsbehandlung bei Hotchkiss Haut- und Haarpflege die Quittung aus meiner Tüte genommen?«

»Goldy! Großer Gott! Was ist denn mit Ihnen los? Was für eine Quittung?«

Ich beschloß, den Köder noch einmal auszuwerfen.

»Tut mir leid. Es muß wohl was mit Ihrem Großvater zu tun haben und damit, daß Sie von der Elk-Park-Schule relegiert worden sind. Weil Sie gestohlen haben.«

Sie lief dunkelrot an. »*Wie* bitte?«

»Warum sind Sie dann relegiert worden? Nicht wegen Diebstahl?« Plötzlich kam mir ein niederschmetternder Gedanke. »Weil Sie schwanger waren? Mit Colin?«

Sie drehte sich um und schlug das Buch mit einem theatralischen Knall zu. »Das ist ja … Wer hat Ihnen das erzählt?«

»Na ja, Julian war sich nicht sicher …«

Dusty verdrehte dramatisch die geschminkten Augen. »Es war nicht wegen Diebstahls. Und meine *Mutter* war schwanger, nicht ich. Ich hab' Ihnen doch gesagt, die Frau hat keine Ahnung von Empfängnisverhütung! Ich bin relegiert worden, weil ich *getrunken* habe. Ich meine, Julian müßte es wissen, er war dabei!«

»Weil Sie *getrunken* haben?«

»Ja – in dieser blöden Bioklasse, in die wir beide gegangen sind. Wir sollten so einen doofen Chlorophylltest machen. Wir haben Zucker in Kornschnaps geschüttet und dann Erdbeerblätter in die Lösung getan, und dann sollten wir abwarten, was sich tut. Weiß der Himmel, was. Ich meine, es war furchtbar langweilig.« Sie hob die Hände und schüttelte sie wie ein frustrierter italienischer Ladenbesitzer. »Also hab' ich mir gedacht, hey, wir haben Erdbeeren, wir haben Zucker, wir haben Schnaps. Wir haben Daiquiris! Deshalb hab' ich … Goldy, was stimmt nicht mit Ihnen?«

Was stimmte nicht mit mir? Meine Füße fühlten sich an wie Gummi. Meine Hände zitterten. Verdammt noch mal, aber ich mußte noch erschöpfter sein, als ich geglaubt hatte.

»Okay, hören Sie«, sagte ich ungeduldig. »Zeigen Sie mir einfach, wie man den Ausdruck mit dem Hauptbuch vergleichen kann. Bitte«, fügte ich hinzu.

Dusty schlug das Hauptbuch wieder auf und ging dann mit den Fingern der freien Hand den Ausdruck durch. Als sie zu den richtigen Seiten kam, legte sich ihr hübsches Gesicht vor Verblüffung in Falten. Sie sah erst in das Hauptbuch, dann auf den Ausdruck, dann wieder in das Hauptbuch.

»Da stimmt was nicht«, sagte sie entnervt. »Auf dem Ausdruck sind Claires Provisionen für den Juni viel niedriger als das, was sie in das Hauptbuch geschrieben hat, wegen großer Rückerstattungen –«

Plötzlich machte es *plopp*. Ich sah ungläubig den oberen Rand der Hauptbuchseite an. Sie war zerfetzt – auf sie war *geschossen* worden.

Dusty sah sich über die Schulter um und packte mich. *Plopp* machte eine weitere Kugel und schlug in die Glasvitrine mit Make-up ein. Das Glas splitterte, und hellbraune Schmiere ergoß sich über die Regalbretter. Was in – »Weg von dem Buch, Dusty«, sagte Harriets Stimme.

Dusty, die mich festhielt, um sich oder mich zu schützen, stieß einen kurzen Schrei aus. Gemeinsam wankten wir rückwärts. Ich konnte Reggie Hotchkiss nicht sehen. Harriet hielt eine kleine Pistole in der Hand. Sie schoß auf meine Hand, die das Hauptbuch von der Theke gezogen hatte. Ich ließ das Buch fallen und warf mich auf den Gang.

»Was zum Teufel soll das, Harriet!« Dusty kroch neben mich und funkelte ihre Kollegin böse an. »Was zum Teufel ist in Sie gefahren? Legen Sie das Ding weg! Wir haben doch nichts Schlimmes getan. Aus dem Weg!«

rief sie Reggie zu, der durch den Gang auf uns zukam.
»Reggie, holen Sie Hilfe! Sie hat eine Pistole!«

Reggie rief etwas Unverständliches und rannte zum
Ausgang. Ich krebste seitlich Richtung Eingang zur
Schuhabteilung.

»Sie *mußten* es einfach wissen«, sagte Harriet ätzend,
während sie mir immer näher kam. »Sie haben Nick
ausgefragt. Dusty ausgehorcht. Sie waren hinter Reggie her. Sie haben behauptet, daß *er* zuviel weiß. Deshalb habe ich ihm gesagt, er soll heute morgen herkommen. Aber Sie wissen zuviel. Und jetzt haben Sie
sich die Ausdrucke beschafft. Haben Sie sich auch die
Filme angesehen?«

»Legen Sie die Pistole weg, Harriet!« schrie Dusty.
»Passen Sie auf, Goldy!«

Harriet fuhr herum und ging auf Dusty zu. Wieder
machte die kleine Pistole *plopp*.

»Sie Miststück!« brüllte Dusty. Ein scharlachroter
Fleck bildete sich auf dem Ärmel ihres Mignon-Kittels.
»Sie haben mich in den Arm geschossen! Der Teufel
soll Sie holen!« Dusty hielt sich den Arm und wankte
in die Schuhabteilung.

Ich versuchte, die Beine zu bewegen, sie unter mich
zu ziehen. Harriet wandte sich um und kam vorsichtig
in meine Richtung. Warum konnte ich mich nicht
rühren? Warum prickelte es in meinen Händen und
Füßen? Ich kannte mich mit Lebensmitteln aus …, ich
kannte mich mit Giften aus … *Etwas, was in der Nähe
wuchs.*

»Schierling«, sagte ich so laut wie möglich, als sie
wieder in meine Nähe kam. »Sie haben Schierling in
die Muffins getan. Sie haben sie gebacken und wollten
sie Reggie geben, sobald er alles ausgeplaudert hatte,

was er über Mignon wußte. Bloß wußte er überhaupt nichts.«

»Stimmt«, sagte Harriet und schoß wieder.

Ich dankte Gott dafür, daß sie eine miserable Schützin war, als die Kugel das Polster eines Stuhls in der Schuhabteilung zerfetzte. Ein ohrenbetäubender Lärm erfüllte die Luft. Jemand – Dusty? – hatte den Feueralarm ausgelöst. Erschrocken fuhr Harriet herum, einen Moment lang abgelenkt, und ich stöhnte heftig und riß alle Kraft zusammen, um die Beine unter mich zu ziehen. Ich war nur fünf Schritte von der Rolltreppe entfernt. Während die wenigen Leute im Kaufhaus jetzt zum Ausgang strebten, quälte ich mich auf die Rolltreppe zu. Wohin sollte ich? Mein Körper wurde taub. Lag es am Schierling? Oder hatte mich Harriet doch getroffen? Wo zum Teufel blieb die Sicherheit? Ich fühlte mich, als ob ich mit Novocain betäubt worden wäre. Ich würde mir überlegen, was zu tun war, wenn es mir gelang, den ersten Stock zu erreichen. Die Treppe kam in Gang. Ich versuchte, mich zu ducken.

Harriet drehte sich verwirrt im Kreis. Hielt nach mir Ausschau. Ich duckte mich tiefer unter das Metallgeländer der Rolltreppe. Hatte Harriet mich gesehen? Schwer zu sagen. Ich spürte, wie mein Herz schlug, als ich angestrengt nachdachte. Die Verkaufszahlen: Harriet war die Spitzenverkäuferin gewesen, aber Claire hatte ihr gegenüber schnell aufgeholt, laut dem, was Dusty mir im Hauptbuch gezeigt hatte. Claire hatte gemeldet, ihre Kundenkarten seien gestohlen worden. Ich wußte, wer den Diebstahl begangen hatte. Und vielleicht hatte Nick Gentileschi den Diebstahl der Kundenkarten auf den Bändern gesehen. Vielleicht hatte er auch in einer Nahaufnahme gesehen, wer vorsich-

tig Bargeldquittungen einsteckte, sich die Beträge gut-
schrieb und die Erstattungen den anderen Verkäuferinnen anlastete.

Halb liegend kroch ich die kalten Metallstufen der
Rolltreppe hinauf, die sich unendlich langsam auf den
ersten Stock zuzubewegen schien. Ja, Harriet kannte
sich in diesem Kaufhaus bestens aus. Sie wußte, was
Nick Gentileschi hinter den Spiegeln in den Damenumkleidekabinen trieb. Vermutlich hatte sie ihm einen
Kuhhandel angeboten: ihr Wissen von seinen illegalen
Aktivitäten gegen sein Schweigen und die Fotos von
Babs. Es wäre für Harriet nicht allzu schwierig gewesen,
den beknackten Mr. Gentileschi davon zu überzeugen,
sie sei bereit, sich auf ein hochinteressantes Gespräch
oben in der Verschalung mit ihm zu treffen. Zum Teufel, vermutlich hatte sie ihm sogar angeboten, ihn auf
die Weise zu bestechen, die ihm am liebsten war. Dann
hatte sie ihm die belastenden Fotos in die Tasche
gesteckt, vermutete ich, um die Braithwaites in den
Mord an ihm hineinzuziehen.

»Goldy!« rief Harriet. »Ich will doch nur mit Ihnen
reden!«

Ja, sicher. Genau wie neulich, als sie uns zum Einkaufszentrum gefolgt war, um herauszufinden, wo Claire
parkte, damit sie Claire später hinausschicken konnte,
um etwas aus dem Auto zu holen. Wie neulich, als sie
Chlorbleiche nach mir geschüttet hatte, als ich mit der
Herumschnüffelei anfing. Oder als sie unser Haus
beobachtete, damit sie mitbekam, ob ich zum Einkaufszentrum und zu den verräterischen Computerausdrucken fuhr, vielleicht früh am Morgen, wenn sie
noch nicht am Kosmetikstand arbeitete.

Schließlich war ich oben. Ich war mir noch nicht

sicher, über wieviel Muskelbeherrschung ich noch verfügte, rollte wild über den Boden und stieß gegen ein Porzellanregal. Das ganze Ding kippte mit einem ohrenzerreißenden Knall um. Ich fluchte und zog mich auf die Beine. Ich hatte eine absurde Vision von Sokrates: Wie lange dauert es, bis jemand an Schierling stirbt? Aber ich wußte etwas, was der todgeweihte Philosoph nicht geahnt hatte. Gott sei gedankt für Petes Espressowerbung. Aus seiner Broschüre kannte ich das Gegengift gegen Schierling. Eine meiner Lieblingssubstanzen: Kaffee. Und ich hatte heute morgen reichlich davon getrunken: Eiskaffee mit einer vierfachen Portion Espresso und eine große, starke Tasse nach der Kirche. Deshalb hatte das Gift nicht die schnelle, tödliche Wirkung, die Harriet sich vorstellte. Ich brauchte nur noch mehr Koffein, und zwar schnell.

Ich konnte ihre Absätze auf der Rolltreppe klacken hören. Ich wankte tollkühn durch die Badeanzugabteilung. Jeden Augenblick konnte Harriet hier sein. Ich hatte keine Zeit, den Ausgang zu erreichen. Sie hätte mich gesehen und eingeholt. Verdammt, verdammt, verdammt. Dann sah ich die Umkleidekabinen. Hoffnung keimte. Ob ich den gestohlenen Schlüssel noch in der Tasche hatte? Ich hoffte es jedenfalls.

Jetzt schien es mir etwas leichter zu fallen, mich zu bewegen, und mir kam der absurde Gedanke, daß Schierling vielleicht ähnlich wirkte wie Heroin. Wenn es einem nach einer Überdosis gelang, in Bewegung zu bleiben, war das Ende möglicherweise nicht ganz so schlimm. Ich tastete in meiner Tasche herum, fand den Schlüssel und fummelte am Schloß der Tür zum Lagerraum. Ich drehte am Knauf und betete. Die Tür ging auf. Ich schlingerte in die Dunkelheit.

»Goldy!« ertönte Harriets Stimme wieder über das Schrillen des Feueralarms hinweg. »Kommen Sie raus!«

Ich war nicht in der Stimmung, ihr ein besseres Ziel zu bieten. Mit neuer Entschlossenheit wankte ich in die Richtung, von der ich hoffte, sie führe zur zweiten Tür, zu der links, die, wie mir jetzt aufging, zu Nick Gentileschis Büro führte. Der Raum war nicht pechschwarz. Durch ein Dachfenster weit oben fiel etwas Licht herein. Ich stieß schmerzhaft gegen die Wand, fiel auf die Knie und tastete herum. Ich erreichte den Rahmen und dann den Türknauf. Ich hörte, wie Harriet hinter mir in die Dunkelheit hereinkam. Ich drehte am Knauf.

Die Tür war abgeschlossen.

»Goldy! Laufen Sie doch nicht weg! Sie verstehen das einfach nicht – ich *mußte* tun, was ich getan habe.«

Ich tastete an der Wand entlang, fragte mich, ob Harriet nachgeladen habe. Meine Hand berührte Metall. Metallstufen. Ich war verwirrt. Eine Metalltreppe wohin?

»Ich finde einen Schalter!« warnte Harriet aus der Nähe, zu nahe. »Ich mache Licht!«

Ich kroch die Treppe hinauf. Oben mußte irgendein Ausgang sein. Und dann erinnerte ich mich daran, daß Frances Markasian auf irgend etwas gesessen hatte – oben auf dem Dach war eine Art Kasten oder eine Plattform. War es das Dach von Prince & Grogan gewesen? O bitte, laß es so sein, dachte ich verzweifelt. Irgendein Ausgang, der für Reparaturen benutzt wurde. Ich kletterte hinauf, hinauf.

Schwaches fluoreszierendes Licht blinkte einmal auf und schien dann stetig, als ich die oberste Stufe erreichte. Herr im Himmel. Der erhöhte Kasten war mit einem Drahtschloß befestigt. Ich warf einen Blick nach unten. Harriet zielte mit der Pistole auf mich.

Sie rief: »Goldy, kommen Sie jetzt runter!« Dann schoß sie wieder.

Die Kugel prallte ohrenbetäubend von Metall ab. Ich verdrehte das Schloß und zerrte mit meiner ganzen Kraft daran. Die schwere Tür ächzte. Ich war auf dem Dach, ich war im Freien. Die Messeorganisatoren waren im Begriff, die Zelte abzubrechen. So gut wie alle waren fort. Aber ich dankte den höheren Mächten dafür, daß Petes Espressobar das letzte Zelt war, das noch stand. Der Werbekönig hatte nicht vor, als erster zu verschwinden, vor allem, weil freiwillige Helfer möglicherweise Kaffee kaufen wollten.

Ich lief linkisch über den Beton und fiel Pete vor die Füße.

»Espresso – ohne alles – mindestens sechs Täßchen, schnell«, keuchte ich.

Pete schaltete die Maschine ein und sah auf mich hinunter.

»Wenn nur alle Kunden so wie Sie wären, Goldy«, sagte er.

Auf dem heutigen T-Shirt stand: ICH BIN SCHLANK, ICH BIN RANK, DEM KOFFEIN SEI DANK.

Und dann hörten wir einen Pistolenschuß.

Es war vorbei.

Als Tom mit einem Ermittlungsteam im Kaufhaus auftauchte, wurde ich aus dem Krankenhaus auf der anderen Straßenseite entlassen. Ich hatte Kohletabletten bekommen, die ich pflichtschuldig schluckte. Im Vorjahr hatte ich eine unerfreuliche Erfahrung mit der hochgiftigen Substanz gemacht, die als Spanische Fliege bekannt ist, und ich wußte, daß das System schnell gereinigt werden mußte. Ich müsse nicht im Krankenhaus bleiben, sagte der Ambulanzarzt zu mir, aber er bemerkte wiederholt, was für ein Glück es gewesen sei, daß ich das Gegengift gegen Schierling gekannt hatte und es mir so schnell hatte einverleiben können. Ich konnte ihm nur beipflichten.

Tom schloß mich in die Arme und drückte mich lange und heftig an sich. Julian war nach Hause zurückgekommen und hatte festgestellt, daß Arch schon aus Keystone zurück war. Sie hatten Tom über sein Funktelefon angerufen und gesagt, sie seien auf dem Weg zu Marla.

»Klingt gut«, sagte ich, als ich in Toms Auto stieg.

Er sagte mir, sie hätten Harriets Leiche hinter der Tür des Lagerraums gefunden. Sie habe sich die Schußwunde selbst zugefügt, aber das wußte ich schon. Ich wollte keine Einzelheiten hören.

»Sie hat die Konkurrenz nicht ertragen«, bemerkte Tom. »Claire muß wohl erfolgreicher gewesen sein, als sie verkraften konnte. Schließlich war Harriet seit Jahren Mignons Spitzenverkäuferin, und jetzt war Claire im Begriff, sie mühelos zu überholen. Das heißt, sie hätte Harriet überholt, wenn Harriet nicht rücksichtslos Bargeldrückerstattungen unter der Nummer ihrer Rivalin verbucht hätte. Und ich wette, daß es Harriets Betrugsmanöver mit den Bargeldquittungen war, bei dem Claire Gentileschi geholfen hat.«

»Du wettest, was?« sagte ich. »Warum wettest du nicht um was, was ich wirklich will?«

»Oh«, sagte er lachend, als wir in Marlas Einfahrt einbogen, »diese Worte wirst du noch bereuen.«

Marla kam sehr vorsichtig die Steinstufen herunter. Ihre Haut war immer noch teigig. Sie trug ein buntes Wallewallekleid, und ihr sonst krauses Haar war zu Zöpfen geflochten, die funkelnde Spangen festhielten. Zweifellos waren die Aufmachung und die Frisur der Pflegerin zu verdanken. Als sie stockend näher kam, hielt Julian sie am einen Arm, Arch am anderen.

Vor vier Tagen, als ich Essen zubereitete, war mir durch den Kopf gegangen, daß Schönheit im Auge des Betrachters liegt. Es war ein Satz, den ich oft sagte, ohne viel dabei zu denken, wie der Kopf eben ein Klischee ausspuckt, ohne den Sinn zu ergründen. Und doch, falls äußerliche Anziehungskraft davon abhing, was der Betrachter schätzte, wer setzte dann die Maßstäbe? Wie ließen sich die Werte definieren?

In den vergangenen fünf Tagen hatte ich mehr Schmerz gesehen und empfunden, als ich wahrhaben wollte. John Routt hatte die besten Jahre seines Lebens blind verbracht. Die unglückliche Ehe der Braithwaites hatte beide dazu gebracht, nach einer Schönheit zu suchen, die unerreichbar war oder leicht zerstörbar. Reggie Hotchkiss hatte gestohlen, intrigiert und Leute eingeschüchtert, hatte versucht, Frauen teure Produkte zu verkaufen, die alles versprachen und so gut wie nichts bewirkten. Und Claire war so bezaubernd gewesen, so enthusiastisch beim Verkaufen überteuerter, wertloser Waren, daß es ihr den Tod eingebracht hatte.

Marla kam an den Fuß der Steintreppe. Sie ließ Arch und Julian los und sank zum Ausruhen auf eine Stufe. Ich stürzte zu ihr.

»Du bist hier!« krächzte sie. »Ich kann's nicht fassen.« Sie streckte die Arme aus, und ich setzte mich auf den kalten Stein, um sie zu umarmen. Sie murmelte: »Ich fühl' mich höllisch schlecht. Und ich seh' noch schlimmer aus, ich weiß.«

»Du siehst absolut wunderbar aus«, sagte ich und meinte es völlig ernst. »Du siehst himmlisch aus.«

443

ECON KRIMI

Krimi Buhl
Eiskalte Bescherung
TB 25122-8

Gundel Habermes, lebenslustige Angestellte der örtlichen Stadtbibliothek, wird nach der Weihnachtsfeier mit der Belegschaft vermißt. Wenige Tage später wird eine eiskalte Leiche gefunden: Der Mörder erstach sie und warf sie in das idyllische, nahegelegene Gewässer. Bonni Wassermann, eigentlich Putzfrau für Feinarbeiten in der Bibliothek, beginnt Nachforschungen über Gundel anzustellen …

ECON TASCHENBÜCHER

ECON KRIMI

Valerie Frankel
Mord zur besten Sendezeit
TB 25111-2

Sabrina Delorean, Fernsehmoderatorin der Spielshow »Party Girls«, engagiert Wanda Mallory als Bodyguard. Um sich auf den Job vorzubereiten, sieht Wanda sich die Show an und wird Zeugin eines dramatischen Vorfalls: Gleich nach der Preisübergabe wird der Gewinner getötet – durch eine Kugel, die eigentlich für Sabrina bestimmt war. Wanda macht sich auf die Suche nach dem Mörder ...

ECON TASCHENBÜCHER

ECON

ECON KRIMI

Chris Rippen
Plattgemacht
TB 25112-0

Die niederländische Kleinstadt Barwoude ist eigentlich ein verschlafenes Nest. Um so größer ist die Aufregung, als einige der Politiker in einen Giftmüllskandal verwickelt werden. Als dann auch noch ein Umweltschützer auf mysteriöse Weise zu Tode kommt, spitzt sich die Lage zu ...

Chris Rippen wurde für seinen zweiten Krimi, »Stimme aus dem Off«, mit dem niederländischen Krimipreis GOUDEN STROP 1992 ausgezeichnet.

ECON TASCHENBÜCHER ECON

ECON KRIMI

Dorothy Cannell
Nur eine tote Schwiegermutter
TB 25084-1

»Ms. Cannell täuscht uns geschickt, indem sie von bezaubernden Tee-Partys, rosigen Babys und kleinstädtischem Leben schreibt – doch dahinter versteckt sich ein wunderbar bösartiger Humor! Dieses Buch ist ein unverzichtbarer Leitfaden für alle, die ebenfalls Probleme mit ihrem Schwiegermonster haben.«
Joan Hess

»Wenn es eine gibt, die noch besser schreibt als Dorothy Cannell, dann möchte ich sie erst kennenlernen, wenn meine Lachmuskeln sich erholt haben.«
Nancy Pickard

»Hochgiftig und sehr amüsant!«
Publishers Weekly

ECON TASCHENBÜCHER   ECON